dtv
premium

PATRICK
ILLINGER

QUANTUM

TÖDLICHE MATERIE

Thriller

dtv

Ausführliche Informationen über unsere Autoren und Bücher
www.dtv.de

MIX
Papier aus verantwortungsvollen Quellen
FSC® C083411

Originalausgabe 2020

Umschlaggestaltung: ZERO Werbeagentur GmbH
Satz: Uhl + Massopust, Aalen
Gesetzt aus der Minion Pro 11,25/15,3˙
Druck und Bindung: CPI books GmbH, Leck
Printed in Germany · ISBN 978-3-423-26260-6

PROLOG

RESTAURANT ›MOTI MAHAL‹

MADURAI, SÜDINDIEN

April 1968

Rachman, immer wieder dieser Rachman. Gleich würde sie seine schlurfenden Schritte auf der steinernen Kellertreppe hören. Sicherlich hatte er wieder seine Rute dabei. Er würde sie bedrohlich über ihrem Kopf schwingen oder, je nach Laune, auf ihren Rücken schlagen. Er tat das nie so heftig, dass Verletzungen blieben, zumindest keine sichtbaren. Aber nach zwei Jahren in diesem Keller, nach zwei Jahren unter Rachmans Herrschaft hatte Lakshmi ihre Lebenslust nahezu verloren.

Seit drei Stunden meißelte sie nun kleine Stücke Kohle aus großen, unförmigen Briketts heraus. 128 Splitter waren es bis jetzt, eine besondere Marke, fand sie. Was für eine elegante Zahl. Man konnte daraus zwei gleich große Haufen machen. Und diese Haufen wieder in zwei gleich große Haufen teilen. Und wieder. Und wieder. Acht Mal. Sie liebte sie, diese runden »weichen« Zahlen, wie sie sie nannte. Lakshmi wusste, dass die Erwachsenen Zahlen bevorzugten, die sich durch zehn teilen ließen, so wie die Fünfzig. Oder die Hundert, vor der sie geradezu Ehrfurcht zu haben schienen. Das konnte sie nicht verstehen. Was konnte man schon mit der Hundert anfangen? In zwei Teile teilen, dann noch mal, und dann musste man schon fünf Haufen machen, um gleich große Mengen zu bilden. War die 128 nicht viel, viel edler? Und erst die Vierundsechzig. Oder die Neunundvierzig. Wieso gab es in der Welt der Erwachsenen Geldscheine im Wert von fünfzig Rupien und nicht von neunundvierzig? Neunundvierzig Kohlestücke konnte man in einem perfekten Quadrat anordnen, mit je sieben Stücken an einer Kante. Was nur liebten die Erwachsenen an der Fünfzig, aus der man keine symmetrischen Figuren legen konnte und die sich nur ungelenk in Haufen teilen ließ?

Ähnlich faszinierend, wenngleich auf bizarre Weise kantig, fand Lakshmi die »harten« Zahlen. Jene, die man gar nicht in gleich großen Haufen anordnen konnte. Drei, fünf oder sieben Kohlestücke konnte man schlecht aufteilen. Je mehr Kohlestücke zusammenkamen, desto seltener wurden allerdings diese unteilbaren harten Zahlen.

Als sie gerade mit ihren zarten, bis zu den Ellenbogen staubschwarzen Händen in der Kohle wühlte, trat Rachman in den Kellerraum.

Immer wieder dieser Rachman.

Er schlug ihr mit seiner Ledergerte auf den Rücken.

»Träumst du schon wieder, du kleiner Nichtsnutz? Arbeiten sollst du, miese Heuschrecke! Weshalb haben wir dem Waisenhaus tausend Rupien bezahlt? Dafür, dass du träumst? Was geht bloß in dir vor? Bis um sechs Uhr, wenn die ersten Gäste eintreffen, will ich beide Säcke voller Kohlestücke sehen. Beide. Und kein Stück darf größer als mein Daumennagel sein. Hast du das verstanden?!«

Lakshmi nickte unterwürfig und versuchte, Rachman nicht mit ihrem Blick zu provozieren.

»Außerdem brauchen wir dich heute Abend oben im

Gastraum. Es ist Feiertag. Wir erwarten mehr Rummel als sonst. Du musst fegen und Tische abräumen.«

Lakshmi nickte erneut.

Seit man sie vor drei Jahren aus dem Waisenhaus in dieses Restaurant gebracht hatte, musste sie im Keller die Kohle schlagen, mit der die Grillöfen für die Dosa-Fladen und der Herd für die Currytöpfe angeheizt wurden. Ein gut gehendes Restaurant wie das ›Moti Mahal‹ im Herzen von Madurai konnte Dutzende Menschen wie sie mit Arbeit versorgen, was natürlich auch daran lag, dass Arbeit in ihrem Land so gut wie nichts kostete. Man fand für jede noch so niedrige Tätigkeit jemanden, der sie ausführte. Einer von Lakshmis Zimmergenossen, ein vielleicht zehnjähriger Junge, hatte die Aufgabe, Papierservietten einzusammeln, welche die Gäste nach dem Besuch des Lokals in die Straßengräben der Umgebung warfen. Na, da hacke ich lieber Kohle, dachte Lakshmi.

Ein Onkel zweiten Grades hatte sich ihrer vor drei Jahren erbarmt und sie aus dem Waisenhaus geholt. Er ließ sie in seinem Restaurant, dem ›Moti Mahal‹, arbeiten. Sie bekam dort jeden Tag zu essen und ein anständiges Bett in einem kleinen Zimmer, das sie sich mit vier weiteren Kindern teilte. Aber sie musste hart dafür arbeiten. In die Schule zu gehen, kam nicht infrage, sie war ein Mädchen. Ihr Onkel war an sich kein schlechter Mensch, doch für die Überwachung der Tätigkeiten im Keller – das Kohleschlagen, die Vorratshaltung und das Flicken von Kesseln – war Rachman zuständig. Und Rachman war alles andere als ein guter Mensch.

Seit drei Jahren schlug Lakshmi bereits Kohle für Rachman. Und seit drei Jahren schlug Rachman auf sie ein. Sie spürte, wie der Druck und die andauernde Bedrohung sie abstumpfen ließen. Sie konnte Rachman nichts recht machen, und so flüchtete Lakshmi sich immer tiefer in ihre Welt aus Zahlen und Formen. Sie reihte manchmal Kohlestücke in Vierecken auf. Dabei entdeckte sie, dass nicht alle weichen Zahlen sich als Quadrate anordnen ließen. Die Vierundsechzig ja, die 128 aber nicht. Und sie entdeckte, dass jede größere quadratische Zahl, die sie Tischzahlen nannte, weil sie wie die Tische im Gastraum eben quadratisch waren, sich aus zwei kleineren Tischzahlen addieren ließ.

Früh am Morgen, wenn Rachman noch schlief und die Dosa-Öfen abgekühlt waren, schlich Lakshmi manchmal durch das Restaurant, penibel darauf bedacht, die Arbeiter nicht zu stören, die das Geschirr wuschen und den Boden fegten. Dann hob sie einige der länglichen Zettel auf, die mit dem übrigen Dreck in einer Ecke zusammengekehrt waren. Sie entdeckte darauf Symbole, die stetig wiederkehrten. Zehn verschiedene Symbole, so viele wie sie Finger hatte. Sie brauchte nicht lange, um in den Symbolen verschieden große Haufen von Kohle zu erkennen. Und mehrere der Symbole in einer Reihe geschrieben konnten gewaltigen Haufen entsprechen. Sie begann zu verstehen, dass das Symbol »0«, welches eigentlich *nichts* bedeutete, also einen leeren Kohlesack, plötzlich einen Haufen Kohle bedeutete, wenn eine »1« davor geschrieben stand. Sie nannte es das Zehnfingerzählen. Und sie begann, die Zettel aus dem Restaurant nachzurechnen. Dabei fiel ihr auf, dass viele dieser Zettel Fehler enthielten. Es wurden unterhalb eines breiten Strichs oft größere Zahlen ausgewiesen, als es der Summe der darüber aufgeschriebenen Zahlen entsprach.

An diesem Tag war Vishu, ein hoher südindischer Feiertag, und das Restaurant war brechend voll. Familien in traditionellen Festtagsgewändern bevölkerten die Tische, die Männer in langen, um die Beine geschlagenen Tüchern, die Frauen in leuchtend bunten Saris. Die Gespräche, das Klappern der Metallbecher, die Rufe aus der Küche hallten durch den Gastraum.

Wie Rachman angewiesen hatte, half Lakshmi an diesem Tag oben mit. Der Boden musste unablässig gefegt werden, und die als Gedeck dienenden Bananenblätter mussten ausgetauscht werden, sobald Gäste ihr Mahl beendet hatten und Platz für die nächsten Hungrigen machten.

An einem der Ecktische bemerkte Lakshmi einen älteren Herrn. Er trug altmodische ausländische Kleidung, eine dunkle Hose, ein weißes Hemd mit hohem Kragen und eine abgewetzte schwarze Jacke, aus deren Tasche eine Kette hing. Ein grauer Vollbart umrahmte seinen fülligen Mund. Sein Haar war ebenfalls grau und ungekämmt. Eine silberne Nickelbrille klemmte auf seiner Nase, durch die zwei aufgeweckte freundliche Augen den Gastraum musterten. Als der Mann sich zum Gehen erhob, näherte sich Lakshmi und begann, seinen Tisch abzuräumen. Dabei bekam sie seinen achtlos liegen gelassenen Zahlenzettel in die Finger. Sie warf verstohlen einen Blick darauf und brauchte nur Sekunden, um zu merken, dass wieder einmal etwas nicht stimmte. Die ausgewiesene Summe war eine harte Zahl, aber das konnte nicht sein. Es musste eine weiche Zahl sein. Was hier stand, war falsch, und sie schüttelte den Kopf.

»Na, was hast du denn entdeckt?«

Die tiefe Stimme ließ Lakshmi zusammenzucken. Der ältere Herr war zurück an den Tisch gekommen, weil er seinen Hut vergessen hatte. Dabei hatte er Lakshmis Verwunderung bemerkt. Sie sah ihn verunsichert an. Da ergriff der Mann die zerknitterte Rechnung und überflog sie mit seinen wachen Augen. Er nickte und sah Lakshmi mit neugierigem Blick an.

»Erstaunlich«, murmelte er. »Sehr erstaunlich.«

Lakshmi zuckte ängstlich mit den Schultern. Der Mann zog einen Stift aus seiner Jackentasche, kritzelte etwas auf die Rückseite des zerknitterten Zettels und zeigte es Lakshmi. Es war die Zahl 169.

»Das ist eine Tischzahl«, sagte Lakshmi, ohne zu zögern.

»Was meinst du damit?«, fragte der Mann, woraufhin Lakshmi mit ihrem Zeigefinger die Kanten des quadratischen Tisches abfuhr, an dem der Ausländer gegessen hatte. Der Fremde nickte wissend.

»Und kannst du mir die Zahl sagen, die für diese Kante steht?«, fragte er sie.

Sie nahm den Stift und kritzelte eine »13« auf den Zettel. Die Augen des Mannes weiteten sich. Er betrachtete Lakshmi mit wachsendem Staunen.

»Wie alt bist du?«, fragte er.

»Eine Kistenzahl«, sagte Lakshmi. Sie lächelte vorsichtig.

Der alte Mann malte mit dem Zeigefinger die Form eines Würfels in die Luft.

»Meinst du das mit einer Kistenzahl?«, fragte er. »Einen Würfel?«

Das Mädchen nickte.

»Und eine Kante sind zwei Jahre?«, fragte der Alte.

Lakshmi nickte wieder.

»Dann bist du also zwei im Kubik, also zwei mal zwei mal zwei, macht acht?«, fragte der Mann mit erwartungsvollem Blick.

»Stimmt genau. Liebst du auch Zahlen? Darf ich dir noch ein Rätsel aufgeben?« Langsam verlor Lakshmi ihre Scheu.

»Vielleicht später. Wie heißt du? Und wer ist dein Vormund?«

Lakshmi nannte ihren Namen und deutete mit dem Finger in Richtung ihres Onkels, der in einer Ecke des Gastraums mit dem Chefkoch redete.

»Bitte gedulde dich einen Moment, ich will mit deinem Vormund sprechen.«

Doch bevor der Mann sich abwandte, schrieb er noch eine Zahl auf den Zettel und zeigte sie Lakshmi. Es war die 1233.

»Ui, das sind zwei Tischzahlen, zusammen in einen Sack gesteckt«, sagte sie.

»Die Summe aus zwei Quadratzahlen«, nickte der alte Mann. »Stimmt. Und wie lang sind die Kanten der beiden Quadr…«

»Zwölf und dreiunddreißig«, sagte Lakshmi bevor er den Satz beendet hatte.

Der alte Mann schüttelte staunend den Kopf. Lakshmi sah ihm hinterher, als er zu ihrem Onkel ging und diesen beiseitenahm. Gelegentlich deutete er in ihre Richtung, und ihr Onkel schaute verunsichert. Nach einer Weile rief man Rachman hinzu. Dieser sprach so laut, dass Lakshmi, scheinbar konzentriert den Boden fegend, jedes Wort verstand.

»Sie ist sowieso nutzlos«, tönte Rachman, »gebt mir einen Jungen für das Kohleknacken, diese Heuschrecke träumt den ganzen Tag vor sich hin. Sie macht ständig Haufen aus Kohlestücken und schiebt die Splitter am Boden herum, kreuz und quer, statt sie in den Sack zu stecken. Was soll ich mit ihr? Ich wäre froh, wenn wir sie los sind.«

Lakshmi fegte weiter zwischen den Tischen und beobachtete, wie der alte Mann, mittlerweile wieder an einem der Tische sitzend, mit ihrem Onkel verhandelte. Ihr Onkel nickte viel, und der andere machte ausladende Gesten. Am Ende rief man Lakshmi an den Tisch.

»Lakshmi«, sagte ihr Onkel in einem fast feierlichen Ton, »dieser gütige Sahib meint, du seist auf besondere Weise begabt. Ich kenne den Mann seit vielen Jahren als ehrenwerten Gast unseres Hauses. Er schlägt nachdrücklich vor, dass du Schulbildung erfährst. Wie du weißt, sehe ich keinen Sinn darin, Mädchen zur Schule zu schicken. Aber dieser Mann, der vor vielen Jahren aus dem fernen Italien zu uns gekommen ist, besteht darauf. Er will dich in der ersten Zeit persönlich unterrichten. Mir soll es recht sein. Du wirst daher fortan in seinem Haus wohnen. Er hat eine Villa nicht weit vom Blumenmarkt mit mehreren Angestellten. Ich glaube, du wirst dich wohlfühlen. Es ist ein Privileg.«

Lakshmi nickte unterwürfig. Innerlich jubelte sie bei dem Gedanken, von Rachman loszukommen.

»Wie soll ich Sie ansprechen?«, fragte sie den alten Mann, während sie scheu auf den Boden blickte.

»Etto. Du darfst mich Onkel Etto nennen.«

TEIL I

BIERGARTEN AM WIENER PLATZ

MÜNCHEN, DEUTSCHLAND

23. Juli, Gegenwart

Nicola Caneddu hatte nicht ahnen können, welchen Verlauf der Abend nehmen würde. Hätte er es geahnt, wäre er niemals zu den Toiletten gegangen.

Nicht zu diesen.

Dann hätte er einfach die stinkende Baracke am Rande des Biergartens aufgesucht, in der Horden angetrunkener Besucher an eine Metallwand pinkelten und literweise Urin über eine mit Duftsteinen gefüllte Rinne ablief.

Aber die übel riechende Baracke widerte ihn an, und Caneddu beschloss, sich auf die Suche nach gepflegteren Waschräumen zu machen. Ein grässlicher Fehler, wie sich im Nachhinein herausstellte.

Dabei hatte alles so friedlich, ja geradezu ausgelassen begonnen. Ein schwülwarmer Juliabend lockte Massen fröhlicher und durstiger Menschen in den Biergarten in der Münchner Innenstadt. Im vorderen Teil des Gartens standen mit blau-weiß karierten Tischdecken eingedeckte Tische, an denen die Gäste bedient wurden. Weiter hinten erstreckten sich Dutzende Reihen schlichter zweckmäßiger Bierbankgarnituren unter Kastanienbäumen. Gemäß einer alten

Münchner Tradition durften Gäste in diesem Teil des Gartens ihr eigenes Essen mitbringen, sofern sie Getränke am Ausschank kauften.

In dem Gedränge suchten Nicola Caneddu und seine Kollegen einen freien Tisch. Nach einem anstrengenden Konferenztag freuten sie sich darauf, den Feierabend mit kühlem Münchner Bier zu begießen. Drei Tage lang hatten die Wissenschaftler mit achthundert weiteren international anerkannten Experten für Elementarteilchenphysik in den Auditorien und Seminarräumen des Deutschen Museums ihre neuesten Erkenntnisse ausgetauscht. Die Konferenz mit dem Titel PANUC – eine Abkürzung aus »particles« und »nuclei« – war unter Elementarteilchenphysikern einer der Höhepunkte des Jahres.

Caneddu war erleichtert, seinen Vortrag hinter sich gebracht zu haben. Auch wenn er sein Thema beherrschte und bereits Dutzende Vorträge darüber gehalten hatte, war er immer noch angespannt, sobald seine Zuhörerschaft eine kritische Masse überschritt. Ihm war völlig klar, dass es unberechtigte Ängste waren, die da an ihm nagten.

Dazu gehörte die absurde Sorge, jemand könnte aufspringen und ihn als Sohn eines Schafhirten entlarven. Ja, das war er. Der Sohn eines Schafhirten, eines *pastore* aus Sardinien. Aber heute war er Physikprofessor und wissenschaftlicher Leiter des weltweit bekannten Teilchenforschungslabors unter dem Gran-Sasso-Gebirge in Mittelitalien.

Sicher, der Verlauf seiner Karriere glich einem kleinen Wunder. Nachdem Nicolas Rechenbegabung in der Grundschule aufgefallen war, hatte ihn der Bürgermeister seines in den Hügeln Sardiniens gelegenen Heimatdorfs Ittiri gefördert. Der Ortsvorsteher hatte einen Vetter in der Verwaltung der Universität der Provinzhauptstadt Sassari, was genügte, um den jungen Caneddu in einen *concorso* einzuschleusen. In diesen Wettbewerben konnten junge Menschen unabhängig von ihrer Herkunft und ihren finanziellen Möglichkeiten ihre Fähigkeiten zeigen. Die Tests lieferten tatsächlich recht objektive Ergebnisse, was aber nicht immer dazu führte, dass die Begabtesten die besten Studienplätze bekamen. Dafür spielten in Italien persönliche Beziehungen eine zu übermächtige Rolle. In Caneddus Fall war die herausragende Punktezahl allerdings nicht mehr zu ignorieren, und so bekam der junge Sarde mit nur siebzehn Jahren einen Studienplatz an der Universität von Sassari. Von dort wurde er zwei Jahre später an die ›Scuola Normale Superiore‹ in Pisa vermittelt, eine Eliteuniversität. Nach einigen Jahren als Jungwissenschaftler am Elementarteilchenforschungszentrum CERN bei Genf berief ihn die Universität von Triest auf einen Lehrstuhl, und Caneddu wurde Chefwissenschaftler des unterirdischen Forschungslabors im mittelitalienischen Gran-Sasso-Gebirge. Unter zweitausend Metern Granitfels, abgeschirmt von der störenden Teilchenstrahlung des Weltraums, leitete er dort hochempfindliche Experimente mit Elementarteilchen.

Doch als er an diesem Vormittag das Mikrofon umgeschnallt hatte, um seinen Vortrag zu beginnen, war es plötzlich wieder da gewesen, dieses schale Gefühl. Das Gefühl, im Grunde nicht hierherzugehören. Im Grunde nur ein Schafhirte zu sein. So wie sein Vater. Und seine Großväter. Er war inzwischen routiniert genug, sich seine Verunsicherung nicht anmerken zu lassen. Aber heute hatte ihn noch etwas anderes aus der Spur gebracht.

Pasqualina saß im Auditorium.

Noch bevor er seine Zuhörer begrüßte, starrte er einige quälend lange Sekunden in die vorletzte Reihe des Hörsaals. Zu Pasqualina. Es entstand Unruhe. Mehrere seiner Kollegen wandten ihre Köpfe nach hinten, um zu sehen, was Professor Caneddus Aufmerksamkeit auf sich zog. Irgendwann schloss Caneddu kurz die Augen, schüttelte den Kopf und begann mit seinem Vortrag. Die Frau mit dem haselnussbraunen Haar in der hinteren Reihe war natürlich nicht Pasqualina. Aber, Himmelherrgott, sie sah ihr verblüffend ähnlich.

Die echte Pasqualina lebte in Moskau. Sie war Kulturattaché der italienischen Botschaft und seit einigen Monaten in einer Beziehung mit Oleg, einem Cellisten. Deren gemeinsame Ausflüge und Restaurantbesuche postete sie ausgiebig auf Instagram. Manchmal schickte sie sogar Bilder per WhatsApp direkt an Nicola, als sei er nun eine Art guter Freund für sie. Er fühlte sich aber nicht wie ihr guter Freund. Jedes dieser Bilder stach ihn ins Herz. Genauso wie die Frau in der vorletzten Reihe. Und jede andere Frau, die Pasqualina auch nur entfernt ähnlich sah.

Ihre Ehe war vor zwei Jahren in die Brüche gegangen. Ach was, zerbrochen, das war das falsche Wort. Die Beziehung war sublimiert. Sie hatte sich verflüchtigt wie ein Festkörper, dessen Atome zu einem Gas verdampften, ohne je einen erkennbaren Schmelzpunkt zu durchlaufen. Caneddu begriff immer noch nicht, wie das hatte passieren können. Sicher, er hatte damals verdammt viel Zeit mit seinem Forschungsexperiment verbracht, und Pasqualina war auf ihren ersten Auslandsposten entsandt worden. Ausgerechnet Singapur. Unendlich weit weg. Aber musste eine gute Ehe so etwas nicht aushalten?

In seinem Labor, zweitausend Meter unter dem Granit der

Apenninen, hatte er keinen Mobilfunkempfang. Und er verbrachte oft mehrere Tage hintereinander im Untergrund. Als Pasqualina ihn einmal über der Erde am Handy erwischte, wurde ihm klar, dass sie sich seit mehr als zwei Wochen nicht gesprochen hatten. Ob Nicolas Assistentin ihre Bitten um einen Rückruf nicht ausgerichtet habe, wollte sie wissen.

Nein, hatte sie nicht. Er verneinte es guten Gewissens. Aber Pasqualina glaubte ihm nicht. Als er Brunella Scasa, seine Assistentin, zur Rede stellte, behauptete sie erst, die Anrufe habe es nicht gegeben. Dann fiel ihr ein, ach ja, einen Anruf vergessen zu haben. Aber welche Assistentin vergisst, dass die Frau des Chefs angerufen hat? Caneddu brauchte eine Weile, bis er sich die Antwort eingestand. Eine Assistentin natürlich, die selbst ein Auge auf ihren Chef geworfen hatte.

Fortan war es mühsam. Er wollte Brunella nicht für ihre Gefühle bestrafen. Sie zu entlassen, weil sie in ihm mehr als nur ihren Chef sah, kam für ihn nicht infrage. Also versuchte er, den Kontakt mit ihr auf ein Minimum zu reduzieren. Er erledigte fortan viele Schreibarbeiten selbst. Wenn er Brunella etwas Dienstliches aufzutragen hatte, schickte er oft eine Mail, statt sie anzurufen. Eigentlich kein Zustand.

Je mehr er über ihre Beziehung nachdachte, umso mehr vermisste er Pasqualina. Aber zu allem Unglück konnte er damals, als die Beziehung ins Wanken geriet, sein Experiment unmöglich verlassen. Die Doktoranden und Jungwissenschaftler waren zwar fleißig und engagiert. Aber die Teilchenstrahlen, die ihnen das Forschungszentrum CERN quer durch die Erdkruste bis nach Italien schickte, waren extrem kostbar. Undenkbar, dass die Leute am CERN zu hören bekamen, dass Professor Caneddu im Untergrundlabor von Gran

Sasso nicht persönlich anwesend war, während sie für Zehntausende Euro pro Stunde Neutrinos quer durch die Erde schossen. Caneddu bemühte sich, möglichst viel mit Pasqualina zu telefonieren, aber er spürte, wie die Beziehung zunehmend erkaltete. Er flog nicht nach Singapur, und Pasqualina meldete sich kaum mehr. Irgendwann war sie unangekündigt aufgetaucht, in einem Mietwagen aus Rom. Sie hatten die ganze Nacht geredet. Am Morgen waren sie kein Paar mehr gewesen.

Und heute saß Pasqualina im Auditorium.

Eine wildfremde Frau mit schmalem Gesicht und haselnussbraunem Haar reichte aus, um Caneddu gehörig aus der Bahn zu werfen. Da half auch sein ganzer Selbstschutz nichts, die Barrieren, die er zwischen sich und den Widrigkeiten der Welt zu erschaffen versuchte. Die teuren Anzüge, die er seit dem Ende seiner Beziehung trug. Die Sorgfalt, mit der er seine Nägel maniküren ließ. Das gewellte Haar, das er nun etwas länger trug und jeden Morgen in Form brachte. Der knallrote Alfa, den er angeschafft hatte.

Die makellose Welt, in der Caneddu seit dem Ende seiner Ehe Halt suchte, war natürlich nur eine Schimäre. In Wahrheit lief in seinem Leben vieles aus dem Ruder. Einmal meldete sich sogar der Hausmeister seiner Wohnung in Triest, weil Nachbarn die Feuerwehr hatten rufen müssen. Caneddu hatte einige Wochen zuvor einen Lammbraten im Ofen stehen lassen, roh. Das Ding war schlicht und einfach verwest und hatte mit seinem Gestank das ganze Treppenhaus verpestet. Und, mein Gott, schließlich hatte er doch zweimal mit Brunella geschlafen, bevor er sie bat, eine andere Anstellung zu suchen.

Caneddu durchschaute das Selbstbedienungssystem des Biergartens und besorgte mehrere Brezeln sowie frisch gezapftes Bier, abgefüllt in die ortsüblichen Literkrüge.

Hier, im Zentrum der bayerischen Landeshauptstadt, war leicht zu erkennen, dass die Physikergruppe nicht aus Einheimischen bestand. Zwei von ihnen waren asiatischer Abstammung, eine Professorin aus Princeton war Afroamerikanerin mit ausladender Lockenpracht. Wer nicht mit Englisch aufgewachsen war, sprach ein flüssiges, in der jeweiligen Muttersprache gefärbtes Englisch. Während manche seiner Kollegen die farbige Plastiktasche mit dem Logo der Konferenz dabeihatten und einige sogar ihr Namensschild an einem Band um den Hals hängen ließen, trug Nicola Caneddu an diesem lauen Sommerabend einen taubenblauen Anzug von Etro, dazu rotbraune Slipper aus feinstem Kalbsleder und ein dezent gemustertes Seidenhemd. In dieser Hinsicht unterschied er sich deutlich von seinen Kollegen.

Doch im lebhaften Treiben des Biergartens interessierte sich dafür niemand. Zwischen Hipstern, Studenten, Geschäftsleuten und Einheimischen in traditioneller Tracht hätten Caneddu und seine Kollegen auch mit Augenklappen und Holzbeinen keine Aufmerksamkeit erregt. Und wer doch einen Blick auf das Grüppchen warf, ahnte sofort, um welche Art Menschen es sich handelte: vergeistigte, redselige Akademiker.

Eng zusammengerückt an einem der Holztische, entspann sich unter den Physikern eine lebhafte Unterhaltung. Sie begann mit beruflichen Themen: neue, noch unveröffentlichte Daten eines Elementarteilchendetektors im Eis der Antarktis, die Schwierigkeiten bei der Finanzierung eines Elektronenbeschleunigers in Russland. Mit der zweiten Runde Bier verlor der Gesprächsstoff an fachlichem Gehalt. Man ging über zu Anekdoten von früheren Konferenzen. Da war die allseits beliebte Geschichte über einen bornierten französischen Kollegen, der sich bei einem Symposium in Shanghai verlaufen hatte und ohne Chinesischkenntnisse die Nacht in einer schäbigen Polizeistation verbringen musste. Ein Dauerbrenner war auch die Anekdote von einem britischen Professor, dessen Ausführungen über Quantenchromodynamik wenig Beachtung fanden, weil das Auditorium von seinem offenen Hosenschlitz abgelenkt war. Als er sein zweites Bier zur Hälfte ausgetrunken hatte, merkte Caneddu, dass ihm ein klassischer Anfängerfehler unterlaufen war. Mit leerem Magen hatte er eineinhalb Maßkrüge in weniger als vierzig Minuten geleert. Der Umgang mit Alkohol war dem drahtigen Sarden zwar keineswegs fremd, doch der lange Konferenztag, das warme Wetter und das eilig gegen den Durst getrunkene Bier forderten ihren Tribut: Caneddu war nicht nur angetrunken, er musste auch dringend aufs Klo.

Er entschuldigte sich und machte sich auf den Weg zu den Toiletten. Im Inneren der Gaststätte, zu der der Biergarten gehörte, gelangte er über ein geräumiges steinernes Treppenhaus ins Kellergeschoss, wo er großzügige und blitzblank geputzte Toilettenräume vorfand.

Während er sich an einem Urinal daranmachte, die zuvor genossene Biermenge wieder loszuwerden, stellte sich ein groß gewachsener dunkelhaariger Mann neben ihn, augenscheinlich mit demselben Bedürfnis. Doch als Caneddu seinen Reißverschluss gerade wieder zuziehen wollte, spürte er einen heftigen Stich am Gesäß. Er schrie kurz auf, dann versagte seine Stimme. Ein Kribbeln breitete sich in seinem Körper aus, als fließe heißes Frittierfett durch seine Adern. Die rechtwinkligen Kacheln an den Wänden verzogen sich zu organischen Gebilden, seine Knie wurden weich. Wie aus dem Nichts tauchte ein weiterer Mann auf, ein kleinerer mit gestutztem Vollbart. Gemeinsam griffen die beiden Caneddu unter die Arme und führten ihn zurück in das Treppenhaus der Gaststätte.

In Caneddus Gehirn formten sich noch halbwegs vernünftige Worte, doch seine Zunge verarbeitete alles zu Brei. Er hatte keine Kraft, um sich dem Klammergriff der beiden Unbekannten zu entwinden. Die Männer – waren sie Nordafrikaner? Palästinenser? Iraner? – machten in gebrochenem Deutsch Scherze über das viele Bier und mahnten, dass es nun aber Zeit sei, für heute Schluss zu machen. Caneddu ließ zu, dass sie ihn durch den Vorderausgang der Gaststätte auf eine breite, mit Trambahngleisen belegte Straße geleiteten. Als sie einer Gruppe aufgekratzter junger Frauen begegneten, witzelten die beiden Fremden erneut über den Zustand ihres Freundes, den man nun schleunigst nach Hause bringen müsse.

Caneddu erlebte seine Entführung wie durch einen psychedelischen Nebel. Als er in einen dunklen Mercedes-Transporter gesetzt wurde und eine Kapuze übergestülpt bekam, schien es ihm, als beobachte er das Geschehen von der Warte eines Zuschauers aus. Sein einziger klarer Gedanke war: Er hätte doch die schmuddelige Pinkelbaracke im Biergarten aufsuchen sollen und nicht diese verfluchte Toilette in der Gaststätte.

Dann fiel er in tiefe schwarze Ohnmacht.

EHEMALIGES FABRIKGELÄNDE

MÜNCHEN, DEUTSCHLAND

24. Juli

Nicola Caneddu erwachte mit dröhnenden Kopfschmerzen. Seine Zunge fühlte sich an wie frisch gegerbtes Wildleder, und er verspürte unbändigen Durst. Er hatte noch Hemd, Krawatte und Sakko an, aber vom Bauchnabel an abwärts war er nackt. Die Knie und das Gesäß waren aufgeschürft, der Rücken steif. Als er sich mühsam aufrappelte, stellte er fest, dass er in einem Bottich aus Gusseisen gefangen war. Dessen Rand reichte ihm bis zur Brust. Auf dem rauen gewölbten Kesselboden versuchte er, Halt zu finden. Langsam realisierte er, in welcher Lage er sich befand. Sein Herz begann zu jagen. Er fühlte sich ausgeliefert. Und jeglicher Würde beraubt.

Was ging hier vor sich?

Und wo zur Hölle war er hier eigentlich?

Als er über den Kesselrand blickte, sah er im Halbdunkel verrostete Ketten, die von Stahlträgern herabhingen. Die Wände um ihn herum waren gut zehn Meter hoch und aus rotem Backstein. Neben dem Kessel erkannte er weitere Bottiche, dazwischen Rohre und große Ventile mit Drehverschlüssen, alles dick mit Staub bedeckt. Eine ehemalige

Fabrik, vermutete Caneddu. Er tippte auf Nahrungsmittel. Teigwaren vielleicht.

Die schmalen hohen Fenster der Fabrikhalle waren mit alten Matratzen und Schaumstoffstücken abgedunkelt. Aus den Ritzen drangen vereinzelte Lichtstrahlen in die Halle, in denen Staubteilchen tanzten. Wie rotes Laserlicht, dachte Caneddu. Sonnenuntergang vermutlich. Als er an die Kante des Bottichs griff, schnitt er sich in die Hand. Der Rand war messerscharf.

Plötzlich hörte er Schritte. Sie kamen von links. Aus dem Halbdunkel schälten sich die Silhouetten zweier Männer. Ein großer schlaksiger und ein kleinerer mit gestutztem Vollbart. Die *stronzi* von der Biergartentoilette, schoss es Caneddu durch den Kopf. Die Schweine, die ihm eine Spritze verpasst und ihn mit einem Sack über dem Kopf entführt hatten. Sie waren jung, etwa Anfang zwanzig. Nordafrikaner vermutlich. Was wollten die von ihm?

»Na, *professore*«, sagte der Kleinere in passablem Italienisch, »ausgeschlafen?«

Caneddu spürte Wut in sich hochkochen. Er versuchte, die Männer anzubrüllen, aber es kam nur ein Kieksen aus seiner ausgetrockneten Kehle, das in der Halle ein bizarres Echo erzeugte. Der Schlaksige reichte ihm eine Plastikflasche mit Wasser. Caneddu nahm sie und trank gierig. Der Kleinere begann, mit ruhiger Stimme zu sprechen.

»Wir wollen nur ein wenig über Ihre Arbeit erfahren, *professore*«, sagte er. »Icarus, so heißt doch ein Experiment, das Sie jahrelang geleitet haben, richtig? Wir wollen ein paar Dinge besser begreifen.«

Caneddu verstand nicht. Die Männer hatten ihn entführt und halbnackt in einen gusseisernen Bottich gesteckt, um mit ihm über seine Arbeit zu sprechen? Über Elementarteilchenphysik?

Als er seine Entführer fassungslos anstarrte, sagte der Größere der beiden: »In aller Ruhe: Was war das Ziel von Icarus?«

»*Mà che porca miseria!*«, brach es aus Caneddu heraus. Seine Stimme hallte wie ein Donnern durch die Backsteinhalle. »Ein Forschungsexperiment ist das! Ein ziviles! Unter einem Granitgebirge in Italien! Grundlagenforschung. Ich arbeite mit Elementarteilchen. Was zur Hölle soll das alles hier?«

Der Schlaksige wirkte unbeeindruckt. Er fragte erneut.

»Was war das Ziel von Icarus?«

»Neutrinophysik«, blaffte Caneddu, »sagt dir Eseltreiber das was?«

»Erklären Sie's uns.«

»Wisst ihr was, ihr lasst mich jetzt sofort hier raus. Gebt mir meine Hose wieder, und wir vergessen den ganzen Irrsinn. Von mir erfahrt ihr jedenfalls nichts, gar nichts. Ihr könnt euch ja ein Buch kaufen über Physik, da gibt es ein paar ganz gute …«

Caneddu sah, wie der Schlaksige einen Handschuh überstreifte, sich gemächlich umdrehte, zu einem Pappkarton ging und nach etwas griff. Ein Fiepen und ein Kratzen waren zu hören. Geräusche, die Caneddu gut kannte – und die er hasste. Panik stieg in ihm auf. Es gab kaum etwas, das er mehr fürchtete. Mehr als Ratten. Und das hier war ein besonders fettes Exemplar.

Der Schlaksige hob ein zappelndes dunkelgraues Tier an dessen fleischfarbenem, mit einzelnen Borsten behaartem Schwanz hoch, trug es zu Caneddu und ließ es in den Eisenbottich fallen.

Caneddu begann, hemmungslos zu schreien. Er hüpfte von einem Bein auf das andere, während das Nagetier, von ähnlicher Panik ergriffen, zwischen seinen Füßen herumjagte. Die Ratte kroch vergeblich an den gewölbten Kesselwänden hoch, fiel zurück, versuchte es an anderen Stellen erneut und sprang zwischendurch immer wieder an den nackten Beinen des Physikers empor. Ekel und Adrenalin raubten Caneddu fast das Bewusstsein. Seine Stimme begann zu versagen, und Tränen schossen ihm aus den Augen.

Bloß nicht hinfallen. Bloß nicht mit nacktem Hintern und entblößtem Geschlecht in die Nähe des rasenden Tiers gelangen. Er klammerte sich an den Kesselrand, der ihm erneut schmerzhaft in die Hände schnitt, während seine Beine einen unkontrollierten, von Angst getriebenen Tanz vollführten. Das Hämmern seiner Füße auf dem Boden des Eisenbottichs dröhnte durch die Halle und erzeugte ein bizarres Geräusch, es hörte sich an wie das dilettantische Klopfen auf einer überdimensionalen Trommel.

Zweiunddreißig Jahre seines Lebens spulten sich im Rekordtempo zurück. Er war plötzlich wieder der Zwölfjährige. Der Klugscheißer, den man in der Pause im Klassenzimmer eingesperrt hatte. Mit einer Ratte. Caneddu war wieder in seinem alten Schulzimmer, vor dessen Tür die anderen Jungs kichernd warteten und horchten, und versuchte, über die Schulbänke springend, die Ratte auf Abstand zu halten. Die Ratte, die ihm die Usai-Brüder, diese elenden Scheißkerle, in den Schulranzen gesetzt hatten. Irgendwann hatte er es damals geschafft, seine Panik zu überwinden. Er hatte einen Papierkorb ausgeleert und einen weggeworfenen Pfirsichkern zwischen zwei Schulbänke geschleudert. Das hatte die Ratte angelockt, und dem zwölfjährigen Caneddu war es schließlich gelungen, den Papierkorb über das Tier zu stülpen.

Trotz seiner blinden Panik versuchte er jetzt, in dem Eisenbottich, einen Rhythmus an der Raserei der Ratte zu erkennen. Irgendwann hob er ein Bein, ahnte den nächsten Haken des Tiers und trat mit der Ferse zu. Er erwischte den Schwanz, immerhin, die Ratte war blockiert. Sie zappelte unter seinem Fuß um ihr Leben wie eine Fliege, die am Honig klebte. Während Caneddu sich vor Ekel fast übergeben musste, rammte er die andere Ferse in das Genick des Tiers und spürte, wie ihm das Rückgrat brach. Er riss seine Seidenkrawatte vom Hals, packte damit den zertretenen Kadaver und schleuderte ihn den beiden Männern entgegen.

Die duckten sich nur lachend weg.

»Wir haben noch mehr davon!«, sagte der Schlaksige mit einem kindischen Grinsen.

»Nein, stopp, ist gut. Wir reden«, keuchte Caneddu und streifte die blutigen Hände an seinem Achthundert-Euro-Sakko ab. »Was wollt ihr wissen?«

»Das Ziel von Icarus, dem Experiment …«

Das panische Entsetzen, das seinen Körper durchflutet hatte, wich langsam einem schalen Gefühl der Hilflosigkeit. Er wischte sich über die schweißnasse Stirn.

»Okay, es geht um Neutrinos. Das sind Elementarteilchen …« Er brach ab. Ihm wurde schwarz vor Augen. Innerlich fluchend versuchte er, den Faden wiederzufinden. Er atmete tief durch, räusperte sich und setzte erneut an.

»Elementarteilchen also, so wie das Elektron zum Beispiel. Aber viel schwerer zu entdecken und zu messen. Ein Neutrino ist nicht elektrisch geladen, hat fast keine Masse und tritt praktisch nie in Erscheinung. Dennoch spielen Neutrinos im

Universum eine bedeutende Rolle. Ohne sie gäbe es zum Beispiel keine Kernfusion in der Sonne, sie würde nicht leuchten …«

Er musste vor Erschöpfung eine Pause machen. Der kleinere der beiden Entführer reichte ihm erneut eine Wasserflasche. Aber Caneddu schlug sie aus.

»Am Europäischen Teilchenforschungszentrum CERN wurde einige Jahre lang ein künstlicher Neutrinostrahl erzeugt. Diese Neutrinos wurden unterirdisch quer durch die Erdkruste Richtung Italien gelenkt. Neutrinos lassen sich von Fels und Gestein praktisch nicht aufhalten. In dem Labor unter dem Berg Gran Sasso, wo ich arbeite, fing ein Detektor einige dieser Neutrinos auf. Wir haben gemessen, ob sich die Partikel auf ihrem Weg durch die Erde verändern. Neutrinos können sich von selbst in andere Neutrinoarten verwandeln. Das nennt sich Neutrinooszillation.«

Caneddu sah, wie der kleine Bärtige einen kurzen Blick mit seinem Partner tauschte.

»Vom CERN wurden die Neutrinos nach Italien geschossen? Von Genf zum Gran Sasso? Das ist alles?«, fragte der Größere, als er sich wieder Caneddu zuwandte. »Gibt es weitere solcher Neutrinoexperimente am CERN?«

Diese Frage verblüffte Caneddu.

»Nein«, sagte er. »Das Experiment war ziemlich aufwendig. Es musste eigens ein Beschleunigertunnel gebaut werden, eine Abzweigung am großen Ringbeschleuniger des CERN. In diesem Tunnel wurden die Neutrinos erzeugt und durch die Erde zum Gran Sasso geschickt. Das Experiment ist aber beendet. Die USA haben den Detektor aus dem Gran Sasso gekauft und werden in den kommenden Jahren damit eigene Neutrinoforschung betreiben. Aus, basta!«

»Kein weiterer Neutrinostrahl am CERN? Kein weiterer Tunnel?«, fragte der Bärtige.

»Ein zweiter Neutrinostrahl? Ausgeschlossen«, sagte Caneddu bestimmt.

Was wollten diese Kerle bloß? Seine Antwort befriedigte seine Peiniger offenbar nicht. Der Schlaksige holte eine weitere Ratte. Diesmal gelang es Caneddu, ihm das Tier aus der Hand zu schlagen, sodass es fiepend durch die Fabrikhalle davonrannte. Er warf den beiden Männern italienische, teils sardische Flüche an den Kopf. Als könnte seine Wut auch nur das Geringste an seiner Situation ändern. Immerhin hielt er mit seinem Geschrei die erneut aufkommende Panik etwas in Schach. Es war ein Mittel gegen die totale Verzweiflung.

Die beiden Männer zogen sich in eine Ecke der Backsteinhalle zurück. Trotz seiner höllischen Kopfschmerzen und der mittlerweile überhandnehmenden Übelkeit versuchte Caneddu, zu erahnen, worum es den beiden *cretini* tatsächlich gehen könnte.

Nach einer Weile trat der Schlaksige wieder an den Bottich heran. Diesmal hatte er einige großformatige Papiere in der Hand. Bauzeichnungen. Caneddu hatte keine Probleme, die Pläne zu lesen: Es handelte sich um den Grundriss der Tunnelanlage des CERN, die er als leitender Wissenschaftler nur allzu gut kannte. Eine Skizze zeigte die beiden ineinander verschlungenen Ringbeschleuniger, den älteren SPS und den riesigen LHC. Er erkannte auch den Tunnel, der im Südwesten von einem Segment des LHC abzweigte und schnurgerade auf den Flughafen von Genf zulief. In diesem waren für einige Zeit Neutrinos erzeugt und durch die Erdkruste zum 730 Kilometer entfernten Gran Sasso geschossen worden.

Der Bärtige tippte mit dem Finger auf einen gestrichelten Bereich der Skizze. Es sah aus wie ein Seitenast, ein weiterer Tunnel, der mit dem bekannten Neutrinotunnel einen spitzen Winkel bildete. Die beiden Röhren formten ein liegendes Y.

»Was ist das?«, wollte der kleine Bärtige wissen. »Was passiert hier neben dem Tunnel, den Sie für Ihr Experiment genutzt haben?«

Caneddus erster Impuls war, diesem Typen ein weiteres verächtliches »*scemo*« oder »*imbecille*« entgegenzubrüllen. Aber der Gedanke an die Kiste mit den Ratten hielt ihn davon ab. Stattdessen versuchte er, zu ergründen, was es mit der seltsamen Verzweigung auf der Zeichnung auf sich haben könnte. Gab es dort einen weiteren Tunnel? Einen Seitenarm, den er bislang nicht kannte? Konnte er sich an Durchgänge erinnern? Eine Putzkammer, einen Notausgang, Kühlleitungen? Zweifellos gab es im Umfeld des riesigen Beschleunigers am CERN jede Menge technische Anlagen. Rohre für das flüssige Helium, mit dem die lastwagengroßen Magnetspulen des Protonenbeschleunigers auf minus 270 Grad Celsius gekühlt wurden. Andererseits mussten solche Kühlleitungen in unmittelbarer Nähe des Ringtunnels angeordnet sein. Und Kühlanlagen waren wohl kaum der Grund, warum diese zwei Spinner einen Wissenschaftler entführten und mit Ratten quälten. Einfach um irgendetwas von sich zu geben, sagte er schließlich: »Ich vermute einen Lagerraum, vielleicht ein Zugang zu Kühlleitungen oder Vorräte für die Betriebsfeuerwehr …«

Das war ein Fehler. Der Schlaksige schüttelte den Kopf und wandte sich erneut ab. Caneddu sah, wie er im hinteren Bereich der Halle einen Eimer ergriff und langsamen Schrittes zum Bottich zurückkehrte. In dem Eimer schwappte eine Flüssigkeit. Wie eine Registriermaschine ging Caneddus Gehirn die Möglichkeiten durch, was das bedeuten konnte. Doch die Realität sollte seine Fantasie bei weitem übertreffen. Einen Schritt vom Eisenbottich entfernt, packte der Schlaksige den Eimer, eine Hand am Griff, die andere am Boden, und schüttete den Inhalt direkt über den Physiker. Eine nach ranzigem Fleisch, Schimmel und Fisch stinkende Brühe lief an seinem halb bekleideten Körper hinab und sammelte sich langsam am Boden des Kessels.

Wo auch immer diese *disgraziati* den Inhalt dieses Eimers herhatten, das Zeug war ekelhafter als alles, was Caneddu je gesehen und gerochen hatte. Restlos verdorbene Knochenreste mit weißgrünem Schimmel überzogen und ranzige Fischstücke waren noch nicht einmal das Schlimmste. Als Caneddu sah, dass sich fingerlange graue Maden in der Pestbrühe suhlten, musste er sich übergeben. Sein Erbrochenes konnte dem Gestank kaum etwas hinzufügen.

Ein Zittern fuhr durch seinen Körper, das weder durch Kälte noch durch Angst motiviert war. Purer Ekel ergriff Besitz von seinem Nervensystem. Aus seinem Mund drangen unbeherrschte Schreie. Wie durch einen öligen Nebel nahm er wahr, dass der Bärtige die Kiste mit den Ratten holte und sich näherte. Er nahm nicht nur eine einzelne Ratte heraus, sondern kippte ein Dutzend der grau-schwarzen Tiere mit ihren nackten Schwänzen in den Bottich.

Auf die Nager hatte die stinkende Mixtur eine völlig andere Wirkung als auf Caneddu. Die Ratten gerieten in Ekstase. Sie begannen, sich wie Schakale um die vergammelten Fleischstücke zu reißen, verbissen sich in Sehnen, in Fischgräten und wälzten sich fiepend in der Brühe zu seinen

Füßen. Obwohl mehr als genug zu fressen für alle herumschwamm, steigerten sich die Ratten bald in einen Rausch, einen Zustand höchster Aggression. Die Tiere begannen, sich gegenseitig anzugreifen. Sie schlugen die Zähne in ihre Artgenossen, ja sogar in den eigenen Schwanz und schließlich in Caneddus Beine.

Als sich die erste Ratte in seinem Hodensack verbiss, wurde Caneddu schwarz vor Augen. Sein Körper kippte an die Wand des Bottichs und rutschte nach unten. Am rauen Gusseisen schürfte er sich das Gesäß blutig. Doch davon merkte er nichts mehr, denn er hatte bereits das Bewusstsein verloren.

HAUPTQUARTIER DER GSG 9

SANKT AUGUSTIN, DEUTSCHLAND

25. Juli

Polizeiobermeister Gerhard Helmrich sagte einen *Grand Hand* an, obwohl er nur einen Trumpfbuben im Blatt hatte. Seine drei Asse und die beiden Zehner stimmten ihn zuversichtlich, seinen Mitspielern in dieser Runde 120 Punkte abzuknöpfen. Man musste manchmal etwas wagen, fand er. Ohne Risiko hatte er gegen seine jüngeren Kollegen sowieso nicht viele Chancen. Sie waren die besseren Skatspieler. Vor allem der Neue, dieser Rothaarige aus dem Allgäu, hatte es verdammt gut drauf. Der Saukerl hatte sie gestern in einer Ramschrunde mit einem Durchmarsch kalt erwischt. Bis dahin hatte Helmrich gedacht, die Jungs aus Bayern könnten nur Schafkopfen.

Helmrich bekam seine 120 Punkte nicht. Beim dritten Stich quakte die Sirene. Das kam selten vor. Und noch seltener um kurz nach drei Uhr morgens. Aber nun war es so weit. Er warf seine Karten genauso schnell hin wie seine beiden Mitspieler. Im Nebenraum sprangen fünf Kollegen vom Sofa auf und schalteten die dritte Staffel der Serie ›Narcos‹ ab.

»Ist das jetzt ernst?«, rief einer der Jüngeren, als Helmrich auf dem Weg zum Lagezentrum an ihnen vorbeilief.

»Fertigmachen zum Einsatz«, brüllte er seinen Untergebenen zu.

In der Einsatzzentrale traf Helmrich auf die gute Seele ihrer Truppe, Ruth Binder. Die fröhliche Rheinländerin hatte hier schon Dienstpläne koordiniert und über die Notrufleitung gewacht, als Helmrich noch mit Bauklötzen spielte.

»Diesmal geht es richtig los«, sagte Binder ohne Aufregung in der Stimme und drückte Helmrich einen frischen Computerausdruck in die Hand. »Ihr fliegt nach München. Der Puma ist in zwanzig Minuten startbereit. Zwei Einheiten zu je vier Mann. Du hast das Kommando.«

Helmrich nickte, während er den Ausdruck überflog. Es sah tatsächlich ernst aus. Zwei Nordafrikaner – meine Güte, die Kollegen in München schrieben immer noch »Nafris« – waren vor drei Tagen mit einer Maschine aus Casablanca am Münchner Flughafen gelandet. Ihre Touristenvisa waren sauber, aber ihre Herkunft hatte eine Markierung im Überwachungscomputer der Bundespolizei ausgelöst. Ihre Daten und Gesichter waren automatisch mit Dateien islamistischer Gefährder abgeglichen worden. Ohne Ergebnis. Die Gesichter waren in der Datenbank geblieben, und zwei Tage später hatte es dann doch einen Treffer gegeben.

Vor einigen Jahren hatte die bayerische Polizei an »empfindlichen Stellen« Überwachungskameras angebracht, so auch in Großmärkten, die Chemikalien und Pflanzenschutzmittel verkauften, Rohstoffe, aus denen man mit etwas Geschick und einem gewissen Basiswissen Bomben bauen konnte. Und siehe da: Die beiden »Touristen« aus Casablanca tauchten tatsächlich in einem Baumarkt auf, der jede Menge Düngemittel führte. Allerdings kauften sie keine Chemikalien, sondern ein halbes Dutzend Eimer, Kisten,

Kabelbinder, Tierfutter – und gut fünfzig Quadratmeter Schaumstoff.

Was wollten zwei Touristen mit Tierfutter und bergeweise Schaumstoff? Bei der Polizei und dem Verfassungsschutz läuteten die Alarmglocken. Eine Datenbankrecherche ergab zudem, dass die Männer bei Europcar einen Mercedes-Transporter gemietet hatten. Einen Transporter? Touristen? Glücklicherweise hatten sie das teure Modell gewählt, mit Navi, Ledersitzen und Klimaanlage. In diese Ausführung baute Europcar standardmäßig GPS-Sender ein, man wollte die schönen Fahrzeuge schließlich nicht in Tadschikistan einsammeln. Tagsüber tauchte das GPS-Signal an mehreren Stellen in der Münchner Innenstadt auf. Am Nachmittag entschied sich die bayerische Polizei für eine Observierung. Man stellte einen Beamten ab, der den Transporter am Wiener Platz in der Nähe eines Biergartens aufspürte. Gegen Abend tauchten die beiden Nordafrikaner schließlich mit einem betrunkenen Mann auf und fuhren mit dem Transporter davon. Nicht Grund genug, die Verfolgung aufzunehmen. Der Beamte funkte lediglich in die Zentrale, die Gäste aus Nordafrika hätten sich im Biergarten vergnügt und Freundschaft mit einem gut gekleideten Europäer geschlossen.

Am nächsten Tag ging eine Vermisstenmeldung bei der Polizei ein. Ein italienischer Atomphysiker war abgängig, meldeten Teilnehmer einer Wissenschaftskonferenz. Die Personenbeschreibung passte zu dem gut gekleideten, betrunkenen Europäer. In Sekundenschnelle breitete sich Hektik im Landeskriminalamt aus. Die vermeintliche Völkerverständigung im Biergarten war in Wahrheit eine Entführung oder Geiselnahme gewesen. Man ortete den gemieteten Transporter in der Nähe einer Fabrikruine, kein Hotel weit und breit.

Die bayerischen Behörden forderten das große Aufgebot der Bundespolizei an.

Helmrich, der von seiner Truppe »Helmi« genannt wurde, wenn er nicht zugegen war, musste seinen Jungs nicht viel Dampf machen. Sie waren wie Zirkustiere darauf gedrillt, in weniger als zwanzig Minuten einsatzbereit zu sein. Mit Tarnanzügen, Helmen und Schutzwesten standen sie um 3:27 Uhr an der Rampe vor dem Hauptquartier. Der Kleinbus der Kollegen von der Unterstützungseinheit näherte sich bereits.

Sie konnten sich blind darauf verlassen, dass sämtliche Ausrüstungsgegenstände, Helme, Schutzwesten, Handfeuerwaffen, Blendgranaten, Brillen, Stabtaschenlampen wie auch Nachtsichtgeräte und Herzschlagsensoren bereits in den Helikopter verladen wurden. Auch Helmrichs liebstes Werkzeug, die MP7 von Heckler & Koch, gehörte zur Standardausrüstung. Es war eine teuflische Waffe. Sie hatte die Leichtigkeit einer Pistole, die Schussfrequenz eines Maschinengewehrs und die Durchschlagskraft eines Karabiners. Trotz ihres kleinen Kalibers von nur 4,6 Millimetern durchschlugen die Projektile noch aus zweihundert Metern Entfernung den Standard-Kevlarhelm der NATO. Ihre volle Wirkung entfaltete die kurzläufige MP7 im Häuserkampf und in Innenräumen.

Um 3:38 Uhr hoben Polizeiobermeister Helmrich sowie sieben ihm unterstellte Beamte des deutschen Antiterrorkommandos GSG 9 vom Flughafen der Bundespolizeifliegerstaffel nahe der ehemaligen Bundeshauptstadt Bonn in den Nachthimmel ab. Ihr Ziel, die Grünfläche der Trabrennbahn von Daglfing im Osten Münchens, war 437 Kilometer entfernt. Die 3600 PS des dunkelblau lackierten Puma-Hubschraubers würden die Strecke in weniger als zwei Stunden bewältigen.

EHEMALIGES FABRIKGELÄNDE

MÜNCHEN, DEUTSCHLAND

25. Juli

Aus Nicola Caneddus Mund drang nur ein Wimmern. Eine erbärmliche Mischung aus Flehen und Verzweiflung. Der Wissenschaftler war an Armen und Beinen mit Kabelbindern gefesselt. Das Blut pochte in seinem Schädel wie die Basstrommel einer Heavy-Metal-Band. Er steckte zwar nicht mehr in dem Bottich, aber man hatte ihn nun kopfüber an einem Seil aufgehängt. Sein Körper brannte, als würden Feuerzeuge an mehreren Stellen gleichzeitig die Haut versengen. Der beißende Geruch, der ihn umhüllte, ließ ihn vermuten, dass die Entführer seine Schürfwunden und Rattenbisse mit einem Antiseptikum behandelt hatten.

Mittlerweile war er völlig nackt. Sein Haar stank noch immer nach der ekelhaften Brühe, die seine Entführer in den Kessel geschüttet hatten. Der kleinere der beiden prüfte die Fesseln, während der Schlaksige aus einigen Schritten Entfernung zusah. Sie ließen ihn eine Weile einfach kopfüber hängen. Dann bauten sich die Männer vor ihm auf und blickten ihn mit zusammengekniffenen Augen an. Der Größere stellte in seinem gefärbten Italienisch eine Frage.

»›*Parasciu*‹, was sagt Ihnen das?«

Die Frage machte Caneddu nur noch mehr Angst. Die Situation war gleichermaßen bedrohlich wie absurd. Nicht nur dass er nackt an einem Strick hing, während zwei Verbrecher ihn fordernd anstarrten. Sie fragten auch noch nach einem Begriff, der ihm nichts, aber auch gar nichts sagte. Er wusste keine Antwort, die sie beschwichtigen würde.

»Wie bitte?«, fragte er zurück, um etwas Zeit zu gewinnen.

Die beiden Entführer sahen einander kurz an und versuchten es ein weiteres Mal.

»›*Pa-ra-sciu*‹, was sagt Ihnen das?«

Caneddu blickte sie mit seinen geschwollenen Augen an. »*Mà che cazzo dici …?*«, murmelte er. Vorsichtig schüttelte er den Kopf.

Der kleine Bärtige drehte sich um und ergriff einen Eimer, der beträchtliches Gewicht zu haben schien. Der Schlaksige stellte eine Leiter neben Caneddu auf und stieg einige Sprossen nach oben. Von dort nahm er den Eimer entgegen. Der andere wickelte ein altes Frotteehandtuch um Caneddus Kopf. Der Physiker sah nun nichts mehr, spürte aber, wie der Schlaksige langsam eine Flüssigkeit auf ihn schüttete, Wasser vermutlich. Es rann über die Beine an seinem Geschlecht vorbei den Bauch hinunter zu seinem Kopf. Das Handtuch begann, sich vollzusaugen, und schließlich bekam Caneddu kaum noch Luft. Als das Handtuch vollständig mit Wasser getränkt war, fühlte es sich an, als würde er ertrinken. Er versuchte, Luft zu holen, atmete aber nur Flüssigkeit ein. Und der Scheißkerl auf der Leiter ließ weiter Wasser an seinem Körper hinunterlaufen. Caneddu fing an, sich zu winden wie ein Fisch, den man an der Schwanzflosse festhielt. Das Gefühl zu ertrinken war überwältigend.

»Zum letzten Mal: Was ist ›*parasciu*‹?«, fragte der Schlaksige.

Caneddu versuchte, etwas zu sagen, aber es spritzten nur Wassertropfen aus dem nassen Handtuch hervor. Er wünschte sich, er könnte den Entführern sagen, was sie hören wollten. Aber weil er das nicht konnte, war er sicher, dass sie ihn nun ertrinken lassen würden. Sein Herz schlug wie wild. Er hatte Todesangst.

Da riss der Schlaksige das nasse Handtuch von seinem Kopf.

»Ist das wirklich noch nicht genug, du verdammter Makkaroni?«

Doch das letzte Wort erstarb in einem gewaltigen Knall. Ein gleißender Lichtblitz flutete die Halle. Geblendet und benommen erlebte Caneddu das weitere Geschehen nur bruchstückhaft. Es schien ihm, als hätte jemand seine Sinne auf Zeitlupe gestellt. Martialische Krieger tauchten aus Rauchwolken zwischen den Kesseln und Rohren auf. Sie schrien Befehle, schwenkten Maschinenpistolen, auf denen starke Lichtstrahler angebracht waren. Die Fabrik, in der er so heftige Qualen durchlitten hatte und noch immer kopfüber an einem Seil hing, füllte sich mit Gestalten, die aus einem Ego-Shooter-Spiel zu stammen schienen.

Der Schlaksige machte eine abrupte Bewegung, als die Soldaten auf ihn zustürmten. Einer der Kämpfer feuerte aus zehn Schritten Entfernung eine Salve in seinen Leib. Der Mann, der Caneddu gefoltert hatte, klappte zusammen wie ein Stapel Bauklötze. Caneddu wandte den Blick entsetzt ab, als der vermummte Soldat auch noch einen Kopfschuss nachsetzte. Der kleine Bärtige riss gerade noch die Hände hoch, während die Spezialkräfte bereits auf ihn zustürmten. Den auf Deutsch gebellten Befehl »Auf den Boden und Hände hinter den Kopf!« verstand er zwar nicht, aber er tat intuitiv das Richtige. Er sank mit erhobenen Armen auf die Knie. Ein Soldat trat ihm in den Rücken. Er kippte vorwärts auf den Bauch.

»Gesichert!«, brüllten die Männer des achtköpfigen Trupps, nachdem sie sämtliche Winkel der ehemaligen Fabrikhalle durchkämmt und mit Infrarotkameras und Herzschlagsensoren gescannt hatten.

Caneddu nahm die rabiate Befreiungsaktion ohne nennenswerte Gefühlswallungen wahr. Seine Ohren dröhnten von dem infernalischen Knall der Blendgranate. Da der eine seiner beiden Entführer nun tot war und der andere gefesselt auf dem Boden lag, wandten sich die Befreier ihm zu. Reichlich ruppig, fand Caneddu angesichts seiner erbärmlichen Lage.

Die Beamten des deutschen Sonderkommandos schnitten ihn nicht sofort von dem Seil ab. Einer der Polizisten redete zunächst auf Arabisch und dann auf Englisch auf ihn ein.

»Wie ist Ihr Name, und welche Sprache sprechen Sie?«

Auf die englische Version hin nannte Caneddu seinen Namen und fügte hinzu: »*Italian, I am Italian.*«

»Gibt es hier weitere Personen?«

Der Polizist musste die Frage zweimal wiederholen.

»*No, no*«, stöhnte Caneddu und warf seinen Kopf hin und her, »nur die beiden *stronzi.*«

»Okay. Mein Name ist Gerhard Helmrich, ich leite diese Operation. Wir bringen Sie jetzt in Sicherheit. Hören Sie?«

Auf dessen Zeichen hin durchschnitt einer der Männer endlich Caneddus Plastikfesseln mit einem Kampfmesser. Zwei weitere Soldaten griffen ihm unter die Arme, ein dritter kappte das Seil.

Am Boden hüllten sie Caneddu in eine knisternde, gold glänzende Rettungsdecke. Als sie im Innenhof des Gebäudekomplexes ins Freie traten, staunte der Italiener über den logistischen Aufwand. Vier schwarze BMW-Limousinen standen mit Blaulichtern vor dem Backsteingebäude, daneben zwei schwarze Transporter, offenbar für Waffen, Schutzkleidung und wer weiß was für Geräte. An den Ausfahrten des Fabrikhofs sperrten silber-blaue Streifenwagen der Münchner Polizei das Gelände ab. Von Süden bahnten sich zwei Krankenwagen den Weg in den Fabrikhof. Ein Wunder eigentlich, dachte er, dass er und seine Entführer von diesem ganzen Rummel nichts mitbekommen hatten.

LANDESKRIMINALAMT

MÜNCHEN, DEUTSCHLAND

25. Juli

Nicola Caneddu war reichlich benommen von den Qualen seiner Entführung. Er ließ sich von den deutschen Antiterrorspezialisten bereitwillig in die Obhut zweier Sanitäter übergeben, die ihn auf einer Trage in einen Krankenwagen schoben. Im Konvoi mit zwei 450-PS-starken, allradgetriebenen BMW 750Li und drei silber-blauen Streifenwagen mit blinkenden Blaulichtern verließ der Krankenwagen das Fabrikgelände im Münchner Osten. Die Wagenkolonne raste quer durch die erwachende Stadt zu dem im Westen gelegenen Gebäude des Bayerischen Landeskriminalamts. Im Untergeschoss des mehrstöckigen schmucklosen Zweckbaus wurde Caneddu in eine bestens ausgestattete Krankenstation aufgenommen, wo er eingehend untersucht wurde. Sogar eine Kernspintomografie ließ er trotz seiner Erschöpfung über sich ergehen.

Nachdem seine Wunden gesäubert, desinfiziert und verbunden waren, gab ein streng gescheitelter Arzt mit weißem Kittel das Einverständnis, Caneddu in einem Zimmer der oberen Stockwerke unterzubringen. Die Unterkunft war ausgestattet wie das Einzelzimmer eines Mittelklassehotels, ein Bett, ein Schreibtisch, ein kleines, aber sauberes weiß gekacheltes Bad mit Dusche. Dass es in diesem Quartier keinen Fernseher gab, fiel Caneddu zunächst nicht auf. Wohl aber bemerkte er die stabilen Gitter vor dem Fenster, das sich nicht öffnen ließ. Ihm wurde klar, dass er für die deutschen Behörden so etwas wie ein Halbverdächtiger sein musste, einerseits das Opfer eines schweren Verbrechens, andererseits womöglich selbst in die Sache verstrickt.

Man hatte ihm einen Packen Kleidung auf das Bett gelegt. Eine legere Cordhose, Unterwäsche, ein T-Shirt und einen Pullover sowie Socken und billige Turnschuhe in seiner Größe. Keine erstklassige Ware, aber funktional. Deutsch und praktisch, dachte Caneddu. Er vermisste seinen Lederkoffer, der vermutlich noch in seinem Hotelzimmer war, gefüllt mit ausgewählten Kleidungsstücken, darunter ein paar seiner Lieblingsteile, die er auf Reisen immer mitnahm. Ohne seine persönlichen Dinge, ohne den Duft seines Eau de Toilette und vor allem ohne seine elegante Garderobe fühlte er sich unwohl und verletzlich. Gut sitzende Kleidung war für ihn wie eine zweite Haut. Sie gab ihm Sicherheit.

Nach einer ausgiebigen Dusche legte er sich, in einen billigen weißen Frotteebademantel gehüllt, auf das Bett und schlief sofort ein.

Geweckt wurde er nur wenige Stunden später mit bayerischer Direktheit. »Grüß Gott, Herr Kanettu«, quakte eine füllige rotbackige Hausdame. Mit weißer Schürze und einem Tablett spazierte sie in das Zimmer und stellte ein Frühstück – weiße Semmeln, Butter, Marmelade, Schinken, Käse, ein gekochtes Ei sowie ein Kännchen Brühkaffee – auf das Nachtkästchen. Das Verlangen nach einem kräftigen Doppio unterdrückend, trank Caneddu eine Tasse des lauwarmen deutschen Filterkaffees.

»Wie viel Uhr ist es?«, fragte er die Frau.

»Es ist kurz vor zwölf Uhr mittags. Sie haben einige Stunden geschlafen.«

Immerhin, dachte er. Einige Stunden. Nachdem sie das Fenster geöffnet und die Bettwäsche aufgeschüttelt hatte, verließ die Frau das Zimmer wieder. Caneddu strich Butter und Marmelade auf eine Semmel. Als er gerade den letzten Bissen hinunterschluckte, klopfte es erneut. Ein junger uniformierter Beamter erkundigte sich in unbeholfenem Englisch, ob »Mr. Caneddu« bereit sei für eine Unterredung mit den leitenden Ermittlern des Hauses. Er werde in zehn Minuten zur Verfügung stehen, versicherte Caneddu, obgleich er ziemliche Lust verspürte, sich nach dem Frühstück für weitere zwei Stunden ins Bett zu legen.

Man führte Caneddu durch mehrere Gänge des Gebäudes und über einen Fahrstuhl in einen Besprechungsraum, der einige Stockwerke über dem Zimmer lag, in dem er die vergangenen Stunden verbracht hatte. Zwei Männer und eine Frau erwarteten ihn. Sie umgab eine Aura professioneller, distanzierter Höflichkeit. Man erkundigte sich nach Caneddus Befinden, fragte, ob sein Quartier akzeptabel sei und ob er etwas zu trinken wünsche. Die Beamtin mit weißblondem, akribisch nach hinten gekämmtem Zopf wurde als Abteilungsleiterin beim Verfassungsschutz vorgestellt. Einer der beiden Männer war Polizeirat des Landeskriminalamts, der andere ein Kriminaloberrat des Bundeskriminalamts.

»Herr Caneddu«, begann der ranghöchste der anwesenden Beamten, der Mann vom BKA, in korrektem, aber akzentgefärbtem Englisch, »wir bedauern außerordentlich, was

Ihnen zugestoßen ist, und das ausgerechnet auf deutschem Staatsgebiet.« Deutschland sei generell ein äußerst sicheres Reiseland, erklärte der sportlich wirkende Mann mit gescheiteltem grau-schwarzem Haar und einem schmalen Schnurrbart, der ihm etwas Aristokratisches verlieh. Man halte es für wahrscheinlich, dass Caneddu nicht zufällig einem Verbrechen zum Opfer gefallen sei. Es sei daher für die Aufklärung dieser Angelegenheit, aber auch für die generelle Sicherheit ausländischer Besucher in Deutschland von größter Bedeutung zu erfahren, was der Hintergrund dieser abscheulichen Gewalttat sein könne.

»Ich habe keine Ahnung«, antwortete Caneddu.

Seine Augenlider waren schwer. Die wenigen Stunden Schlaf in der Obhut der Polizei hatten nicht ausgereicht, um seine Erschöpfung zu beseitigen. Er hatte Mühe, den Kopf hochzuhalten, während die smarten Verhörspezialisten der deutschen Polizei ihn mit hellwachen Augen musterten.

Der BKA-Beamte neigte den Kopf zur Seite und sah sein Gegenüber mit enttäuschtem Blick an. Caneddu war klar, dass dieser Mann nicht sein erstes Verhör führte. Aber er hatte nicht vor, sich auf Machtspielchen einzulassen. Er war hier schließlich das Opfer und nicht der Täter.

»Hören Sie, ich war beruflich in München, auf einer wissenschaftlichen Konferenz. Am Abend haben wir einen Biergarten aufgesucht, und in den Toilettenräumen haben mich zwei Männer betäubt und entführt. Sagen Sie mir, welchen Zusammenhang ich hier sehen soll.«

»Sie kommen aus …«

Der Beamte blätterte in seinen Unterlagen.

»Sardinien«, sagte Caneddu. »Ich komme aus Sardinien.«

»Richtig. Sardinien. Haben Sie dort vielleicht Feinde?«

»Feinde? Wie meinen Sie das? Blutrache? Mafia? Solche Sachen?« Caneddu verschränkte die Arme.

»Ja, zum Beispiel.«

»Blödsinn«, sagte Caneddu und stieß einen verächtlichen Laut aus. »Verwechseln Sie unsere Insel nicht mit anderen Teilen Italiens. Die Mafia aus Sizilien oder Kalabrien hat mit Sardinien seit Jahrhunderten nichts zu tun. Der Unterschied ist mindestens so groß wie … wie zwischen Bayern und Schleswig-Dingsda …«

»Sicher, verzeihen Sie. Herr Caneddu, was wir suchen, ist das Motiv für das Verbrechen, das an Ihnen verübt wurde. Dabei blicken wir zunächst in alle Richtungen. Aber lassen wir das im Augenblick. Für das Wahrscheinlichste halten wir einen Zusammenhang mit Ihrem Beruf. Sie sind Physiker. Soweit wir das feststellen konnten, Atomphysiker. Sie haben also womöglich Fähigkeiten, die in gewissen Kreisen … sagen wir, begehrt sind.«

»Welche Kreise?«

»Haben Sie den Namen Abdul Kadir Khan schon einmal gehört?«

»War das einer der beiden *stronzi*, die mich gefoltert haben?«

»Nein, nein. Kahn ist Pakistaner. Er hat jahrelang Atomwaffen und kerntechnisches Know-how verschoben, auch in Länder, die den westlichen Demokratien nicht sonderlich verbunden sind.«

»Ach ja, ich habe darüber gelesen. Das ist aber einige Jahre her. Und der Kerl sitzt im Gefängnis, oder?«

»Ja. Das Proliferations-Netzwerk, das Kahn aufgebaut hatte, ist zerschlagen. Aber das Interesse an moderner Nukleartechnik ist damit keineswegs verschwunden. Wir können davon ausgehen, dass so einige Regierungen und terroristische Organisationen in höchstem Maße daran interessiert sind, was Sie so in Ihrem Kopf haben.«

»Das ist Blödsinn. Ich bin kein Kernphysiker. Ich bin Elementarteilchenphysiker, verstehen Sie? Das ist ein Riesenunterschied. Das, woran ich arbeite, hat nichts mit Atombomben oder Kernspaltungen zu tun. Aus der Elementarteilchenforschung lässt sich niemals irgendeine wahnsinnige Bombe ableiten. Es geht um Grundlagenphysik, um die fundamentalen Gesetze der Materie und der mikrokosmischen Kräfte, wie sie Millisekunden nach dem Urknall herrschten ...«

Der Begriff »Urknall« ließ die Beamten aufhorchen. Wahrscheinlich klang es in ihren Ohren wie eine Bestätigung dafür, dass in der Fabrikruine Caneddus Wissen über futuristische Monsterwaffen hatte herausgepresst werden sollen. So viel Naivität machte den Physiker wütend. Er merkte, wie sein Temperament in Wallung geriet.

»Darf ich auch mal etwas fragen?«, platzte es aus ihm heraus, und er begann, mit den Händen in der Luft zu wedeln. »Was ist das für ein Land, in dem man in einem Biergarten entführt, danach mit Ratten gefoltert und schließlich von der Polizei wie ein Krimineller verhört wird?«

»Herr Professor, wir verhören Sie nicht. Wir versuchen zu verstehen, was in der Fabrikruine vor sich ging, in der Sie solche Qualen erleiden mussten«, sagte die blonde Beamtin mit sanfter Stimme.

»*Ma, chiedo scusa!* Wie oft muss ich es noch sagen? Ich wurde in einen eisernen Trog gesteckt, mit Ratten gefoltert und an den Beinen aufgehängt. Ich bin das Opfer, verstehen Sie?«

»Das haben wir verstanden«, sagte die Beamtin geduldig. »Der von Ihnen geschilderte Tathergang entspricht aber keineswegs dem Vorgehen von gewöhnlichen Kriminellen. Schon gar nicht in München, wo die Kriminalitätsrate deutlich niedriger liegt als in vergleichbaren Großstädten. Ihre Peiniger wollten Sie eindeutig nicht berauben. Sie wollten kein Geld, wahrscheinlich auch kein Lösegeld. Eine Familienangelegenheit wurde hier offenbar ebenfalls nicht ausgetragen, wie Sie bereits andeuteten.« Die Beamtin richtete einen prüfenden Blick auf Caneddu.

Der Physiker starrte ausdruckslos zurück. Er ging nicht auf ihre Provokation ein.

»Die beiden Unbekannten wollten offensichtlich Informationen. Und Sie sind Physiker, wie wir wissen. Als Experte für Kern- und Teilchenphysik waren Sie bei dieser Konferenz hier in München. Also helfen Sie uns doch bitte, einen Anhaltspunkt dafür zu bekommen, welcher Teil Ihres Wissens so interessant sein könnte, dass jemand ihn mit Ratten aus Ihrem Kopf herauskitzeln will. Versuchen Sie wenigstens, eine Vermutung darüber anzustellen, worum es den Folterern gegangen sein könnte.«

»Fragen Sie doch die beiden Mistkerle, worum es ging. Ich habe keine Ahnung«, polterte Caneddu.

Natürlich wusste er mehr. Schließlich hatten die Entführer ihn nach diesen merkwürdigen unterirdischen Strukturen am CERN gefragt. Und dann war da noch dieses bizarre Codewort, das er nicht verstanden hatte, irgendwas wie Schinken auf Italienisch – *prosciutto* oder so ähnlich. Aber er wollte das Thema nicht mit den deutschen Polizeibeamten vertiefen. Am Ende entwickelten die Dame und die Herren in diesem Raum ein ähnliches Interesse wie seine beiden Entführer.

»Wir bekommen von dem Entführer, der noch am Leben

ist, keine Informationen«, erklärte der BKA-Beamte mit ruhiger Stimme. »Er schweigt beharrlich.«

»Das ist mir egal«, raunte Caneddu, *»non é il mio affare.«*

»Herr Caneddu, bitte erzählen Sie uns noch ein wenig von Ihrem Spezialgebiet innerhalb der Physik«, bat der dritte Beamte. Er trug das Haar etwas länger, und im Ohrläppchen war der zugewachsene Einstich eines Ohrrings zu sehen, den er vermutlich in einem früheren Leben getragen hatte.

»Muss ich das? Kann ich einen Anwalt anrufen?«

»Herr Caneddu, Ihre Rolle in dieser unglücklichen Angelegenheit bedauern wir außerordentlich«, sagte der BKA-Mann. »Aber sehen Sie doch bitte ein, dass wir es hier möglicherweise mit einem größeren Verbrechen und eventuell hochgefährlichen Terroristen zu tun haben. Wir versuchen lediglich, einige Puzzleteile zusammenzutragen. Ich kann mir bestens vorstellen, dass Sie aus dieser Sache nichts wie rauswollen. Andererseits sollten Sie auch überlegen, ob das die sicherste Lösung für Sie ist.«

Caneddu schwieg. Natürlich war ihm dieser Gedanke auch schon gekommen. Glaubten irgendwelche Araber tatsächlich, er besitze Spezialwissen? Und wenn ja: Wie wahrscheinlich war es, dass sie ihn erneut überfielen, sobald er wieder in Freiheit war?

»Wir können Ihnen Sicherheit bieten«, erklärte die blonde Beamtin. »Wir haben in solchen Fällen attraktive Möglichkeiten für gefährdete Zeugen.«

Zeugen?, dachte Caneddu. Was sollte er schon bezeugen? Die Beamtin hatte dieses Wort natürlich bewusst gewählt, damit ihm die Bedingungen für die angebotene Sicherheit klar wurden: Er musste als Zeuge auftreten. Es war ein Geben und Nehmen. Aber da würde er nicht mitspielen.

»Ich möchte jetzt bitte gehen«, verlangte er.

Er würde selbst für seine Sicherheit sorgen. Auf eigene Faust. Und das hier war nicht Abu Ghuraib oder Guantánamo, sondern die deutsche Polizei. Caneddu vertraute darauf, dass diese es mit den Grundrechten von Gefangenen sehr genau nahm. Mit dieser Einschätzung lag er richtig.

»Professor Caneddu, Sie können jederzeit gehen, wenn Sie das wünschen. Ihre Sachen im ›Hotel Vier Jahreszeiten‹ sind gepackt und in der Zwischenzeit hier ins Haus gebracht worden, in das Zimmer, in dem Sie die vergangenen Stunden verbracht haben. Es steht Ihnen frei, noch eine sichere Nacht bei uns zu verbringen. Alternativ bieten wir Ihnen einen Transfer zum Bahnhof oder zum Flughafen an«, erklärte der LKA-Beamte mit dem Ohrloch.

Caneddu bedankte sich und verspürte kurz ein schlechtes Gewissen. Er hätte vielleicht doch ein kleines bisschen gesprächiger sein können.

»Sagen Sie noch, *Maresciallo*, wie haben Sie mich überhaupt in dieser Fabrik entdeckt?«

»Wir haben die zwei Männer observiert, weil sie einen für Touristen ungewöhnlichen Transporter gemietet und merkwürdiges Material eingekauft hatten. Ihre Kollegen meldeten Sie dann am Tag nach dem Biergartenbesuch als vermisst. Als uns klar wurde, dass Sie Atomphysiker sind, haben wir eins und eins zusammengezählt und die Sache eskaliert. Sie verstehen schon, in diesen Zeiten …«

Caneddu nickte.

»Nach den ersten Erkenntnissen wurden die vorhandenen Informationen an das rund um die Uhr besetzte Lagezentrum der bayerischen Staatsregierung übergeben. Von dort aus wurden das deutsche Innenministerium in Berlin, der

Bundesverfassungsschutz sowie das Bundeskriminalamt eingeschaltet. Der Bundesinnenminister persönlich erließ innerhalb von weniger als dreißig Minuten einen Marschbefehl an die Spezialeinheit GSG 9 der Bundespolizei in Sankt Augustin.«

Caneddu wusste, dass diese Eliteeinheit 1972 gegründet wurde, nachdem eine Aktion zur Befreiung israelischer Geiseln bei den Olympischen Spielen in München auf katastrophale Weise aus dem Ruder gelaufen war. Man hatte damals schmerzhaft erkennen müssen, dass die Bundesrepublik Deutschland und ihre junge Demokratie terroristischen Angriffen praktisch schutzlos ausgeliefert waren. Schon wenige Jahre nach ihrer Gründung erlangte die von Oberst Wegener aufgebaute Truppe einen weltweit beachteten Ruf. 1977 hatte sie eine von Terroristen entführte Boeing 737 der Lufthansa in Mogadischu gestürmt, ohne dass eine einzige Geisel dabei ihr Leben verloren hatte. Ihn schauderte bei dem Gedanken, von dieser Kampftruppe befreit worden zu sein. Womöglich war die Sache wirklich ernst.

»Na dann, vielen Dank für die Befreiung und für das Quartier«, sagte er etwas verlegen und erhob sich. Er wollte schnellstens seinen Lederkoffer wieder in Empfang nehmen. Es war kein gutes Gefühl zu wissen, dass deutsche Polizisten sein Hotelzimmer und seine Kleidung durchwühlt hatten. Und diese geliehenen Billigklamotten hatte er gründlich satt.

LANDESKRIMINALAMT

MÜNCHEN, DEUTSCHLAND

26. Juli

Im Untergeschoss des Landeskriminalamts gab es einen Verhörraum, der deutlich weniger behaglich war als der Teil des Gebäudes, den Nicola Caneddu zu sehen bekommen hatte. In der Mitte des kahlen Zimmers stand ein Metalltisch mit abgerundeten Ecken. Ein Mikrofon ragte aus der Tischplatte. Drei Stühle waren ebenso wie der Tisch mit Bolzen im Betonboden verankert, und eine Wand bestand zu einem großen Teil aus einem halbdurchlässigen Spiegel. Es gab keine beweglichen Gegenstände, abgesehen von einigen Pappbechern auf dem Tisch, in denen eingedickte Kaffeereste klebten.

Der unbekannte dunkelhaarige Verdächtige, der sechsundzwanzig Stunden zuvor auf einem Fabrikgelände im Münchner Osten verhaftet worden war, sah erschöpft aus. Die Verhörspezialisten der deutschen Polizei hatten dem Mann kaum Schlaf gegönnt, seit er hierhergebracht worden war.

»Also dann, noch mal von vorne«, sagte Berthold Gruber, ein versierter Ermittler des deutschen Verfassungsschutzes, der als Diplomatenkind einige Jahre in Marokko verbracht hatte.

Seit mehreren Stunden redete er auf Englisch auf den Verdächtigen ein. Aber sein Gegenüber hatte auf keine einzige Frage hin auch nur die Lippen bewegt.

»Was wissen Sie über Atomphysik?«, fragte Gruber.

Der Verdächtige starrte auf einen halb leeren Kaffeebecher vor sich, als könne er aus den vertrockneten Kaffeeflecken darin sein Schicksal ablesen.

»Oder sind Sie nur ein stumpfsinniger Schläger, der das Denken anderen überlässt?«

Solche Provokationen sollten eine Reaktion des mutmaßlichen Entführers hervorrufen. Der Verhörte ahnte nicht, dass in der Wand gegenüber zwei hochauflösende Teleobjektive eingebaut waren, die sein Gesicht permanent scannten. Jede Reaktion seiner Augen, insbesondere Veränderungen der Pupillen, erfassten die Linsen mit enormer Präzision. Die Stereokamera zeichnete sogar ein so detailliertes 3D-Bild des Gesichts auf, dass sich die Herzfrequenz anhand der auf der Stirn pulsierenden Adern ablesen ließ. Hinzu kam eine Wärmebildkamera, die Schwankungen der Körpertemperatur auf ein Zehntelgrad genau in Echtzeit messen konnte. Den Vernehmungsbeamten entging nicht einmal die kleinste körperliche Reaktion des Befragten.

Dank solcher technischer Hilfsmittel bekamen die Polizisten jede Antwort, die sie brauchten, auch wenn der Verdächtige den Mund nicht aufmachte. Natürlich taugten die telemetrisch erfassten Körperreaktionen für sich genommen nicht als Beweis vor Gericht. Aber darum ging es bei einer Befragung wie dieser auch nicht. An der Schuld des festgenommenen Mannes bestand sowieso kein Zweifel. Die Beamten suchten gar keine gerichtstauglichen Beweise, sondern Fingerzeige für die weitere Ermittlungsarbeit. Es ging im Moment vor allem darum, herauszufinden, ob der Verdächtige, ein 1,68 Meter großer, nordafrikanisch aussehender Unbekannter mit gestutztem Vollbart, Mitglied eines größeren Terrornetzwerks war. Und ob weitere Entführungen oder Anschläge zu befürchten waren.

»Tja, so wie Sie aussehen, hat man Sie nur benutzt«, stichelte Berthold Gruber. »Wahrscheinlich wissen Sie nicht einmal, warum Sie den Mann in der Fabrik gefoltert haben. Typen wie Sie sind klassische Wegwerfhandlanger …«

Gruber glaubte, eine winzige Reaktion in den Augen des Verdächtigen zu sehen. Es wurde Zeit, die Schrauben enger zu ziehen. Dafür wechselte Gruber ins Arabische.

»Weiß Ihre Mutter, dass Sie nur ein dämlicher Handlanger sind? Nein? Hält sie ihren Sohn für etwas Besseres? Oder ist sie einverstanden mit Ihrer erbärmlichen Rolle als Faktotum? Lassen Sie mich raten: Für Ihre Mutter ist das in Ordnung. Auch sie ist es gewohnt, dienstbar zu sein. Dienste aller Art …«

Gruber schob die Spitze seines Daumens zwischen Mittel- und Ringfinger.

Die für einen Araber unerträgliche Anspielung schien ihre Wirkung zu tun. Der Verdächtige fuhr von seinem Stuhl hoch, warf die Kaffeebecher um und stemmte seine Arme auf den Tisch, sodass die Handschellen, die über eine Kette mit Fußfesseln verbunden waren, ihm ins Fleisch schnitten. Er starrte den Vernehmungsbeamten hasserfüllt an.

»Sehr gut«, sagte Gruber gelassen, »da haben wir ja ein Thema gefunden, das Sie interessiert.«

Mit einer kurzen Geste wies er zwei Sicherheitsbeamte zurück, die in den Verhörraum gestürmt waren.

»Also, es liegt bei Ihnen. Wir können weiterhin über Ihre

Mutter reden, ein Thema, zu dem mir noch vieles einfallen würde. Oder Sie entscheiden sich dafür, mir etwas über die Aktion in dieser Fabrik zu erzählen, bei der wir Sie ganz offensichtlich gestört haben«, sagte Gruber in ruhigem Ton. »Vielleicht fangen wir damit an, dass Sie mir sagen, in welcher Sprache wir weitermachen sollen?«

Doch der Verdächtige sagte nichts. Er setzte sich wieder auf den Metallstuhl und starrte auf die leeren Kaffeebecher.

Berthold Gruber erhob sich, wies die beiden Sicherheitsbeamten an, im Raum zu bleiben, und trat durch eine Stahltür hinaus. Im Nebenraum war eine Gruppe von Technikern, Verhörspezialisten und leitenden Beamten damit beschäftigt, die Befragung mit allerlei technischen Geräten aufzuzeichnen. Unter ihnen waren zudem zwei Nordafrika-Experten des Bundesnachrichtendienstes.

»Es sieht so aus, als hätten wir einen wunden Punkt gefunden«, sagte Gruber, »aber wir müssen uns die Sensordaten und Telemetriewerte genau ansehen.«

Ein Techniker spielte auf mehreren Bildschirmen gleichzeitig das Video des Verhörs sowie Wärmebilddaten und Messwerte wie Herzfrequenz ab. Er startete das Video kurz vor Grubers Provokation und schaltete dann auf Zeitlupe. Es zeigte den Verdächtigen, wie er die Augen aufriss, mit den Zähnen knirschte und aufsprang. Alles wirkte sehr authentisch.

Der Puls des Verdächtigen ging allerdings nur um fünf Schläge pro Minute nach oben. Fünf Schläge mehr. Das war viel zu wenig. Eine solche Steigerung war ein normaler Wert für einen gesunden Menschen, der plötzlich aufsprang. Auch die Wärmedaten passten kein bisschen zu der scheinbar heftigen Reaktion. Im Gesicht des Nordafrikaners zeigte sich an keiner Stelle ein nennenswerter Temperaturanstieg. Keine erhöhte Blutzufuhr. Kein Adrenalin. Kein Körperschweiß.

»Also gut«, sagte Gruber, »hier verarscht uns jemand nach Strich und Faden. Der Typ hat den Wutanfall komplett vorgegaukelt. Die Szene war filmreif. Wir brauchen jetzt schnellstens die Forensik.« Den Technikern rief er zu: »Leute, ich brauche das komplette Programm, Zähne, Haarwurzeln, Blut, Stuhl, Genom, Mikrobiom, alles. Und seine Kleidung: Ich will von jeder Faser wissen, wo sie herkommt. Auch von seinem toten Kumpanen brauchen wir das Vollprogramm. Ich will wissen, was sie zuletzt gegessen und welche Drogen sie genommen haben, wie ihre Großmütter aussahen. Alles, was ihr mir heranschaffen könnt. Außerdem schicken wir Bilder von beiden für eine Gesichtserkennung über die sicheren Leitungen nach Langley, Vauxhall Cross und Tel Aviv.«

Berthold Gruber setzte darauf, dass mindestens einer der befreundeten Geheimdienste, die amerikanische CIA, der britische MI6 oder der israelische Mossad, diese Visagen kannte.

FLUGHAFEN ALGHERO

SARDINIEN, ITALIEN

26. Juli

»*Ciao, Nicola! Fa molto bene rivederti!*«

Nicola Caneddus Schwager Gavino war euphorisch. Er freute sich sichtlich, das bewunderte Familienmitglied, den viel beschäftigten Physiker, in der Heimat begrüßen zu können. In den vergangenen Jahren war Caneddu nicht häufig nach Sardinien gekommen. Der Kontakt zu seiner Schwester Francesca und ihrem Mann beschränkte sich auf seltene Telefonate und eine kurze Textnachricht hier und da. Nun war der große Wissenschaftler plötzlich am Flughafen von Alghero gelandet, angekündigt lediglich durch einen kurzen Anruf am Abend zuvor.

Nachdem Caneddu die laxe Zollkontrolle des Inselflughafens passiert hatte, nahm ihm sein Schwager den Lederkoffer ab und verstaute ihn ein paar Schritte weiter auf dem Parkplatz vor dem Flughafengebäude im Heck seines Fiat Punto. Es war erst kurz nach zehn Uhr, aber die Sonne brannte bereits vom Himmel. Der Duft von Pinien, Rosmarin und Thymian erfüllte Caneddu mit einem wohligen Gefühl der Geborgenheit, es war der Geruch seiner Kindheit. Nirgendwo auf der Welt fühlte er sich so sicher wie hier. Er freute sich sogar darüber, Gavino zu sehen, dessen oft banales Gerede er zugegebenermaßen nicht immer gut ertragen konnte.

Der knorrige Mittvierziger war wie er selbst der Sohn eines Schafhirten, und er redete pausenlos, egal, was, und wenn es ein Monolog über das Wetter und die Wasserknappheit war. Aber man durfte Gavino nicht unrecht tun. Wenn es darauf ankam, war er da, ohne viele Worte. Er hatte ein ausgeprägtes Gespür dafür, wie es anderen Menschen ging.

Die letzten achtundvierzig Stunden kamen Caneddu vor wie ein längst vergangener Albtraum. Die grausame Folter in dem gusseisernen Bottich und das lästige Verhör der deutschen Polizei, all das erschien ihm wie eine lange zurückliegende dunkle Epoche.

Das Angebot der Beamten, ihn zum Münchner Flughafen zu fahren, hatte Caneddu abgelehnt. Stattdessen hatte er ein Taxi zum Hauptbahnhof genommen, wo er sich in ein kleines Hotel einquartiert hatte, das auf Reisedokumente weniger Wert als auf die Vorausbezahlung des Zimmers gelegt hatte. In einem türkischen Internetcafé hatte Caneddu sich ein Onlineticket für einen Billigflug am folgenden Morgen gebucht. Die Airline bot eine für ihn perfekt passende Verbindung an, von einem winzigen Flughafen im bayerischen Allgäu direkt nach Alghero in seiner Heimat Sardinien. Seinen Namen buchstabierte er bei der Buchung falsch. Nichola Canneddu statt Nicola Caneddu, ein Flüchtigkeitsfehler, wie er beim Check-in erklären wollte. Doch das hatte sich als unnötig erwiesen, das Personal war darauf erpicht gewesen, die Passagiere möglichst schnell in das Flugzeug zu schleusen.

Während der Fahrt in die Hügel seiner Heimat Ittiri, einem

Dorf etwa dreißig Kilometer östlich von Alghero, brannte Gavino vor Neugier. Doch Nicola signalisierte wenig Bereitschaft, sich auf ein Gespräch einzulassen. Gavino spürte das. Und er spürte auch, dass sein Schwager Nicola müde und ängstlich war. Das machte ihm Sorgen.

»Verzeih, Gavino, dass ich nicht viel rede. Ich habe Schlimmes hinter mir. Ich werde dir und Francesca alles erzählen. Aber lasst mich zuvor ein paar Stunden schlafen.«

»Klar, Nicola, solange du willst. Francesca hat dir ein Bett gemacht in Mutters altem Zimmer. Heute Abend gibt es Gnocchi und Porcetto. Ein paar Leute aus dem Dorf würden auch gern vorbeikommen.«

»Auf das Essen freue ich mich sehr, Gavino. Aber bitte halt mir die Leute vom Leib. Ich möchte im Moment keinen großen Wirbel.«

»Kein Problem. Wir machen alles so, wie du es möchtest.«

Caneddus Schwester küsste ihn herzlich auf beide Wangen, als er das steinerne alte Haus betrat, in dem er einst mit seinen Eltern gewohnt hatte. Die Räume waren frisch geputzt, die Terrazzoböden glänzten, es roch nach Möbelpolitur. Für Caneddu stand das versprochene Bett im ehemaligen Zimmer seiner Mutter bereit. Es hatte ein altes Eisengestell, und die Matratze lag auf einem Geflecht ausgeleierter Metallfedern. Caneddus Körper krümmte sich wie eine Banane, als er sich darauf ausstreckte, das Gesäß lag fast einen Viertelmeter tiefer als Kopf und Füße. Doch das war ihm in diesem Augenblick nicht nur egal, er genoss es sogar. Genau wie früher, dachte er. Während seiner gesamten Kindheit hatte er in so einem Bett geschlafen.

Die Gnocchi schmeckten köstlich. Francesca hatte sie auf sardische Art zubereitet, mit einer kräftigen Tomatensauce,

Speckstücken, kleinen schwarzen Oliven, Knoblauch und Rosmarin. Auch das Porcetto, ein mit knuspriger Kruste geröstetes junges Spanferkel, war von einer Zartheit, wie man sie ausschließlich auf Sardinien fand. Nach dem Mittagsschlaf, dem üppigen Mahl und zwei Gläsern Cannonau löste sich Caneddus Anspannung vom Vormittag. Er begann zu reden. Er erzählte von der Konferenz, der Entführung, von der Rettung durch die deutsche Polizei. Seine Schwester hielt sich während seiner Schilderung die meiste Zeit vor Entsetzen beide Hände vor den Mund.

»In was bist du da nur hineingeraten?«, fragte sie schließlich.

»Ich weiß es wirklich nicht, *sorellina*«, versicherte Caneddu. »Ich wollte, ich wüsste es, dann könnte ich besser einschätzen, ob ich weiterhin in Gefahr bin.«

»Keine Sorge, hier passiert dir nichts«, versicherte Gavino. »Ich habe immer noch die Flinte deines Vaters oben im Schrank. Außerdem sage ich den Usai-Brüdern Bescheid.«

Die Usai-Brüder lebten mit ihrer gebrechlichen alten Mutter im Nachbarhaus. In Caneddus Jugend waren Bruno und Cesare eine Pest gewesen, verwegene Draufgänger, für jeden Streich zu haben und immer für eine Prügelei gut. Sogar ältere Jungs aus dem Dorf vermieden es, mit ihnen in Streit zu geraten. Gleichzeitig waren die Usais von leidenschaftlichem Lokalpatriotismus erfüllt, wie er Sarden seit der Antike zusammenschweißt. Das hatte die kleine Insel über die Jahrhunderte hinweg zum Albtraum jedes Eindringlings gemacht. Seit der Bronzezeit war Sardinien von den unterschiedlichsten Völkern überfallen worden, sogar Normannen waren an der karstigen Küste gelandet. Doch das unwegsame Innere der Insel blieb stets in der Hand der Insulaner. Selbst das große Römische Reich sah keinen Sinn darin, die unwirtlichen Ländereien im Inneren der Insel und die feindseligen Einheimischen zu vereinnahmen. Was sollte man schon anfangen mit ein paar Schafen, Korkeichen, Wildschweinen und den in grimmiger Feindschaft verharrenden Sarden? Die Usai-Brüder aus Ittiri verkörperten diese Mentalität auf beispielhafte Weise. Eine handfeste Rauferei unter Dorfbewohnern war jederzeit willkommen, aber gegen Aggressoren von außen hielt man bedingungslos zusammen. Das hatte Caneddu in seiner Jugend oft erlebt, wenn die Jungs aus Thiesi, dem Nachbardorf, beim Volksfest von Ittiri Randale machen wollten. Die beiden Usais nahmen die Sache in die Hand. Und es ging niemals gut aus für die Kerle aus Thiesi.

Sollten sie von Caneddus Problem hören, würden sie es nicht nur als Verpflichtung empfinden, ihren Nachbarn und Jugendfreund zu beschützen, sondern auch als willkommene Abwechslung vom Dorfalltag und der Pflege ihrer Mutter.

»Ich danke euch, aber erzählt bitte nichts über die Geschehnisse weiter. Das Letzte, was ich jetzt brauche, ist Aufmerksamkeit. Ich möchte einfach nur ein paar Tage Ruhe. Ich muss mich sammeln. Vielleicht finde ich ja eine Erklärung für das, was passiert ist. Eine Erklärung, die mir im Moment noch nicht in den Kopf will.«

»Selbstverständlich, *fratellone*«, sagte Francesca. »Ich werde dich bekochen. Du machst, was du willst. Ein paar Wanderungen in die Macchia werden dir sicher guttun. Ambrogio Mura hält eine neue Eselherde oben in den Hügeln. Vielleicht willst du ihn ja besuchen? Esel hast du doch so gerne!«

»Wunderbar«, sagte Caneddu. »Du bist die beste Schwester der Welt.«

LANDESKRIMINALAMT

MÜNCHEN, DEUTSCHLAND

26. Juli

Dieses arrogante Arschloch, dachte Berthold Gruber und presste seine Kiefer aufeinander, als er das Zimmer betrat. Es war derselbe Besprechungsraum, in dem er tags zuvor den italienischen Physiker befragt hatte. Diesmal saß ein gutes Dutzend leitender Beamter an dem Besprechungstisch, unter ihnen die Präsidentin des Landeskriminalamts, ein Abteilungsleiter des Bundeskriminalamts sowie die beiden Nordafrika-Spezialisten des Bundesnachrichtendienstes. Das »Arschloch« war ein pummeliger Mann mittleren Alters mit Halbglatze und ungepflegtem lockigem Haarkranz am Hinterkopf. Unter einem verknitterten schwarzen Leinensakko trug er ein Metallica-T-Shirt. Wahrscheinlich ein Symbol der Abgrenzung, dachte Gruber. Die Insignien eines Klugscheißers.

Anton Ramelsberger, so hieß der Lockenkopf, stand am Kopfende des Besprechungstisches und steckte soeben das Kabel eines Beamers in seinen Laptop. Ramelsberger leitete die Abteilung 2 des Bayerischen Landeskriminalamts, das Kriminaltechnische Institut mit den Unterabteilungen Physik, Chemie, Biologie und DNA-Forensik. Seine Stimme quakte ein wenig, und wenn er einen Vortrag hielt, ging er, anstatt einfach stehen zu bleiben, ständig zwei Schritte hin und her, erst nach links und dann wieder nach rechts.

Nach einer kurzen Begrüßung erteilte die ranghöchste Beamtin im Raum, die Präsidentin des Bayerischen Landeskriminalamts, eine vornehm wirkende Frau mit kurzem, gescheiteltem Haar, dem Lockenkopf das Wort. Er machte zwei Schritte nach links.

»Meine Damen und Herren, ich danke für Ihr Erscheinen.« Zwei Schritte nach rechts. »Meine Mitarbeiter und ich haben in den vergangenen vierundzwanzig Stunden ...«

Jetzt lässt er uns bestimmt wissen, wie viel er gearbeitet hat, dachte Gruber.

»... auf folgenden Gebieten Untersuchungen durchgeführt, deren Ergebnisse ich Ihnen im weiteren Verlauf des Vortrags darstellen werde: Materialwissenschaften, Genetik, Dentalkunde, Mikrobiologie.«

Wow, in so vielen Fächern kennst du dich aus!

»Damit komme ich zum ersten Punkt: die Untersuchung der textilen Fasern der Kleidung der beiden Verdächtigen. Wir haben die Kleidungsstücke des überlebenden Mannes komplett durchleuchtet. Neben einer gaschromatografischen Analyse der feuchten Rückstände haben wir die Fasern allen gängigen Analyseverfahren unterzogen, der Ninhydrin-Reaktion, dem Biuret-Verfahren, der Plumbad- und natürlich der Beilstein-Methode ...«

Auf der Leinwand erschien eine in sieben Abschnitte gegliederte Aufzählung. Unfassbar, wie der Penner seine fünfzehn Minuten Ruhm zelebriert, dachte Gruber und begann, innerlich zu kochen.

»Unterpunkt 1a: Die Molekularstruktur der Baumwollfasern des Unterhemds ...«

»Entschuldigung, aber so geht das nicht!«, fuhr Gruber lautstark dazwischen. »Wir haben gestern einen mutmaßlichen Terroristen erschossen, ein weiterer sitzt unten im Keller. Wir können jetzt hier nicht eine mehrstündige Vorlesung über Raketenwissenschaft anhören.«

Der Mann am Laptop hob den Kopf und ballte die Fäuste.

»Lassen Sie mich meine Arbeit machen, Kollege Gruber. Ich greife Ihnen auch nicht in die Waffe, wenn Sie eine Verhaftung durchführen.«

Ein Räuspern kam von der rechten Seite des Besprechungstisches. Sämtliche Köpfe wandten sich dorthin. Die Präsidentin des LKA ergriff das Wort.

»Herr Kollege Ramelsberger«, sprach die Hausherrin den Vortragenden an, »Ihnen ist hoffentlich klar, dass wir alle, ich insbesondere, Ihre hervorragende Arbeit seit Jahren schätzen. Auch werde ich Ihre Analyse persönlich bis ins kleinste Detail lesen, wenn Sie die schriftliche Ausarbeitung in mein Büro schicken. Aber was Kollege Gruber eben einzuwerfen versuchte, ist leider richtig. Wir stehen beträchtlich unter Zeitdruck. Wir müssen die Möglichkeit weiterer Attentate in Betracht ziehen. Würden Sie sich daher bitte auf die Ergebnisse konzentrieren. Es ist von größter Wichtigkeit, dass wir sehr schnell mehr über die Herkunft der beiden Entführer erfahren.«

Der lockenköpfige Forensiker lief rot an. Er blickte mit zusammengekniffenen Lippen auf seinen Laptop und drückte mit dem Zeigefinger kräftiger als nötig Dutzende Male die Vorwärtstaste. Auf der Leinwand erschienen wie im Zeitraffer Diagramme, Tabellen, Listen, Bilder von Haarwurzeln, Textilfasern, Zahnfüllungen. Als die Titelzeile »Ergebnisse« erschien, tippte er wortlos ein weiteres Mal auf die Vorwärtstaste.

»Die Herkunft der Baumwollfasern« lautete der Titel der nächsten Seite. Darunter war eine Landkarte zu sehen. Der Mittlere Westen der USA war schraffiert.

Nächstes Bild.

Eine Unterhose aus einem Katalog.

»Die Unterhose des Toten ist ein Modell der Warenhauskette GAP.«

Nächstes Bild.

Es zeigte eine mikroskopische Aufnahme undefinierbarer Fasern in einer undefinierbaren Masse. »Stuhlprobe« lautete die Überschrift. Mehrere der Beamten im Raum wandten sich angewidert ab. Erstmals sprach der Kriminaltechniker wieder.

»Tja, meine Damen und Herren«, sagte der Lockenkopf schnippisch, »wir blicken eben auf jedes Detail. Und in diesem Fall hat es zu einer interessanten Erkenntnis geführt. Die beiden Verdächtigen haben wenige Stunden vor der Entführung eine für unsere Gegend typische Mahlzeit eingenommen.«

Der Heavy-Metal-Fan schien die Aufmerksamkeit zu genießen. Triumphierend blickte er auf seine Zuhörer.

»Schweinebraten. Klassisch. Mit viel Soße, Knödel und Kümmel. Gläubige Muslime waren die Herren jedenfalls nicht.«

Das nächste Bild zeigte das Gebiss des verstorbenen Entführers.

»Zwei Zahnfüllungen sind mindestens zwölf Jahre alt. Er muss sie als Jugendlicher eingesetzt bekommen haben.«

Klick.

»Und jetzt kommt unser Hauptindiz. Der Fingernageldreck«, sagte Ramelsberger. »Dieser ist, genauso wie der

Schmutz unter Zehennägeln, ein chemisches Archiv. Selbst wenn Sie die Hände waschen und Ihre Nägel polieren, bleiben Mikropartikel zurück. Sie geben darüber Auskunft, wo Sie sich in den vergangenen Tagen und Wochen aufgehalten haben. Staubfasern, Mineralien, Pflanzenreste, all das spricht Bände. Im vorliegenden Fall fanden wir ein Pollenkorn, das wir analysieren konnten. Hedeoma pulegioides. Auch Flohkraut oder Frauenminze genannt.«

Die Polizeipräsidentin wurde ungeduldig. »Also, wo kommt das Pollenkorn her? Wo war unser Mann, bevor er nach München kam?«

»Mittlerer Westen, USA«, sagte der pummelige Lockenkopf. Er hatte zu seinem überheblichen Ton zurückgefunden. »Wahrscheinlich Kentucky oder Ohio. Die Zusammensetzung der Backenzahnfüllung legt zudem die Vermutung nahe, dass unser Mann in Amerika aufgewachsen ist. Diese Materialmischung für eine Zahnplombe ist typisch für die USA. In Europa verwendet man andere Komposite, und im Orient wie auch in Nordafrika gibt es diese Art Kunststoffe nicht. Als sicher darf also gelten, dass unsere Freunde erst vor ein paar Tagen in den USA waren und dass zumindest der Tote dort vor mindestens zwölf Jahren als Minderjähriger Zahnplomben bekam. Hundert Euro darauf, dass Ihre beiden Verdächtigen schlicht und einfach Amerikaner sind.«

Gruber sank auf seinem Stuhl zusammen. Aufgeregtes Gemurmel erfüllte den Raum.

Die Polizeipräsidentin herrschte ihren persönlichen Referenten an: »Wir müssen mit Berlin sprechen. Sofort.«

WRIGHT-PATTERSON AIR FORCE BASE

OHIO, USA

26. Juli

»Tot? Was soll das heißen: tot?«

Michael Kerbech war fassungslos.

In diesem Zustand hatten ihn auch seine engsten Mitarbeiter noch nicht erlebt. Die Sekretärin erwog kurzzeitig, ihrem Chef ein Glas aus der Flasche mit dem achtzehn Jahre gereiften Single Malt einzuschenken, die, wie sie wusste, hinter den Flugzeug-Bildbänden im Regal versteckt war. Doch sie ließ es. Ihr Chef, Generalmajor Kerbech, wollte sicher nicht, dass sein kleines schottisches Geheimnis zutage käme. Auch nicht in einer Ausnahmesituation wie dieser. Was nicht hieß, dass ein kräftiger Schluck Whisky Kerbech nicht gutgetan hätte.

»Tot? Was für Stümper habt ihr auf diese Mission geschickt? Dilettanten, die sich übertölpeln lassen bei so einem lächerlichen Auftrag! Einen spaghettifressenden Physiker ein bisschen in die Mangel nehmen...« Kerbech stapfte vor seinem Schreibtisch hin und her und wedelte mit einer Hand in der Luft. »Mannomann, das heißt doch nicht, dass man dabei draufgeht. War dieser Capellu...?«

»Caneddu«, korrigierte ihn sein Sicherheitschef, was Kerbechs Laune nicht besserte.

»Halten Sie die Klappe! Ist dieser Kerl vielleicht in Nahkampf ausgebildet? Oder ist er gar kein Physiker? Sondern ein verfluchter Mafiaboss? Oder hat er sich als Undercover-Agent entpuppt?«

»Nein, Sir, wir sind sicher, dass Nicola Caneddu eine rein akademische Karriere absolviert hat.«

»Und wie erklärt ihr euch dann, dass unser Mann tot ist? Ein gestandener Unteroffizier der US Air Force mit Kampferfahrung! Ist er während der Erfüllung seines Auftrags an einem Herzinfarkt gestorben oder was?«

»Nein, Sir, ich fürchte, Second Lieutenant Yussuf Moktar ist von örtlichen Polizeibeamten erschossen worden.«

Die Fenster in Kerbechs Büro erzitterten unter dem Dröhnen einer startenden F/A-18 Hornet.

»Von der deutschen Polizei? Das ist doch lächerlich. Und was ist mit dem anderen? Es waren doch zwei, richtig?«

»Ja, Sir, Master Sergeant Karim Boukhaf ist in Gewahrsam.«

»In Gewahrsam? Na immerhin. Haben wir ihn hier auf der Basis? Oder in Ramstein? Wo steckt er?«

»Nun, Sir, ich fürchte, er ist in München, in den Händen des dortigen Verfassungsschutzes oder des Bundesnachrichtendienstes.«

»Gütiger Himmel!« Kerbech schlug eine Hand vor die Augen und beugte sich nach vorn, als hätte er einen Migräneanfall. »Na, da haben wir ja eine Operation der Spitzenklasse hingelegt!«, schrie der Generalmajor, während er den Teppich anstarrte. »Hol's der Teufel! Leute, das gibt Ärger!«

Kerbech brauchte eine Weile, um sich einzugestehen, dass weder Fluchen noch hektische Befehle die Situation ändern würden. Schließlich machte seine Wut der Verzweiflung Platz.

Kurzzeitig verspürte er sogar den Impuls, vor den Augen seiner Mitarbeiter hinter die Bildbände zu greifen. Scheiß doch drauf. Scheiß doch auf dieses dämliche Pack von Untergebenen. Andererseits galt es jetzt, Stehvermögen zu zeigen. Die von ihm persönlich genehmigte Mission in Deutschland war gründlich schiefgelaufen. Wenn er als Leiter der Forschungsabteilung der US Air Force auch nur die geringste Chance haben wollte, erhobenen Hauptes aus dieser Sache herauszukommen, durfte er sich jetzt nicht gehen lassen.

Er war immerhin ein General mit zwei Sternen auf der Schulter und Chef des gewaltigen Forschungsprogramms der amerikanischen Luftwaffe. Er hatte die Hand auf einem Jahresbudget von 2,2 Milliarden Dollar. Ein beträchtlicher Teil dieser stattlichen Summe ging an die Abteilung »Directed Energy«. Das war die akademische Umschreibung für Strahlenwaffen. Alles, was keine Kugeln verschoss, sondern pure Energie, Laserstrahlen, Mikrowellen, auch Schall. Manche dieser Eierköpfe in den Geheimlaboren von »Directed Energy« auf der Kirtland Air Force Base in New Mexico experimentierten mit völlig abgefahrenem Zeug, mit Elementarteilchen und sogar Antimaterie. Die Leute dort hatten Dinge studiert, die Kerbechs Ingenieurwissen deutlich überstiegen. Und diese Spinner hatten ihn überredet, eine geheime Aufklärungsmission in Europa zu genehmigen. Ein paar Erkundigungen, hatte es geheißen. Wofür habe denn die Air Force einen eigenen Geheimdienst, wenn nicht für solche Fälle?

Kerbech hatte anfangs wenig von dem Vorhaben gehalten. Seiner Ansicht nach konnte man mit einem Protonenbeschleuniger wie dem am CERN Higgs-Teilchen entdecken und einen Krebstumor beschießen, aber bestimmt keine feindlichen Armeen. Aber dann hatten seine Leute von diesen … nun ja, in der Tat äußerst rätselhaften Signalen berichtet. Also hatte er die Irrsinnsmission in Europa gebilligt.

Und nun war die Sache komplett schiefgelaufen. Kerbech klatschte die Hände zusammen.

»Okay, Leute, jetzt noch mal ganz langsam. Wie sicher sind all diese Informationen aus Deutschland?«

»Nun, Sir, sie sind sozusagen nicht wirklich geheim«, erklärte sein Sicherheitschef.

»Nicht geheim? Das habe ja wohl ich zu entscheiden. Natürlich sind solche Informationen vertraulich«, raunte Kerbech übellaunig. »Top Secret.«

»Nun, Sir, ich meine damit«, stammelte der Sicherheitschef, »also, äh, die Sache ist öffentlich bekannt, sie geht bereits durch die Presse.«

Kerbech hatte ernsthafte Schwierigkeiten, diesen Schlag auch noch wegzustecken. Eine hochgeheime, verdeckte Aktion des Air-Force-Geheimdienstes auf dem Territorium eines befreundeten NATO-Staates war komplett schiefgelaufen, einer seiner Agenten war tot, ein anderer wurde vom deutschen Geheimdienst verhört – und das alles stand auch noch in der Zeitung?!

Kerbech ließ seinen massigen Körper rückwärts in den ledernen Chefsessel fallen. Auf seiner kahlen Stirn bildeten sich kleine Schweißperlen. Er konnte ziemlich sicher sein, dass ihn in diesem Moment niemand im Raum um seinen Job beneidete.

Colonel Robert Rossworth, der ranghöchste anwesende Mitarbeiter des Geheimdienstes der US-Luftwaffe, hielt ihm zwei Papierausdrucke hin. Es waren die Fotokopie eines Nachrichtentextes aus der in München erscheinenden

›Süddeutschen Zeitung‹ und eine eilig angefertigte Übersetzung ins Amerikanische.

Polizeikommando erschießt Terrorverdächtigen

Zweiter mutmaßlicher Attentäter in Haft / Motive unklar

München – Wie aus Geheimdienstkreisen zu erfahren ist, hat ein Sondereinsatzkommando der Bundespolizei am gestrigen Donnerstag in München zwei mutmaßliche Terroristen überwältigt. Bei dem Zugriff kam dem Vernehmen nach einer der beiden Verdächtigen ums Leben. Die beiden Männer hatten nach Angaben eines BND-Mitarbeiters eine Zivilperson mit bislang unbekannter Identität entführt und in einer ehemaligen Fabrikhalle festgehalten. Die Polizeibehörden waren den Entführern auf die Spur gekommen, nachdem diese verdächtige Einkäufe in einem Baumarkt getätigt hatten. Weder über die Identität noch über die Absichten der beiden Terrorverdächtigen ist bislang etwas bekannt. Auch auf Nachfrage nannten weder die Polizei der Stadt München noch das Landes- und das Bundeskriminalamt weitere Einzelheiten zu der Befreiungsaktion. Das Bayerische Landeskriminalamt hat für den heutigen Freitag eine Pressekonferenz angekündigt.

Na großartig. Das war die ultimative Katastrophe, dachte Kerbech. Er konnte froh sein, wenn er nach seinem Rausschmiss noch eine Rente bekam.

Eine kleine Chance sah er allerdings noch. Sollten die Deutschen Moktar und Boukhaf für Araber halten, was durchaus möglich war, kämen er und die Air Force vielleicht doch ohne großes Aufsehen aus der Sache heraus. Aus diesem Grund hatte man schließlich die beiden arabischstämmigen Agenten ausgesucht. Sie sollten den italienischen Wissenschaftler ausquetschen, aber nicht töten. Er sollte sich hinterher nur an zwei Araber erinnern können, die ihn gefoltert hatten. Diese Tarnung hielt womöglich auch der jetzigen Situation stand. Moktar konnte nichts mehr verraten, er war tot. Und der erfahrenere Boukhaf würde schon dichthalten.

Diese Leute waren in Verhörtechniken ausgebildet, und bekanntlich wandten die Deutschen keine brutalen Methoden an, um an Informationen zu gelangen. Kerbech hatte irgendwo gelesen, dass die deutsche Justiz sogar einen hohen Polizeibeamten verurteilt hatte, weil der einem Kindesentführer Folter angedroht hatte, um das Versteck eines verschleppten Jungen ausfindig zu machen.

Gleichzeitig musste Kerbech sich für den Fall wappnen, dass dieser unglückselige, heillos danebengegangene Einsatz aufflog und diplomatische Verwerfungen nach sich zog. So gesehen war es definitiv besser, er weihte ein hohes Tier in Washington ein. Sollten die Sesselfurzer im Weißen Haus doch sehen, wie sie mit diesem Mist fertigwurden. Keinesfalls durfte es so aussehen, als wollte er etwas vertuschen. Das verübelten einem die Leute in der Regierung erfahrungsgemäß mehr als ein klares Schuldeingeständnis.

»Wer hat die Aktion auf unserer Seite geleitet?«, fragte Kerbech die fünf Leute, die noch immer peinlich berührt in seinem Büro herumstanden.

»Nun, Sir«, antwortete Colonel Rossworth, »der Führungsoffizier für Moktar und Boukhaf war Walter Beckwith, unser Mann in Paris, und auf dieser Seite des Atlantiks hatte ich die Fäden in der Hand. Wie Sie wissen, haben Ihre Kollegen von der Abteilung ›Directed Energy‹ um diesen Einsatz gebeten. Unsere Superhirne in Kirtland machten plausibel, dass es Gründe gibt, diesen Italiener forciert zu befragen. Es ging da um …«

»Schluss jetzt!«, schrie Kerbech.

Er wusste genau, worum es ging. Irgendwelche Tunnel an einem blödsinnigen europäischen Teilchenbeschleuniger sahen anders aus, als seine Strahlenkrieger aus Kirtland sich das vorgestellt hatten. Außerdem hatte man diese zugegebenermaßen merkwürdigen Signale aufgefangen. Aber, Himmel noch mal, deswegen verlor man doch keinen fähigen Agenten, einen Nahostspezialisten, der bereits in Afghanistan und im Iran im Einsatz gewesen war. Und das auch noch in einem befreundeten NATO-Staat.

Kerbech spürte den Drang, sämtlichen anwesenden Mitarbeitern ihre sofortige Degradierung auszusprechen. Doch er ermahnte sich, die Dinge mit kühlem Kopf zu durchdenken. Es stand einfach zu viel auf dem Spiel, nicht nur sein eigener Job.

Seit mehr als zehn Jahren arbeiteten die von ihm befehligten Forschungslabore der amerikanischen Luftwaffe an der Entwicklung neuartiger physikalischer Waffensysteme. Ein beträchtlicher Teil des jährlichen Budgets floss in hochgeheime Projekte, bei denen unter anderem die Entwicklung von Laserkanonen vorangetrieben wurde. Ein Fehlschlag wie jetzt in Deutschland konnte das Ende all dieser vielversprechenden Forschung bedeuten.

Eine Antimaterie-Waffe zum Beispiel hätte die hundertfache Sprengkraft einer Atombombe. Und sie würde weniger nuklearen Fallout produzieren. Eine solche Waffe würde den USA für Jahrzehnte die globale militärische Vorherrschaft garantieren. Man ließ den Spinnern auf der Kirtland Air Force Base daher viele Freiheiten. Aber diese Mission in Deutschland hatte sich inzwischen in ein absolutes Fiasko verwandelt.

Jetzt galt es, nichts zu überstürzen. Michael Kerbech wusste, an wen er sich wenden musste.

»Und jetzt alle raus hier!«, brüllte er und richtete seinen Blick auf die Flugzeug-Bildbände im Regal.

RESTAURANT ›MARCEL'S‹

WASHINGTON D.C., USA

27. Juli

Livia Chang war reichlich spät dran, als ihr Taxi von der Pennsylvania Avenue in den Washington Circle einbog.

»Noch eine Querstraße, gleich hinter der spanischen Botschaft!«, rief sie dem Fahrer zu.

Eigentlich war es unglaublich, dass der Mann am Steuer das ›Marcel's‹ nicht kannte. Es war eines der angesagtesten Restaurants der Stadt. Bereits zweimal hatte die örtliche Restaurantvereinigung den belgischen Koch zum Küchenchef des Jahres gekürt. Livia beschloss, das Unwissen des Taxifahrers klaglos hinzunehmen. Zum einen gehörte das Restaurant wahrscheinlich nicht zu den Orten, an denen der Mann seine Familie ausführte. Zum anderen war das Washingtoner Taxigeschäft fest in den Händen von Äthiopiern, und es war ein offenes Geheimnis, dass die Fahrer ihre Autos weiterverliehen. Die Behörden prüften nur selten die Identität der Fahrer, solange ein gültiger Ausweis im Wagen hing und die Gäste nicht rebellierten. Es war also gut möglich, dass der Mann den Washington Circle soeben zum ersten Mal in seinem Leben umrundete.

Vor dem Gebäude mit der Adresse 2401 Pennsylvania Avenue verloren sie weitere Minuten, weil sich mehrere Autos beim Parkservice stauten. Offenbar waren die Studenten, die das Parken der Fahrzeuge für die Restaurantgäste übernahmen, etwas überfordert. Nun ja, dachte Livia, ihre frühere Schulfreundin würde eben warten müssen. Wenigstens hatte sie ein schönes Mitbringsel für Karen dabei, einen edlen Kunstband.

In Gedanken schon bei Karen im Restaurant sitzend, vergaß Livia beim Aussteigen, die Fahrt zu bezahlen. Der Äthiopier quittierte das mit einem Pfiff durch das Fenster. Um die Peinlichkeit auszubügeln, stockte Livia den Fahrpreis um ein beträchtliches Trinkgeld auf. Dann schob sie sich hinter einer sechsköpfigen Gruppe in den Gastraum des ›Marcel's‹.

Wie sie es erwartet hatte, saß Karen bereits an einem der kleinen Tische im hinteren Bereich. Die Einrichtung des Lokals war angenehm dezent, wenngleich der rot-gelb gemusterte Teppichboden, die klassischen Holzstühle mit Sitzpolstern, die Holzkommoden und die als Dekoration aufgehängten Kupfertöpfe für ihren Geschmack einen Hauch zu viel Heimeligkeit verströmten.

»Mein Gott, Karen, du siehst wundervoll aus! Bitte sei nicht böse, dass ich zu spät bin«, sagte Livia und blickte auf ihre Armbanduhr. »Himmel noch mal, fast fünfunddreißig Minuten drüber. Hör zu, Karen, der Abend geht auf meine Rechnung heute, keine Widerrede!«

»Vergiss es, Livia«, sagte Karen lachend, während sie ihrer Freundin links und rechts einen angedeuteten Kuss auf die Wange setzte, »ich freue mich unendlich, dass du da bist. Du kommst selten genug in unsere schöne Hauptstadt. Außerdem habe ich es mir mit Pascal schon mal gemütlich gemacht.«

»Pascal?«

Karen deutete auf eine Flasche Jahrgangschampagner der Marke Pascal Doquet Grand Cru, die in einem silbernen Kühler auf ihrem Tisch stand. Sie schenkte Livia ein Glas ein, während diese sich setzte.

Karen freute sich aufrichtig über den Kunstband. Das New Yorker Museum of Modern Art hatte das Buch eben erst herausgegeben, eine Sammlung aufwendiger Abbildungen der Werke von Jeff Koons.

Die beiden Freundinnen leerten ihre Champagnergläser fast in einem Zug, dabei war Livia noch vor wenigen Minuten entschlossen gewesen, den heutigen Abend mit Mineralwasser zu bestreiten. Ihr Leben als Reporterin und die vielen Termine zu Hause in New York boten nur allzu häufig Gelegenheiten, den Genuss hochwertiger Alkoholika zur Gewohnheit werden zu lassen. In ihrem sozialen Umfeld musste man schon über einen starken Willen verfügen, um nicht zum Trinker zu werden.

»Was meinst du, schaffen wir fünf oder sechs Gänge?« Karen war während der ganzen Warterei offenbar hungrig geworden.

Das ›Marcel's‹ bot ein Sieben-Gänge-Menü an, wobei man auch einige Gänge auslassen konnte. Die Preise variierten zwischen fünfundsechzig und 155 Dollar, hinzu kamen die Getränke und das Trinkgeld, welches im ›Marcel's‹ deutlich über zwanzig Prozent lag. Schließlich ließ der Service keine Wünsche offen.

Der Kellner stellte sich den beiden Frauen als Jackie vor, wobei er seinen Namen wie Jacques aussprach und um ein lang gezogenes »ieee« ergänzte. In Wahrheit hieß er vermutlich einfach Jack. Sein aufgesetzter französischer Akzent und die exaltierte Körpersprache, während er die Menüfolge vortrug und ihre Gläser auffüllte, waren zwar kein Grund, am Ende beim Trinkgeld knauserig zu sein. Aber Livia ärgerte sich über dieses in amerikanischen Toprestaurants übliche Kasperltheater. Sie beschloss, »Jackieee« eins auszuwischen. Nachdem er, mit einem Küchentuch wedelnd, den Fischgang, einen »Saaaint Pieeerre« mit lila Blumenkohl und süßem Knoblauchpüree als besondere Empfehlung gepriesen hatte, unterbrach sie ihn.

»Sagen Sie, Jackie, Sie stammen nicht zufällig aus Lorient?«

»Entschuldigung?«, erwiderte der Kellner etwas verdutzt.

»Ob Sie vielleicht aus Lorient stammen? Ich meine, einen Akzent bei Ihnen zu hören, einen provenzalischen, also aus der Gegend von Lorient in Südfrankreich, am Mittelmeer.«

»Oh, äh, ja sicher …«, stammelte Jackie. Als kleines Kind habe er mit seiner Familie ganz in der Nähe von Lorient gelebt, daher wahrscheinlich der mediterrane Akzent. »Ich nehme an, Sie kennen die Gegend …?«

»Nur flüchtig«, sagte Livia, um Jackie nicht weiter in die Bredouille zu bringen. Nachdem sie mit dem Kellner die Menüwahl besprochen hatten – sie beließen es bei vier Gängen –, bekam Livia von ihrer Freundin einen Klaps auf die Hand.

»Das war gemein«, raunte Karen, konnte sich aber ein hinter der Faust verstecktes Lachen nicht verkneifen.

Lorient lag nicht mal in der Nähe des Mittelmeers, sondern an der bretonischen Küste. Karen und Livia hatten dort als Fünfzehnjährige während eines Schüleraustauschs einige Wochen gemeinsam verbracht.

Ihre kleine Gemeinheit konnte Livia nicht lange auskosten. Wenige Augenblicke später drängte sich ein fülliger Mann durch den Gastraum des mittlerweile gut gefüllten Lokals und rumpelte an ihren Tisch. Beide Champagnergläser ergossen sich auf die Tischdecke, doch der grobschlächtige Rüpel bemerkte es nicht einmal. Er trug einen dunkelblauen Anzug, keine hochwertige Ware, sein Kopf war nahezu kahl, und seine Statur ähnelte einem Zementsack. Schwerfällig ließ er sich am Nachbartisch nieder, den beiden Freundinnen den Rücken zugewandt.

Livia war im Begriff, den Mann zur Rede zu stellen, doch Jackie erwies sich in diesem Moment als souveräner Meister seines Fachs. Bevor Livia sich auch nur von ihrem Stuhl erheben konnte, hatte er Teller, Besteck und Gläser auf ein Rolltischchen geräumt, die Tischdecke geschickt gewechselt und den beiden Frauen eine neue Flasche Champagner in den verchromten Kühler gesteckt.

»Die geht aufs Haus«, sagte Jackie leise und mit einem freundlichen Lächeln, »und einen Gang extra gibt es auch. Sie müssen unbedingt unsere hawaiianischen Blaugarnelen probieren!«

Das war hochprofessionell und überaus großzügig, fand Livia. Jetzt wünschte sie sich, Lorient läge doch in der Provence.

Karen erzählte vom Leben in der Hauptstadt, von ihrem Haus in Georgetown, das sie mit einer befreundeten Gynäkologin teilte, mit der sie sich aber nicht mehr so gut verstand, seit diese eine Affäre mit einem gescheiterten Investmentbanker hatte. Livia berichtete von der Situation ihrer Zeitung, der ›New York Times‹, die zwar recht erfolgreich ins digitale Geschäft eingestiegen war – die digitale Ausgabe lief hervorragend –, aber das Stammgeschäft, die gedruckte Auflage, war ein Jammer.

Doch seit dem Zusammenstoß mit dem Fettsack am Nebentisch war Livia abgelenkt. Irgendwie spürte sie, dass der Kerl massiv unter Strom stand. Und als erfahrene Krisenreporterin hatte sie eine Fähigkeit: Sie erkannte einen Soldaten, wenn sie ihn vor sich hatte, auch wenn dieses Exemplar fett war und sich kleidete wie ein Bürokrat.

Die Anspannung des Mannes hatte offenbar mit seinem Gesprächspartner zu tun, der soeben ihm gegenüber Platz genommen hatte. Er war das Gegenteil des dicken Militärs: schmächtig, eine rundliche Brille aus dunklem Horn auf der Nase, leicht rötliches gelocktes Haar und Sommersprossen.

Livia war fasziniert von der Gegensätzlichkeit der beiden Männer und bemühte sich, ein paar Fetzen ihrer Unterhaltung zu verstehen, während sie sich gleichzeitig zu erinnern versuchte, wo sie den Lockenkopf schon einmal gesehen hatte.

Karen merkte kaum, wie abgelenkt Livia war, vielmehr schenkte sie der neuen Champagnerflasche ihre Aufmerksamkeit – und dem nächsten Gang: Carolina-Fasan mit Pilzen und Gänseleber.

Weil der dicke Soldat ihnen den Rücken zugekehrt hatte, konnte Livia dessen Bariton nicht entschlüsseln. Doch die höhere Stimmlage des Nickelbrillenträgers setzte sich gut hörbar vom allgemeinen Gemurmel im Gastraum ab. Außerdem saßen die beiden Männer in einer Ecke, was die Akustik noch verbesserte. Es war wie eine Filmszene, in der zwei Leute miteinander telefonierten, aber nur einer war zu hören.

»Wenn die Sache so delikat ist, wieso wollten Sie mich ausgerechnet hier treffen? Wieso nicht im Büro?«, hörte sie den Rothaarigen fragen.

»Vertraulich?«, hakte er kurz darauf nach und ärgerte sich sichtlich. »Hören Sie, Michael, wir sind doch keine bescheuerten Geheimagenten!«

Der Dicke sagte einige unverständliche Sätze. Dann sprach erneut der Brillenträger.

»Eine komplizierte Sache regeln? Was zum Teufel ist schiefgelaufen? Und wieso gehen Sie nicht zu Ihrem Vorgesetzten im Generalstab?«

In diesem Moment drehte sich der Zementsack ruckartig um, offensichtlich war ihm bewusst geworden, dass jemand im Raum dem Gespräch folgen könnte. Eine durchaus berechtigte Befürchtung. Fast hätten sich ihre Blicke getroffen, doch die Reporterin war geübt in solchen Situationen. Innerhalb von Millisekunden richtete sie ihre Konzentration wieder voll auf Karen, die sich gerade lautstark darüber freute, dass der neue Freund ihrer Mitbewohnerin kürzlich bei einem Bewerbungsgespräch durchgefallen war. Andererseits, seufzte Karen, kriegten Schweinsköpfe wie der immer wieder einen Job, und dann zögen sie den gleichen Mist durch wie in der letzten Firma. Livia murmelte ihre Zustimmung, und die beiden Männer am Nebentisch setzten ihr Gespräch eine Weile lang in deutlich verringerter Lautstärke fort. Irgendwann überreichte der Dicke dem Rothaarigen einen Packen Unterlagen.

Als die beiden Frauen ihre Löffel gerade in das Dessert steckten – eine Kürbis-Pannacotta –, wurde die Fistelstimme des Nickelbrillenträgers wieder vernehmbar.

»In Deutschland? Sind Sie wahnsinnig?« Es folgten ein paar Flüche.

»Mannomann, was für ein Schlamassel! Eine Riesenkacke, Michael, ich fürchte, diese Sache geht ihren Weg bis ganz nach oben. Und ich meine, ganz nach oben. Sie können Ihr Hotelzimmer hier in Washington gleich um ein paar Tage verlängern.«

Der Dicke namens Michael lief rot an. So rot, dass Livia es sogar von hinten an seinen Nackenwülsten erkennen konnte. Er murmelte etwas Beschwichtigendes, während der Rothaarige aufstand und sich für die Einladung bedankte, allerdings ohne Freundlichkeit in der Stimme. Als er aus dem Lokal stürmte, merkte Livia, dass ihm die Blicke vieler Gäste folgten. Der Mann war vermutlich kein Unbekannter in der Stadt. Außerdem wartete am Ausgang ein großer, dunkel gekleideter Kerl mit Knopf im Ohr auf ihn.

Angestrengt suchte Livia in ihrem Gedächtnis nach einem Prominenten mit rötlichen Haaren und auffälliger Nickelbrille. Dann entschuldigte sie sich bei ihrer Freundin, die gerade einen Espresso bestellte – »gerne auch mit einem Schuss Cognac!« –, und steuerte die Toiletten an, deren Türen hinter einem Paravent verborgen waren. Durch die Lücken des Sichtschutzes konnte sie den Dicken nun von vorne sehen. Er wartete offenbar auf die Rechnung. Sie traf eine blitzschnelle Entscheidung und schoss mit ihrem Smartphone zwei Fotos von dem teigigen Gesicht des Mannes. Als jemand hinter ihr zur Toilette wollte, tat sie so, als benutze sie das Telefon als Schminkspiegel, und tupfte sich das Gesicht mit einem Taschentuch ab.

Zurück an ihrem Tisch fand sie ihre Freundin in bester Laune vor.

»Und jetzt ins ›Madam's Organ‹!«, trällerte Karen. »Funky, funky heute. Eine super Band steht auf dem Programm. Du kennst doch den Schuppen, oder? Oben an der 18. Straße in Adams Morgan.«

»Oh, ja, da sind wir doch letztes Jahr mal abgestürzt. Wenn ich mich recht erinnere, habe ich sogar Karaoke gesungen. Ein absolutes Desaster. Aber heute auf keinen Fall, Karen. Ich muss morgen diesen Vortrag über Kriegsberichterstattung im Newseum halten. Da kann ich auf keinen Fall verkatert auftauchen.«

Karen warf ihr einen halb vorwurfsvollen, halb belustigten Blick zu.

»Dann wenigstens einen Gin Tonic in deiner Hotelbar!«

»Keine Chance, bitte sei mir nicht böse.«

Nachdem Jackie die Rechnung gebracht und Livia gegen Karens höflichen Widerstand ihre Kreditkarte auf das Tablett gelegt hatte, fragte sie den Kellner beiläufig nach dem rothaarigen Mann, der so übereilt aufgebrochen war. »Den haben Sie ja wohl nicht zum ersten Mal gesehen?«

Jackie reagierte, als sei allgemein bekannt, wer der Rothaarige war: »Oh ja, Mr. Swartz kommt häufiger zu uns. Heute hatte er es offenbar sehr eilig. Sie verstehen sicherlich, dass ich wegen des kleinen Zwischenfalls vorhin kein großes Aufhebens machen wollte …«

Das konnte Livia gut verstehen. Und sie begriff auch, dass Mr. Swartz nicht überstürzt aus dem Restaurant gestürmt war, weil er keinen Appetit auf das Dessert gehabt hatte. Nein, Mr. Swartz war heute definitiv zu aufgebracht gewesen, um eine Pannacotta zu genießen. Um nicht zu sagen: Mr. Swartz war auf hundertachtzig.

»Herzlichsten Dank für Ihren Besuch, meine Damen«, sagte Jackie, nachdem er ein sattes Trinkgeld kassiert hatte, und geleitete die beiden Frauen zum Ausgang. »Ich hoffe, Sie bald wiederzusehen. Darf ich noch ein Taxi rufen?«

»Zwei Taxis, bitte«, erwiderte Livia.

Noch während der Fahrt zu ihrem Hotel tippte sie den Namen Swartz auf ihrem Smartphone in die Bildersuche bei Google ein. Die Übereinstimmung einiger Treffer mit dem Mann im Lokal war erstaunlich. Auf manchen Fotos trug er sogar dieselbe Nickelbrille wie vorhin. Aaron Swartz, ehemaliger Professor für Politikwissenschaften an der Universität Harvard, war der stellvertretende Nationale Sicherheitsberater des Präsidenten der Vereinigten Staaten.

Und sie hatte soeben mitbekommen, dass er richtig wütend war auf einen Militärangehörigen namens Michael. Um den rätselhaften Dicken zu identifizieren, wählte Livia den umgekehrten Weg. Sie speiste eins der im Restaurant geschossenen Fotos in das Bilderkennungsprogramm von Google ein. Das Ergebnis war innerhalb von Millisekunden da. Auf ihrem Smartphone erschien das offizielle Porträtfoto eines Mannes in Uniform mit viel Lametta auf der Brust. Sie klickte die dazugehörende Website an. Michael Kerbech war Generalmajor der amerikanischen Luftwaffe. Er leitete die Forschungslabore der US Air Force.

Was mochte dieser Michael Kerbech wohl für ein Problem haben? Ein Problem, das einen Sicherheitsberater des Weißen Hauses ziemlich in Rage brachte, so viel war klar. Livias Reporterinstinkt meldete sich so laut wie eine Alarmsirene.

DAS WEISSE HAUS

WASHINGTON D.C., USA

28. Juli

»Also gut, Aaron«, sagte John McIntyre, der Präsident der Vereinigten Staaten von Amerika, »lassen Sie mich das noch einmal zusammenfassen. Strahlenwaffen-Spezialisten aus dem Air Force Research Laboratory hatten Grund zu der Annahme, dass am CERN in Genf geheimnisvolle Dinge vor sich gehen. Daraufhin kamen sie auf die fragwürdige Idee, einen italienischen Physiker in die Mangel zu nehmen, und das auf deutschem Staatsgebiet. Diesen Job übernahm der Geheimdienst unserer Luftwaffe, die Air Force Intelligence, Surveillance and Reconnaissance Agency.« McIntyre setzte kaum hörbar nach: »Gott weiß, wozu es die überhaupt gibt.« Er räusperte sich. »Die waren wahrscheinlich richtig scharf darauf, einmal nicht nur Drohnen zu steuern, sondern James Bond zu spielen … Sie schicken also zwei arabisch aussehende Männer nach Deutschland, damit die Aktion, falls sie auffliegt, vertuscht werden kann. Das wäre auch gut denkbar gewesen, wenn unsere beiden Männer rechtzeitig den Rückzug angetreten hätten. Aber leider war dem nicht so, und die deutsche Polizei war wach genug, um all dem eine Ende zu bereiten. Und nun stehen wir kurz vor einem diplomatischen Eklat.«

»Tja, Mr. President, ich fürchte, genau so hat es sich zugetragen.«

Präsident McIntyre schnaubte verächtlich.

»Haben Sie davon gewusst?«, fragte er.

»Nein, Sir, ich war nicht über die Mission in Deutschland informiert.«

»Die Verantwortung für die ganze Aktion trägt also dieser Zwei-Sterne-Dickwanst Kerbech?«

»Nun, Sir, Generalmajor Kerbech hat mich gestern Abend über den Fehlschlag informiert. Er war der ranghöchste Air-Force-Offizier, der eingeweiht war, und er hat dem Einsatz zugestimmt. Insofern ja, er trägt formal die Verantwortung. Außerhalb der Air Force wusste offenbar niemand etwas von der Aktion. Der politische Schaden würde natürlich weit über die militärischen Kreise hinausgehen, falls die Sache in vollem Umfang auffliegt.«

McIntyre war klar, dass diese Analyse seines stellvertretenden Sicherheitsberaters voll und ganz zutraf. Falls die deutschen Behörden die wahre Identität von Boukhaf und Moktar, den beiden Air-Force-Geheimagenten, herausfinden sollten, musste er mit schwersten diplomatischen Verwerfungen rechnen. Er beschloss, vorerst weder seine Minister noch den Generalstab über die gescheiterte Mission zu informieren. Sollte jemand nicht dichthalten, würden die Deutschen vermutlich empfindlich reagieren und aus ungeliebten transatlantischen Vereinbarungen aussteigen. Womöglich würden sie ihren Einsatz in Afghanistan abbrechen. Oder sogar die amerikanische Luftwaffenbasis in Ramstein schließen.

»Wie wahrscheinlich ist es, dass die Deutschen den wahren Hintergrund der Entführung herausfinden?«

»Das dürfte schwer für sie werden. Die beiden Air-Force-

Spione sehen aus wie echte Nordafrikaner. Zudem ist Moktar tot, und Boukhaf ist für solche Situationen ausgebildet«, sagte Aaron Swartz. »Damit meine ich Verhörtechniken aller Art. In Langley ist bereits eine Anfrage des deutschen Bundesnachrichtendienstes eingegangen. Die Krauts wollen wissen, ob wir Moktar und Boukhaf in irgendeiner Terroristendatei führen. Eine bizarre Situation natürlich: Die Deutschen fragen uns nach zwei mutmaßlich islamistischen Terroristen, die aber in Wahrheit unsere eigenen Leute sind. Ich konnte die CIA-Wichtigtuer gerade noch davon abbringen, Amtshilfe zu leisten und den Deutschen brühwarm aufzutischen: Klar kennen wir die beiden, sie arbeiten bei der Air Force, leben in Ohio, und hier sind übrigens ihre Sozialversicherungsnummern …«

»Ich verstehe«, brummte McIntyre missgelaunt, während sein Blick durch das Oval Office schweifte, um schließlich auf der Büste von Abraham Lincoln zu verweilen. »Allerdings sollten wir die Deutschen auch nicht unterschätzen. Wir wissen nicht, wie ihre Forensiker arbeiten, sollten aber davon ausgehen, dass sie uns nicht allzu weit hinterherhinken …«

»Sie haben recht, Sir. Wenn zwei unechte Nordafrikaner auf unserem Boden ein Verbrechen begehen würden – wir würden ihre wahre Identität herausfinden. Koste es, was es wolle. Die Deutschen sind zwar in ihren Verhörmethoden sehr viel … sagen wir, ziviler. Ihre technischen Standards sind aber bekanntlich hoch.«

Der Präsident lehnte sich auf seinem Stuhl zurück und blickte sorgenvoll aus dem Fenster. Nach einer Weile richtete er sich wieder auf und sah Swartz direkt in die Augen.

»Was, Aaron, war so interessant, dass die Air Force glaubte, ihre Superspione losschicken zu müssen?«

Swartz reichte ihm eine hellblaue Mappe, in der sich zwei beschriebene Seiten befanden. McIntyre nahm das Schreiben widerwillig in die Hand und begann zu lesen. Am Ende des zweiten Blattes weiteten sich seine Augen, und er blickte seinen Berater entsetzt an.

»Um Gottes willen. Sagen Sie, dass das ein Scherz ist.«

»Nein, Sir, wir müssen das dringend aufklären. Allerdings hat das drohende politische Fiasko im Moment Vorrang. Der Fehlschlag in Deutschland muss aus der Welt geschafft werden.«

»Okay. Die Frage ist zunächst, ob die Deutschen von selbst draufkommen, dass wir es waren. Ich frage mich, ob es nicht besser wäre, wenn ich vor der Bundeskanzlerin Asche auf mein Haupt streue, bevor die deutschen Ermittlungsbehörden uns auf die Spur kommen. Vermutlich könnte ich die Kanzlerin davon abhalten, mit der Sache an die Presse zu gehen. Die diplomatischen Beziehungen zu uns sind den Deutschen bekanntlich sehr wichtig.«

»Ich würde das trotzdem nicht tun«, sagte Swartz entschieden und sah den Präsidenten durch seine runden Brillengläser mit hochgezogenen Augenbrauen an. »Die Chance, dass die Sache auffliegt, liegt bei fifty-fifty, würde ich sagen. Ich denke, wir sollten das aussitzen.«

In diesem Augenblick klopfte es an der Tür des Oval Office, und die persönliche Sekretärin des Präsidenten streckte vorsichtig den Kopf durch den Türspalt.

»Sorry für die Unterbrechung, Mr. President. Eben hat die deutsche Bundeskanzlerin angerufen und um ein Gespräch mit Ihnen gebeten. Sie war persönlich am Apparat, nicht ihr Planungsstab. Und sie sprach von einer ›dringenden Angelegenheit‹.«

»Danke, Mary!« John McIntyre stöhnte es mehr, als dass er es sagte.

Als die Sekretärin wieder verschwunden war, fuhr er sich mit der Hand über die Stirn und blickte flehend zur Decke. Es war einer der Augenblicke, in denen er seinen Job verfluchte.

›NEW YORK TIMES‹ TOWER

NEW YORK, USA

28. Juli

»Livia, wir brauchen dich für die Venezuela-Recherche. Du kannst dich jetzt nicht ausklinken und irgendeiner vagen Geschichte nachgehen, die du in einem Restaurant aufgeschnappt hast.«

Livia Changs Boss war an diesem Morgen ausgesprochen mürrisch. Seit mehreren Wochen hatte Thomas Bell, der Chefredakteur der ›New York Times‹, ein mehrköpfiges Team von Reportern auf eine investigative Recherche angesetzt. Eine Geschichte, die genügend Sprengstoff enthielt, um den Verteidigungsminister der USA zu Fall zu bringen. Es ging um inoffizielle Waffenlieferungen an die venezolanische Opposition.

»Vage Geschichte?« Livia hob empört die Arme. »Tom, ich habe mit eigenen Augen gesehen, wie der stellvertretende Nationale Sicherheitsberater völlig ausgetickt ist. Das ist garantiert eine große Sache …«

Thomas Bell schüttelte den Kopf.

»Es geht nicht. Wir sind kurz vor dem Durchbruch in der Venezuela-Recherche. Und du weißt, die Kollegen von der ›Post‹ sind da auch dran.«

Livia spürte, wie ihre Wangen heiß wurden. Sie klopfte energisch mit dem Zeigefinger auf einen der Papierstapel, die sich auf Thomas Bells Tisch türmten.

»Aaron Swartz, der stellvertretende Nationale Sicherheitsberater der USA, ist gestern von einem Zwei-Sterne-General über etwas informiert worden, das ihn komplett auf die Palme gebracht hat. Diese Sache spielt hier, Tom, bei Onkel Sam, und nicht in der Karibik.«

»Livia, alles, was du gesehen hast, war Aaron Swartz, sofern er es überhaupt war, der aufgebracht aus einem Restaurant spaziert ist. Vielleicht war sein Filetsteak nicht blutig genug …«

»Tom, werde bitte nicht beleidigend. Erstens war es Swartz, und zweitens war er nicht wegen des Essens verstimmt. Tu bitte nicht so, als würde ich noch auf die Journalistenschule gehen.«

Thomas Bell merkte, dass er zu weit gegangen war. Natürlich war es unnötig, Livia Chang die Grundregeln guter Recherche zu erklären. Sie hatte mit ihren fünfunddreißig Jahren bereits an vielen Brennpunkten der Erde Erstaunliches geleistet. Ihre Sprachkenntnisse waren ebenso einzigartig wie ihre Nase für gute Geschichten. Hinzu kam die ausgezeichnete Menschenkenntnis einer aufgeweckten jungen Frau, die den durchschnittlichen Spürsinn vieler Kollegen bei weitem übertraf.

Was Livias gut bestückten journalistischen Werkzeugkasten besonders wertvoll machte, war ihre Wandlungsfähigkeit. Sie war nur 1,62 Meter groß, doch in einem schwarzen Cocktailkleid konnte sie ganze Abendgesellschaften in ihren Bann ziehen. Suchte sie das Gespräch mit einem Diplomaten oder Politiker, war eine solche Aufmachung mehr als hilfreich. Trug sie eine schlichte Jeans, nach hinten gesteckte Haare und einen Hoodie, konnte sie sich mühelos unter Studenten bewegen. Das war ihr bei einer Reportage über die geschmacklosen Aufnahmerituale in Studentenverbindungen von Nutzen gewesen. Der Artikel hatte ihr vor einigen Jahren die Nominierung für den Pulitzer-Preis eingebracht.

Livia Changs Wandlungsfähigkeit war von unschätzbarem Wert. Aus ihrem leicht gerundeten Gesicht, den wohlgeformten vollen Lippen und den leuchtenden großen Augen war es schwer, ihr Alter abzulesen. Auch Livias Herkunft stellte ihre Mitmenschen vor ein Rätsel. Im Tschador sah sie aus wie eine echte Perserin. Und dank ihrer ausgezeichneten Arabischkenntnisse ging sie in großen Teilen des Orients als Einheimische durch. Das hatte ihr im Libanon einmal das Leben gerettet.

»Livia, wenn ich nicht wüsste, was für eine grandiose Reporterin du bist, hätte ich dich nicht in das Venezuela-Team geholt. Und jetzt mach bitte mit der Recherche weiter. Es könnte eine Bombengeschichte werden.«

Livia Chang stürmte wortlos aus Thomas Bells Eckbüro im ›New York Times‹ Building an der 8th Avenue in Manhattan und durchquerte das Großraumbüro der Redaktion. Im hintersten Teil suchte sie eine der schalldichten Kabinen auf, in der die Reporter diskrete Telefongespräche führen konnten. Auf keinen Fall wollte sie die Episode im Restaurant auf sich beruhen lassen.

Ihr erster Impuls war es, einen zuverlässigen Informanten beim Militär anzuzapfen. Sie kannte einen Major bei den Marines, der ihr einen Gefallen schuldete. Doch irgendetwas sagte ihr, dass sie diese Recherche in Deutschland beginnen sollte. Dort, wo es einen »Schlamassel« gegeben hatte, wie

Aaron Swartz es gestern Abend ausgedrückt hatte. Sie beschloss, Fritz Ziegeldecker anzurufen. Fritz war ein hoch geschätzter Journalist der in München ansässigen ›Süddeutschen Zeitung‹. Er war zwar kein kriegserfahrener Reporter wie sie, aber ein wahrer Zauberer, wenn es darum ging, Informationen aus Behörden und Akten zu destillieren. Er konnte mit Beamten umgehen, als sei er das Informationsfreiheitsgesetz in Person. Er war es, dem die berühmten Panama Papers zugespielt worden waren. Nach einer einjährigen Datenauswertung, an der Dutzende internationale Investigativjournalisten beteiligt waren, lösten die Enthüllungen der ›Süddeutschen‹ und vieler anderer Medien eine Kaskade an Skandalen, Rücktritten und Gerichtsprozessen in der internationalen Finanzwelt aus. Mit diesem Scoop hatte sich die deutsche Zeitung auch bei amerikanischen Medien Respekt erworben.

Livia Chang wählte Fritz' Nummer.

»Ziegeldecker.«

»Fritz, ich bin's, Livia Chang.«

»Oho, was für eine schöne Überraschung. Livia Chang, die wundervolle, kluge, weltberühmte …«

»Lass den Quatsch, du alter Charmeur. Hör zu, ich habe gestern etwas aufgeschnappt. Und irgendwie muss es mit Deutschland zu tun haben. Ich frage mich, ob du eine Ahnung hast, was es sein könnte. Ob es bei euch irgendeinen Schlamassel gab. Irgendetwas, das auf eine politische Verwicklung hindeuten könnte, in der die USA eine Rolle spielen.«

Fritz dachte nach.

»Da fällt mir nicht viel ein, Livia. Wir haben demnächst Wahlen in zwei Bundesländern. Der Berliner Flughafen Tegel soll nun doch weitere zwei Jahre in Betrieb bleiben … Das einzig international Relevante sind im Moment zwei Terroristen, die man gestern in München geschnappt hat. Sie haben keine Bombe gebastelt, dafür aber einen italienischen Wissenschaftler entführt und gefoltert. Offenbar Araber. Sie könnten aber auch irgendeine Familienfehde ausgetragen haben. Oder einen Mafiajob. Der Entführte ist zwar Sarde, aber man weiß ja nie.«

»Und die beiden Araber hat man geschnappt?«

»Ja, einen, den anderen hat die GSG 9 umgenietet.«

»Wie heißt der Wissenschaftler?«

»Warte. Das habe ich vertraulich gesteckt bekommen. Bitte vorerst nicht verwenden … Nicola Caneddu. Mit Doppel-d.«

»Das sagt mir nichts.«

»Na ja, Livia, du arbeitest ja auch nicht in der Wissenschaftsredaktion. Der Mann ist Physiker.«

»Tja, okay. Tausend Dank, Fritz. Frau und Kinder alle gesund?«

»Alle munter, als ich sie zuletzt gesehen habe.«

»Ich melde mich wieder, wenn wir in dieser Venezuela-Sache etwas weiter sind. Auch das alles vertraulich.«

»Okay, bis bald. Alles Gute, meine Liebe.«

Livia suchte ihre Arbeitsecke im Großraumbüro auf. Sie tippte den Namen »Caneddu« und den Begriff »Physik« bei Google ein. Es erschienen jede Menge Fotos eines äußerst geschmackvoll gekleideten Italieners mit gepflegtem, halb langem grau-schwarzem Haar. Der Typ sah ziemlich gut aus. Es gab viele Bilder, auf denen er Vorträge hielt. Ein Foto zeigte ihn vor einer haushohen Apparatur. Laut Bildtext war es ein Teilchendetektor unter einem italienischen Granitgebirge namens Gran Sasso. Ein weiteres Foto stammte aus einer Homestory eines italienischen Klatschmagazins. Es zeigte Nicola Caneddu vor seinem knallroten Alfa in den Gassen von Triest. Zweitausend Dollar, dachte Livia beim Anblick seines Anzugs. Minimum.

Weitere Suchanfragen förderten massenweise wissenschaftliche Publikationen zutage. Livia stellte fest, dass sie zwar keine der Überschriften verstand, jedoch alle einen Begriff enthielten: Neutrino.

Neutrinos waren offenbar das Spezialgebiet dieses Physikers. Sie merkte, dass die meisten Veröffentlichungen mehrere Dutzend Namen weiterer Wissenschaftler trugen. Offenbar erforderte Caneddus Forschungsgebiet größere Teams. Ein weiterer Begriff tauchte häufig auf: Icarus. Dabei handelte es sich, wie sie zu verstehen begann, um die Apparatur unter dem Gebirge in Italien, an der Caneddu arbeitete. Und er musste viel mit dem CERN zu tun haben, denn rund die Hälfte der Co-Autoren auf Caneddus Publikationen schien von dort zu kommen. Vom CERN hatte sie schon gehört. Ihre Kollegen aus der Wissenschaftsredaktion gerieten jedes Mal in Aufregung, wenn es Nachrichten von dem Forschungszentrum gab. Es lag irgendwo in Europa. Ach ja, im französisch-schweizerischen Grenzgebiet westlich der Stadt Genf. Vor einigen Jahren hatte man dort ein »Gottesteilchen« entdeckt. Was auch immer das war.

Ihr Telefon klingelte.

»Livia, hier ist noch mal Fritz.«

»Fritz, ich kann auf diesem Apparat nicht gut sprechen.«

»Du musst auch nur zuhören. Ich habe eben mit meiner Quelle beim Landeskriminalamt hier in München gesprochen. Wegen dieser Entführung.«

»Ja, und?«

»Der Leiter der dortigen Forensik-Abteilung ist zwar ein unangenehmer, arroganter Sack. Aber im Moment ist er richtig sauer auf seine Vorgesetzten. Deshalb war er redselig.« Fritz lachte.

»Und?« Livia wurde ungeduldig.

»Er hat die Entführer untersucht. Kleidung, Zähne, Gene, alles. Jetzt halt dich fest. Er ist überzeugt, dass es Amerikaner sind, keine Araber. Arabischer Abstammung womöglich, aber definitiv seit Jahren in Amerika ansässig. Mit hoher Wahrscheinlichkeit sogar dort geboren.«

»Ach du Scheiße. Danke, Fritz, Tausend Dank.«

Sie knallte den Hörer auf die Gabel, sprang auf und rannte zum Büro ihres Chefs, das sie erst vor zwanzig Minuten wutschnaubend verlassen hatte. Doch Thomas Bells Chefsekretärin hielt sie auf.

»Keine Chance, Livia, tut mir leid. Er hat gerade den Bürgermeister zu Besuch.«

Livia machte kehrt und suchte im Laufschritt die Reisestelle ihrer Zeitung auf. Auf dem Weg dorthin hatte sie eine Entscheidung zu treffen.

München?

Rom?

Genf?

Sie entschied sich.

BUCHANAN FIELD AIRPORT

KALIFORNIEN, USA

28. Juli

Mit rund fünfhundert Starts und Landungen pro Tag war der Buchanan Field Airport ein vergleichsweise kleiner Flughafen. Eine Boeing 747 oder gar einen Airbus A380 würde man hier niemals zu sehen bekommen. Die meisten Flugzeuge waren Propellermaschinen, viele mit nur einem Motor.

Direkt neben der kalifornischen Kleinstadt Concord gelegen, war Buchanan Field mehr ein Spielplatz für Privatpiloten als ein kommerzieller Flughafen. Zu diesem Image trugen auch die vielen Familien bei, die an den Wochenenden hierherkamen, um das Starten und Landen von Flugzeugen zu beobachten. Buchanan Field war ein Provinzflughafen, von denen es in den USA Hunderte gab.

Eine zweistrahlige Gulfstream G500 gehörte hier zu den größeren Attraktionen. Besucher und Rollfeldarbeiter blickten daher interessiert auf, als ein grau lackierter Jet dieses Typs auf der Landebahn 26R aufsetzte, mithilfe der Schubumkehr scharf bremste und nach einigen Hundert Metern auf das Rollfeld abbog, um an ein paar Propellermaschinen vorbei zu einer abgelegenen Parkposition zu rollen.

Zwei Mittelklasse-Limousinen warteten auf die Ankunft

der Passagiere. Spätestens jetzt verloren die Zuschauer wieder das Interesse. Sie vermuteten einen Geschäftsmann, der die rund dreißig Meilen entfernte San Francisco Bay zum Ziel hatte, Orte wie Oakland, Berkeley, Richmond oder Alameda County. In dieser Hinsicht war Buchanan Field ein Geheimtipp unter Business-Menschen, die den dichten Flugverkehr über den internationalen Flughäfen von Oakland und San Francisco scheuten.

Doch die Zuschauer lagen falsch. Ja, auch der Ankömmling im grauen Jet schätzte die geografisch günstige Lage, noch wichtiger war ihm allerdings die Anonymität, die ein kleiner Flughafen bot.

Präsident John McIntyre bereiste sein Land, so oft es ging, ohne Spektakel. Ohne die pompöse Präsidentenmaschine, die in auffälligen Blautönen lackierte 747 mit der stolzen Aufschrift »UNITED STATES OF AMERICA«. Dieses Monstrum verursachte bei jeder Ankunft einen beträchtlichen Medienrummel und Sicherheitsaufwand. Das schränkte die Bewegungsfreiheit des Präsidenten ein, der jede Abweichung vom Protokoll mit dem Secret Service abstimmen musste. Auch lagen die Kosten einer Dienstreise mit der Boeing 747 um ein Vielfaches höher als die von Inkognito-Ausflügen mit der Gulfstream. Eine hübsche Ersparnis für den Fiskus, fand Präsident McIntyre. Nur schade, dass die Öffentlichkeit von dieser Bescheidenheit nichts erfuhr.

Tatsächlich wussten nur wenige Mitarbeiter in McIntyres Stab von der Existenz des kleinen Flugzeugs. Auf seine Reisen nahm der Präsident lediglich eine Handvoll ausgewählter Leibwächter des Secret Service mit. Um die Tarnung auch nach der Landung aufrechtzuerhalten, legte Präsident McIntyre größten Wert darauf, mit normalen Mietwagen abgeholt zu werden. Er hatte dem Secret Service zudem verboten, die Luxuskategorie zu buchen, geschweige denn gepanzerte Limousinen anzufordern. All das war für die Leibwächter einerseits ein Albtraum. Andererseits lernten sie im Laufe von McIntyres Amtszeit, dass diese Tarnung ebenso viel Sicherheit bot wie Panzerglas. Kaum etwas konnte den Präsidenten besser schützen, als unerkannt zu bleiben. Nach einiger Übung mit dieser Art von Dienstreisen begannen auch die Leibwächter das Privileg zu schätzen, ihrem POTUS, wie der Präsident im Geheimdienstjargon hieß, in ungezwungener Atmosphäre nahe zu sein.

Zu viert saßen sie in den Mietwagen, gekleidet wie Vertriebsleute eines mittelgroßen Versicherungskonzerns, und plauderten über dies und jenes, oft über Baseball. Einmal hatten sie an einem Highway in Kansas sogar Halt gemacht, um ein Fastfoodrestaurant aufzusuchen. Die Leibwächter waren geübt darin, ihre Waffen unter großzügig geschnittenen Sakkos zu verbergen. Und auch den obligatorischen Koffer mit den Codes für das Atomwaffenarsenal der Vereinigten Staaten führten sie unauffällig mit. Schließlich bestand die theoretische Möglichkeit, dass der Oberbefehlshaber der US-Streitkräfte von einem Burgerladen in Kansas Interkontinentalraketen abschießen lassen musste.

Vom Buchanan Field Airport machte sich der Präsident an diesem sonnigen Julitag mit einem Stabsassistenten und sechs Leibwächtern auf den Weg in Richtung der nur dreißig Meilen entfernten kalifornischen Universitätsstadt Berkeley. McIntyre war nicht in redseliger Stimmung, weshalb auch die Leibwächter die meiste Zeit schwiegen. Seine Gedanken schweiften um James Buchanan, eine bedauernswerte Figur der amerikanischen Geschichte. Buchanan war der 15. Präsident der Vereinigten Staaten gewesen, der Vorgänger des großen Abraham Lincoln. Ein intelligenter Mann, durchaus mit politischem Gespür, dessen Amtszeit jedoch in eine düstere Periode fiel.

Buchanan regierte am Vorabend des Bürgerkrieges. Deshalb musste er heute als Namensgeber für einen kleinen Provinzflughafen in Kalifornien herhalten. Kein Vergleich mit dem New Yorker Flughafen JFK oder dem Reagan National Airport in Washington D.C.

Nicht dass es Präsident McIntyre besonders wichtig gewesen wäre, irgendwann einem Flughafen seinen Namen zu geben. Aber es war zweifellos ein Gradmesser für die historische Bedeutung einer Präsidentschaft. Buchanan hatte keine Chance gehabt, dachte McIntyre. Die Analogie zu seiner eigenen Regierungszeit schmerzte ihn. Sein Vorgänger hatte ihm einen Scherbenhaufen hinterlassen, eine heillos gespaltene, zerstrittene und teils radikalisierte Bevölkerung. Und das Volk assoziierte bekanntlich die aktuelle Situation mit dem amtierenden Präsidenten. Na gut, dachte McIntyre, wer diese Ungerechtigkeit nicht akzeptieren kann, sollte sich nicht um das Präsidentenamt bemühen.

Eine kurvenreiche Landstraße führte hinauf auf einen grünen Hügel über dem Campus der Universität Berkeley, wo sich die Gebäude des Lawrence Berkeley National Laboratory befanden. Viele wichtige Experimente im Bereich der Halbleiterphysik wurden hier durchgeführt, und die am Berkeley Lab tätigen Wissenschaftler waren im Laufe der Jahre mit mehreren Nobelpreisen ausgezeichnet worden. Das international bekannte Forschungszentrum für Physik und Chemie verfügte über einen eigenen Teilchenbeschleuniger, dessen Leistung allerdings bei weitem nicht mit dem riesigen

Large Hadron Collider im europäischen CERN mithalten konnte.

Von dem dicht bewachsenen Hügel war die Bucht von San Francisco in voller Pracht zu sehen. Die beiden Mietwagen stoppten an einer Schranke mit Wachhäuschen. Ein Sicherheitsmann trat an die beiden Autos heran, betrachtete die Insassen argwöhnisch und begann, die Ausweise zu kontrollieren. Als sein Blick auf den weißhaarigen Mann auf der Rückbank des vorderen Wagens fiel, reagierte er, als habe er ein Gespenst gesehen. Mit heruntergeklappter Kinnlade öffnete er beflissen die Schranke und rannte in die Wachstube, um seine Vorgesetzten zu informieren. Bevor er sein Funkgerät erreichte, spürte er die Hand eines Secret-Service-Agenten auf seiner Schulter. Der Leibwächter bedeutete ihm freundlich lächelnd, in dieser Angelegenheit diskret zu bleiben.

Josef Sternbergs Büro lag im mittleren Abschnitt eines flachen lang gezogenen Gebäuderiegels. Der Flur war mit Linoleum belegt, an den Wänden hingen eng bedruckte Poster mit Formeln und Diagrammen, daneben Konferenzankündigungen und mehr oder weniger lustige Karikaturen, vermutlich Insiderwitze.

Wie McIntyre gehört hatte, legte Sternberg keinerlei Wert auf Privilegien. Tatsächlich war sein Büro nicht größer als das eines Nachwuchsforschers. Die Tür stand stets einen Spaltbreit offen für Besucher. Die Einrichtung bestand aus einem schlichten Metallschreibtisch, einer riesigen grünen Tafel und einem Poster, das eine Physikkonferenz des Jahres 1956 ankündigte. Dennoch war Präsident McIntyre von Ehrfurcht ergriffen, als er nach einem kurzen Klopfen in das Zimmer trat.

Josef Sternberg war eine beeindruckende Erscheinung. Mit strahlend blauen Augen blickte der fast vierundneunzigjährige Physiker seinen Besucher an, und das Alter schien seinem kantigen Gesicht nur noch mehr Kraft zu verleihen. Das Haar war voll, wenn auch kurz geschnitten. Ohne zu zögern, stand der Nobelpreisträger von seinem Stuhl auf.

»Das ist … also, das ist …«, stammelte der Physiker. Er hätte eher damit gerechnet, einen Außerirdischen in sein Zimmer treten zu sehen als den Präsidenten der Vereinigten Staaten von Amerika.

Präsident McIntyre hob beschwichtigend die Hände.

»Ich weiß, es ist ein Überfall, Professor Sternberg. Aber ich möchte Sie bitten, mir fünf Minuten Ihrer Zeit zu schenken.«

Der Präsident hatte einen jovialen Ton angeschlagen, der sogar dem iranischen Revolutionsführer geschmeichelt hätte.

»Mr. President, Sie wissen, dass ich nicht …«, begann Sternberg, doch McIntyre hob erneut freundlich die Hand.

»Fünf Minuten, Professor. Ich weiß, Sie haben Wichtigeres zu tun.«

McIntyre zog die Bürotür zu, und die Wachleute verteilten sich auf dem Gang. Der Hinweis auf das »Wichtigere« war ein rhetorischer Trick. Was sollte Sternberg schon Wichtigeres zu tun haben, als dem Präsidenten seines Landes ein Ohr zu leihen, zumal wenn dieser eigens aus Washington angereist kam. Doch Sternberg war ein störrischer Charakter. Das wusste McIntyre. Das war auch der Grund, warum er die Reise auf sich genommen hatte, statt den berühmten Physiker ins Weiße Haus einzuladen. McIntyre hätte mit einer Absage rechnen müssen. Er hielt es sogar für möglich, dass Sternberg ihn hier in Berkeley aus seinem Arbeitszimmer warf.

Der alte Mann war einer der klügsten Köpfe der Welt, aber auch ein Querkopf, ein Kommunist, wie er mitunter selbst betonte. Eine Einladung in den wissenschaftlichen Beirat des Weißen Hauses hatte er wenige Wochen zuvor brüsk ausgeschlagen. Sternberg, der als Kind einer jüdischen Familie mit acht Jahren aus Nazi-Deutschland geflohen war, hatte viel vom Leben gesehen. Unmittelbar nach dem Zweiten Weltkrieg hatte er bei den Vätern des Manhattan-Projekts, den Entwicklern der ersten Atombomben, promoviert. Die Erfahrungen mit Wissenschaftlern wie Robert Oppenheimer und Enrico Fermi hatten ihn in seinem Zweifel an der Redlichkeit von Politik und Militär bestärkt.

»Es geht nicht um den wissenschaftlichen Beirat, Professor Sternberg«, sagte McIntyre und nahm auf einem schlichten Bürostuhl Platz, den der Nobelpreisträger für seine Besucher bereithielt. »In dieser Frage habe ich Ihre Absage akzeptiert. Ich möchte Sie heute um einen persönlichen Rat in einer ganz anderen Angelegenheit bitten. Dabei geht es möglicherweise um die nationale Sicherheit.«

»Dieses Land hat viel für mich getan, und Sie sind dessen höchster Repräsentant. Deshalb werde ich Sie anhören«, entgegnete Sternberg. Langsam legte sich sein anfängliches Staunen. »Aber Sie sollten wissen, dass ich mit den meisten Ihrer politischen Ziele nicht konform gehe. Sie sind zwar nicht so eine Katastrophe wie Ihr Vorgänger, aber wir hätten niemals im Nahen Osten intervenieren dürfen, das sage ich Ihnen als Jude. Und Sie hätten längst die außer Kontrolle geratenen Kapitalmärkte mit Transaktionssteuern bändigen müssen. Von der Absurdität der Todesstrafe und den viel zu lockeren Waffengesetzen will ich gar nicht anfangen. Aber lassen wir das. Worum geht es Ihnen? Ihr Besuch ist für mich … nun ja, eine enorme Überraschung.« Das Wort »Ehre« kam ihm nicht über die Lippen.

In spitzem Ton fuhr der alte Physiker fort. »Soll ich für Sie Terroristen in Afghanistan jagen? Eine Bombe gegen den Iran konstruieren? Von beidem verstehe ich nichts, Mr. President.«

»Nein, Professor Sternberg, ich bitte Sie um eine Einschätzung in einer für mich und unser Land höchst bedeutenden Frage. Es geht dabei um Physik. Eine neue, womöglich bedrohliche Technik. Vielleicht sogar eine Wunderwaffe.«

»Um Gottes willen. Ich bin also Einstein und Sie Eisenhower? Und es geht um die Atombombe, die die Nazis gerade bauen?«

»Gar nicht so falsch, Professor Sternberg«, sagte McIntyre, wodurch er dem ironischen Angriff des Physikers seine Schärfe nahm.

»Oha, jetzt wird's spannend. Iran?«

»Nein. Es geht um die grundsätzliche Frage, ob man mit einer Elementarteilchenkanone etwas Gefährliches anstellen kann.«

Im Bruchteil einer Sekunde verwandelte Sternberg sich vom bockigen Regierungskritiker in den kühl kalkulierenden Wissenschaftler, der er im Grunde seines Herzens war. Sein Blick schweifte zum Fenster.

»Sie meinen einen Teilchenbeschleuniger? Nun, wenn Sie einen Menschen mitten in den Strahl einer solchen Anlage stellen, wird er Strahlenschäden erleiden – wie in einem Röntgenstrahl, nur fataler. Aber an sich sind Elementarteilchen nichts Zerstörerisches. Wir bestehen aus ihnen. Wir leben mit ihnen. Sie prasseln ständig aus dem Weltraum auf uns ein.«

»Man könnte also keine Waffe daraus konstruieren? Keine Art von Kanone?«

»Ausgeschlossen«, sagte Sternberg. »Welche Teilchen sollte man dafür verwenden können?«

»Neutrinos«, warf McIntyre ein.

»Haha!« Sternberg klatschte belustigt mit der Hand auf seinen Schenkel. »Wer hat Ihnen denn diesen Floh ins Ohr gesetzt? Etwa die gleichen Idioten, die sagen, es gebe keinen Klimawandel? Oder dass Darwins Evolutionstheorie falsch und die Erde erst vor zehntausend Jahren entstanden sei?«

»Niemand hat mir etwas ins Ohr geflüstert, Professor.«

»Vielleicht ein Rüstungskonzern, der Forschungsmittel braucht?«, fuhr Sternberg mit unverhohlenem Sarkasmus fort.

»Nein, wir haben zuverlässige Geheimdiensterkenntnisse«, sagte McIntyre. »Es gibt Gründe, der Sache ernsthaft nachzugehen, glauben Sie mir.«

»Vergessen Sie das«, sagte Sternberg, fuhr mit seiner knochigen Hand durch sein dichtes, struppiges Haar und blickte den Präsidenten mit seinen leuchtend blauen Augen an.

»Das ist vielleicht der wissenschaftliche Kenntnisstand von heute«, entgegnete McIntyre. »Aber was ist, wenn Sie Ihrer Fantasie mal völlig freien Lauf lassen? Was könnte man rein theoretisch mit Neutrinos anstellen?«

Sternberg blickte erneut aus dem Fenster.

»Mit den Neutrinos, die wir heute kennen? Nichts.«

»Neutrinos sind unscheinbar. Sie tragen keine elektrische Ladung, haben fast keine Masse und reagieren fast nie mit der normalen Materie. Aufgrund dieser Eigenschaften durchqueren sie ungehindert unseren gesamten Erdball. Sie schießen in dieser Sekunde, während wir hier miteinander reden, milliardenfach durch unsere Körper. Außerdem sind sie an fundamentalen Prozessen beteiligt, zum Beispiel der Atomspaltung und der Kernfusion. Wenn sie auf Atomkerne treffen, können sie Umwandlungsprozesse anstoßen. Aber die drei bisher in der Physik bekannten Neutrinoarten tun das zu selten, als dass man daraus technisches oder gar gefährliches Gerät entwickeln könnte.«

»Offenbar kann man diese Neutrinos in einem Beschleuniger in großen Mengen erzeugen, als Strahl quer durch die Erde schießen und am anderen Ende messen. Wie ich höre, will unser Nationales Teilchenlabor in Chicago das in den kommenden Jahren tun«, sagte der Präsident.

»Das ist richtig, dafür wurde eigens ein Detektor aus Italien angeschafft. Das Experiment wird im Moment in North Dakota aufgebaut. Wir hoffen, dass die Physik uns noch viele Überraschungen bieten wird, sonst würden wir sie nicht weiter erforschen. Die Existenz von Gravitationswellen zum Beispiel war einhundert Jahre lang reine Spekulation, bis man sie tatsächlich aufspürte. Vielleicht gibt es auch noch ganz neue, ungeahnte Neutrinoarten. Oder andere Formen von Materie, die wir noch nicht kennen.«

Der Präsident räusperte sich.

»Könnte man mit Neutrinos … nun ja, jemandem Nachrichten senden? Quer durch die Erde?«

»Ja, auch das wurde bereits gemacht. Aber das war eher ein Gag, um zu zeigen, wie gut heutige Neutrinodetektoren funktionieren …«

Der Präsident der Vereinigten Staaten blickte nachdenklich in die leuchtenden Augen des alten Physikers. Dann richtete er seinen Blick auf die vollgeschriebene Kreidetafel an der Wand. Für ihn sah das, was darauf stand, aus wie ein Kunstwerk von Jackson Pollock. Oder seiner dreijährigen Nichte.

»Professor Sternberg, sind Sie sicher, dass Sie über alles Bescheid wissen, was in diesem Labor in der Schweiz erforscht wird? Dem CERN?«, fragte er schließlich.

»Ich denke, ja«, sagte Sternberg. »Amerikanische Wissenschaftler sind dort in allen möglichen Arbeitsgruppen beteiligt, besonders seit einer Ihrer Vorgänger, Mr. Clinton, den Bau eines Protonenbeschleunigers auf amerikanischem Boden gestoppt hat. Aber ich sehe, Mr. President, ich kann Sie nicht überzeugen. Vielleicht sollten Sie daher mit der Person sprechen, die weltweit mit Abstand am meisten über Neutrinos weiß.«

»Wer ist das?«, wollte McIntyre wissen.

»Sie ist keine Experimentalphysikerin wie ich, sie ist Theoretikerin. Im Grunde eine Mathematikerin. Sie kommt aus Indien. Ihr Name ist Lakshmi Rajamottanoree.«

»Was könnte sie wissen, das Sie nicht wissen?«, fragte McIntyre skeptisch. »Sie sind Nobelpreisträger.«

»Haben Sie einmal gehört, Mr. President, was mein Lehrer, der große Enrico Fermi, dem Sie Ihre Atomwaffen verdanken, über Physiker sagte? Er teilte sie in vier Kategorien ein. Die Versager, die Brauchbaren, die Erfolgreichen und die Genies. Sich selbst zählte er nur zu den Erfolgreichen, der dritten Kategorie. Zu diesen kann man vielleicht auch mich zählen. Aber Lakshmi? Sie gehört zweifellos zur vierten Kategorie, zu den Genies. Sie denkt … nun ja, in einer anderen Dimension, verstehen Sie? Sie gehört zu der äußerst seltenen Spezies der absoluten Überflieger. Sie hat zwar keinen Nobelpreis gewonnen, aber dafür etwas viel Wertvolleres: die Fields-Medaille. Die höchste Auszeichnung der

Mathematik. Glauben Sie mir, Mr. President, ich habe keine Ahnung, wofür. Weltweit gibt es keine Handvoll Menschen, die in Lakshmis Sphären mitdenken können.«

Präsident McIntyre nickte beeindruckt. Sternberg war eine lebende Legende der Wissenschaft. Er hatte bei einem Nobelpreisträger promoviert und später eine der drei in der Physik bekannten Neutrinoarten experimentell entdeckt, wofür auch er den Nobelpreis bekam. Wenn dieser Mann derart bewundernd über eine Kollegin sprach, musste viel dahinterstecken.

»Nachdem diese Mrs. Luckshi keine Amerikanerin ist, kann ich sie nicht so direkt und so … diskret ansprechen wie Sie …«, murmelte McIntyre.

»Lakshmi ist ihr Name.« Sternberg zuckte mit den Schultern. »Soll ich sie anrufen? Vorsichtig nachfragen …?«

»Nein, bloß nicht. Der Kreis der Leute, die von unseren rätselhaften Erkenntnissen wissen, ist schon groß genug. Auch Sie muss ich um absolute Diskretion bitten.«

Sternberg hob die Hände wie jemand, der sich ergab.

McIntyre stand auf und dankte dem alten Physiker, der sich mindestens so behende von seinem Stuhl erhob wie der um Jahrzehnte jüngere Präsident. Die Männer gaben sich die Hand. McIntyre überreichte dem Wissenschaftler noch eine Handvoll Papiere. Es war die Zusage für ein Sechs-Millionen-Dollar-Forschungsprojekt, das Sternbergs Arbeitsgruppe vor einigen Monaten erfolglos beim Energieministerium beantragt hatte.

Sternberg bedankte sich angemessen, verhehlte aber nicht seine Belustigung darüber, dass der amerikanische Präsident neuerdings Forschungsetats persönlich überbrachte. Bei diesem Gedanken musste auch McIntyre lächeln.

»Sehen Sie es als Gastgeschenk«, sagte der Präsident, als er auf den Gang des Institutsgebäudes trat, »Blumen wären wohl kaum angemessen gewesen.«

Die Leibwächter bahnten einen Weg durch die mittlerweile große Zahl neugierig gewordener Institutskollegen. Sternberg fragte sich, ob der Auftritt des Präsidenten sein Ansehen im Institut nun stärken oder schädigen würde. Eher Letzteres, vermutete er.

ITTIRI

SARDINIEN, ITALIEN

28. Juli

Nicola Caneddu saß im alten Zimmer seiner Mutter an einem Tisch aus Pinienholz. Mit der Hand strich er über die Maserung und zeichnete mit dem Finger einige dunkle Flecken nach, die in dem Holz eingetrocknet waren. Es waren Spuren von Waffenöl.

Auf diesem Tisch hatte sein Vater stets seine Flinte gereinigt, eine doppelläufige Franchi, die schon sein Großvater besessen hatte. Als Nicola zwölf Jahre alt wurde, hatte sein Vater ihn eingeladen, das Gewehr gemeinsam mit ihm instandzuhalten. Das hatte Nicola stolz gemacht. Es war sein Eintritt in die Welt der Großen, der Erwachsenen, der Männer gewesen.

Mit Hingabe polierte er mit seinem *babbo* den hölzernen Schaft der Flinte und bürstete die Läufe. Für die Mechanik, den Abzug und die Verschlusstechnik, interessierte sich der junge Nicola brennend. Vor der tödlichen Gewalt dieser Waffe hatte er allerdings größten Respekt. Er wollte das Gewehr auf keinen Fall abfeuern. Er wollte auch nicht in der Nähe sein, wenn es abgefeuert wurde. Schon vor dem Lärm eines Schusses hatte Nicola höllische Angst.

Sobald sein Vater die Schrothülsen aus dem Schrank holte, hielt er Abstand. Und wenn sein Vater ihn einlud, ein paar Kaninchen oder Singvögel zu jagen, fand er stets eine Ausrede. Mit der Zeit wurde das ein Ritual. Vater und Sohn reinigten die Waffe gemeinsam, und wenn *babbo* ihn zur Jagd mitnehmen wollte, lehnte Nicola ab. Der Vater klopfte ihm dann auf die Schulter, jedes Mal mit einer Spur der Enttäuschung in den Augen.

Die Usai-Brüder aus dem Nachbarhaus trieben sich zu jener Zeit bereits alleine mit einer kurzläufigen Lupara in der Wildnis herum. Nicola besorgte sich stattdessen in der Gemeindebücherei ein Buch über die Geschichte der Handfeuerwaffen.

Nicola war fünfzehn gewesen, als sein Vater an einem windigen Herbsttag nicht aus der Macchia zurückkehrte. Er war zwischen zwei Mastixsträuchern an einem Herzanfall gestorben. Am Tag der Beerdigung hatte seine Mutter Nicola mit einer pathetischen Geste die Flinte überreicht, die er jedoch in den Schrank gesperrt und nie wieder angefasst hatte.

Das Geräusch spielender Kinder drang von der Gasse herein und riss Caneddu aus seinen Erinnerungen. Sein Laptop stand aufgeklappt vor ihm, und der Geruch angebratener Speckstücke wehte durch das Haus. Seine Schwester machte wahrscheinlich *Fregola.*

Caneddu loggte sich mit seiner Kennung am Zentralserver des CERN ein. Einen Internet-Zugang gab es im Familiensitz der Caneddus nicht, aber die Datenverbindung ins italienische Mobilfunknetz war akzeptabel. Auf dem Bildschirm öffnete sich die virtuelle Festplatte seiner Arbeitsgruppe. Obwohl der Icarus-Detektor seit einiger Zeit abgeschaltet war, gab es noch etliche aktive Gruppenmitglieder. Massenweise

Daten aus der Zeit, in der das Labor am Gran Sasso Neutrinos aufgefangen hatte, waren noch gar nicht ausgewertet. Millionen Messwerte waren auf Festplatten und Magnetbändern gespeichert. Bei einem Experiment dieser Größenordnung konnte es sein, dass noch Jahre nach dem Ende der Messungen eine Sensation in den Daten entdeckt wurde.

Jeder Laie wäre von den chaotischen Strukturen der Verzeichnisse und von den kryptischen Abkürzungen auf der Gruppenfestplatte verwirrt gewesen. Die vielen wechselnden Studenten und Doktoranden, die an dem Projekt beteiligt gewesen waren, hatten zudem enorme Mengen privater und halb privater Dateien in den gemeinsam genutzten Verzeichnissen hinterlassen. Vieles war Unsinn, alberne Videos, lustige Selfies, eine Sammlung raubkopierter Sciencefiction-Filme befand sich auch darunter. Auch ein »schwarzes Brett« gab es, auf dem Möbel, Haushaltswaren, ja sogar Gebrauchtwagen angeboten wurden. Die meisten Forscher lebten nur zeitweise am CERN oder am Gran Sasso. Daher gingen viele Gebrauchsgegenstände durch mehrere Hände.

Caneddu wusste nicht genau, was er eigentlich suchte. Er klickte wahllos auf Ordner und Unterordner, um die Struktur der Verzeichnisse besser zu verstehen. Er wusste aus Erfahrung, wie seine Arbeitsgruppe organisiert war: extrem chaotisch. In Physiker-Teams gab es weder eine strikte Hierarchie noch einen professionellen Systemadministrator. Die digitale Umgebung sah ähnlich aus wie die Schreibtische der meisten Wissenschaftler.

Immerhin fand Caneddu ein Unterverzeichnis für jedes Gruppenmitglied sowie die gemeinsam genutzten Festplatten zum Austausch von Daten, Softwarebibliotheken für die Analyse der Messwerte und die Kalibrierung des Detektors, Bedienungsanleitungen, Telefonverzeichnisse und vieles mehr. Er schüttelte den Kopf, als er sich durch Berge von veralteten und falsch platzierten Dateien wühlte.

Zwischen allerlei Nutzlosem fand er diverse Dateien, die mit dem Aufbau des Experiments zu tun hatten. Darunter waren CAD-Dateien, digitale Architekturpläne. Manche der Dateinamen ließen darauf schließen, dass es sich um Baupläne der Tunnel am CERN handelte. Eine dieser Dateien hieß *neutrinobeam_tunnel_pub.dxf.* Caneddu stutzte über das Anhängsel »pub«. Damit wurden in der Computerwelt öffentlich zugängliche Dateien bezeichnet. Wenn es eine öffentliche Version des Bauplans gab, existierte dann auch eine interne? Eine geheime Version?

Er versuchte, die Datei zu öffnen, merkte aber, dass seine User-Rechte nicht ausreichten, um die Software AutoCAD zu aktivieren. Nur diese konnte eine CAD-Datei öffnen. Die bei Architekten und Designern verbreitete Software kostete Tausende Euro Lizenzgebühr pro User. Entsprechend wurden für eine Arbeitsgruppe wie seine nur wenige Lizenzen angeschafft.

Caneddu suchte daher bei seinen Kollegen nach der Software. Es gab einen Treffer: Jörn Engelhardt. Der deutsche Physiker von der Universität Mainz hatte offenbar die Hand auf den Bauplänen, was nicht verwunderlich war. Engelhardt war als leitender Wissenschaftler am CERN für den Beschleuniger zuständig, der Neutrinos zum Gran Sasso geschickt hatte. Um das Programm AutoCAD zu starten, musste sich Caneddu also entweder mit Engelhardts Kennung in das System einloggen oder als Administrator, als eine Art Supernutzer mit allen Rechten.

Im Unix-Betriebssystem, das in Forschungseinrichtungen

üblich war, musste man sich hierzu als »root« einloggen. Das Passwort für den root-Account war in jeder Unix-Umgebung der goldene Schlüssel. Es wurde geschützt wie der Heilige Gral.

Doch Caneddu kannte es. Es war im Grunde erschreckend simpel, eigentlich eine unverzeihliche Sicherheitslücke. Jedenfalls lautete das Passwort für den root-Zugang einfach »Neutrino«. Allerdings mit einer kleinen Abwandlung. Da die Sicherheitsvorschriften des CERN verlangten, jedes Passwort mit Großbuchstaben, Ziffern und Sonderzeichen zu versehen, lautete es: »Neutr1n#«.

Caneddu loggte sich ein. Er hatte nun Zugang zu sämtlichen Dateien und Ordnern im Computernetzwerk seiner Arbeitsgruppe. Theoretisch konnte er jetzt nach Belieben Dateien löschen, anlegen, verschieben und Nutzer sperren. Mit diesen gottgleichen Rechten ausgestattet, öffnete er das AutoCAD-Programm.

Es dauerte mehrere Minuten, bis die umfangreichen Konstruktionspläne geladen waren. Schließlich erschien auf dem Bildschirm des Laptops eine komplexe Grafik. Es war eine detailgenaue dreidimensionale Darstellung der unterirdischen Tunnelanlage am CERN. Dazu gehörte auch jener Tunnel, in dem jahrelang Neutrinos produziert und zum Gran Sasso in Italien geschossen worden waren. Caneddu konnte die Lage des Tunnels sowie des angrenzenden Kontrollraums aus allen Blickwinkeln betrachten. Per Mausklick ließen sich Details sichtbar und wieder unsichtbar machen, Kühlleitungen, Verkabelungen, Lüftungsschächte.

Im 3D-Modus konnte sich Caneddu wie in einem Computerspiel durch den Tunnel bewegen. Er startete an der Abzweigung vom großen Ringbeschleuniger und bewegte sich in den leicht abschüssigen Neutrinotunnel hinein. Neben ihm verlief die mit Kabeln und Kühlleitungen umhüllte Edelstahlröhre, in der die Neutrinos erzeugt wurden. Nach rund hundert Metern bog er nach rechts ab in den unterirdischen Kontrollraum des Neutrinobeschleunigers. Mit einigen Mausbewegungen flog Caneddu einmal im Kreis durch den Raum und dann wieder in den Tunnel zurück, weiter bergab.

Nach weiteren zweihundert Metern stutzte er. Links war eine Tür zu erkennen. Eine Tür? Er versuchte, sich an Besichtigungen der Baustelle zu erinnern, als der Tunnel für den Neutrinostrahl ausgehoben wurde. Eine Tür auf dieser Seite des Tunnels? Daran konnte er sich nicht erinnern.

Wozu sollte es dort eine Tür geben? Andererseits, dachte er, handelte es sich vielleicht lediglich um eine Aufbewahrungskammer. Möglicherweise waren dort Aggregate für die Kühlflüssigkeit untergebracht. Oder Werkzeug, vielleicht sogar einfach nur Putzmittel. Die Zeichnung war, so zeigte es ihre Beschriftung, das offizielle Dokument, mit dem die Baugenehmigung bei den französischen und schweizerischen Behörden eingeholt worden war. Und die Baufirma war seinerzeit mit diesen Plänen beauftragt worden.

Die Datei enthielt keine weiteren Anzeichen unbekannter Räume oder gar eines weiteren Tunnels, wie er auf der Skizze seiner beiden Entführer eingezeichnet gewesen war.

Caneddu schloss die AutoCAD-Software und klickte als root-User noch eine Weile durch die Ordner und Dateien seines deutschen Kollegen Engelhardt. Er fühlte sich nicht gerade wohl dabei. Es war, wie im Schrank eines Fremden zu wühlen. Zugleich fand er es legitim, nach Hinweisen zu suchen. Immerhin war er gefoltert worden, und wer weiß, was noch geschehen wäre, wenn die deutsche Polizei nicht eingegriffen hätte.

Er fand Dissertationen ehemaliger Doktoranden, Messprotokolle, halbfertige Manuskripte wissenschaftlicher Veröffentlichungen und diverse Ordner mit zum Teil kryptischen Abkürzungen als Namen. Darunter ein Ordner mit dem Kürzel *BEAM*. Der Ordner enthielt allerlei Korrespondenz über den Bau und die Ausführung des Neutrinotunnels. Aber nichts Auffälliges.

Dann traf es Caneddu wie ein elektrischer Schlag. Eines von Engelhardts Verzeichnissen hieß *PARASCHU*. Sprach man das deutsch aus, war es dieser seltsame Begriff, mit dem ihn die beiden Entführer in München konfrontiert hatten: *parasciu*. Und Engelhardt war Deutscher.

Er öffnete das Verzeichnis.

Es enthielt Hunderte Dokumente. Kommunikation mit Baufirmen. Angebote, Pläne, Rechnungen und Excel-Tabellen, die zum Teil mehr als fünfzehn Jahre alt waren. Aufträge für Tunnelarbeiten und Stromtrassen. Es sah alles normal aus. Wieso hatten ihn die Verbrecher in München nach diesem Begriff gefragt? Und was sollte er überhaupt bedeuten?

Zwischen all dem Verwaltungskram fand Caneddu eine weitere CAD-Datei. Sie hieß *neutrinobeam_tunnel.dxf*, ohne das Appendix »pub«. Doch diese Datei konnte Caneddu auch als root-User nicht öffnen. Sie war mit einer eigenen Software verschlüsselt. Um sie zu öffnen, musste man einen personalisierten USB-Stick in den Computer stecken, wahrscheinlich einen mit Fingerabdruck-Sensor. Äußerst merkwürdig, fand er. Wieso wurde der Bauplan für ein öffentliches Forschungsprojekt derart penibel geschützt?

Er fand ein weiteres Verzeichnis. Es trug den Namen *FINANZ*. Darin befanden sich ellenlange Listen von PDF- und Excel-Dateien. Budgetpläne, Abrechnungen, Kostenstellen-Details. Er klickte wahllos einige Dokumente an und sah nur Zahlenkolonnen, die ihm nichts sagten. Die Bürokratie war nicht seine Welt. Ein Unterverzeichnis in diesem Ordner hieß *POWER*. Er klickte auch dieses an und fand erneut Excel-Tabellen. Es waren Stromrechnungen für den Neutrinostrahl. Fette Posten, dachte er. Hunderte Megawattstunden pro Monat, die Zehntausende Schweizer Franken kosteten. Die Kostenstelle lautete 11-10237.

Er schloss die einzelnen Abrechnungen mit einigen Mausklicks. Als er sich gerade ausloggen wollte, fiel sein Blick noch einmal auf die Liste der Stromrechnungen. Und dann entdeckte er etwas äußerst Merkwürdiges.

Sein Kopf wurde heiß. Das ist unmöglich!, dachte er. Es musste ein Fehler sein.

Mit zitternden Fingern kopierte er die Abrechnungen auf seinen Laptop.

DAS WEISSE HAUS

WASHINGTON D.C., USA

29. Juli

Ein heranrasender Pick-up – ein zwölf Jahre alter, verbeulter Ford F-150 – hätte die Wachleute am Westtor des Weißen Hauses normalerweise in höchste Aufregung versetzt. Und so wie der Fahrer aussah, hätten auch beim verträumtesten Secret-Service-Beamten die Alarmglocken geläutet. Am Steuer saß ein muskulöser dunkelhäutiger Mann mit ausladenden Rastalocken. Er trug ein rot-weiß kariertes Flanellhemd und eine Ray-Ban-Sonnenbrille.

Doch die Wachen am Westtor blieben völlig entspannt. Dieses wenig offiziell aussehende Fahrzeug und der noch viel weniger offiziell aussehende Fahrer waren vom diensthabenden Schichtleiter der Präsidentenleibwache angekündigt worden. Und so durfte ein siebenundvierzigjähriger Rastamann namens Kenton Williams nach einer kurzen Überprüfung seiner Papiere mit seinem alten Pick-up das Tor zum Zentrum der Macht passieren. Er parkte sein Auto an der Pforte des Westflügels des Weißen Hauses, wo ihn die Chefsekretärin des amerikanischen Präsidenten erwartete.

Ohne Verzug wurde der Besucher an den Büros des Vizepräsidenten und des Nationalen Sicherheitsberaters vorbei in ein holzgetäfeltes kleines Arbeitszimmer mit altmodischen Möbeln gebracht. Es lag unmittelbar neben dem berühmten Oval Office. Auf einem Tischchen standen Tee sowie einige Flaschen gekühltes Root Beer.

Williams lächelte. Der Präsident hatte es wieder einmal nicht versäumt, sein Lieblingsgetränk bereitstellen zu lassen.

Wenige Minuten später trat John McIntyre durch eine kleine Seitentür herein, die Williams erst jetzt wahrnahm. Die beiden Männer umarmten sich kurz, aber herzlich und klopften sich gegenseitig auf die Schulter, als hätten sie eben gemeinsam ein Tennisdoppel gewonnen.

»Gut, dich zu sehen, Sarge. Wie geht es dir?«

»Nicht übel«, antwortete Williams. »Ich hoffe, bei dir ist auch alles so weit in Butter.«

So locker die Begrüßungsfloskeln den beiden Männern über die Lippen kamen, so eng war in Wahrheit ihre Freundschaft. Auf einem Hausdach in Saudi-Arabien hatten sie im Januar 1991 die schrecklichsten Stunden ihres Lebens gemeinsam durchlitten.

»Ein Rootie, wie immer?«, fragte der Präsident und hielt seinem Gast eine Flasche des würzigen Softdrinks hin.

Williams nahm das Angebot an, und beide hoben ihre Getränke zum Toast. Der eine Root Beer, der andere eine Tasse Tee.

»Auf Khafji!«, sagten sie gleichzeitig.

Khafji, das war die Hölle. Die Hölle, durch die sie gemeinsam gegangen waren. Die Hölle, in der sich das Schicksal der beiden Männer auf untrennbare Weise verknüpft hatte.

Khafji war eine Stadt im Nordwesten Saudi-Arabiens, nicht weit entfernt vom Persischen Golf. Nachdem die Streitkräfte des irakischen Diktators Saddam Hussein im Sommer

1990 den Nachbarstaat Kuwait überfallen und besetzt hatten, war eine gewaltige, von vierunddreißig Nationen aufgestellte Armee unter Federführung der USA zum Gegenschlag angetreten. Als die Operation Wüstensturm entlang der saudisch-kuwaitischen Grenze begann, wurde Khafji überraschend zum Schauplatz eines erbitterten Gefechts.

John McIntyre war als Kriegsberichterstatter für die ›Denver Post‹ einem Spähtrupp der US-Marines zugeteilt worden. Die Einheit hatte die Aufgabe, in der Stadt Khafji auszuharren und dort die Augen offen zu halten. Der Job war undankbar, denn Khafji lag auf saudischem Territorium, die eigentlichen Luftangriffe und Panzerschlachten tobten viel weiter nördlich auf irakischem Gebiet. Niemand konnte ahnen, dass Saddam Hussein ausgerechnet Khafji zum Ziel seiner ersten und einzigen Bodenoffensive auf saudi-arabischem Staatsgebiet machen würde.

Am Morgen des 29. Januar 1991 überquerten irakische Panzerverbände von Kuwait aus die Grenze und besetzten die kaum gesicherte Stadt. Von der Anwesenheit des amerikanischen Spähtrupps ahnten die Iraker nichts. Und so entspann sich zwischen den eingekesselten Marines und den irakischen Invasoren ein gefährliches Katz-und-Maus-Spiel. Auf den Flachdächern zweier mehrstöckiger Häuser versteckt, konnten die US-Soldaten, unter ihnen der Reporter John McIntyre, den Aufmarsch der Iraker beobachten. Permanent der unmittelbaren Gefahr ausgesetzt, entdeckt zu werden, funkten die Amerikaner Positionsangaben der irakischen Verbände an die mehrere Kilometer südlich stationierte US-Artillerie.

Die Situation war unvorstellbar angespannt. Wären die Marines auf dem Hausdach entdeckt worden, hätten die

Iraker sie innerhalb von Minuten überwältigt und vermutlich getötet. Sechsunddreißig unendlich lange Stunden musste der Spähtrupp der Marines ausharren. Sie konnten jederzeit entdeckt oder irrtümlich von *Friendly Fire* der eigenen Artillerie getroffen werden. Einmal hörten die Marines sogar eine Patrouille der Iraker die Treppe heraufkommen. Die Amerikaner stiegen über ein zweites Treppenhaus in eines der unteren Stockwerke, um sich zu verstecken. John McIntyre war während dieser Aktion auf dem Dach zurückgeblieben und hatte sich hinter einen Wasserbehälter verkrochen, steif vor Angst, die irakische Patrouille nur wenige Meter entfernt. Glücklicherweise verzog sich der feindliche Trupp wieder, doch McIntyres Kreislauf versagte.

Kalter Schweiß stand ihm auf der Stirn, als er zitternd vor Angst aus seinem Versteck kroch. Er spürte plötzlich einen kräftigen Arm unter seiner Achsel. Ein junger schwarzer Sergeant half dem Reporter mit einem kräftigen Ruck auf die Beine und bot ihm seine Wasserflasche an.

»Sie sehen aus, als bräuchten Sie einen Schluck«, sagte der Soldat. Als der junge Reporter getrunken hatte, setzte er über beide Ohren grinsend nach: »Darf's auch eine Massage sein?« Nie zuvor war McIntyre so froh gewesen über einen aufmunternden Spruch. Er ließ alle Zurückhaltung fahren, umarmte den hünenhaften Sergeant und weinte hemmungslos.

Die folgende Nacht war ein einziges Grauen. Pausenlos detonierten in der Umgebung Granaten der eigenen Artillerie. Ohne Unterlass robbten die amerikanischen Soldaten mit Ferngläsern und Ortungsgeräten an den Rand des Hausdachs, um nach irakischen Fahrzeugen Ausschau zu halten und deren Positionen über verschlüsselte Funkkanäle an die Einsatzzentrale durchzugeben. Der Beschuss durch die

US-Artillerie richtete beträchtlichen Schaden in der Stadt und unter den irakischen Verbänden an. Doch es blieb bei dem Beschuss aus der Ferne, keine Bodentruppen griffen an, um die eingeschlossenen Marines zu befreien. Erst viel später verstanden sie den Grund dafür: Der Einmarsch der Iraker in einer saudi-arabischen Stadt hatte das Selbstbewusstsein der Saudis erschüttert. Um das Gesicht zu wahren, wollten sie Khafji aus eigener Kraft zurückerobern, und die US-Streitkräfte ließen ihnen den Vortritt. Mehrere Angriffe der saudischen Infanterie scheiterten jedoch. Die eingeschlossenen Männer auf den Hausdächern sahen hilflos zu.

Als bei den Marines die Erkenntnis reifte, dass keine Hilfe von den US-Truppen zu erwarten war, brach Verzweiflung aus. Der junge Sergeant schaffte es jedoch, den Zivilisten John McIntyre, den er unter seine Fittiche genommen hatte, davon abzuschirmen. Er gaukelte ihm vor, die Situation sei unter Kontrolle, eine Evakuierung des Gebäudes stehe unmittelbar bevor. McIntyre seinerseits vertraute dem Sergeant vorbehaltlos.

Der junge Soldat agierte beeindruckend professionell. Wenn er an die Mauer des Hausdachs robbte, glichen seine Bewegungen denen eines Reptils. Wenn er Positionsdaten funkte, tat er das mit einer Gelassenheit und Präzision, als würde er seiner Mutter eine Telefonnummer diktieren. Dabei konnte der kleinste Irrtum in den Zielkoordinaten die Männer auf dem Hausdach das Leben kosten. Doch das schien den jungen Sergeant nicht aus der Ruhe zu bringen.

McIntyre war zutiefst beeindruckt von Kenton Williams. Dieser Soldat hatte mehr Mut als all jene Männer zusammen, die im selben Augenblick von breiten Ledersesseln aus die alliierte Streitmacht im Nahen Osten koordinierten.

Nach den anstrengendsten sechsunddreißig Stunden, die ein Mensch durchstehen konnte, schafften es die saudischen Truppen schließlich, Khafji zurückzuerobern. Als ein Sanitätszug der Araber das Gebäude der verschanzten Amerikaner erreichte, musste sich McIntyre an die Schultern von Sergeant Kenton Williams klammern, um die Stufen hinunter zum Rettungsfahrzeug zu bewältigen.

Beim Abschied bekam McIntyre von Williams einen freundschaftlichen Schlag auf die Schulter: »Wir haben's geschafft, mein Freund. Fahr nach Hause. Berichte die Wahrheit.«

Dann eilte der Sergeant zu einem Oberst der saudischen Armee, um Bericht zu erstatten.

John McIntyre hatte die Schlacht von Khafji und somit die einzige Bodenoffensive Saddam Husseins während des Ersten Golfkriegs hautnah miterlebt. Außer ihm war kein zweiter Journalist vor Ort gewesen. Für die ›Denver Post‹ schrieb er eine fünfteilige Serie mit dem Titel »36 Stunden in der Hölle«.

Die erschütternden Berichte lösten eine landesweite Debatte über die Frage aus, ob es richtig war, die Rückeroberung der Stadt den Saudis zu überlassen und das Leben der eingeschlossenen Marines zu riskieren. McIntyres Serie verschaffte der ›Denver Post‹ den zweiten Pulitzer-Preis in ihrer Geschichte. Doch zum Zeitpunkt der Preisverleihung hatte er bereits gekündigt. An dem Tag, als die fünfte und letzte Folge seiner Berichte erschien, begann John McIntyre ein neues Leben als Politiker.

Kenton Williams war unterdessen für seine Tapferkeit mit dem Silver Star ausgezeichnet und aufgrund seiner physischen und psychischen Eignung in die Reihen der Navy Seals aufgenommen worden. Während McIntyre es nach einigen Jahren als Kommunalpolitiker schaffte, für seinen Bundesstaat in den Senat nach Washington zu ziehen, wurde Williams im Rang eines Captains der erste afroamerikanische Kommandeur einer Navy-Seals-Einheit.

Trotz ihrer unterschiedlichen Lebenswege blieben McIntyre und Williams befreundet. Der Elitesoldat war Taufpate von McIntyres erster Tochter. Und McIntyre war Trauzeuge, als Williams seine Jugendliebe, eine Surflehrerin, in San Diego heiratete. In Erinnerung an Khafji sprach McIntyre seinen Freund stets mit »Sergeant« oder »Sarge« an, obwohl dieser in den Rang eines Marinekapitäns aufgestiegen war, als er aus dem Militärdienst ausschied.

Ähnlich wie McIntyre hatte auch Williams nach einem einschneidenden Ereignis seine militärische Karriere beendet. Und zwar am 2. Mai 2011. In der Nacht zuvor hatte er in einer pakistanischen Ortschaft namens Abbottabad seinen letzten Job als Offizier der Navy Seals erledigt: Er hatte einem jahrelang gesuchten Terroristen ein halbes Dutzend Kugeln in den Leib gejagt.

Nur wenige Menschen wussten von der engen Verbindung zwischen dem Präsidenten und dem ehemaligen Elitesoldaten. Williams lehnte es ab, von dem Politiker protegiert zu werden. Für McIntyre wäre es ein Leichtes gewesen, Williams einige Sterne an die Schultern zu heften und ihn in den Generalstab zu befördern. Doch Williams bestand darauf, aus ihrer Freundschaft keinen beruflichen Vorteil zu ziehen.

Nach seiner Entlassung aus der Armee hatte Williams mit seiner Frau eine Surfschule gegründet. Seither nahm er nur noch sehr selten Aufträge von offizieller Stelle an. Und nur, wenn sie von einer ganz bestimmten Person mit einschlägiger Adresse in Washington D.C. kamen.

»Was kann ich diesmal für dich tun, John?«, fragte Williams, nachdem sich die beiden Freunde in komfortablen Ledersesseln niedergelassen hatten.

»Hör zu, Sarge, es ist ein ziemlicher Mist passiert. Eine Operation des Geheimdienstes unserer Air Force ist gründlich in die Hose gegangen.«

»In Pakistan?«, fragte Williams.

»Nein. In Deutschland.«

Williams' Augen weiteten sich.

McIntyre berichtete von der fehlgeschlagenen Entführung des italienischen Physikers.

»Meine Güte, was hoffte man denn von dem armen Professor zu erfahren?«

»Nun ja«, sagte der Präsident, »es gibt alarmierende Indizien, wenngleich das Gesamtbild noch rätselhaft ist.«

Er berichtete seinem Freund von Caneddus Forschungsgebiet und den Arbeiten, die am CERN stattfanden. Außerdem erzählte er ihm von den verzweigten Tunnelanlagen. »Wir haben mit einem Bodenradar des National Reconnaissance Office die Tunnelanlagen des Teilchenforschungszentrums vermessen. «

»Und ihr habt diese unterirdische Abzweigung gefunden, die dort nicht hingehört?«

»Tja, es gibt tatsächlich eine seltsame Abzweigung, die in den offiziellen Mitteilungen des CERN nirgendwo auftaucht. Und es gibt da noch eine weitere, äußerst ungewöhnliche Sache. Ein bizarres Signal, das wir aufgefangen haben. Es stammt wahrscheinlich vom CERN.«

Williams pfiff durch die Zähne. »Kann man mit dem Direktor des Forschungszentrums nicht ein ernstes Wörtchen reden?«

»Erstens wollen wir das Potenzial unserer Satelliten nicht bekannt machen, und zweitens unternehmen dort womöglich einige Eierköpfe Experimente auf eigene Rechnung, sodass die Führung des CERN gar nicht Bescheid weiß. Es kann keine Verschwörung des gesamten Forschungszentrums sein, dazu sind dort zu viele Wissenschaftler beschäftigt, auch Leute von uns. Es gibt eine ganze Reihe von DARPA-Spezialisten, die undercover am CERN arbeiten. Aber die sind nicht am Neutrinothema beteiligt, weil wir das nicht für wichtig hielten.«

»Kann ich die Pläne sehen?«

»Natürlich, Sarge, hier ist alles drauf.« Der Präsident drückte seinem Besucher einen USB-Stick und einen speziellen Tabletcomputer in die Hand. »Aber du weißt ja ...«

»Ja, ich weiß, von dir habe ich es nicht, und wenn mich jemand entdeckt, dann geht es auf meine Kappe. Kein Problem, Mr. President. Aber sag mal, John, das klingt eher nach Detektivarbeit, nicht unbedingt mein Fach.«

»Stell dein Licht nicht unter den Scheffel, Sergeant«, feixte John McIntyre, einen militärischen Vorgesetzten nachahmend. »Nein, im Ernst, ich will nicht noch mehr Staub aufwirbeln, etwa indem ich einen weiteren unserer siebzehn glorreichen Geheimdienste beauftrage. Außerdem brauche ich jemanden, dem ich voll und ganz vertrauen kann. Da du nicht mehr im Staatsdienst bist, erfolgt die Bezahlung nach üblichem Beraterhonorar: dreitausend Dollar pro Tag. Hier ist außerdem eine anonyme Kreditkarte, und eine Gulfstream steht in Andrews bereit.«

»*Oh boy*, das ist eine Menge Geld!«, sagte Williams. »Ich werde mir Mühe geben. So wie sich das alles anhört, sollte ich vielleicht zuerst mit diesem Italiener reden. Caneddu heißt er, sagtest du?«

»Du findest alles, was wir wissen, auf dem USB-Stick.«

Der Präsident begleitete seinen Gast zurück zur Eingangspforte des Westflügels. Als Kenton Williams mit seinem Pick-up das Gelände verließ, war ein beträchtlicher Teil der Belegschaft des Weißen Hauses mit wilden Spekulationen über die Identität des ominösen Besuchers beschäftigt. Irgendwer vermutete, der Mann mit den Rastalocken sei ein Naturheiler, dem der ansonsten so rational eingestellte Präsident seine Gesundheit anvertraute. Aber das war nur ein Gerücht von vielen.

EXPRESSZUG ZÜRICH–GENF

SCHWEIZ

30. Juli

Kurz hinter dem Ort Vevey führt die Bahnstrecke Zürich-Genf nach einem längeren Tunnel wieder ins Freie. Den Reisenden eröffnet sich dort ein berauschendes Panorama. Am Horizont ragen die Berggipfel der französischen Alpen in den Himmel, davor erstrahlt die volle Pracht des Genfer Sees. Auf den Hängen, die unterhalb der Bahngleise steil bis zum Lac Léman abfallen, liegen idyllische Weingüter mit den in der französischen Schweiz typischen Gehöften aus massivem Stein. Neben herrlichen Weißweinen wird dort aus der Gamay-Traube ein vollmundiger Rotwein gekeltert.

Doch Livia Chang hatte wenig Sinn für die Landschaft. Sie war in ihre Arbeit am Laptop vertieft. Außerdem war sie unausgeschlafen und verstimmt. Das Reisebüro ihrer Zeitung hatte für sie keinen Direktflug von New York nach Genf gebucht, sondern eine Maschine nach Zürich. In dem Flugzeug nach Genf waren nur noch Sitze in der Business Class verfügbar gewesen, und dafür hätte sie die schriftliche Genehmigung ihres Chefredakteurs gebraucht. Aber den hatte sie schlecht fragen können, schließlich unternahm sie diese Reise auf eigene Faust. Also war sie um acht Uhr morgens am

Züricher Flughafen gelandet. Ein Katzensprung nach Genf, hatte die Kollegin von der Reisestelle gesagt. Dieser Katzensprung dauerte satte drei Stunden, stellte sie nun fest. Aber gut, wenigstens waren die Schweizer Züge komfortabel und zuverlässig wie ein Uhrwerk.

Gegen Mittag würde sie am CERN sein. Das ist immer noch früh genug, dachte sie. Die Zugfahrt konnte sie nutzen, um sich weiter in die Elementarteilchenphysik einzulesen. Ihre Kollegen von der Wissenschaftsredaktion hatten ihr einen Packen Material zugeschickt. Das meiste waren populärwissenschaftliche Texte über Neutrinoforschung, einige davon waren in ihrer eigenen Zeitung erschienen. Eigentlich sehr interessantes Zeug, merkte sie beim Lesen. Vielleicht sollte sie den Wissenschaftsseiten der ›New York Times‹ in Zukunft mehr Beachtung schenken. In der Welt der Elementarteilchen waren diese Neutrinos wirklich spannende Biester. Ein bisschen so wie Ameisen im Tierreich: massenhaft vorhanden, enorm bedeutsam, aber überwiegend im Verborgenen aktiv.

Einige der Dateien, die ihre Kollegen geschickt hatten, waren Pressemitteilungen des CERN. Sie verrieten viel über den Fortschritt, den Teilchenphysiker bei ihren Experimenten mit Neutrinos machten. Eine Mitteilung stammte vom Dezember 1999:

Von Genf zum Gran Sasso in 2,5 Millisekunden

Das CERN kooperiert mit dem Nationalen Institut für Kernphysik in Italien, um einen Neutrinostrahl durch die Erde zu schicken, von Genf zum Gran-Sasso-Labor in Mittelitalien, 730 Kilometer entfernt …

Im weiteren Verlauf lobte der CERN-Direktor das Vorhaben. Einundsiebzig Millionen Schweizer Franken werde Italien zu dem Projekt beisteuern. Weitere Beiträge anderer europäischer Staaten seien zugesagt.

Spätere Pressemitteilungen gaben Aufschluss über die Fortschritte des Neutrinoexperiments. Ein neueres YouTube-Video zeigte, wie eine riesige Apparatur verpackt und für den Transport über den Atlantik in die USA vorbereitet wurde. Es war ein Teilchendetektor namens Icarus. Dabei handelte es sich um genau den Detektor, mit dem jahrelang unter dem Gran Sasso Neutrinos gemessen worden waren.

Besonders interessant fand Livia einen Artikel aus der Zeitschrift ›Popular Science‹. Er war am 15. März 2012 erschienen und trug den Titel »Erstmals eine Nachricht mit Neutrinos verschickt«. Der Text beschrieb ein Experiment, das sie geradezu unglaublich fand.

»Ein bedeutender Schritt hin zu wahrhaft drahtloser Kommunikation«, hieß es darin. Man habe herausgefunden, wie man eine Nachricht mit Neutrinos übermittelte. Bei dem Versuch sei zwar nur ein einziges Wort übermittelt worden, aber dies durch 240 Meter massiven Fels hindurch. Es sei nur ein erster Schritt, aber das Experiment lasse ahnen, dass eines Tages U-Boote und möglicherweise normale Bürger über die geisterhaften Elementarteilchen namens Neutrinos kommunizieren könnten. Die in dem bahnbrechenden Experiment verschickte Nachricht klang zwar nicht sehr einfallsreich, fand Livia, sie lautete schlicht »NEUTRINO«. Aber die Tatsache, dass neben Funk, Licht und allen anderen elektromagnetischen Übertragungswegen nun eine Unterhaltung per Elementarteilchen-Telegramm möglich war, verblüffte sie. Mit Neutrinos, so hieß es weiter, könne man theoretisch durch jede Materie hindurch kommunizieren, ja sogar zwischen verschiedenen Erdteilen, indem man die Teilchen durch das Erdinnere schoss. Neutrinos ließen sich, anders als zum Beispiel Funk- oder Radiowellen, durch Hindernisse nicht aufhalten.

Livias Laptop meldete den Eingang einer neuen E-Mail. Es war die Antwort des Pressesprechers vom CERN auf eine Anfrage, die sie am Abend zuvor gestellt hatte. Ihrer Bitte um ein Interview könne man entsprechen, hieß es. Der gewünschte Gesprächspartner, ein deutscher Professor namens Jörn Engelhardt, stehe gerne zur Verfügung. Hinzugefügt waren verschiedene Telefonnummern, eine Anfahrtsskizze zum CERN und eine Buchungsbestätigung für ein Zimmer im Hotel des Forschungszentrums.

Livia klappte den Laptop zu und lehnte sich in ihrem Sessel zurück. In ihrem Kopf flammte eine Erinnerung auf. Die Erinnerung an den Herbst 2001. Auch damals war sie in Zürich gelandet. Um eine Freundin zu besuchen. Sie war sechzehn Jahre alt gewesen, und ihr Leben war ein Scherbenhaufen. Wenige Wochen zuvor, an einem sonnigen Septembertag, war ihre Mutter nicht mehr nach Hause zurückgekehrt. Livia hatte bereits ein mehr als mulmiges Gefühl gehabt, als die Stadt im Schockzustand erstarrte und die Menschen zusahen, wie die Zwillingstürme des World Trade Center einstürzten. Der Anruf kam zwei Tage später. Ihre Mutter war einer der zweihundert Menschen gewesen, die von den Türmen gesprungen waren, statt sich dem Rauch und Feuer der brennenden Hochhäuser zu ergeben. Daher wurde ihre Leiche vergleichsweise schnell identifiziert.

In einer kleinen anrührenden Zeremonie bekam Livia von

einem Stadtrat zusammen mit einer amerikanischen Flagge die Armbanduhr ihrer Mutter überreicht. Es war eine Vostok Komandirskie mit blauem Ziffernblatt und Aufziehmechanismus. Das Edelstahlgehäuse hatte den Fall aus dreihundert Metern Höhe auf wundersame Weise überstanden. Sowjetische Wertarbeit.

Livia war damals dankbar für die Hinterlassenschaft gewesen. Ihre Ma hatte diese Uhr nie abgelegt, auch nachts nicht. Mehr als jedes Kleidungsstück verkörperte dieser Gegenstand Livias Mutter. Als sie die Uhr schließlich in Händen hielt, fiel ihr Blick auf den Metallverschluss auf der Rückseite des Gehäuses. Neben der kyrillischen Herstellerangabe war dort noch etwas in einer fremden Sprache eingraviert.

Livia ahnte, dass es Vietnamesisch war. Am selben Nachmittag suchte sie ein vietnamesisches Restaurant auf. Mit ihrer Mutter hatte sie häufig hier gegessen. Nachdem sie eine würzige Pho Bo genossen hatte, bat sie den Besitzer, die Inschrift zu übersetzen. Der Mann war stets freundlich gewesen und außerdem höchst belesen. Wenn er nicht wusste, was die Gravur zu bedeuten hatte, wer dann? Er warf einen Blick auf die Uhr, erbleichte und starrte Livia mit aufgerissenem Mund an. Dann bat er sie, mit ihm in ein Hinterzimmer zu kommen. Sie setzten sich, und er erklärte in fast schon beängstigend ruhigem Ton, was Livia bei sich trug. Uhren wie diese waren ein Zeichen der Anerkennung für Agenten des nordvietnamesischen Geheimdienstes TC2. Für Spione der Sozialistischen Republik Vietnam.

Livia schnappte die Uhr, sprang auf, ohne ein Wort zu sagen, und rannte aus dem Restaurant. Ihre Knie zitterten. Sie suchte Halt an der Stange eines Verkehrsschilds.

»Mit Dank für treue Dienste.« So lautete die Gravur.

Ihre Mutter war keine Chinesin gewesen. Sondern Vietnamesin. Und außerdem Spionin. Livias bisheriges Leben war eine ungeheuerliche Lüge gewesen. Diese Erkenntnis traf sie schmerzhafter als der Tod ihrer Mutter und das Verschwinden ihres Vaters, einem italienischen Dandy, an den sie fast keine Erinnerung hatte.

Ihr Alltag geriet aus den Fugen. Auf Umwegen fand sie sich einige Wochen später am anderen Ende der Welt wieder, von wo aus sie ihre ersten Reportagen schrieb.

Die Euphorie, die sie in den Anfängen ihrer Zeit als Journalistin verspürt hatte, lebte in ihr wieder auf, als ihr Zug in den Genfer Bahnhof Cornavin einfuhr. Sie fühlte sich jetzt gar nicht mehr unausgeschlafen und verstimmt. Sie spürte die gespannte Aufregung, die sie vor großen Recherchen durchflutete. Meist bedeutete das etwas Gutes. Manchmal aber auch das Gegenteil.

ITTIRI

SARDINIEN, ITALIEN

30. Juli

Nicola Caneddu sog die würzige Luft der Macchia ein, die der Mistral über die Hügel von Ittiri wehte. Den Geruch von Oleander, Thymian und Rosmarin, Ginster und wilden Zypressen. Er beobachtete, wie eine Eidechse ins Unterholz flüchtete, und als eine Heuschrecke auf seinen Schuh sprang, musste er lachen. Es erinnerte ihn an einen Scherz, den seine Schwester mit ihm gemacht hatte, als sie noch Kinder waren. Eine kleine Mutprobe. »Augen zu, Kolja«, hatte sie gesagt.

Kolja nannte sie ihn damals, weil sie sich gerne als Anastasia sah, die jüngste Tochter des letzten russischen Zaren Nicolai. Die Mutprobe bestand darin, ihm etwas in den Mund zu stecken, das er am Geschmack erkennen sollte. Weil es ihr so viel Freude machte, stimmte Nicola widerwillig zu. Sie legte ihm erst eine Brombeere in den Mund, dann eine Myrte und ein Salbeiblatt. Nicola tat jedes Mal so, als müsse er lange nachdenken, und gab zu ihrem Vergnügen falsche Antworten. Einmal noch, bettelte seine Schwester, und beim nächsten Versuch musste er sich fast übergeben. Doch er riss sich zusammen, kaute sorgfältig, schluckte hinunter und sagte mit ruhiger Stimme: »Rosmarin, richtig?«

Das erschrockene Gesicht seiner Schwester, als er die Augen wieder öffnete, war unbezahlbar. Sie hatte ihm eine Heuschrecke in den Mund gesteckt.

Er ließ einige Momente vergehen, bis er sich vor Ekel schüttelte und Würgegeräusche machte. Sie lachten so laut, dass einige Schafe in der Nähe die Flucht ergriffen.

Nicolas Gedanken verweilten noch ein paar Augenblicke in seiner Kindheit, dann begannen sie wieder um die Ereignisse in München zu kreisen. Noch immer fragte er sich, was die Entführer von ihm gewollt hatten. Was das für eine Skizze war, die sie ihm gezeigt hatten. Er erinnerte sich ziemlich gut an die Struktur des Tunnelsystems am CERN. Auch an die Stelle, an der auf der Skizze die merkwürdige Abzweigung eingetragen war. Sollten dort tatsächlich Räume oder gar Tunnel sein, von deren Existenz er nichts wusste?

Kaum vorstellbar. Caneddu war seinerzeit gemeinsam mit einem Kollegen aus Deutschland an der Planung und dem Bau des unterirdischen Neutrinotunnels beteiligt gewesen. Engelhardt, ein widerlicher Kerl, war am CERN der für den Neutrinostrahl verantwortliche Wissenschaftler. Und ausgerechnet in Engelhardts Dateien hatte er nun diese merkwürdigen Abrechnungen gefunden. Eine vernünftige Erklärung dafür konnte er sich nicht vorstellen.

Caneddu schützte seine Augen mit der Hand vor dem Sonnenlicht und beobachtete eine Schafherde, wie sie früher viele Männer aus seinem Dorf besessen hatten. Noch immer gab es auf Sardinien jede Menge Schafe, aber der Beruf des Hirten, bei dem man wochen- oder monatelang in der Wildnis unterwegs war, fand kaum noch Interesse bei jüngeren Männern. Ihm selbst erschien ein abgeschiedenes Hirtenleben in diesem Augenblick gar nicht so unattraktiv.

Die Hügel seiner Heimat fühlten sich an wie der sicherste Ort der Welt. Caneddu wünschte sich, Pasqualina wäre jetzt bei ihm. Er würde ihr zeigen, wie eine geschälte Korkeiche aussah, und sie auf einen von Ambrogio Muras Esel setzen. Sie liebte Esel, genauso wie er.

Ein Knacken riss ihn aus seinen Gedanken. Er schnellte herum und erblickte einen hünenhaften Mann, der gute zwanzig Meter von ihm entfernt an einer Korkeiche lehnte. Er hatte ein in dieser Gegend eher ungewöhnliches Aussehen. Solche Typen kannte Caneddu eher von Reggae-Schallplattenhüllen, die in seiner Jugend angesagt waren. Rastalocken waren zwischen Thiesi und Ittiri eine Seltenheit.

Der Fremde blickte Caneddu mit einem freundlichen Lächeln an und hob beide Hände.

»Doktor Caneddu? Ich komme in friedlicher Absicht. Bitte glauben Sie mir.«

Caneddu verlor vor Angst fast das Gleichgewicht. Er stolperte einen Schritt nach hinten. War das die Fortsetzung des Grauens von München? War dieser Hüne drauf und dran, ihm erneut einen Sack über den Kopf zu stülpen und ihn in einen Bottich zu stecken?

Doch der Fremde blieb ruhig an den Baum gelehnt stehen. Mit erhobenen Händen setzte er zu weiteren Erklärungen an, als es aus einer anderen Richtung deutlich hörbar klickte.

»*Lascia le mani dove sono, disgraziato!*«

Caneddu wandte den Kopf nach rechts und erkannte Bruno, den älteren der Usai-Brüder, mit einer fast mittelalterlich wirkenden Bockflinte. Der inzwischen etwas füllig gewordene Jugendfreund trat aus dem Schatten eines Baumes hervor. Das Gewehr hielt Bruno fest auf den Fremden gerichtet.

Dieser verstand die Aufforderung zwar nicht wortwörtlich, tat aber das Richtige. Er behielt die Hände oben und blickte dem Bewaffneten nicht direkt in die Augen.

Langsam näherte sich Bruno mit seiner Waffe. Er rief einige Sätze, die seinem in der Nähe wartenden Bruder Cesare zugedacht waren. Caneddu wurde klar, dass die Brüder ihn wahrscheinlich auf Bitten seiner Schwester schon den ganzen Morgen bewachten. Als Bruno Usai nur noch wenige Schritte von dem Rastamann entfernt war, merkte Caneddu, dass dieser seinen Körper anspannte und die Beine fast unmerklich in eine leicht versetzte Position brachte, immer noch ohne den bewaffneten Sarden direkt anzublicken.

Als Bruno seinem Bruder, der einige Hundert Meter weiter oben an einer Natursteinmauer auftauchte, ein weiteres Mal etwas zurief, nutzte der Fremde den Moment der Unaufmerksamkeit, ließ sich mit einer Drehung auf den Boden fallen und rollte mit erstaunlicher Geschwindigkeit auf Bruno Usai zu. Reflexhaft zog dieser am Auslöser, das Gewehr gab einen donnernden Schuss ab. Die Schrotkugel pfiff über den fremden Mann hinweg und verfehlte Caneddu nur knapp. Bevor ein zweiter Schuss fiel, hatte der Fremde die Beine des stämmigen Sarden erreicht und riss dessen massigen Körper nach hinten um. Bruno Usai landete rückwärts in einem Busch, und noch während er fiel, schlang der fremde Mann einen Arm um ihn und entwendete ihm das Gewehr.

Für Caneddu sah es aus wie ein elegantes Zirkuskunststück. Obwohl Bruno kein Leichtgewicht war, zog ihn der andere mühelos zurück auf die Beine und hielt ihn mit einem Klammergriff um den Hals fest. Brunos Bruder Cesare stieß oben an der Mauer ein paar Flüche aus und hob seinerseits eine Flinte. Doch Caneddu rief ihm zu: »Schluss jetzt mit dem Geballer! Du verletzt noch einen von uns!«

»Hören Sie, Professor Caneddu,«, rief der Mann mit den Rastalocken auf Englisch, »ich will weiß Gott keinen Ärger machen. Ich bin hier, um Ihnen zu helfen. Sie haben sicher eine Menge Fragen, womöglich kann ich ein paar Antworten geben. Ich gehöre zu den Guten, glauben Sie mir.«

Caneddu zögerte. Der Fremde packte die Flinte am Lauf und streckte sie ihm hin. Den verdatterten Bruno Usai behielt er jedoch weiter fest im Griff.

»Hier, nehmen Sie. Sie entscheiden, was nun passiert. Ich werde Ihrem Bekannten auch nicht weiter wehtun. Glauben Sie mir, ich will nur mit Ihnen reden.«

Caneddu kam in den Sinn, dass er wohl nicht vor den Ereignissen in München weglaufen konnte. Vielleicht war es besser, diesem Mann zuzuhören, als über Fragen nachzugrübeln, deren Antworten nicht von selbst kommen würden.

»Okay. Wie heißen Sie?«, fragte Caneddu.

»Kenton Williams, nennen Sie mich Kenton.«

»Okay, Kenton. Entladen Sie zunächst das Gewehr. Damit kann ich sowieso nicht umgehen. Dann legen Sie es auf den Boden. Ich rede mit den beiden Usai-Brüdern, so heißen meine Freunde, und dann gehen wir zum Haus meiner Schwester.« Etwas zögerlich setzte er nach: »Sie sind dort mein Gast.«

Kenton Williams erlöste Bruno Usai aus dem Klammergriff, und Caneddu wechselte mit den Brüdern ein paar Worte. Deren skeptischer Blick blieb dem Amerikaner nicht verborgen, aber der Gestik des Physikers konnte er entnehmen, dass dieser versuchte, die beiden zu beschwichtigen. Und er schien hier das Sagen zu haben.

Zu viert wanderten sie auf einem Feldweg zum Haus der Familie Caneddu. Nicolas Schwester und ihr Ehemann Gavino staunten, als das Grüppchen eintraf. Mehrere Kinder aus dem Dorf versammelten sich vor den Fenstern und Türen des Hauses. Ein dunkelhäutiger Hüne mit Rastalocken bei den Caneddus zu Hause, das war eine spannende Abwechslung.

Die Männer nahmen im Wohnzimmer Platz. Caneddus Schwester servierte pechschwarzen Kaffee mit sardischen *Ricotelle.*

»Also, Kenton, wollen Sie mir zuerst sagen, wer Sie sind? Für wen arbeiten Sie?«, begann Caneddu.

»Ich gehöre zu den Guten, glauben Sie mir«, wiederholte Williams mit einem freundlichen Lächeln.

»Das sagten Sie bereits. Ihre Vorführung eben war beeindruckend. Sind Sie Soldat?«

»Das war ich.«

»Nun gut, wie haben Sie mich gefunden?«

»Das ist einfach, Professor Caneddu. Es ist mein Beruf, Leute zu finden. So wie Sie Teilchen finden.«

»Im Ernst, es interessiert mich.«

»Man sucht immer zuerst im privaten Umfeld, Professor. Da Sie weder Frau noch Kinder haben, habe ich die Suche ausgedehnt. Es war nicht schwer herauszufinden, wo Ihre Familie wohnt. Das Mobiltelefon Ihres Schwagers hat sich in den vergangenen achtzehn Monaten nicht in Richtung des Flughafens von Alghero bewegt. Und ausgerechnet drei Tage nach Ihrem Verschwinden taucht es im LTE-Netz des Flughafens auf. Ich musste nur eins und eins zusammenzählen.«

Caneddu hatte schon viel gelesen über die unendliche

Datenflut, die jeder Nutzer moderner Kommunikationsmittel im weltweiten digitalen Dickicht hinterließ. Aber die Folgen am eigenen Leib zu spüren, löste Verunsicherung in ihm aus. Er fragte sich, ob er Kenton Williams vertrauen konnte. Und wenn ja: Hatten »die Bösen« in diesem Spiel ähnliche Möglichkeiten, ihn aufzuspüren?

»Mr. Williams …«

»Kenton.«

»Kenton, sagen wir, ich vertraue Ihnen. Werden Sie mir erklären, was mir in München passiert ist?«

»Absolut. Ich möchte Sie sogar bitten, mit mir zu verreisen.«

»Das ist jetzt aber sehr viel verlangt. Sie passen mich in meinem Heimatort ab, legen einen Kumpel von mir aufs Kreuz und erklären mir dann, ich solle mit Ihnen auf Reisen gehen?« Caneddu fühlte sich überrumpelt und versuchte, die Oberhand zu behalten.

»Nicht irgendwohin. Ich möchte mit Ihnen das CERN besuchen.«

»Oh, bitte! Werden Sie mich jetzt auch mit Fragen löchern, wie die beiden Entführer? Was waren das überhaupt für Männer?«

»Wenn Sie erlauben, Professor Caneddu, möchte ich das Gespräch gerne unter vier Augen fortführen …«

Caneddu schaute skeptisch, gab dann aber seiner Schwester, seinem Schwager sowie den Usai-Brüdern ein Zeichen, das Zimmer zu verlassen. Als die beiden Männer allein waren, zog Williams wortlos einen kleinen Tabletcomputer aus einer Tasche seiner ärmellosen Weste und stellte ihn auf dem Kaffeetisch auf. Der Ex-Soldat tippte auf dem Bildschirm herum, offenbar gab er einen mehr als zwanzigstelligen Code ein. Nach einigen Sekunden erschien auf dem Display das Gesicht einer freundlich lächelnden Frau. Sie saß vor dem Ölgemälde eines historischen Schlachtschiffs.

»Hi, Mary«, sagte Kenton. »Kann ich den Chef kurz stören?«

»Hey, Mr. Williams. Ja, sollte passen, einen Moment bitte.«

Das Bild wurde kurz schwarz, um dann das vertraute Gesicht eines Mannes zu zeigen, das fast täglich in den Medien um die Welt ging. Caneddu fiel rückwärts in seinen Stuhl.

»Guten Tag, Professor Caneddu, ich bin John McIntyre, Präsident der Vereinigten Staaten von Amerika. Bitte entschuldigen Sie, dass wir so überraschend und ungestüm in Ihre Privatsphäre vordringen. Aber die Dinge sind meiner Ansicht nach so wichtig, dass ich Sie ohne Umschweife ersuchen möchte, uns zu helfen.«

Caneddu war nicht imstande, sinnvolle Sätze zu formen.

»Ich … Ihnen … helfen?«, stammelte er.

In diesem Moment kam seine Schwester mit einer Kaffeekanne ins Zimmer. »Ah, ihr schaut Fernsehen«, sagte sie. Dann erkannte sie McIntyre und seufzte. »Der schon wieder!«

Williams' Augen weiteten sich. Er fasste sie sanft am Arm und geleitete sie eilig wieder aus dem Raum hinaus.

»Bitte entschuldigen Sie!«, sagte Caneddu an McIntryre gewandt. »Es ist nur … etwas viel gerade …«, ergänzte er etwas hilflos.

Williams lächelte aufmunternd. Caneddu versuchte, sich zu sammeln. Er spürte, dass sich die Gelegenheit bot, viel von seiner Angst und der Sorge vor weiteren Verbrechen loszuwerden.

»Mr. President, es sollte Ihnen klar sein, dass ich erstens

eine vollständige Aufklärung der Angelegenheit wünsche und zweitens meine Sicherheit gewährleistet sein muss.«

»Mit beidem kann ich dienen, Professor Caneddu«, antwortete der Präsident. »Vor allem muss ich mich, auch wenn ich von den schrecklichen Vorgängen in München keine Kenntnis hatte, bei Ihnen im Namen des amerikanischen Volkes entschuldigen. Wir werden uns um eine Wiedergutmachung bemühen, auch wenn das Ihr Leid natürlich nicht rückgängig machen kann.«

Caneddu begann zu verstehen.

»Die beiden Männer, die mich gefoltert haben – waren das etwa Amerikaner?«

»Ich fürchte ja, Professor Caneddu. Ich habe die Verantwortlichen bereits zur Rechenschaft gezogen.«

»Und in welchem Auftrag handelten sie?«

»Sie hatten ihre Befehle, aber diese kamen weder von mir noch von einem Mitglied meiner Regierung. Insofern war es ein unglückseliger Fall von Kompetenzüberschreitung. Als Oberbefehlshaber der amerikanischen Streitkräfte übernehme ich selbstverständlich dennoch die Verantwortung.«

Caneddu war einerseits verärgert, andererseits erleichtert. Es klang, als sei er angesichts dieser Umstände nun nicht mehr unmittelbar in Gefahr. Eine Last fiel von ihm ab.

»Professor Caneddu, ich möchte Ihnen mein Wort geben, dass Kenton Williams mein uneingeschränktes Vertrauen besitzt. Er ist bestens dafür ausgebildet, für Ihre Sicherheit zu sorgen. Leider jedoch lässt es sich nicht vermeiden, dass wir uns gemeinsam und diskret einigen Fragen widmen, die vermutlich auch Ihre beiden Entführer in München interessiert haben.«

Der Präsident machte eine kurze Pause, dann wandte er

sich erneut an Caneddu. »Geben Sie Captain Williams die Chance, Ihnen einige Umstände zu schildern. Einige Erkenntnisse, die wir gewonnen haben. Glauben Sie mir, es wird Sie interessieren.«

»In Ordnung, Mr. President, ich nehme Sie beim Wort.«

»Eine gute Entscheidung, Professor Caneddu, ich danke Ihnen für Ihre Zeit. Auf Wiedersehen.«

Der Bildschirm wurde schwarz.

Caneddu schloss einige Sekunden lang die Augen. Dann fiel ihm ein, dass er nicht allein war. Als er zu Kenton Williams blickte, hielt der einen kleinen Chip in die Luft, der aussah wie ein USB-Stick.

»Captain also?«, sagte Caneddu und richtete sich etwas auf. »Sind Sie noch im aktiven Dienst? Ich meine, äh, mit dieser Frisur?«

Williams lachte. »Wie gesagt, das war ich mal. Ich bin nicht mehr im regulären Dienst.« Er tippte auf den Mikrochip. »Wollen wir uns das jetzt mal ansehen?«

Caneddu nickte. Der Ex-Soldat steckte den Mikrochip in seinen Tabletcomputer.

ITTIRI

SARDINIEN, ITALIEN

30. Juli

Kenton Williams tippte einige Sekunden lang auf seinem Tablet herum. Dann zeigte er Caneddu den Bildschirm.

Der Italiener erkannte sofort, was er sah. Eine Luftaufnahme des Grenzgebiets zwischen dem Schweizer Kanton Genf und dem französischen Departement Ain. Am rechten Rand waren die Außenbezirke der Stadt Genf zu erkennen, der Vorort Meyrin, der Flughafen, ganz links verlief der Bergrücken des Juramassivs. Am unteren Rand des Bildes floss die Rhone. Caneddu entdeckte in der Mitte den Gebäudekomplex des weltbekannten Forschungszentrums CERN. Zumindest: die oberirdischen Gebäude. Der gut hundert Meter unter der Erde liegende, siebenundzwanzig Kilometer lange ringförmige Teilchenbeschleuniger war auf der Luftaufnahme natürlich nicht zu sehen. Aber Caneddu erkannte die quadratischen Dächer der acht Zugangsschächte, die sich kaum merklich von den Bauernhäusern der Umgebung abhoben.

»Das CERN«, murmelte er. »Ähnliche Aufnahmen gibt es Tausende, frei verfügbar im Internet …«

»Moment«, sagte Williams und tippte erneut auf den Bildschirm. Ein Geflecht aus grafischen Elementen legte sich auf die Landschaft. Linien, Schraffuren, Farben zeigten die Anordnung der unterirdischen Anlagen des CERN.

Da war der ältere Ringbeschleuniger namens SPS, außen herum der riesige *Large Hadron Collider*, mit dem vor einigen Jahren das sogenannte Higgs-Boson entdeckt worden war. Im Südwesten zweigte ein schmaler, etwa ein Kilometer langer schnurgerader Tunnel ab. Es sah aus wie ein Stück abstehender Draht. Der Tunnel führte in Richtung des Genfer Flughafens. Diesen Teil der Anlage kannte Caneddu gut. Es war seine Elementarteilchenkanone, der Beschleuniger, der jahrelang sein Labor unter dem Gran Sasso mit Neutrinos beliefert hatte. Reflexartig deutete er auf die Stelle.

»Genau«, sagte Williams, »das ist der Bereich, um den es geht.«

»Ich sehe aber nichts Auffälliges. Ihre Grafiken geben die Geometrie der Anlage wieder, so wie ich sie kenne.«

»Stimmt. Hier sind alle offiziell bekannten Bauten und Tunnel zu sehen.« Williams vergrößerte den Ausschnitt rund um die Neutrinoanlage und tippte zweimal auf das Tablet. Plötzlich erschien ein weiteres grafisches Element. Dort, wo der Neutrinotunnel vom kreisförmigen Hauptbeschleuniger abzweigte, sah man den Ansatz eines zweiten Tunnels. Dieser bildete mit dem bekannten Tunnel etwa einen Fünfundvierzig-Grad-Winkel.

Caneddu stieß einen Laut der Verwunderung aus.

»So etwas in der Art hatten mir die beiden Irren in der Fabrik gezeigt. Einen zweiten Tunnel, der vom LHC abzweigt … Woher haben Sie das?«

»Es basiert auf Satellitendaten unseres National Reconnaissance Office, Radar und Lidar kombiniert …«

»Sie können damit unter die Erde blicken«, murmelte Caneddu.

Er kannte die Technik und wusste, dass Erdbeobachtungssatelliten der NASA auf diese Weise den Regenwald des Amazonas und die arktische Eisdecke vermaßen. Aber so tief unter der Erde? Das schafften die zivilen Lidar-Satelliten nicht.

»Erstaunlich«, sagte er.

»Tja, Sie wissen ja, dass die Militärtechnik der zivilen meist etwas voraus ist«, sagte Williams. »Das NRO betreibt eben nicht nur die berühmt-berüchtigten Keyhole-Satelliten für klassische Luftaufnahmen, sondern auch Späher, die Mikrowellen und Laser nutzen, um unter die Erde zu blicken. Das hilft enorm, von Tora Bora bis Nordkorea …«

»Und damit haben Sie das CERN durchleuchtet?«

»Ja.«

»Warum?«

»Dazu komme ich gleich. Sie sehen, dass wir am CERN nur die Abzweigung eines möglichen zweiten Tunnels erkennen können. Der weitere Verlauf dieses … nun ja, inoffiziellen Tunnels, sofern es ihn gibt, liegt zu tief unter der Erde. So weit reichen auch unsere Satelliten nicht. Kein GEOINT von dort.«

»GEOINT?«, fragte Caneddu.

»Oh, sorry, Geospatial Intelligence. So bezeichnen wir Informationen, die wir aus der Luft oder dem All über verändertes Gelände gewinnen, Aufschüttungen, Brücken, Tunnel, all das.«

»Im Gegensatz zu HUMINT?«, sagte Caneddu und meinte es als Scherz.

»Ja, richtig«, sagte Williams. »HUMINT gibt es auch.

Human Intelligence, das ist Information aus menschlichen Quellen, so wie SIGINT – Signals Intelligence – Information aus Abhöranlagen bezeichnet. Auch damit haben wir in dieser Angelegenheit Informationen gewonnen. Aber zunächst noch ein paar weitere Infos aus dem All. Wir gehen jetzt in die Zeit zurück, in der Ihr Neutrinotunnel gebaut wurde. Anfang der Zweitausenderjahre.«

Williams spielte einen Film im Zeitraffer ab. Er zeigte Lastwagen und Bagger, die sich wie Ameisen auf dem Gelände bewegten, unter dem der Neutrinotunnel entstand. Bohrtürme und Zementsilos erschienen. Erdhaufen entstanden und wurden wieder abgetragen. Es war ein chaotisches Gewusel, das am Ende des Videos nachließ und schließlich aufhörte.

»Wow!«, sagte Caneddu. »Sie haben über mehr als zwei Jahre hinweg die Tunnelarbeiten am CERN gefilmt? Was hat Sie denn dazu bewogen?«

»Gar nichts«, sagte Williams. »Es sind Routineaufnahmen, die unsere Satelliten ständig von der gesamten Erdoberfläche machen. Petabyte an Daten, die archiviert werden. Das meiste ist nutzlos und wird nie wieder gebraucht. Erst, als die Sache am CERN aus anderen Gründen interessant wurde, haben unsere Spezialisten die Bilder aus dem Archiv gekramt und dieses Filmchen gemacht. Jetzt sehen Sie aber noch einmal genau hin, und zwar hier.«

Williams deutete auf eine Stelle etwas nördlich des bekannten Neutrinotunnels. Dann spielte er den Film erneut ab.

Caneddu erkannte in dem zunächst unübersichtlichen Gewusel der Lkw-Ameisen plötzlich ein Muster. Ein steter Strom von Lastwagen bewegte sich nicht wie die anderen, sondern kam von Norden über eine kleine Landstraße angefahren. Caneddu erkannte auch, dass diese Fahrzeuge alle hellblaue Führerhäuschen hatten.

»Das sieht stark nach einer separaten Baustelle aus«, sagte er. »Und sie fahren eine Stelle an, an der offiziell gar kein Tunnel existiert.«

Er war erschüttert. Sollte es irgendwem gelungen sein, im Zuge des allgemeinen Rummels unbemerkt ein zusätzliches Bauprojekt zu realisieren? Einen eigenen, geheimen zweiten Tunnel? Warum würde jemand so etwas tun?

»Wie kamen Sie überhaupt darauf?«, fragte er. »Ich meine: danach zu suchen?«

»Wie Sie wissen, gibt es auf der Internationalen Raumstation ISS ein Elementarteilchenexperiment. Außen an der Station ist ein Detektor angebracht, der Partikel aus dem All auffängt und analysiert. Antimaterie vor allem. Im vergangenen Jahr empfing das Gerät ein äußerst merkwürdiges Signal. Völlig unerklärlich zunächst. Man hielt anfangs sogar Außerirdische für die Absender.«

»Ein Signal? Woraus bestand es? Radiowellen? Röntgenstrahlen?«

»Nein, das ist es ja«, sagte Williams, »es waren Neutrinos. Massenweise Neutrinos. Und sie kamen nicht in einem Schwung, sondern als getaktete Impulse. Wie ein Morsesignal.«

»Unfassbar«, murmelte Caneddu. »Und aus welcher Richtung des Weltraums kamen sie?«

»Nun«, sagte Williams und machte eine Pause. »Das ist der entscheidende Punkt. Die Neutrinos kamen nicht aus dem All. Sie kamen von der Erde.«

Caneddu wurde schwindelig.

»Konnten Sie den Absender lokalisieren?«

»Die Raumstation flog zu jener Zeit über Südostasien. Aber wenn man die Strahlrichtung quer durch die Erde verlängert, landet man …«

»Lassen Sie mich raten: westlich vom Genfer See. Beim CERN.«

»Ganz genau.«

»Sie sagten, getaktet wie Morsezeichen. Konnten Sie darin irgendeine Regelmäßigkeit erkennen?«

»Allerdings«, sagte Williams. »Das ist auch der Grund, warum wir ein außerirdisches Signal ausschließen. Und es ist der Grund, warum die Satellitenaufnahmen aus dem Archiv zusammengesucht wurden. Die Neutrinoimpulse konnten wir tatsächlich als klassische Morsezeichen identifizieren. Dada-didi-dadada-di …«

»War es eine Mitteilung?«

»Yep.«

»Was besagte sie?«

»Sie lautete: FUCK YOU, USA.«

FLUGHAFEN ALGHERO

SARDINIEN, ITALIEN

30. Juli

»Wir werden mit der Alitalia über Rom fliegen müssen«, murmelte Nicola Caneddu. »Hoffentlich sind noch Plätze frei.«

Kenton Williams lächelte vieldeutig, während er den gemieteten Fiat 500L auf der kurvigen Landstraße von Ittiri hinunter in Richtung Küste lenkte.

»Was? Was ist jetzt schon wieder?«, fragte Caneddu.

»Warten Sie's ab«, sagte Williams nur.

Nachdem sie den Mietwagen auf dem Parkplatz des Flughafens von Alghero abgegeben hatten, wandte sich Caneddu in Richtung der Ticketschalter. Doch Williams hielt ihn zurück.

»Hier lang«, sagte er und führte den Physiker zu einer unscheinbaren Metalltür neben einer Panini-Bar. In dem Raum dahinter saß ein behäbiger Carabiniere, der sich die Ausweise der beiden Männer zeigen ließ. Mit einer knappen Handbewegung wies der Polizist auf einen Kollegen, der an einem einfachen Metall-Scanner stand. Dahinter befand sich eine weitere, mit Milchglas verkleidete Tür. Diese führte direkt auf das Rollfeld des kleinen Flughafens.

Links neben zwei A320-Verkehrsflugzeugen stand eine zweistrahlige Gulfstream G500 mit laufenden Triebwerken und heruntergeklappter Gangway. Eine Stewardess nahm Caneddu den Lederkoffer ab.

»In einer Stunde werden wir Genf erreichen, Gentlemen«, sagte sie freundlich lächelnd und bat die beiden Passagiere mit einer ausladenden Armbewegung, einzusteigen.

So langsam wunderte den sardischen Physiker gar nichts mehr. Dann eben im Privatjet nach Genf. Vermutlich ging es von dort aus mit einer Mondrakete weiter.

Der Flug dauerte gut anderthalb Stunden. Am Genfer Flughafen mietete Williams einen Volvo und überreichte Caneddu die Schlüssel.

»Sie wissen besser, wie man ans CERN kommt«, sagte er.

Der Physiker steuerte den Leihwagen zielsicher durch das Gewirr von Zufahrtsstraßen und bog auf eine vierspurige Ausfallstraße nach Westen ab. Sie durchquerten den Genfer Vorort Meyrin. Über dem Horizont vor ihnen leuchteten die gewellten Gipfel des Juragebirges, angestrahlt von der Mittagssonne. Nach einigen Minuten kam der Grenzübergang nach Frankreich in Sicht. Caneddu bog kurz davor links ab, hielt an einem Schlagbaum und zeigte seine Zugangskarte. Sie durften problemlos auf das Forschungsgelände fahren.

Wobei »Forschungsgelände« nicht ganz der richtige Ausdruck war. Das CERN ähnelte eher einer Kleinstadt. Ein Netz von Straßen, welche die Namen berühmter Physiker trugen, durchzog eine hingewürfelte Ansammlung von Bürogebäuden, Werkstätten und Experimentierhallen. Manche der Bauten waren hölzerne Baracken aus der Gründungsphase des Forschungszentrums, andere mehrstöckige, hochmoderne Bürokomplexe. Am auffälligsten war ein kugelförmiger Bau, in dem ein Besucherzentrum für Schulklassen und Touristen eingerichtet war. Auf dem Gelände gab es Kantinen, eine Feuerwehrstation, einen kleinen Park, jede Menge Parkplätze und sogar einen Kindergarten. Das Hauptgebäude des CERN war ein sechs Stockwerke hoher verwinkelter Betonbau aus den 1960er Jahren, an den sich ebenerdig eines von insgesamt drei Restaurants anschloss.

Caneddu parkte den Volvo etwa dreihundert Meter vom Hauptgebäude entfernt. An der Straßenecke prangte eine mehr als zwei Meter hohe Bronzeskulptur der Hindu-Gottheit Shiva. Williams zog verwundert seine Augenbrauen hoch.

»Ein Geschenk der indischen Regierung«, erklärte Caneddu. »Man wollte die gute Zusammenarbeit mit dem Forschungszentrum würdigen. Indien ist ein assoziierter Mitgliedstaat.«

Irgendwie passte die Symbolik, fand Caneddu. Shiva war in der Mythologie zuständig für kosmische Entstehung und Vernichtung, und genau darum ging es auch in den riesigen Teilchenbeschleunigern des CERN. Aus dem massenhaften Aufeinanderprallen von Atomkernen wurden ständig neue Atomkernbausteine erzeugt, die sich schließlich entweder selbst oder durch den Zusammenstoß mit anderen Teilchen gegenseitig vernichteten. Indem die Physiker am CERN diese subatomaren Reaktionen beobachteten, versuchten sie herauszufinden, aus welchen Bauteilen das Universum bestand und welche Urkräfte darin wirkten. Caneddus Thema, die Neutrinos, waren eher ein Nebenschauplatz. Wenn der große Ringbeschleuniger des CERN gerade keine Atomkerne aufeinander schoss, produzierte man zwischendurch Neutrinos.

Nachdem sie den Volvo geparkt hatten, erklärte Caneddu Williams den Weg in die Cafeteria des Hauptgebäudes.

»Lassen Sie mich mit meinem Kollegen Engelhardt zunächst alleine reden. Ich sehe Sie dann in einer Stunde in dem Café.«

Williams war einverstanden, ließ sich aber zeigen, in welches Gebäude der Italiener gehen würde.

Caneddu spazierte um eine Ecke zu einem Haus mit der Nummer 22, ein zweistöckiger, funktionaler Flachbau, der aus der Frühzeit des Forschungszentrums stammte. Er stieg über eine Treppe ins obere Geschoss, passierte mehrere massive Holztüren, vor denen Kästen für die Hauspost angebracht waren. Schließlich klopfte er an Engelhardts Tür.

Ohne abzuwarten, betätigte er die Klinke und betrat das Büro seines deutschen Kollegen. Sofort schlug ihm dessen widerwärtiger Körpergeruch entgegen. Eine Mischung aus Achselschweiß und modriger Wäsche.

Engelhardt war nicht allein. Auf seinem Besucherstuhl saß eine Frau. Sie trug eine eng sitzende helle Jeans, ein schwarzes Top und ein rotes Sommerjackett. Ihr glattes, braunschwarzes schulterlanges Haar glänzte ebenso wie ihre strahlenden mandelbraunen Augen. Ihre Gesichtszüge waren schwer einzuordnen. Ein bisschen Asien, ein bisschen Mittelmeer, vermutete Caneddu. Er starrte sie an. Zu lange.

»Das ist ja unglaublich!«, platzte es aus Engelhardt heraus. »Nicola, wie gut, dass du wohlauf bist. Wir haben uns entsetzliche Sorgen gemacht. Was ist da passiert in München?«

»Alles gut, Jörn, wie du siehst, bin ich hier. In einem Stück.«

Caneddu breitete wie zum Beweis die Arme aus. Er überlegte, ob man das Gespräch ins Freie verlegen könnte, um

Engelhardts Körpergeruch zu entgehen. Sein Blick schweifte wieder zu der Besucherin, die in dem muffigen Büro wie ein Fremdkörper wirkte.

»Willst du uns nicht vorstellen?«

»Ach, natürlich«, sagte Engelhardt und wies mit dem Arm auf seine Besucherin. Seine Beflissenheit stand in einem grotesken Widerspruch zu seiner schnarrenden Stimme.

»Das ist Miss Chang. Stell dir vor, sie ist von der ›New York Times‹ und interessiert sich für unsere Forschung. Die ›New York Times‹!«, jauchzte er.

Caneddu streckte die Hand aus, und Miss Chang drückte sie fest. »Nicola Caneddu mein Name. Ich bin sehr erfreut«, sagte er mit betont italienischem Akzent. Es war ein Reflex, den er seit jungen Jahren nicht mehr loswurde: In Anwesenheit attraktiver Frauen gab er wie von selbst den Italiener. Eine saublöde Marotte, wie er heute fand.

»Ich habe schon von Ihnen gehört, Professor«, sagte Miss Chang. Sie sprach mit einem wohlklingenden Alt und blickte Caneddu dabei direkt in die Augen. Ihr Lächeln raubte ihm seine Konzentration. »Livia Chang ist mein voller Name. Es wäre mir eine große Ehre, wenn ich auch Sie interviewen dürfte.«

»Das sollte möglich sein, Miss Chang. Allerdings müsste ich davor eine dringende Angelegenheit mit Professor Engelhardt besprechen.«

»Nur zu! Wir waren ohnehin schon fertig«, sagte sie, griff nach ihrer Tasche und erhob sich.

Wahrscheinlich war sie froh, endlich den Absprung aus diesem stinkenden Kabuff zu finden, dachte Caneddu.

»Ich wollte Sie nicht unterbrechen …«

»Nein, nein. Keine Sorge. «

Ihr Lächeln brachte ihn um den Verstand.

»Wollen wir uns vielleicht … so in zwei Stunden in der Cafeteria im Hauptgebäude treffen?«, fragte er.

»Aber sicher«, sagte die Journalistin.

Caneddu blickte ihr nach, wie sie zuerst Engelhardt die Hand schüttelte und dann auf die Tür zusteuerte. In den engen Jeans und dem schwarzen Top kam ihre Figur fantastisch zur Geltung. Diese Frau strahlte Selbstbewusstsein aus, und sie wusste, wie man sich kleidete, dachte Caneddu. In dem Moment schaute sie kurz zurück. Er merkte, dass er sie zu offensichtlich angestarrt hatte. Doch das schien die Amerikanerin kein bisschen zu stören. Sie bedachte ihn mit einem charmanten Lächeln.

»Ich warte in der Cafeteria …«

Als Miss Chang die Tür hinter sich geschlossen hatte, wandte Caneddu sich seinem Kollegen zu. Er versuchte, flach zu atmen. Allein der Anblick dieses Menschen ekelte ihn. Die strähnigen ungewaschenen Haare, der braune ausgeleierte Pullover, seine ungepflegten Zähne und vor allem diese Brille: Es war ein ockerfarbenes, überdimensioniertes Plexiglasgestell. Irgendwann in den 1970er Jahren waren solche Brillen modern gewesen, vermutete Caneddu. Vielleicht konnte heute ein abgefahrener Hipster auf der Piazza Navona damit punkten. Aber Engelhardt? Hinter den verschmierten Gläsern schrumpften seine Augen zu unscharfen Knöpfen zusammen. Über dem Gestell wucherten seine Augenbrauen wie wild wachsendes Gestrüpp hervor. Das Bizarrste war jedoch ein vergilbtes Stück Tesafilm, mit dem der linke Bügel notdürftig befestigt war. Ein Ende des Klebebands stand ab und wackelte synchron mit den Kopfbewegungen des Professors. Caneddu tat, was er seit Jahren machte, wenn er mit Engelhardt zu tun hatte: Er fasste sich so kurz wie möglich.

»Jörn, es gehen merkwürdige Dinge vor. Und ich hoffe, du kannst einige davon aufklären«, sagte er mit kühler Stimme.

»Ich will es versuchen.« Das Klebeband wackelte. »Wo drückt denn der Schuh? Hat es mit München und deinem Verschwinden zu tun?«

»Jörn, ich frage dich ganz direkt, ohne Umschweife: Gibt es einen weiteren Tunnel hier am CERN? Einen weiteren Neutrinobeschleuniger neben unserem?«

»Um Gottes willen«, antwortete Engelhardt, »wovon sprichst du? Natürlich nicht.«

Seine Antwort kam eine Spur zu schnell, fand Caneddu.

»Was läuft auf die Kostenstelle 11-10237?«, hakte er nach.

»Kostenstelle …? Nicola, was stellst du mir da für alberne Fragen? Ist alles in Ordnung mit dir? Du klingst wie ein Polizist. Wir sind Kollegen, seit Jahren, du kennst dich hier am CERN genauso gut aus wie ich.«

»Die 11-10237«, wiederholte Caneddu und zog eine Kopie der Abrechnung aus dem Vorjahr aus der Tasche. Er hielt sie seinem Kollegen hin.

»Da müsste ich kurz nachsehen«, sagte Engelhardt mit gepresster Stimme, wobei er die Abrechnung in Caneddus Hand ignorierte. »Ich denke, es hat mit unserer etwas umständlichen Buchhaltung zu tun. Du weißt, es gibt hier diesen riesigen Verwaltungswasserkopf. Da blicke ich manchmal selbst nicht mehr durch.«

»Erzähl mir keinen Scheiß, Jörn. 11-10237 ist eine Kostenstelle, für die du, und nur du, als Verantwortlicher eingetragen bist. Und über diese Kostenstelle wird so viel Strom abgerechnet, dass man eine Kleinstadt damit versorgen könnte.«

Caneddu merkte, dass der Tesafilm an Engelhardts Brille zu vibrieren begann.

»Das ist wohl Strom für unser Experiment. Ich habe da ein bisschen getrickst. Das sollte die Buchungen vereinfachen ... die CERN-Regeln, du weißt ... Es ist keine große Sache, linke Tasche, rechte Tasche...« Er hatte Mühe, zu sprechen.

»Nur dass unser Experiment schon seit drei Jahren nicht mehr läuft, Jörn. Warum werden also jetzt, während wir uns hier unterhalten, Dutzende Megawatt Strom verheizt? Wofür wird dieser Strom verwendet? Und was zur Hölle hast du damit zu tun?«

Unter Engelhardts ungewaschenem Haaransatz traten kleine Schweißtropfen hervor. Sein ganzer Körper schien zu dampfen.

»Es hat alles seine Ordnung, Nicola«, stammelte er. »Ich bin doch jetzt an diesem neuen Experiment beteiligt, das flüssiges Argon benötigt. Wir rechnen Strom für das andere Experiment am LHC über diese Kostenstelle mit ab. Dafür bekommen wir von den LHC-Leuten Silizium-Detektoren. Es ist eine Art Tauschhandel, ein Buchungstrick. Zugegeben, nicht ganz im Sinne der offiziellen Regeln, aber ...«

Caneddu starrte seinem Kollegen in die Augen, bis der seinen Blick abwandte. Engelhardts Geruch schabte inzwischen in seiner Kehle, er konnte einen Würgereiz nicht mehr unterdrücken. Er musste hier dringend raus.

»Okay, Jörn. Belassen wir es für den Moment dabei. Es geht mich ja vielleicht auch nichts an. Ich habe jetzt noch ein anderes Meeting. Wir sehen uns später«, sagte er, ohne einzuatmen.

Er stürmte zuerst aus dem Büro und dann aus dem Gebäude, als stünde es in Flammen.

Es war Mittagszeit. Hunderte Wissenschaftler, Techniker und Verwaltungsangestellte drängelten sich in der Cafeteria im Hauptgebäude an der Essensausgabe und vor den Kassen. Dunstwolken von der Grillstation durchzogen den Raum.

Caneddu entdeckte Kenton Williams an einem der hinteren Tische nahe der Theke, wo es Kaffee und Kuchen gab. Der Amerikaner saß dort nicht allein.

Caneddu trat an den Tisch. Vier geleerte Kaffeetassen standen darauf. Die benutzten Löffel hatten schwarze Tropfen auf dem weißen Resopal der Tischplatte hinterlassen.

»So sieht man sich wieder«, sagte er lächelnd.

Livia Chang saß zwar am selben Tisch wie Williams, aber die beiden blickten in verschiedene Richtungen.

»Die Herrschaften kennen sich?«, fragte Caneddu.

Der freundliche Ton in seiner Stimme fand keinen Widerhall. Caneddu hatte plötzlich das Gefühl, als sei die Raumtemperatur um dreißig Grad gesunken. Ein Klimaschock. Eine neue Eiszeit.

»Okay, will mich jemand aufklären?«, fragte er.

Williams fing an zu sprechen. Dabei blickte er weder Caneddu noch Livia Chang an, sondern fixierte die Theke, an der der Kuchen ausgegeben wurde.

»Die Lady und ich, wir kennen uns von einem Einsatz in Pakistan. Es gab damals ein Missverständnis …«

»Fuck you«, zischte Livia.

Caneddu wurde wütend.

»Hören Sie, Mrs. Chang, Kenton, wir haben nun wirklich keine Zeit für alberne Privatfehden.« An die Journalistin gerichtet sagte er in einem etwas höflicheren Ton: »Mrs. Chang, wir sind ja in etwa anderthalb Stunden verabredet. Wir treffen uns einfach wieder hier, was meinen Sie?«

»Erstens, bitte nennen Sie mich Livia, ja? Und zweitens: Das kommt ganz darauf an …«, sagte sie vieldeutig.

»Was meinen Sie? Worauf kommt es an?«

»Darf ich fragen, was Sie in der Zwischenzeit vorhaben? Sie wirken so … gehetzt.«

»Kenton und ich müssen zu einem Treffen.«

»Zu dem ich Sie gerne begleite«, sagte sie unvermittelt.

Caneddus Kinnlade klappte herunter. Er wollte protestieren, doch Williams kam ihm zuvor.

»Keine gute Idee«, sagte dieser mit erschreckender Schärfe. »Wir brauchen jetzt ganz sicher keine Presse.«

»Die Presse ist schon da, Blödmann«, fuhr Livia Chang ihn an. »Und die Presse kann heute noch einen Artikel schreiben, in dem steht, dass der berühmte Physiker Nicola Caneddu nach seiner Entführung wieder am CERN aufgetaucht ist. Dort bekam er sogleich Besuch von einem ehemaligen Navy Seal, der zufällig auch ein guter Bekannter des amerikanischen Präsidenten ist … Es hängt ganz von euch ab.«

»*Merda*«, murmelte Caneddu.

»*Holy shit*, du Nervensäge«, herrschte Williams die Reporterin an.

Es entstand eine angespannte Pause. Dann sprach der Ex-Soldat in sachlicherem Ton weiter.

»Okay, Livia. Wir machen einen Deal. *Take it or leave it.* Du bist dabei. Aber alles, wirklich alles, was du zu hören bekommst, ist streng geheim. Nichts Zitierfähiges. Alles *off the record*. Vorläufig schreibst du keinen Bericht, keinen Artikel, gar nichts. Erst wenn ich grünes Licht gebe. Verstanden?«

»Gut. Damit kann ich leben«, sagte die Journalistin.

Sie blickte Caneddu an und setzte wieder ihr sensationelles Lächeln auf. Der Italiener spürte, wie seine Knie weich wurden.

»Kann ich das vielleicht mitentscheiden. Immerhin war ich es, der in München ...«, stammelte er.

»Wir müssen sie einweihen«, unterbrach ihn Williams. »Sie weiß bereits zu viel. Außerdem ist sie zwar manchmal eine Nervensäge, aber sie ist auch eine verdammt gute Reporterin. Vielleicht kann sie uns sogar helfen.«

»Versuchst du, mir Honig ums Maul zu schmieren? Das kannst du dir sparen«, sagte Livia Chang.

»Na gut, Planänderung, wir essen zuerst eine Kleinigkeit«, ging Caneddu dazwischen. »Der Elektriker macht sicherlich gerade auch Mittagspause.«

»Der Elektriker?«, fragte sie.

»Kommen Sie, wir besprechen alles beim Essen.«

Sie stürzten sich ins Gedränge an der Essensausgabe. Livia Chang wählte ein Stück Lachs mit Pellkartoffeln, Caneddu begnügte sich mit einer asiatischen Suppe. Williams besorgte sich ein Steak mit Pommes frites. Sie ergatterten einen der Tische und begannen zu essen. Caneddu erzählte der Journalistin in knappen Sätzen von seiner Entführung. Williams berichtete ihr von der seltsamen Bautätigkeit am CERN.

»Wie heißt die Baufirma?«, fragte sie. Sie tippte auf ihrem Smartphone herum.

Caneddu fiel auf, dass Williams ihr nicht alles erzählte. Er verschwieg, dass die Entführer Amerikaner gewesen waren. Auch die bizarre Nachricht, die auf der Internationalen Raumstation aufgefangen worden war, ließ er unerwähnt. Als Livia Chang sich anbot, für alle Kaffee zu holen, sprach Caneddu Williams darauf an.

»Wie wollen Sie das durchhalten? Ihr nicht alles zu sagen?«

»Wir müssen sehen«, sagte Williams nachdenklich, »eines nach dem anderen.«

»Mir ist noch etwas eingefallen«, sagte Caneddu. »Die beiden Entführer versuchten herauszufinden, ob mir ein bestimmter Begriff etwas sagte. Und genau dieses Wort oder diese Abkürzung habe ich im Computerverzeichnis meines deutschen Kollegen Engelhardt gefunden.«

»PARASCHU?«

»Genau. Woher wissen Sie das?«

Caneddu fiel ein, dass Williams vermutlich genauso viel wusste wie die beiden Männer, die ihn entführt hatten.

»Was bedeutet es?«, fragte er weiter.

»Das wissen wir nicht. Der Begriff ist uns untergekommen, als wir einen Agenten in die deutsche Baufirma eingeschleust haben. Einen Deutsch-Amerikaner, Sohn eines GIs und einer deutschen Zivilangestellten der US Army. Er ist als Lastwagenfahrer auf der Air Force Base in Ramstein angestellt und hat undercover bei Siebel Hoch- und Tiefbau als Fahrer angeheuert …«

»Das ist also HUMINT, richtig?«, fragte Caneddu.

Williams nickte. »Ganz genau. Er hat unter abenteuerlichen Umständen im Archiv der Firma herumgeschnüffelt. Dabei ist ihm ein Projekt mit dem Titel PARASCHU untergekommen. Auf Deutsch spricht man ›sch‹ wie das englische ›sh‹ aus.«

»Oder ›sciu‹ im Italienischen«, murmelte Caneddu. »Haben Sie den Begriff mal gegoogelt?«

»Klar, aber da kommt nur Quatsch raus. Irgendwelche verzierten orientalischen Äxte.«

»Äxte? Was soll das denn?«, fragte Caneddu.

»Eben. Es ist wahrscheinlich ein Code oder eine Abkürzung. Für die deutsche Baufirma muss es jedenfalls ein riesiger Auftrag gewesen sein. Massenweise dicke Akten aus mehreren Jahren. Baupläne und Details konnte unser eingeschleuster Mann nicht finden. Aber anhand der Spesenrechnungen der Lastwagenfahrer stellte er fest, dass diese Tausende Übernachtungen abgerechnet haben. Und diese Übernachtungen fanden immer in denselben beiden Billighotels in Gex statt.«

»Das ist nur ein paar Kilometer vom CERN entfernt«, sagte Caneddu, »auf der französischen Seite.«

»Richtig.«

»Und Sie nehmen an, dass dieses Bauprojekt den geheimen Tunnel am CERN betraf?«

»Ja. Ziemlich sicher. Die Kosten entsprechen einem Auftrag dieser Größenordnung. Das Blau der Lastwagen auf unseren Satellitenbildern stimmt mit dem Logo der Firma Siebel überein. Und wir haben in ganz Europa recherchiert. Es gab nirgendwo einen öffentlich finanzierten Auftrag für Siebel Hoch- und Tiefbau …«

Livia Chang brachte drei Tassen Kaffee.

»Was ist das nun mit diesem Elektriker?«, fragte sie.

Caneddu holte eine Kopie der Excel-Tabelle, die er auf Engelhardts Festplatte gefunden hatte, aus der Innentasche seines Sakkos.

»Das stammt aus Professor Engelhardts Computer. Er ist derjenige, der am CERN für die Planung und den Bau des Neutrinotunnels verantwortlich war. Die Tabelle besagt im Wesentlichen, dass noch vor kurzer Zeit und womöglich auch in diesem Augenblick riesige Mengen Strom abgerechnet wurden – auf die Kostenstelle eines Experiments, das offiziell seit drei Jahren abgeschlossen ist.«

Williams blickte die Journalistin an.

»Kannst du jetzt verstehen, warum wir im Moment keine Presse brauchen? Wir wollen keine neue Area 51. Wenn wir das jetzt berichten, rufen wir sämtliche Verschwörungstheoretiker und UFO-Gläubigen auf den Plan.«

»Tja. Irgendwann wird die Öffentlichkeit mit der Wahrheit konfrontiert werden müssen.«

»Aber nicht jetzt«, pampte Williams sie an.

Caneddu schlug einen ruhigeren Ton an.

»Also, weil Sie fragten, Livia: Der Elektriker ist ein alter Kumpel von mir. Er verantwortet die gesamte Energieversorgung am CERN. Wir haben zu meinen Studienzeiten ein Jahr lang in einer Wohngemeinschaft auf einem ehemaligen Bauernhof bei Crozet gewohnt, einige Kilometer von hier auf der französischen Seite. Wir hatten damals beide ein Stipendium vom CERN, ich als Physiker, er als Ingenieur. Es war eine herrlich unbeschwerte Zeit. Ihr werdet sehen, Xavier ist ein äußerst umgänglicher Mensch.«

FORSCHUNGSZENTRUM CERN

SCHWEIZERISCH-FRANZÖSISCHES GRENZGEBIET

30. Juli

Livia Chang, Kenton Williams und Nicola Caneddu verließen gerade das Hauptgebäude des CERN, als sie eine ungewöhnliche Erscheinung erblickten.

Aus dem Fond einer dunklen Limousine stieg eine exotisch und zugleich höchst elegant gekleidete Dame mit olivfarbenem Teint. Sie trug einen prachtvollen bunten Sari, das traditionelle Gewand indischer Frauen. Der Seidenstoff leuchtete in den schönsten Farben, gelb, orange und magenta. Das kräftige grau-schwarze Haar der Frau war nach hinten gekämmt. Zwischen den Augen leuchtete ein roter Punkt. Ein Bediensteter mit knielangem Hemd trug eine Arbeitstasche für sie. Der Mann war hager, aber riesengroß, sein Gesicht kantig. Seine Augen scannten die Umgebung wie ein Radargerät.

»Ich bin gleich wieder hier«, rief Caneddu und lief mit großen Schritten zu der Inderin. Diese hob freudig beide Arme und küsste den Physiker auf die Wangen.

»Nicola, das ist ja eine schöne Überraschung!«

»Lakshmi, was für eine Freude. Und was für ein Zufall. Was führt dich ans CERN?«

»Ach, nur eines dieser uferlosen Seminare in der Theorieabteilung. Du weißt schon, große Tafeln mit vielen Formeln.«

Sie lachten beide. Aus den Augenwinkeln sah Caneddu, wie Lakshmis hagerer Begleiter ihn musterte.

»Du meinst eines dieser Treffen, bei dem keine fünf Leute verstehen, wovon überhaupt die Rede ist? Dreiundzwanzigdimensionale Quantenfeldgleichungen mit nicht-renormierbaren Eichtheorien und all das Zeug? Ihr irren Theoretiker! Befasst euch doch mal wieder mit bodenständigen Dingen, damit wir ein tolles neues Experiment bauen können …«

»Machen wir, mein lieber Nicola, versprochen. Aber sag mal, du siehst müde aus. Angespannt. Ist alles in Ordnung?«

Caneddu wurde nachdenklich. »Es gehen merkwürdige Dinge vor, Lakshmi. Irgendwas ist faul hier am CERN. Und weißt du was? Ich fürchte, ausgerechnet der gute Engelhardt hat damit zu tun.«

»Oh, nein«, sagte Lakshmi mit einem verschmitzten Lächeln. Sie tippte dezent an ihre Nase und zwinkerte. »Aber was könnte der schon anstellen? Meinst du, er hat Daten manipuliert? Eine Publikation gefälscht?«

»Nein, nichts dergleichen. Ich will dich damit auch gar nicht belasten.« Er zögerte kurz. »Es gibt Hinweise, dass jemand hier am CERN ein geheimes Experiment betreibt. Und Engelhardt deckt es womöglich.«

Lakshmi wirkte erschüttert. »Gütiger Himmel, Nicola, das klingt ja nach einer üblen Räuberpistole. Bist du jetzt unter die Detektive gegangen? Was du da behauptest, kann ich mir nicht vorstellen. Bei aller Liebe. Hier arbeiten achttausend Leute. Wie soll da irgendwer unbemerkt sein eigenes Süppchen kochen. Das ist nicht vorstellbar. Alles wird sich aufklären. Ganz sicher.«

»Ja, wahrscheinlich«, sagte Caneddu wenig überzeugt. Er lächelte die eindrucksvolle Inderin an. »Es tut gut, dich zu sehen, Lakshmi. Wir müssen bald mal über diesen Budgetantrag für den Germanium-Detektor reden. Wenn du das unterstützt, haben wir bessere Chancen.«

»Machen wir, Nicola. Jetzt muss ich aber zu meinem Seminar. Alles Gute, mein Lieber! Wir sehen uns!«

Sie küssten sich erneut auf die Wangen. Die Inderin warf sich mit einer eleganten Bewegung das orange-rote Tuch ihres Saris über die Schulter und winkte zum Abschied.

Caneddu drehte sich zu seinen beiden Begleitern um, die gerade auf ihn zukamen.

»Das ist Lakshmi Rajamottanoree. Ein grenzenloses Genie. Schlauer als alle Physiker am CERN zusammen. Gegen sie sind wir Experimentatoren nur schlichte Mechaniker. Sie lebt in der Mathematik, als wäre sie ihr Zuhause. Wie eine Landschaft, in der sie sich mühelos bewegt. Stellt euch vor, sie hat die Fields-Medaille gewonnen, die höchste Auszeichung für Mathematiker. Die ist in der Fachwelt mindestens so hoch angesehen wie ein Physik-Nobelpreis. Und für mich ist ihre Arbeit besonders wertvoll. Ihre Berechnungen über Neutrinos bilden die Grundlage all meiner Experimente.«

Sie blickten der Inderin nach und sahen, wie sie den Eingang des Hauptgebäudes erreichte und ihr leuchtendes Gewand hinter den Glastüren verschwand. Kurz bevor ihr hagerer Begleiter ebenfalls das Gebäude betrat, warf er einen letzten, seltsam frostigen Blick auf die Dreiergruppe.

Caneddu führte Livia Chang und Williams über das Gelände, vorbei an der CERN-eigenen Feuerwehrwache und einer Kletterwand, an der Studenten sich verausgabten. Als sie fast schon den westlichen Grenzzaun des Forschungsgeländes erreicht hatten, betraten sie ein flaches, schmuckloses Gebäude mit einer Blechfassade. Ihre Schritte auf dem ebenso blechernen Boden im Flur klangen, als würden sie in einer alten Badewanne einen Tanz aufführen.

Caneddu las die Namensschilder an den Türen. Als er die richtige gefunden hatte, klopfte er und betätigte zugleich die Klinke. Ein schlanker Mann in den Vierzigern mit kurz geschnittenem rotblondem Haar, Vollbart und einer überdimensionierten schwarzen Hornbrille drehte sich in seinem Bürostuhl um.

»Xavier!«, rief Caneddu. »Du spanische Schnapsdrossel!«

»Ha, das sagt der Richtige! Nicola, der sardische Schwerenöter!«

Die beiden umarmten sich. Williams und Livia Chang traten ebenfalls in das kleine Büro. Caneddu merkte, wie Xaviers Aufmerksamkeit von Livias Erscheinung absorbiert wurde. Verständlich, dachte er.

»Das ist«, sagte Caneddu mit einer theatralischen Geste an seine beiden Gäste gewandt, »der wahre Beherrscher des CERN. Ohne Xavier Casillas geht gar nichts. Er hat einst die Straßenbahn von Madrid neu elektrifiziert. Jetzt ist er hier am größten Teilchenbeschleuniger der Welt Herrscher über die Energie. Auf dem gesamten Gelände brennt keine einzige Glühbirne, wenn Xavier Casillas das nicht will …«

Der Spanier lachte.

»Im Ernst: Es gibt zwei Starkstromtrassen aus dem europäischen Verbundnetz, die hier im Kanton Genf ankommen«, dozierte Caneddu, »jede mit 300.000 Volt …«

»380.000«, korrigierte ihn Casillas.

»Jedenfalls speist eine dieser beiden Starkstromleitungen den gesamten Kanton Genf, inklusive der Stadt. Und die andere Leitung ist nur für das CERN da. Nur für diesen Mann.« An Casillas gerichtet sagte Caneddu: »Ich wollte meine beiden Freunde hier ein bisschen in die Geheimnisse des CERN einweihen.«

»Tja«, sagte Casillas, »so spannend ist das hier nicht. Wir steuern die gesamte Stromversorgung des Forschungszentrums im Wesentlichen von ein paar Computern aus.«

»Zeig doch kurz mal, wie das aussieht. Diese Ansicht, auf der das gesamte Stromnetz zu sehen ist.«

Casillas klickte mit der Maus. Auf seinem Flachbildschirm, der die Größe einer kleinen Leinwand hatte, erschien ein Gewirr aus bunten Linien. Gemeinsam verfolgten sie den Verlauf der 380.000-Volt-Leitung von der großen Verteilerstation im Westen des Kantons Genf bis zum CERN und innerhalb des Geländes weiter bis zu den unterirdischen Teilchenbeschleunigern.

»Grün bedeutet, dass gerade Strom fließt«, erklärte Casillas.

»Wie ist das denn zum Beispiel mit unserem Neutrinotunnel? Ich glaube, die Kostenstelle lautet 11-10237.«

»Ha, die Nummer kenne ich auswendig«, rief der Spanier.

»Wieso das denn?«

»Das ist einer unserer größten Kunden. In meiner Abteilung nennen wir diese Kostenstelle den Stromfresser.«

»Stromfresser? Du meinst, vor einigen Jahren, als der Neutrinostrahl noch nach Italien geschickt wurde?«

»Nein, keineswegs.«

»Wie bitte?«

»In diesem Augenblick wird Strom auf diese Kostenstelle gebucht. Hier, ich zeige es dir.«

Casillas klickte auf seinem Computer herum.

»Na bitte!«, sagte der Spanier und deutete auf ein Diagramm auf seinem Bildschirm. »In diesem Augenblick verbraucht ihr 83,7 Megawatt Strom. Erzähl mir bitte nicht, dass ihr nur vergessen habt, die Herdplatte auszuschalten.«

»Das ist verdammt viel …«, murmelte Caneddu.

»Ich würde sagen, es reicht für eine Stadt mit hunderttausend Einwohnern.«

Casillas klickte erneut mit der Maus. Das Liniengewirr der Starkstromleitungen erschien. Er klickte ein weiteres Mal. Hunderte kleine Symbole, die aussahen wie Tachometer, tauchten an den Knoten des Liniengeflechts auf. Casillas deutete auf eine Abzweigung am südwestlichen Segment des großen LHC-Ringbeschleunigers.

»Siehst du, hier zweigt eure Kostenstelle ab«, sagte der Spanier.

»Was meinst du damit?«

»Na, was hier durchfließt, müsst ihr zahlen.«

»Wer genau bezahlt es?«

Casillas öffnete einige Dateien und klickte auf eine Position in einer Excel-Tabelle.

»Hier, Kostenstelle 11-10237: 29.568 Euro und 22 Cent im vergangenen Monat. Alles korrekt abgerechnet und überwiesen.«

»Wer zeichnet das ab?«, wollte Caneddu wissen.

»Ich schaue nach, aber das bleibt unter uns, okay?«, sagte der Spanier mit etwas Unbehagen. Er öffnete weitere Tabellen sowie Kopien von Formularen.

»Hier steht der Kostenstellenverantwortliche: Engelhardt, Jörn.«

»Kannst du den Verlauf der entsprechenden Starkstromleitung noch einmal vergrößern?«, fragte Caneddu.

»Klar«, sagte der Spanier und zoomte an der Stelle in das Gewühl bunter Linien hinein, wo der Neutrinotunnel, von dem aus jahrelang Elementarteilchen nach Italien verschickt worden waren, abzweigte. Konzentriert verfolgte Caneddu den Verlauf der Leitungen bis zum unterirdischen Kontrollraum neben dem Neutrinotunnel.

»Weißt du, wo genau der Stromverbrauch gemessen wird?«

»Sicher.« Xavier klickte ein weiteres Mal mit der Maus. Das Stromzählersymbol mit der Kostenstellennummer 11-10237 blinkte auf. Es erschien exakt an der Stelle, wo der Neutrinotunnel vom Hauptbeschleuniger abzweigte. Wie eine Autobahnausfahrt. Sollte dort ein weiterer Tunnel existieren, müsste dessen Stromversorgung ebenfalls durch diesen Zähler laufen.

Caneddu dankte seinem ehemaligen Mitbewohner mit einer freundschaftlichen Umarmung, bevor er mit seinen beiden Begleitern das Gebäude verließ.

»Ich denke, wir machen heute Nacht eine kleine Erkundungstour«, sagte Williams. »Zieht euch praktische Kleidung und feste Schuhe an. Abfahrt um zwanzig-einhundert vom CERN-Hotel. Damit meine ich acht Uhr, Professor Caneddu.«

Caneddu rollte mit den Augen. »Zu Befehl, *capitano*.«

Livia Chang entschied sich, zwei Stunden im Hotel zu schlafen, um ihren Jetlag auszugleichen. Williams wollte solange den Studenten an der Kletterwand zusehen. Und Caneddu sehnte sich nach einer weiteren Tasse Kaffee.

Er steuerte die Kantine an. Als er kurz vor dem Hauptgebäude erneut an der Shiva-Statue vorbeikam, entschied er spontan, Professor Engelhardt noch einen Besuch abzustatten. Er bog rechts ab, betrat das Gebäude 22, wo er bereits am Mittag gewesen war. Er stieg das eine Stockwerk zu Engelhardts Arbeitszimmer hoch, klopfte an die Holztür, wartete einige Sekunden, öffnete und trat ein. Doch das Büro war leer. Lediglich Engelhardts abgewetzte Kunstledertasche stand geöffnet neben dem Schreibtischstuhl. Auf dem Boden lagen mehrere Papiere, als hätte ein Luftzug sie vom Tisch geweht. Dabei war das Fenster geschlossen. Entsprechend stickig war es in dem Raum.

Engelhardts Körpergeruch ließ Caneddu unwillkürlich zwei Schritte zurückweichen. Doch bevor er das Büro des deutschen Professors wieder verließ, bemerkte er neben Engelhardts Mief eine weitere Duftnote. Es war nur ein Hauch, aber er kannte den angenehmen Duft. Ihm fiel nur nicht ein, woher.

FORSCHUNGSZENTRUM CERN

SCHWEIZERISCH-FRANZÖSISCHES GRENZGEBIET

30. Juli

Die Abendsonne war soeben hinter dem Juramassiv untergegangen. Ihre letzten Strahlen färbten die Wolken am Himmel rosarot. Kenton Williams, Nicola Caneddu und Livia Chang reihten sich mit dem gemieteten Volvo in die abendliche Schlange der Berufspendler am Grenzübergang nach Frankreich ein. Die Zöllner kontrollierten lax. Mit gelangweilten Gesichtern winkten sie sämtliche Fahrzeuge durch.

Auf der französischen Seite steuerte Williams den Wagen im ersten Kreisverkehr nach rechts in nördliche Richtung. Sie passierten einige triste Wohnblöcke, dann wurde es ländlicher. Bauernhäuser aus massivem Stein prägten das Landschaftsbild.

»Kurz vor Prévessin geht es rechts ab«, erklärte Caneddu.

Als das CERN den siebenundzwanzig Kilometer langen unterirdischen Beschleuniger baute, hatten die umliegenden Gemeinden Bedingungen gestellt. Oberirdisch durfte von der Anlage nichts zu sehen sein. Kein neues Gebäude durfte die Häuser der Umgebung überragen. So kam es, dass Williams und Livia Chang erst in letzter Sekunde merkten, dass sie ihr Ziel erreicht hatten: ein würfelförmiges weißes Zweckgebäude, das wie ein größerer Lagerraum aussah. Doch es war einer der Zugänge zum größten Teilchenbeschleuniger der Welt.

Sie parkten auf der Rückseite des Würfels. Caneddu öffnete den Eingang mit einer Chipkarte. Das Innere bestand im Wesentlichen aus Regalen mit Helmen, Sicherheitswesten, einigen Schautafeln und einem Fahrstuhl. Caneddu nahm drei Behälter mit Gurten aus einem Regal.

»Hängt euch das um«, sagte er, »es ist Sauerstoff für etwa zwanzig Minuten.«

Williams hob erstaunt die Augenbrauen.

»Sauerstoff?«

»Reine Sicherheitsmaßnahme«, sagte Caneddu. »Theoretisch könnte unten im Tunnelsystem Kühlflüssigkeit auslaufen und verdampfen. Das entstehende Gas ist zwar ungiftig, aber schwerer als Luft. Es würde den Sauerstoff aus dem Ringtunnel durch die Schächte nach oben verdrängen. Mit diesen Behältern kann man rund zwanzig Minuten lang atmen und sich in Sicherheit bringen.«

Caneddu aktivierte den Fahrstuhl ebenfalls mit seiner Chipkarte. Die Dreiergruppe betrat eine vergitterte Kabine.

»In diesem Schacht geht es achtzig Meter nach unten«, erklärte Caneddu. »Die Schächte, die näher am Fuß des Jura liegen, sind fast hundertfünfzig Meter tief.«

Die Fahrt dauerte keine Minute. Tief unter der Erde traten sie aus dem Fahrstuhl in eine geräumige, mit Beton ausgekleidete Kaverne. Sie wirkte wie der Rohbau einer U-Bahn-Station.

»Links geht es in den Tunnel des großen Ringbeschleunigers«, erläuterte der Physiker. »Hier auf der anderen Seite zweigt der Tunnel ab, in dem die Neutrinos für meine Experimente erzeugt und durch die Erdkruste geschossen wurden.«

»Na, dann wollen wir uns das mal ansehen«, sagte Williams und zog eine riesige Stabtaschenlampe aus seinem Rucksack.

Die drei begannen, ins Dunkel des leicht abschüssigen Neutrinotunnels zu laufen. An den Wänden verliefen Starkstromkabel und ein dickes Edelstahlrohr. Nichts rührte sich. Kein Surren war zu hören, kein Zischen von Kühlaggregaten oder von Dampf.

Caneddu konnte sich nicht erklären, warum hier Dutzende Megawatt Strom verbraucht werden sollten, wie es sein Freund Xavier Casillas am Computer festgestellt hatte. Wohin verschwand all diese Energie?

»Als die Experimente noch liefen, wurden alle paar Sekunden Impulse mit rund einer Billion Neutrinos erzeugt«, erklärte der Physiker. »Der gesamte Tunnel ist so ausgerichtet, dass der Strahl genau nach Mittelitalien weist, direkt zum Gran Sasso. Von hier aus flogen die Neutrinos in gerader Linie durch die Erdkruste. Die Teilchen unterquerten den Mont Blanc, den Fluss Po und die Apenninen, wo sie achttausend Meter unter der Erdoberfläche den tiefsten Punkt erreichten. Sie flogen vier Kilometer tief unter Florenz durch, bis sie nach einer Gesamtflugzeit von nur zweieinhalb Millisekunden am Gran Sasso ankamen. Die meisten Neutrinos flogen von dort einfach weiter ins Weltall. Doch ein paar der Teilchen konnte mithilfe des Icarus-Detektors aufgefangen und gemessen werden.«

Williams pfiff anerkennend durch die Zähne.

Nachdem sie gut hundert Meter durch den Tunnel gelaufen waren, kam rechts eine Stahltür in Sicht. Caneddu öffnete sie mit einem Schlüssel und betätigte einen Lichtschalter. Grelle Neonröhren flammten auf und erhellten einen etwa zwölf Meter langen und halb so breiten unterirdischen Kontrollraum. Schreibtische standen unregelmäßig angeordnet in langen Reihen, darauf Bildschirme, auf denen sich eine Staubschicht angesammelt hatte. Abgewetzte Ordner standen in Regalen, Kabelbündel hingen lose von der Decke. Jede Menge Geräte waren offenbar abgebaut und fortgeschafft worden.

»Hier passiert seit drei Jahren nichts mehr«, bemerkte Caneddu. »Die Amerikaner haben die Detektoren aus dem Gran Sasso gekauft und bereits über den Atlantik verschifft. In den kommenden Jahren wollen sie damit Neutrinos untersuchen, die vom Fermilab in Chicago aus nach North Dakota geschossen werden. Der Tunnel für die dortige Neutrinokanone wird bereits gebaut.«

Williams nickte und sah sich um. Die anderen taten es ihm gleich. Eine Weile lang sagte keiner etwas.

Livia Chang roch es als Erste.

Sie hob ihre Nase und kniff die Augen zusammen.

»Wenn hier seit Jahren nichts mehr im Gange ist, wieso riecht es dann nach Schweiß und … Moder?«

Die Männer bemerkten es nun auch, und Caneddu kannte den Geruch nur zu gut.

»Wir sollten uns den Rest des Tunnels genauer ansehen«, sagte Williams und schaltete seine Stablampe wieder ein. »Wir gehen weiter bergab.«

»Bergab?«, fragte Caneddu. »Da unten ist nichts mehr.« Dann fiel ihm ein, was er auf den Bauplänen von Engelhardts Festplatte entdeckt hatte. »Das heißt … Es gibt da womöglich noch eine Tür auf der linken Tunnelseite.«

Williams lief bereits mit großen Schritten voran, weiter den Tunnel hinunter. Er leuchtete abwechselnd auf beide

Seiten der gewölbten Wand. Sie waren keine zweihundert Meter gegangen, als links eine Stahltür erschien. Sie hatte keine Klinke und keinen Chipkartensensor, sondern zwei massive Stahlriegel und einen Knauf. Doch das spielte keine Rolle, die Tür stand sperrangelweit offen.

Williams wies seine Begleiter mit einer Geste an, hinter ihm zu bleiben, und leuchtete mit seiner Stablampe um die Ecke. Caneddu hoffte auf Entwarnung. Sicherlich befand sich dort nur eine Besenkammer. Oder ein Lagerraum für Feuerlöscher. Doch Williams drehte sich um und sagte: »Eine Treppe. Sie führt steil bergab.«

Caneddu war erschüttert. Es stimmte also. Es gab weitere, unbekannte Gänge im Untergrund des CERN. »Vielleicht sollten wir umkehren und das Management informieren, am besten den Sicherheitsdienst …«, stammelte er.

Doch Williams war bereits ein Dutzend Stufen in den unbekannten Schacht hinuntergestiegen. Chang hielt sich dicht hinter ihm. Caneddu folgte den beiden. Die Unerschrockenheit der Reporterin beeindruckte ihn.

Auf den Betonstufen stiegen sie gut hundert Höhenmeter bergab. Die Luft wurde dennoch nicht stickig. Am unteren Ende des Schachts begann ein Lichtschein sich abzuzeichnen. Leichte Vibrationen drangen herauf. Auch das Zischen von Kühlaggregaten wurde hörbar. Schließlich mündete der Schacht senkrecht auf einen röhrenförmigen Tunnel, der linker Hand steil nach oben wies und rechts mit gleicher Neigung abfiel. Ansonsten sah diese Röhre exakt gleich aus wie diejenige, die sie als Erstes durchschritten hatten. Auch hier war an einer Seite ein dickes Stahlrohr befestigt. Es war eine perfekte Kopie des Neutrinorohrs in dem ersten Tunnel. Allerdings war die Steigung mit einem Winkel von rund dreißig Grad deutlich größer. Und dieser Tunnel zeigte definitiv nicht nach Italien. Um sich hier fortzubewegen, musste man Stufen benutzen, so steil war es. Außerdem war der Tunnel beleuchtet, und ein elektrisches Summen lag in der Luft.

Williams entschied, auf den steinernen Stufen neben dem Edelstahlrohr bergauf zu steigen. Nachdem sie einige hundert Stufen erklommen hatten, kam auf der linken Seite eine Metalltür in Sicht. Sie näherten sich vorsichtig und stießen sie auf. Dahinter befand sich ein Spiegelbild des Kontrollraums aus dem anderen Tunnel. Die gleichen Schreibtische und Bildschirme. Auch hier hingen Kabelbündel von der Decke. An den Wänden standen schrankgroße Halterungen für Elektronik sowie Aktenregale.

Doch es gab einen gewaltigen Unterschied. Die Bildschirme waren eingeschaltet, ebenso wie die Deckenbeleuchtung. Die Kühlung der Elektronikschränke surrte, und kleine rote Lämpchen blinkten. Es sah aus, als sei eine Arbeitsgruppe eben kurz in die Pause gegangen.

Der penetrante Körpergeruch von Jörn Engelhardt lag schwer in der Luft. Und es gab eine zusätzliche Duftnote. Diesmal bemerkte es Kenton Williams als Erster. Es roch metallisch.

Wie mit Öl eingeriebenes Eisen.

Oder Kupfer.

Unverkennbar, dachte Williams. Das hatte er in seinem Leben schon oft gerochen.

Zu oft.

Er wusste, so riecht Blut.

Frisches Blut.

FORSCHUNGSZENTRUM CERN

SCHWEIZERISCH-FRANZÖSISCHES GRENZGEBIET

30. Juli

Wird der menschliche Körper von einem Projektil durchbohrt, entfaltet er verschiedenartige Gerüche, je nachdem, wo die Kugel eindringt. Ein Bauchschuss verströmt den penetranten Gestank von Magensäure und Fäkalien. Eigentlich logisch. Werden Verdauungsorgane verletzt, riecht es nach mehr oder weniger Verdautem. Werden hingegen Schlagadern getroffen, so riecht es nach Blut. Und Blut riecht metallisch. Wie geriebenes Eisen. Oder Kupfer.

In diesem Fall hatte jemand seinem Opfer eine Waffe direkt an die Stirn gehalten und abgedrückt. Das Projektil hatte den Schädel durchbohrt und den Hinterkopf vollständig abgerissen. Teile des Gehirns lagen auf dem Boden wie Hackfleischreste. Eine Blutlache hatte sich ausgebreitet. An der Rückwand des Kontrollraums klebte ein Sprühnebel aus roten Tropfen.

Man erkannte Professor Jörn Engelhardt eigentlich nur noch an seinem abgetragenen Pullover. Außerdem hing die riesige Plastikbrille mit dem Klebeband zerbrochen über dem, was einmal ein Gesicht war.

Caneddu schrie entsetzt auf. Williams legte einen Arm um

seine Schultern, hielt ihm sanft den Mund zu und flüsterte etwas Beruhigendes. Livia Chang wandte sich voller Ekel ab und hielt sich an ein paar Regalen fest. Sie machte den Eindruck, als würde sie gegen heftigen Brechreiz ankämpfen. Sie fing sich jedoch überraschend schnell wieder und begann, die Aufschriften der Aktenorder in den Regalen zu studieren.

Das meiste war hochtechnisches Zeug. Bedienungsanleitungen für Elektronikmodule, Sicherheitsanweisungen, Verwaltungskorrespondenz. Links standen sechs zusammengehörige gelbe Ordner mit seltsamen Zahlencodes auf dem Rücken. Livia schlug sie auf. Sie waren leer. Kleine Papierfetzen an den Stahlbügeln verrieten, dass der Inhalt eilig herausgerissen worden war. Sie stellte die Ordner zurück ins Regal und fotografierte die Beschriftungen der Rücken mit ihrem Smartphone.

061006
090525
130212
160106
160909
170903

Die Zahlenkombinationen sagten ihr nichts. Wahrscheinlich ging es um irgendeine Nomenklatur aus der Welt der Elementarteilchenphysik. Caneddu konnte sie schlecht danach fragen, der lehnte gerade mit beiden Armen an der Wand und übergab sich. Immerhin war er etwas ruhiger geworden.

Williams schlich unterdessen zurück zur Eingangstür. Er hatte eine Waffe in der Hand, eine schwere grauschwarze Pistole mit kantigem Lauf. Auf dem Weg zur Tür schnappte sich der Ex-Soldat eine Computertastatur von einem der Arbeitstische, ging in die Knie und schob das Plastikteil am Türrahmen langsam in den Tunnel hinaus. In diesem Moment knallte die Stahltür krachend zu. Die Tastatur zersplitterte zwischen Tür und Rahmen.

»Runter! Alle auf den Boden!«, brüllte Williams.

Chang und Caneddu taten, was er sagte. Man hörte, wie ein Schlüssel mehrmals im Schloss umgedreht wurde und sich Schritte eilig entfernten. Dann geschah nichts mehr. Es war nur noch das Surren der Elektronik zu hören und das gedämpfte Zischen der Kühlaggregate draußen im Tunnel.

Williams kramte ein Werkzeug aus seinem Rucksack. Es sah aus, wie die XXL-Version eines Schweizer Taschenmessers. In weniger als dreißig Sekunden knackte er das Schloss der Stahltür. Er betätigte die Klinke und trat mit ungeheuerlicher Wucht dagegen. Die Tür schwang auf und knallte mit der Rückseite an die Tunnelwand aus Beton. Williams kauerte sich seitlich an die Wand neben der geöffneten Tür. Es blieb ruhig.

Allerdings war es im Tunnel nun stockdunkel. Jemand hatte die Beleuchtung abgeschaltet. Es klickte, und auch das Zischen der Kühlaggregate sowie das elektrische Surren der Stahlröhre hörten auf. Der Tunnel glich einem verlassenen Bergwerk.

Williams horchte angestrengt nach Geräuschen und wartete eine Minute lang ab. Dann sprang er in den Tunnel, schoss zweimal bergauf ins Dunkel und warf sich unter das dicke Edelstahlrohr an der Tunnelwand. Schüsse hallten, mehrere Kugeln pfiffen durch den Schacht. Zwei der Geschosse trafen die Tunneldecke, prallten wie Billardkugeln ab und schlugen Splitter aus den Betonstufen am Boden. Danach blieb es wieder ruhig. Nach einer weiteren Minute entschloss sich Williams zum Angriff.

»Kommt raus und bleibt hinter mir«, brüllte er Chang und

Caneddu zu und rannte los. Er hob seine Pistole und feuerte im Abstand von zwei Sekunden bergauf in den Tunnel, während er mit Riesenschritten die Stufen hinaufsprintete. Nach fünfzehn Schüssen klickte es nur noch. Das Magazin war leer.

»Unter das Rohr«, brüllte er seinen Begleitern zu. Williams presste seinen Körper an die Wand, holte ein neues Magazin aus seiner Tasche und lud die Waffe nach. Er lief weiter bergauf und schoss noch zwei Salven ins Dunkel.

Das Feuer wurde nicht mehr erwidert. Aber die letzte Kugel erzeugte ein Geräusch, als hätte sie eine ungeöffnete Coca-Cola-Dose getroffen. Ein metallisches »Ping«. Ein Zischen. Ein Plätschern.

»*Merda!*«, brüllte Caneddu. »Freon!«

»Was ist Freon?«, rief Livia Chang.

Williams schaltete die Stablampe ein. Dann sahen sie das Freon. Es war eine dampfende Flüssigkeit. Sie rann die Treppe herab, Stufe für Stufe, direkt auf sie zu.

»Kühlmittel«, rief Caneddu, »nicht giftig, aber der Dampf ist schwerer als Luft und verdrängt den Sauerstoff hier unten. Setzt die Sauerstoffmasken auf, die Luft wird in wenigen Minuten knapp.«

Sie taten, was er sagte. Williams wies sie mit Gesten an, auf den Betonstufen des Tunnels weiter hinaufzusteigen. Nach rund vierzig Höhenmetern erreichten sie das obere Ende des steilen Tunnels. Eine verschlossene Stahltür versperrte den Weg. Williams brauchte diesmal zwei Minuten, um das Schloss zu knacken. Vorsichtig und auf jedes Geräusch achtend, öffneten sie die Tür und traten in den Raum dahinter. Es war die kirchengroße Betonkaverne, von der aus sie vor einer guten Stunde mit der Erkundung des ersten Tunnels begonnen hatten. Fünfzig Meter links von ihnen war der vergitterte Fahrstuhl, mit dem sie hier unten angekommen waren. Daneben zweigte der Zugang zum Ringtunnel des großen Protonenbeschleunigers ab. Sie ließen die Stahltür zu dem geheimen Tunnel hinter sich zufallen, und Caneddu wurde klar, wieso dieser in den vergangenen Jahren unentdeckt geblieben war. Auf der Tür prangte ein gelbes Schild mit zwei roten Blitzen: »Achtung. Hochspannung. Lebensgefahr.« Die perfekte Methode, um sicherzustellen, dass niemand aus Neugier diese Tür öffnete und auf den verborgenen zweiten Neutrinobeschleuniger stieß.

Ein Knopf am Zugang zum Fahrstuhl leuchtete gelb.

»Jemand fährt nach oben«, rief Caneddu.

Sie traten unter den Schacht, der senkrecht zur Oberfläche hinaufführte, und blickten der vergitterten Fahrstuhlkabine hinterher.

Wenige Meter hinter ihnen knallte es, als würde jemand einen Hammer auf einen Amboss schlagen. Sie blickten sich um, aber nur Williams verstand, was das Geräusch bedeutete. Er sprang wie ein olympischer Dreispringer zu einem schwarzen Metallei am Boden, kickte es mit dem Fuß weg und warf sich der Länge nach auf den Boden. Die anderen taten es ihm gleich. Die Handgranate flog durch die Luft und landete einige Dutzend Meter entfernt im Ringtunnel. Ein höllischer, trockener Knall hallte durch die Kaverne und ließ ihre Ohren klingeln.

Erneut plätscherte eine Flüssigkeit. Erneut breitete sich auf dem Betonboden ein See aus. Es dampfte allerdings noch viel stärker als zuvor. Dichte Schwaden stiegen auf, bald war in dem weißen Dunst kaum mehr etwas zu erkennen.

»Jetzt auch noch Helium«, brüllte Caneddu. »Die Granate

hat einen Supraleiter erwischt. Es ist flüssiges Helium. Es ist minus 273 Grad kalt!«

Instinktiv erhoben sich alle drei, sprinteten von der Kaverne in den Ringtunnel, weg von dem Heliumsee. Von hinten begann ein arktisch-kalter Wind zu blasen. An Changs Haaren und Williams' Rastalocken setzte sich ein Flaum aus Eiskristallen fest. Bald sahen sie aus wie beschneite Weihnachtsengel.

Der eisige Wind erreichte die Stärke eines Blizzards. Offenbar erzeugte das Temperaturgefälle einen enormen Druckunterschied im Tunnel. Als Caneddu sich umsah, waren die Tunnelwand hinter ihnen, die Strahlrohre des Beschleunigers sowie sämtliche Kabel und Röhren mit einer schneeweißen Eisschicht überzogen. Nach weiteren zweihundert Metern ließ der eisige Wind endlich nach. Sie schlugen sich mit den Händen ins Gesicht und schüttelten sich die Eiskristalle aus den Haaren.

»Wo ist der nächste Ausstiegsschacht?«, fragte Williams.

»Ungefähr vier Kilometer weiter geradeaus«, keuchte Caneddu, »vielleicht dreieinhalb.«

»Wie viel Sauerstoff haben wir noch?«, fragte der Ex-Soldat und blickte skeptisch auf den umgeschnallten Behälter auf seiner Brust.

»Vielleicht für fünfzehn Minuten«, schätzte Caneddu.

»Eher zwölf«, sagte Livia Chang. »Damit schaffen wir es nicht.«

»Wir fahren mit der Bahn«, rief Caneddu und deutete nach oben.

Entlang der Decke des Tunnels war eine Stahlschiene befestigt, an der eine Gondel mit vier Plastiksesseln hing. Die Konstruktion sah aus wie ein Fahrgeschäft für Kinder auf einem Jahrmarkt. Caneddu war bei früheren Besuchen am CERN gelegentlich mit diesen Gondeln durch den Ringtunnel gefahren. Sie dienten vorwiegend Technikern, die sich zwischen den Sektoren fortbewegen mussten.

Die drei kletterten auf einen lastwagengroßen blauen Zylinder, der einen der insgesamt tausendzweihundert Magnete enthielt, die den Protonenstrahl des Hauptbeschleunigers lenkten, und nahmen in den Sesseln der Schwebebahn Platz. Caneddu setzte die Gondel in Gang. Mit der Geschwindigkeit eines Mofas begannen sie, durch den Tunnel zu fahren. Nach etwa zwei Kilometern sprangen gelbe Blinklichter an den Tunnelwänden an. Die Schwebebahn bremste abrupt. Offenbar hatte jemand im oberirdischen Kontrollraum des Ringbeschleunigers das Leck im Kühlkreislauf entdeckt und eine Notabschaltung veranlasst. Damit war auch die Schwebebahn außer Betrieb. Sie sprangen aus den Sesseln und rannten.

Ihre Lungen brannten, als der Lichtschein der nächsten Kaverne mit einem Ausstiegsschacht in Sicht kam. Caneddu fragte sich, ob er sich bereits wegen der knapper werdenden Luft schwach fühlte. Andererseits verspürte er keine akute Atemnot. Er vermutete, dass die ausgelaufene Kühlflüssigkeit nicht den gesamten Sauerstoff aus diesem riesigen Tunnel verdrängt hatte. Das könnte ihre Rettung bedeuten, wenn der Sauerstoff in den Atemgeräten aufgebraucht sein würde. Als sie den Fahrstuhl erreichten, zog Caneddu seine Chipkarte heraus und versuchte, die Kabine anzufordern. Doch nichts regte sich.

»Keine Berechtigung«, schnaufte er durch seine Atemmaske. »Meine Karte taugt nicht für diesen Fahrstuhl …«

Williams deutete auf eine Leiter, deren Sprossen an der

Schachtwand befestigt und mit Stahlringen gesichert waren. Sie führte senkrecht nach oben wie in einen riesigen Schornstein und verlor sich im Dunkel. Es sah aus wie eine Leiter in die Unendlichkeit.

»Oh, nein«, stöhnte Caneddu.

»Wir schaffen das«, sagte Livia Chang und packte als Erste eine der Sprossen.

Caneddu folgte ihr mit einem Fluch, Williams war der Dritte. Nach wenigen Höhenmetern nahm er seine Atemmaske ab. Die Luft war spürbar besser. Sie warfen die Masken und Sauerstoffgeräte in den Schacht hinunter.

»Wie hoch ist dieser Schacht?«, fragte Williams.

»Zirka hundertzwanzig Meter«, keuchte Caneddu.

Bei der Vorstellung, diese Distanz auf einer Leiter zu bewältigen, wurde ihm schwindelig. Er vermied jeglichen Blick nach unten und konzentrierte sich auf Livias Bewegungen vor ihm. Wie sie nahm er Sprosse für Sprosse.

Dann kletterten sie weiter an der Leiter hoch, in tiefe Dunkelheit hinein. Caneddu versuchte, es als ein Geduldsspiel zu betrachten und jede Sprosse als kleinen Erfolg zu verbuchen. Nach einer gefühlten Ewigkeit drang das erste Licht von oben in den Schacht. Das oberirdische Zugangsgebäude zu diesem Sektor war offenbar beleuchtet. Nach einigen weiteren Metern hörten sie auch Geräusche von oben. Stimmen.

Und einen Schuss. Der Knall hallte durch den Schacht, aber die Kugel verfehlte ihr Ziel. Sie prallte vom Beton der Schachtwand ab. Jemand erwartete sie oben. Caneddu fluchte innerlich. Sie waren gefangen. Und ausgerechnet der kampferprobte Williams bildete das Schlusslicht ihrer Kletterpartie.

Immerhin waren sie auf dieser Höhe des Schachts noch im

Dunklen verborgen. Die Schützen hatten sie vermutlich nur gehört und feuerten wahllos in das dunkle Loch. So konnten sie unmöglich zielen, und die Wahrscheinlichkeit war hoch, dass die Schüsse die Betonwände des Schachts trafen, wo die Kugeln ihre Energie verloren.

Da kam Caneddu eine Idee. Er kletterte mit zitternden Beinen einige Stufen hinab zu Williams und flüsterte ihm etwas ins Ohr. Williams nickte. Der Physiker zog sein Handy aus der Tasche, schlang einen Arm um die Leiter und schirmte das Licht des Displays mit der Hand ab. Er hatte nur minimalen Empfang, aber er konnte telefonieren. Er wählte die Nummer der CERN-Zentrale. Die freundliche Dame am Empfang verband ihn mit dem Sicherheitsdienst des Forschungszentrums. Er meldete Einbrecher im Zugangsgebäude Nummer 7, der Halle über dem Schacht, in dem sie sich befanden.

Dann warteten sie.

Nach weniger als zehn Minuten hörten sie oben Rufe und das Schlagen von Stahltüren.

Und Schüsse.

Jemand schrie. Zwei weitere Schüsse fielen. Wieder schlug eine Tür.

Danach blieb es ruhig.

Caneddu, Chang und Williams warteten weitere fünf Minuten. Schließlich kündigte Williams an, dass er an den anderen beiden vorbeiklettern wolle. Der Physiker und die Journalistin klammerten sich an den rechten Rand der Leiter, und Williams schlüpfte behände wie ein Gibbon über die Sprossen der Leiter und die Sicherungsringe in wenigen Sekunden an ihnen vorbei. In der neuen Reihenfolge setzten sie ihren Aufstieg fort.

Nach ein paar Minuten anstrengender Kletterei erreichten sie das obere Ende des Schachts. Williams stoppte kurz und lauschte eine Weile. Da es ruhig blieb, schob er seinen Kopf über den Schachtrand. Er erblickte eine Halle, die in fahles gelbes Licht getaucht war. Zwischen dem Fahrstuhlzugang und der Eingangstür lagen drei menschliche Körper. Williams kletterte aus dem Schacht und begutachtete die Lage. Zwei der am Boden liegenden Männer trugen Uniformen des CERN-Wachpersonals. Der dritte war mit einem schlichten beigen Overall bekleidet. Alle drei waren tot.

Williams signalisierte seinen beiden Begleitern, aus dem Schacht zu steigen. Caneddu spürte erneut Übelkeit in sich aufsteigen, als er die Leichen erblickte. Williams schlich zur Eingangstür und schaltete die Innenbeleuchtung der Halle aus. Einige Minuten später öffnete er die Tür ins Freie einen Spaltbreit. Der Halbmond tauchte die Umgebung in silbriges Licht. Links zeichneten sich die Schatten einer Reihe von Büschen ab, dahinter folgten Bäume, die sich wie die Kulisse einer Wagner-Oper einen Hang hinaufzogen. Sie befanden sich am Fuß des Juramassivs.

Auf Williams' Kommando rannten sie in Richtung der Büsche. Als sie diese fast erreicht hatten, hörten sie Rufe von der Rückseite der Halle. Zwei Schüsse fielen. Es war unklar, ob Wachleute des CERN sie erspäht hatten und für Einbrecher hielten oder ob Engelhardts Mörder ihnen weiterhin auf den Fersen waren. Williams wies Livia Chang und Caneddu an, sich in einer Mulde hinter den Büschen flach auf den Boden zu kauern. Er packte einen morschen Ast und schleuderte ihn durch die Luft. Gut dreißig Meter von ihnen entfernt krachte das Holzstück ins Gebüsch. Sofort fielen mehrere Schüsse, die das Gewächs zerfetzten.

»So leise wie möglich zum Waldrand«, zischte Williams den anderen beiden zu.

Sie machten sich zunächst auf allen vieren und dann in gebückter Haltung auf den Weg in die Vegetation. Der Geruch von Morcheln und frischen Tannenzapfen war intensiv. Caneddu fiel auf, dass Williams plötzlich ein Gerät mit rundem Objektiv auf der Nase trug. Es sah aus, als hätte sich der Ex-Soldat einen Fotoapparat vor den Kopf geschnallt. Ein Nachtsichtgerät, vermutete er. Als sie die ersten Bäume erreicht hatten, hielten sie an, und Williams sondierte die Lage. Jetzt waren sie im Vorteil. Die freie Fläche rund um das Gebäude war vom Halbmond deutlich stärker beschienen als der Wald.

»Vier Männer«, flüsterte Williams. »Sie tragen Overalls. Höchstwahrscheinlich kein Wachpersonal, sondern Engelhardts Mörder. Wir können leider unmöglich aus dem Wald heraus. Sobald wir freies Gelände erreichen, werden sie uns bemerken und schießen.« Er spähte weiter durch das Nachtsichtgerät.

»Ich kenne eine Hütte … oben auf dem Berg … knapp unterhalb des Gipfels«, erwiderte Caneddu leise, wobei er nach jedem Halbsatz Luft holen musste. Seine Arme schmerzten von der Kletterpartie im Schacht, er hatte nichts im Magen, und in seinem Mund war der Geschmack von Magensäure zurückgeblieben, nachdem er sich neben Engelhardts Leiche übergeben hatte. Der Gedanke an eine nächtliche Bergtour stieß ihm zusätzlich übel auf.

»Gute Idee«, meinte Williams. »Auf dem Berg kennen sich die Verbrecher vermutlich nicht aus.«

Plötzlich fielen wahllos und ungezielt Schüsse. Die Kugeln schlugen in Baumstämme ein und splitterten die Rinde ab.

Livia Chang und Caneddu schmiegten sich an zwei kräftige Stämme. Williams lenkte die Gegner erneut ab. Diesmal mit einem Stein, den er erstaunlich weit warf. Das kostete einen weiteren Busch das Leben. Doch das Manöver zeigte Wirkung. Die Angreifer wandten sich ab.

»Wie kommt man zu dieser Hütte?«, fragte Williams.

»Etwa zweihundert Höhenmeter über uns quert ein Forstweg. Von diesem geht es durch ein Waldstück weiter nach oben. Diese Abzweigung ist nicht ganz leicht zu finden. Über der Baumgrenze muss man noch einen steilen Grashang hinauf. Die Hütte ist nicht bewirtschaftet, allerdings gelegentlich vermietet.«

»Wir versuchen es«, sagte Williams.

WALDSTÜCK OBERHALB VON CROZET

SCHWEIZERISCH-FRANZÖSISCHES GRENZGEBIET

30. Juli

Sie schlichen, so leise es ging, durch die Bäume den Berghang hinauf und gewannen schnell an Höhe. Nach zwanzig Minuten hielt Williams an und scannte den Wald unter ihnen mit seinem Nachtsichtgerät. Er nickte zufrieden und zog eine kleine Stirnlampe aus der Tasche, die er so einstellte, dass sie nur den Boden unmittelbar vor ihnen beleuchtete. Außerdem reichte er Livia Chang und Caneddu je zwei Energieriegel. Mit dem Snack im Bauch fühlten sich beide deutlich besser. Caneddu war dankbar, den säuerlichen Geschmack in seinem Mund loszuwerden. Außerdem war sein Blutzucker bereits in den roten Bereich abgesunken.

Sie stiegen weiter auf und trafen auf den angekündigten Forstweg. Diesem müssten sie nun etwa einen Kilometer weit folgen, erklärte Caneddu. Der Weg führte sanft bergauf, und sie verfielen in einen monotonen Trott.

In Caneddu stiegen Erinnerungen hoch an sein Studentenjahr am CERN. An seine Wohngemeinschaft auf einem ehemaligen Bauernhof, wo er mit Xavier und drei weiteren Leuten in ihrem Alter gelebt hatte. Einem österreichischen Physiker, dem das Gleitschirmfliegen wichtiger war als seine

Wissenschaft. Einer langbeinigen Engländerin, die als Ebola-Expertin bei der Weltgesundheitsorganisation arbeitete. Und der verwöhnten Tochter eines reichen Franzosen, die ihre Zeit vorwiegend damit verbrachte, rund um ihren Bauernhof Cannabis anzupflanzen. Jeden Sommer organisierten sie ein Freiluftkonzert, bei dem Studentenbands auf einem Heuwagen auftraten. Eine Art Mini-Woodstock.

Mit Xavier war Caneddu damals oft auf die Gipfel des Jura gestiegen, auf den Colomby de Gex, den Col de la Faucille und den Reculet. Oben hatten sie gemütlich einen Joint geraucht, und manchmal waren sie über Nacht geblieben, auch in der Hütte, zu der sie jetzt unterwegs waren. Für Caneddu war es die glücklichste Zeit seines Lebens gewesen. Sie hatten ihre Karrieren noch vor sich gehabt, lebten unbeschwert, ohne große Verantwortung. Und jetzt war er in ein grausames Komplott geraten, in dem Menschen starben. Wenn er schon nicht zurückkonnte in sein Leben auf dem Bauernhof, so wünschte er sich zumindest sein Leben als Physiker zwischen Triest und dem Gran Sasso zurück. Und auch Pasqualina. Er fragte sich, wie sie handeln würde, wäre sie jetzt bei ihm. Ob sie sich auch für den Aufstieg entschieden hätte. Ihr Rat war meist der richtige gewesen.

Irgendwann erwachte er aus seinen nostalgischen Erinnerungen. Er sah Williams mit der Lampe rund dreißig Meter vor sich laufen. Livia machte wenige Meter neben ihm ihre Schritte. Er bewunderte ihre Entschlossenheit und ihre Zähigkeit.

»Darf ich Sie etwas fragen, Livia?«

»Klar, was gibt es?«

»Was war das für eine Sache in Pakistan?«

»Pakistan?«

»Na ja, das zwischen Kenton und Ihnen …«

»Hmmm … Das ist jetzt aber doch eine sehr direkte Frage.«

»Dann tut es mir leid.«

»Nein, das ist schon okay, Nicola.« Sie lächelte ihn an und machte eine Pause. »Ich war vor einigen Jahren in Wasiristan einer Einheit der Navy Seals als Journalistin zugeteilt. Das Kommando sollte am nächsten Tag eine Geisel befreien. Aufbruch im Morgengrauen, hieß es. Aber im Morgengrauen war die Einheit bereits losgezogen. Mich hatten sie nicht geweckt, sondern mit den Bodentruppen im Camp zurückgelassen.«

»Und Kenton war einer der Kommandosoldaten?«

»Er war ihr Anführer.«

»Herrje. Das hat Sie als Journalistin natürlich mächtig geärgert«, sagte Caneddu.

»Allerdings. Aber nicht nur das …«

»Ach so?«

»Ich hatte die Nacht mit Kenton verbracht.«

Caneddu stolperte kurz. Er war erschüttert. Hatte der Soldat Livia erst verführt und dann sitzengelassen? Oder besser: richtig verarscht?

»Was?! Das ist … ungezogen«, sagte Caneddu.

Livia musste wegen des altmodischen Ausdrucks lachen.

»Ich nenne es eher eine handfeste Arschloch-Aktion.«

»Nachvollziehbar«, sagte Caneddu.

»Nein, Nicola. Es ist nicht ganz so, wie Sie denken. Kenton ist okay. Nach der ersten Wut habe ich ihm sogar abgenommen, dass er tatsächlich um meine Sicherheit besorgt war. Aber das ging eben in seinen Soldatenschädel nicht hinein: dass ich eine erwachsene Reporterin bin und selbst entscheiden kann, welche Risiken ich auf mich nehme. Und dass wir die Nacht zusammen verbracht hatten, war ebenfalls meine Entscheidung gewesen. Er hat mich schließlich nicht gezwungen.«

Sie hörten das Geräusch eines Dieselmotors. Scheinwerferlicht blitzte durch die Bäume. Williams reagierte schnell. Er schaltete seine Lampe aus, rannte auf Chang und Caneddu zu und zerrte sie auf der talwärts gelegenen Seite der Forststraße zwischen die Bäume. Sie warfen sich auf den mit Kiefernnadeln übersäten Waldboden. Die Scheinwerfer des Fahrzeugs tauchten den Forstweg in grelles Licht. Ein vierradgetriebener Pick-up geriet in Sicht. Auf der Ladefläche saßen drei Männer in Overalls, ein vierter steuerte den Wagen. Die Männer hinten leuchteten mit kräftigen Stablampen in die Umgebung. Sie hatten die drei im Wald Liegenden bereits passiert, als einer der Lichtstrahlen Caneddus Rücken streifte. Die Männer auf der Ladefläche fingen an zu rufen. Doch erst als sie mit den Handflächen auf das Blechdach des Führerhauses trommelten, bremste der Fahrer scharf. Die blockierenden Räder knirschten auf dem Kies des Forstwegs.

Der Pick-up kam etwa fünfzig Meter entfernt zum Stehen.

»Bleibt hier«, zischte Williams, sprintete wie ein wildes Tier über den Forstweg und verschwand auf der gegenüberliegenden Seite im Wald. Damit hatten die Angreifer offensichtlich nicht gerechnet. Sie stiegen von ihrem Fahrzeug herunter und kamen mit gezogenen Waffen auf der Talseite des Wegs auf Chang und Caneddu zu. Der Fahrer machte jedoch einen kapitalen Fehler. Er ließ das Rücklicht an.

So waren seine Kumpane bestens zu sehen. Aus der Dunkelheit feuernd streckte Williams den ersten Angreifer mit zwei gezielten Schüssen nieder. Den zweiten traf er ins Bein.

Der Mann ging mit einem Schmerzensschrei zu Boden. Seine Lampe schlitterte ebenso wie seine Waffe über den Kies. Der dritte Mann warf seine Pistole freiwillig weg und hob die Arme. Williams trat aus dem Wald, ging auf ihn zu und fragte zweimal mit schneidender Stimme: »Ist euer Fahrer ebenfalls bewaffnet?«

Der Mann verstand offenbar Englisch. Er schüttelte den Kopf. Williams zerrte ihn zu dem Pick-up. Dort brüllte er dem Fahrer zu, im Wagen zu bleiben. Er ließ sich das Abschleppseil geben, ein langes oranges Band aus reißfestem Kunststoffgewebe. Danach ließ er den Fahrer aussteigen und forderte beide Männer auf, sich auf die Ladefläche des Pickups zu legen. Dort fesselte er sie mit dem Abschleppband und zog das Ende mit einer Ratsche fest. Die Männer bekamen gerade noch Luft, konnten aber keinen Finger mehr rühren. Schließlich schoss Williams in alle vier Reifen des Autos.

Auf dem Rückweg begutachtete er den Verletzten. Eine Schlagader war nicht getroffen, doch der Oberschenkelknochen war durchschossen. Williams kramte in seinem Rucksack und holte eine Schachtel hervor. Daraus zog er eine Einwegspritze und stach sie dem Verletzten ins Gesäß. Der Mann stöhnte kurz und verdrehte die Augen. Als Williams ihn losließ, sank er auf den Rücken und blieb regungslos liegen.

»Okay, alles klar jetzt«, rief er Livia Chang und Caneddu zu. Die beiden traten aus dem Wald. Caneddu vermied es, die Leiche anzusehen. Als sie den Ohnmächtigen erblickten, sagte Williams: »Morphium. Genug für ein paar Stunden Tiefschlaf. Ich rufe jemanden an, der die Typen aufsammelt.«

Williams zog ein Satellitentelefon mit einer dicken Antenne hervor, und als eine Verbindung hergestellt war, zischte er flüsternd einige Anweisungen in den Hörer. Dann schaltete er seine Stirnlampe wieder an.

»Die Kerle werden abgeholt«, sagte er.

Caneddu wollte reflexhaft fragen, wen man nachts anrufen konnte, um überwältigte Verbrecher aufzusammeln, doch er verkniff es sich. Was spielte es schon für eine Rolle.

Sie setzten ihren Weg fort.

Nach wenigen Hundert Metern bogen sie vom Forstweg nach rechts in den Wald ab und stiegen zwischen dicht stehenden Bäumen steil bergauf. Gut vierzig Minuten später erreichten sie einen etwas weniger steilen, lediglich mit Gras bewachsenen Hang. Der Berggipfel hob sich über ihnen vor dem leuchtenden Sternenhimmel ab. Nach einer weiteren Dreiviertelstunde kam die Hütte in Sicht. Ein schwarzer Block auf einer mondbeschienenen Wiese.

Sie war menschenleer. Williams knackte das einfache Schloss innerhalb von Sekunden. Im Inneren fanden sie Holzstapel, einen alten Ofen, einige Blechtöpfe und einen Packen kratziger Wolldecken, aus denen allerlei Ungeziefer entwich. Es war nicht das Hilton, aber vermutlich ein sicherer Ort für die Nacht.

Sie wuschen sich die Gesichter an einer Kuhtränke vor der Hütte und spülten sich den Mund aus.

»Schlaft ein paar Stunden«, sagte Williams, »ich bleibe vor der Hütte, nur für den Fall …«

Caneddu bot aus Höflichkeit einen Wachwechsel an. Viel Nachdruck legte er aber nicht in seinen Vorschlag. Williams war zweifellos der bessere Mann, sollten tatsächlich weitere Angreifer auftauchen. Außerdem war Caneddu restlos erledigt. Etwas Schlaf schien ihm im Moment der größte Luxus der Welt zu sein. Also war er froh, als Williams, wie erwartet, sein Angebot ausschlug.

Livia Chang und Caneddu schnappten sich ein paar Decken und schüttelten die Kellerasseln heraus. Jeder legte sich in eine Ecke der Hütte. Caneddu schaffte es, die Gedanken an weiteres Ungeziefer zu verdrängen. Er fühlte sich an die Sommerferien seiner Kindheit erinnert, als er beim Schafehüten half. Er horchte noch eine Weile nach Geräuschen von draußen und hatte dabei ein schlechtes Gewissen, weil er sich verpflichtet fühlte, Williams behilflich zu sein. Dann fiel er in tiefen unruhigen Schlaf.

Er träumte von der alten Fabrik in München. Er war wieder halbnackt in dem Kessel gefangen, und alle möglichen Menschen zogen an ihm vorüber: die Usai-Brüder, seine Mutter, einige Kollegen aus Italien und schließlich, natürlich, Pasqualina. Doch niemand half ihm. Auch sie nicht. Später rannte er im Traum um sein Leben, aus der Fabrik in einen Tunnel hinein. Jemand war hinter ihm her. Er wollte fliehen, kam aber nicht schnell genug voran. Hinter ihm tauchte eine Gestalt auf, redete beruhigend auf ihn ein, aber sie war furchterregend. Der blanke Horror. Caneddu schreckte hoch, wollte schreien, aber es ging nicht. Jemand hielt ihm den Mund zu.

»Pssst. Du musst schrecklich geträumt haben, Nicola«, flüsterte Livia in sein Ohr. Caneddu zitterte. »Alles ist gut«, sagte sie. »Wir sind in Sicherheit.«

Sie saß neben ihm und massierte mit ihrer kräftigen kleinen Hand sanft seinen Nacken. Caneddu entspannte sich, drehte sich auf den Rücken und atmete ruhiger. Draußen war es noch finster, doch ein Streifen des Mondlichts ließ ahnen, dass Livia bis auf die Unterwäsche nackt war.

Jetzt legte sie ihre Hand auf seine Brust. »Die Gefahr ist gebannt«, flüsterte sie. Ein wohliges Gefühl der Geborgenheit umhüllte ihn. Er fühlte sich wie auf einem Planeten am anderen Ende der Galaxis, fern von all dem Grauen der letzten Tage. Weit weg von geheimen Tunneln, von Engelhardts Mördern, von den Kellerasseln.

Caneddu legte seine Hand auf die von Livia. Sie ließ es zu. Den anderen Arm schlang er um ihre Hüfte und zog sie sanft näher. Es tat gut, Livias Wärme zu spüren. In diesem Moment polterte Williams mit einer Stabtaschenlampe in die Hütte. Caneddu schreckte hoch. Livia hielt sich mit einem unwilligen Stöhnen die Hand vor die Augen.

BERGHÜTTE AM RECULET

JURAMASSIV, FRANKREICH

31. Juli

»Wie spät ist es?«, fragte Caneddu, als würde das in dieser Situation eine Rolle spielen.

Williams leuchtete mit seiner Taschenlampe auf die beiden. Er sparte sich einen Kommentar, was Livia Chang ihm hoch anrechnete. Hinter dem kräftigen Ex-Soldaten trat ein weiterer Mann in die Hütte. Blond, schwarz gekleidet, muskulös, Bürstenhaarschnitt.

»Das ist ein Kollege von der Delta Force«, sagte Williams und hielt die Lampe in eine andere Richtung, sodass Livia Changs Nacktheit im Schutz der Dunkelheit nicht weiter auffiel.

»EXFIL in T minus fünf«, sagte der Blonde.

»Und jetzt für Zivilisten, bitte?«, knurrte Caneddu.

Williams vermittelte. »Der freundliche Herr mit dem steilen Haarschnitt bringt uns netterweise hier raus. In Sicherheit. Aufbruch in fünf Minuten«, sagte er und verließ mit dem Delta-Soldaten die Hütte.

Chang und Caneddu, der zum Schlafen ebenfalls Jacke und Hose ausgezogen hatte, zogen sich hektisch an und traten ins Freie. Der Sternenhimmel war klar wie in einem Planetarium.

Der Halbmond ließ die Tautropfen auf den Grashalmen glitzern. Ein Duft von Gras, Morcheln und Kiefernzapfen hing in der Luft. Vom Gipfel wehte eine kühle Brise herab. Die Lichter von Genf flimmerten in der Ferne unter ihnen, so weit weg, als wären es Signale einer anderen Galaxie.

Der Delta-Soldat schnallte sich eine winzige rötliche Leuchte auf den Rücken. Diesem Signal folgend, begannen sie mit dem Abstieg, zunächst an einer steilen, aber begehbaren Bergflanke hinunter, dann durch dunklen dichten Mischwald. Sie trafen erneut auf einen Forstweg. Auch hier mieden sie den Kies und liefen am Rand über den natürlichen Teppich aus Fichtennadeln und Buchenblättern.

Das erste Tageslicht färbte die spärlichen Wolken graublau. Als sie die Talebene erreichten, bogen sie rechts ab, liefen über eine rostige Eisenbrücke vorbei an dem, was im Morgengrauen als verlassenes Mühlhaus zu erahnen war, und schlugen sich durch einige brusthohe Büsche. Der Abstieg dauerte gute zwei Stunden.

»Wir sind jetzt in der Schweiz«, raunte der Delta-Mann ihnen zu.

Auf einem Feldweg vor ihnen standen drei schwarze Chevrolet Yukon mit ausgeschalteten Scheinwerfern. An den Motorhauben der riesigen Geländewagen lehnten weitere Männer mit kurzen Haaren und soldatischem Auftreten.

»Willkommen, Captain Williams, Sie starten um Null-Achthundert an Bord einer deutschen Maschine, Kennung 1601«, sagte einer der Männer.

Caneddu packte Williams am Arm.

»Ein deutsches Flugzeug? Wieso denn das? Wo fliegen wir hin?«

»Warten Sie's ab«, sagte Williams bloß.

Doch Caneddu wurde ungehalten, nach Deutschland wollte er auf keinen Fall. Er war drauf und dran, schreiend zu protestieren, als er Livias Hand auf seiner Schulter spürte. Er sagte nichts. Beim Einsteigen überkam ihn erneut Unmut. Williams kletterte als Erster auf die Rückbank des mittleren Yukon. Caneddu sah sich nach Livia um, doch sie ging um den Wagen herum und stieg auf der anderen Seite ein. Um sich nicht lächerlich zu machen, stieg Caneddu hinter Williams in den Wagen, und so saß der Ex-Soldat in der Mitte zwischen ihm und Livia. Er fragte sich, ob sie ihre kleine Eskapade auf der Hütte bereits bereute.

Die schwarze Kolonne setzte sich in Bewegung und erreichte nach wenigen Minuten bewohntes Gebiet. Die Autos bogen auf eine Landstraße ein, die nach einigen Hundert Metern in eine dicht befahrene, mehrspurige Schnellstraße mündete. Als sie sich in den Verkehr eingeordnet hatten, beugte sich Caneddu vor und sprach Livia über Williams hinweg an.

»Ich bin gestern nach unserem Besuch bei Xavier noch einmal in Engelhardts Zimmer gewesen. Ich konnte die Sache mit den Abrechnungen nicht auf mir sitzen lassen«, sagte er, »aber Engelhardt war nicht da.«

»Hast du weitere Dokumente entdeckt? Irgendwelche Pläne? Abrechnungen?«

»Nein, aber etwas war merkwürdig. Ich frage mich seither, was das war.«

Nach wenigen Kilometern sahen sie die Lichter des Genfer Flughafens. Auf der kurvigen Zufahrtsstraße passierte die Kolonne die öffentlichen Parkplätze. Sie hielten auch nicht am Bordstein des Abflugterminals. Die Yukons fuhren am Hauptgebäude vorbei und stoppten an einem Schiebetor aus grauen Stahlstreben. Daneben befand sich ein Wachhäuschen. Der Fahrer des vordersten Wagens reichte ein Papier und mehrere Ausweise heraus. Nachdem der Wachmann einen Blick in alle drei Fahrzeuge geworfen hatte, öffnete sich das Tor. Die Kolonne bog in eine enge Zufahrt ein, deren Ende auf das Rollfeld des Genfer Flughafens führte. Rechts standen mehrere Verkehrsflugzeuge an einem sternförmigen Passagierterminal. Die schweren SUVs wendeten nach links und fuhren auf einen abseits stehenden weißen Airbus A340 zu. Die Maschine trug die Aufschrift »BUNDESREPUBLIK DEUTSCHLAND«, darunter die Zahlen 16 und 01 mit dem geschwungenen Kreuz der deutschen Luftwaffe in der Mitte.

»Ich fliege definitiv nicht nach Deutschland«, protestierte Caneddu lautstark.

»Das werden Sie auch nicht«, antwortete Williams geduldig. »Diese Maschine fliegt von hier aus direkt in die USA. Präsident McIntyre hat mich gebeten, diesen Flug zu nutzen. Es geht um Ihre Entführung in München, Nicola. McIntyre muss einige diplomatische Wogen glätten und schuldet der deutschen Regierung einen Gefallen. Es geht in Ordnung. Vertrauen Sie mir.«

Caneddu murrte eine halbherzige Zustimmung. Er konnte seinen Groll kaum verbergen.

Die Triebwerke erzeugten bereits ein lautes, pfeifendes Geräusch. An der vorderen Gangway warteten zwei blau gekleidete Stewards mit Funkgeräten. Die Türen der Geländewagen wurden geöffnet. Nicola Caneddu, Livia Chang und Kenton Williams stiegen aus. Oben auf der Gangway wiesen ihnen zwei kräftige Männer mit Knöpfen im Ohr den Weg ins Innere der Kabine. Sie betraten einen mit blauem Teppich ausgekleideten Salon, der sich über die gesamte Breite des Flugzeugrumpfs erstreckte. Links befand sich ein Besprechungstisch aus Holzimitat und rechts eine Sofaecke. Eine Auswahl an Getränken stand auf einem Bartisch bereit.

Eine kompakte Frau in einem violetten Hosenanzug und mit blonden, zu einem Atompilz geformten Haaren löste sich aus einer kleinen Gruppe von Leuten und trat auf sie zu. Die deutsche Bundeskanzlerin begrüßte den Italiener und die beiden Amerikaner mit kräftigem Handschlag und freundlichem Lächeln.

»Guten Tag. Ich bin Gisela Theisen. Ich freue mich sehr, dass wir gemeinsam auf diese Reise gehen. Sie wollen sich vielleicht etwas frisch machen. Das ist im hinteren Bereich des Flugzeugs möglich. Dort finden Sie Duschkabinen. Später lade ich Sie gerne auf ein gemütliches Frühstück ein.«

Die Kanzlerin machte eine einladende Geste und deutete ins Heck des Airbus A340.

TEIL II

ANDREWS AIR FORCE BASE

WASHINGTON D.C., USA

31. Juli

Es war fast Mittag, als die Regierungsmaschine der deutschen Bundeskanzlerin auf dem Luftwaffenstützpunkt Andrews aufsetzte, fünfzehn Meilen südöstlich der US-Hauptstadt Washington. Schwere Wolken hingen am Himmel. Ein kleiner roter Teppich lag bereit. Ein gutes Dutzend Paradesoldaten mit weißen, tief in die Augen gezogenen Schirmmützen und weißen Streifen auf dunkelblauen Hosen bildete das Begrüßungskommando.

Nicola Caneddu, Kenton Williams und Livia Chang fühlten sich wach. Zwischen den Britischen Inseln und Neufundland hatten sie ein paar Stunden Schlaf auf komfortablen Liegesitzen nachgeholt. Das deutsche Regierungsflugzeug war fast leer gewesen, und so hatten sie freie Platzwahl, als sie nach dem Aufstehen ein üppiges Frühstück genossen. Gisela Theisen gesellte sich zu ihnen und erwies sich als zuvorkommende Gastgeberin wie auch als interessierte und kompetente Zuhörerin. Kein Wunder, dachte Caneddu, die Frau hatte einst selbst eine Doktorarbeit in Quantenchemie verfasst. Einfühlsam hatte sie sich nach Caneddus Entführung erkundigt und die Vorkommnisse aufrichtig bedauert. Als

Williams ihr auf Anweisung von Präsident McIntyre auf seinem Tabletcomputer die mysteriöse Bautätigkeit am CERN zeigte, hatte die Staatschefin erstaunt und zutiefst beunruhigt gewirkt.

Nachdem die Passagiere die Maschine der deutschen Regierung auf dem Rollfeld der Andrews Air Force Base verlassen hatten und über den roten Teppich geschritten waren, stiegen sie in einen grün-weiß lackierten Hubschrauber, der aussah wie ein Kleinbus. Auf den zwanzig Sitzplätzen der Sikorsky S-92 fanden die Bundeskanzlerin, ihre Mitarbeiter sowie Caneddu, Williams und Chang mehr als ausreichend Platz. Als die Rotorblätter zu schlagen begannen, zitterte das Regenwasser in den Pfützen auf dem Rollfeld.

Der Flug über die Innenstadt von Washington dauerte nur wenige Minuten. Caneddu genoss das ungewohnte Panorama der amerikanischen Hauptstadt. Das Kapitol, der Obelisk, der Friedhof von Arlington zogen gemächlich an ihnen vorbei. Der Helikopter landete auf einer regennassen Wiese keine hundert Meter vom Weißen Haus entfernt. Caneddu musste lächeln. Dies war der berühmte Rasen, auf dem die Anführer der freien Welt für Fotografen und TV-Kameras ihre Hunde streichelten.

An einer weißen Gartentür mit Kassettenfenstern erwartete sie Präsident McIntyre. Er begrüßte jeden seiner Gäste mit einem festen Handschlag. Caneddu fiel auf, dass die Bundeskanzlerin etwas reserviert auftrat und eine angedeutete Umarmung nicht erwiderte. Und als Livia Changs Name fiel, verstummten die Gespräche. Präsident McIntyre drehte sich zu Williams um und blickte ihn mit hochgezogenen Augenbrauen an.

»Nichts zu machen, John. Sie hat uns am CERN abgepasst.

Sie wusste bereits zu viel. Wir binden sie jetzt mit ein. Dafür veröffentlicht sie nichts ohne unser Einverständnis.«

In dem Moment schoss Livia der Gedanke durch den Kopf, dass Kenton Williams vielleicht wiedergutmachen wollte, was in Pakistan vorgefallen war. Sie schob den Gedanken wieder zur Seite. Es änderte ohnehin nichts.

»Soso«, sagte McIntyre, »der *point of no return … oh well.* Aber halten Sie sich gefälligst auch an die Abmachung.« Präsident McIntyre warf der Journalistin einen strengen, Respekt einflößenden Blick zu.

Livia Chang nickte ruhig. Aber innerlich platzte sie vor Aufregung. Nicht so sehr, weil sie dem mächtigsten Mann der Welt gegenüberstand, sondern weil sie mitten in einer Riesenstory gelandet war. Vielleicht der größten Story ihres Lebens. Plötzlich musste sie an ihre Anfänge als Journalistin denken. Wie sie sich nach dem Tod ihrer Mutter zu einer Freundin nach Europa geflüchtet hatte. Wie sie auf einem Elektropopkonzert bekifft einem jungen Syrer in die Arme fiel und eine heftige Affäre begann. Wie sie gemeinsam in seine Heimat fuhren, wo das Volk gerade die Illusion verlor, dass der neue Machthaber Baschar al-Assad demokratische Reformen einleiten würde. Wie sie es mit gerade einmal siebzehn Jahren tatsächlich schaffte, ein Interview mit dem jungen Assad zu bekommen. Der Diktator warf sie nach zehn Minunten wieder hinaus, und ihr Bericht über die Begegnung wurde nie veröffentlicht. Dennoch hatte die Sache ihr Gutes: Eine Journalismus-Professorin der Columbia University bekam Wind davon und bot Livia einen Studienplatz an. Sie kehrte in die USA zurück und fand ihre Erfüllung. Ihren Beruf, den sie jetzt, in diesem Augenblick, aufs Spiel setzte. Sie musste sich dringend bei ihrem Chefredakteur melden.

Er war zweifellos stinksauer nach ihrem eigenmächtigen Trip. Womöglich war es schon zu spät, und sie war ihren geliebten Job bei der ›New York Times‹ los.

»Präsident McIntyre wird mit der Bundeskanzlerin zu Mittag essen«, raunte Williams seinen beiden Begleitern zu. »Wir sind mit einem seiner Berater verabredet. Gegen Abend kommen wir wieder alle zusammen.«

Sie wurden von drei Leuten des Secret Service durch einen der langen Gänge des Hauses geführt und betraten einen großen Besprechungsraum mit großformatigen goldgerahmten Ölbildern amerikanischer Würdenträger an den Wänden und einem flauschigen roten Teppich, der mit gelben Sternen verziert war. Ein Tablett mit Sandwiches und Softdrinks stand auf einem langen Besprechungstisch bereit. Zwei Männer erwarteten sie bereits. Der eine war Aaron Swartz, ihr Gastgeber. Und der andere ein Kollege und guter Bekannter von Caneddu: Josef Sternberg. Der Vierundneunzigjährige begrüßte ihn mit einer freundschaftlichen Umarmung.

»Mannomann, Nicola, was ist dir da bloß zugestoßen in München?«

»Josef, was für eine Freude, dich zu sehen!«

Der Raum füllte sich einige Minuten lang mit Smalltalk. Livia Chang konnte sich nicht verkneifen, Aaron Swartz auf das mitgehörte Gespräch im ›Marcel's‹ anzusprechen. Dann ergriff der stellvertretende Nationale Sicherheitsberater der Vereinigten Staaten das Wort.

»Okay, Gentlemen, Mrs. Chang, wir haben einiges zu besprechen. Bitte nehmen Sie Platz.«

Als Caneddu an die Lehne des mit rotem Leder bespannten Sessels vor sich griff, fiel sein Blick auf ein Messingschild am Sesselrücken. Er war im Begriff, den Platz des Bauminiters einzunehmen. Sie befanden sich im berühmten Cabinet Room des Weißen Hauses, dem Raum, in dem der Präsident mit seinen Ministern tagte. Livia Changs Stuhl wies sie als Chefin der Homeland Security aus, Williams ließ sich auf dem Sessel der Bildungsministerin nieder, Sternberg übernahm das Justizressort und Swartz das Außenministerium. Den Platz des Präsidenten ließen sie instinktiv frei.

»Wir sollten zunächst die Regeln klären«, sagte der Sicherheitsberater mit erhobenem Zeigefinger und einer Menge Pathos in der Stimme. »Von jetzt an fällt alles unter die höchste Sicherheitsstufe. Keine Silbe von dem, was Sie bereits wissen, was Sie hier hören und in Zukunft noch erfahren werden, darf die Öffentlichkeit erreichen. Auch nicht Ihre besten Freunde, Kollegen, Verwandten. Nichts. Niemanden.«

»Bis es grünes Licht gibt«, ergänzte Livia Chang.

»So ist es«, sagte Swartz mit leicht genervtem Ton. »Und nun sollten wir zusammentragen, was jedem von uns bekannt ist rund um die Vorgänge an diesem europäischen Teilchenlabor.«

Der Sicherheitsberater resümierte die ihm bekannten Tatsachen und Ereignisse. Die Radaraufnahmen aus dem Weltall. Die Satellitenbilder der Baustelle mit den hellblauen Lastwagen.

»Und dann gibt es ja noch diese äußerst bizarre Nachricht, die von der Internationalen Raumstation aufgefangen wurde …«

Livia Chang saß plötzlich kerzengerade auf ihrem Sessel. »Was für eine Nachricht?«

Kenton Williams blickte flehend an die Decke. Nicola Caneddu faltete seine Hände und starrte gespannt auf Aaron Swartz.

»Davon weiß ich auch nichts«, sagte Josef Sternberg.

»Ah, okay, also, das sollte ich dann wohl …«, stammelte Swartz und blickte Williams fragend an.

»Sir«, sagte der Ex-Soldat, »ich vermutete, diese Information weiterzugeben, sei Ihnen vorbehalten.«

»Nun ja«, murmelte Swartz und berichtete von der merkwürdigen Kurznachricht, die von einem Elementarteilchendetektor der Internationalen Raumstation aufgefangen worden war. Die gemorste Beschimpfung der USA.

Sternberg und Chang waren zutiefst erschüttert.

»Wusstest du davon?«, fragte Livia an Caneddu gewandt.

»Na ja …«, stammelte er.

»Du Scheißkerl!«, fuhr sie Williams an. »Du Scheißkerl wolltest mir das verheimlichen.«

»Bitte, Mrs. Chang«, ging Swartz dazwischen.

Doch die Journalistin hielt ihren zornigen Blick auf Williams gerichtet. Der Ex-Soldat schaffte es nicht, ihr in die Augen zu sehen. Swartz versuchte, die Situation mit einer diplomatischen Notlüge zu retten.

»Es war eine Anweisung von mir«, sagte er laut. »Ich hatte Captain Williams in diesem Punkt absolutes Stillschweigen abverlangt.«

»Blödsinn«, zischte sie und stand auf. »Okay, Leute. Das hier sage ich jetzt genau ein Mal: Wenn mir noch eine einzige wesentliche Information verheimlicht wird, und ich meine, eine einzige, dann halte auch ich mich an keine Vereinbarung mehr. Dann landet alles, was ich bisher weiß, auf der Website der ›New York Times‹. Alles. Innerhalb von Minuten. Ist das klar?«

»Es ist jetzt gut, Mrs. Chang«, sagte Swartz mit schneidendem Ton.

»Gar nichts ist gut, Mr. Swartz. Ich will eine klare Zusage. Jetzt.«

»Okay. Hier ist der Deal: Alle in diesem Raum Anwesenden bekommen alle Informationen. Abgemacht. Aber Sie dürfen auf keinen Fall auch nur eine Zeile darüber schreiben. Jedenfalls, solange wir nicht genau Bescheid wissen, was eigenlich vorgeht am CERN. Und auch am Ende wird es Informationen geben, die als top secret eingestuft bleiben.«

Williams nickte zustimmend.

»Na dann.« Chang setzte sich wieder. »Wollen wir mal hoffen, dass Sie von jetzt an alle Karten auf den Tisch legen.«

Swartz bat Williams um einen detaillierten Bericht. Der Ex-Soldat erzählte alles. Von der Erkundung des bekannten ausgedienten Neutrinotunnels über die geheime Treppe bis zum zweiten unbekannten Tunnel, dem verlassenen Kontrollraum, dem ermordeten Engelhardt, der Schießerei und der Flucht auf die Berghütte.

Swartz und Sternberg blickten betroffen auf die Tischplatte.

»Löst das jetzt einen Großalarm am CERN aus?«, fragte der Sicherheitsberater.

»Vermutlich nicht«, sagte Williams. »Den Zugang zu dem geheimen Tunnel haben wir hinter uns geschlossen. Er ist gut getarnt. Die Explosion im Ringbeschleuniger und das ausgelaufene Kühlmittel werden den Forschungsbetrieb natürlich beträchtlich aufhalten, aber die Suche nach der Ursache dürfte Wochen dauern. Die Schäden am Beschleuniger und die Schießerei in der Zugangshalle wird man als Einbruch oder Vandalismus deuten. Und die Kerle auf der Forststraße hat das Delta-Team eingesammelt.«

»Konnten Sie in dem geheimen Tunnel oder im Kontrollraum irgendwelche Spuren entdecken?«

Williams zog eine Patronenhülse aus der Tasche.

»Nur das«, sagte er. »Neun Millimeter. Standardmunition. Die Kugel, die Engelhardt getötet hat.«

»Wir geben sie ins Labor«, sagte Swartz, »auch wenn ich mir nicht viel davon erhoffe. Neun Millimeter ist das häufigste Kaliber für Handfeuerwaffen. Noch irgendwas?«

»Ich hätte da etwas«, sagte Livia Chang.

Sie zog ihr Smartphone hervor, rief eine Fotografie auf und schob das Gerät zu Swartz über den Tisch. Der blickte auf das Bild.

»Aktenordner?«, fragte Swartz verständnislos.

»Sie standen in einem Regal im geheimen Kontrollraum. Der Inhalt war eilig herausgerissen worden. Wir haben nur die Zahlencodes auf den Rücken der Ordner, aber die kommen mir seltsam vor. Ich frage mich, ob sie etwas zu bedeuten haben.«

Swartz schrieb etwas auf einen Zettel und schob diesen der Journalistin zu.

»Könnten Sie das Foto bitte mit einem Gruß von mir an diese E-Mail-Adresse senden?«

Chang lachte, als sie die Domain in der Adresse sah. Sie lautete nsa.gov. »Jetzt sollen wohl Ihre Code knackenden Superhirne von der National Security Agency ran?!«

Swartz nickte genervt. Chang entsprach seiner Bitte und verschickte das Bild.

Josef Sternberg erkundigte sich über die Ausmaße und den Neigungswinkel des neu entdeckten Tunnels.

»Etwa dreißig Grad abfallend, schätze ich. Und eher östlich als südöstlich ausgerichtet.«

»Ich frage mich, wohin dieser Tunnel weisen könnte.«

»Puh, vielleicht Asien, eventuell Japan«, vermutete Caneddu.

»Aber um das genau zu bestimmen, müssten wir Landvermesser am CERN in den Untergrund schicken.«

Sie sprachen über weitere Details, als das Telefon auf dem Kabinettstisch klingelte. Swartz starrte es einen Moment lang an, bevor er mit einem ungeduldigen Seufzen den Hörer abnahm.

»Ich wollte nicht gestört werden«, blaffte er.

Dann hörte er zwei Minuten lang angestrengt zu. Am Ende weiteten sich seine Augen. Auf seinem Gesicht spiegelte sich eine Mischung aus Entsetzen und Ungläubigkeit. Er legte auf und starrte an die Wand gegenüber.

»Diese Zahlen auf den Aktenordnern ...«, murmelte er.

»Was ist damit?«, fiel ihm Livia Chang ins Wort.

»Es sind Datumsangaben, sagen unsere Code-Knacker.«

»Ja, und?«

»Man muss sie rückwärts lesen. 170903 zum Beispiel bedeutet 3. September 2017.«

»Worauf beziehen sich die Daten?«, fragte Josef Sternberg mit einem für ihn untypischen nervösen Unterton.

»Es sind die Tage, an denen Nordkorea in den vergangenen Jahren Atomtests durchgeführt hat. Es sind die Daten aller sechs bisher erfolgten Probesprengungen. Von 2006 bis 2017.«

Den Anwesenden im Cabinet Room stand die Fassungslosigkeit ins Gesicht geschrieben. Niemand sagte etwas.

DAS WEISSE HAUS

WASHINGTON D.C., USA

31. Juli

»Warum zum Teufel gibt es in einem geheimen Kontrollraum am CERN Aktenordner mit Datumsangaben nordkoreanischer Atomtests?« Es war Swartz, der das Schweigen brach.

»Das ist vollkommen irre«, murmelte Williams und schüttelte den Kopf, dass seine Rastalocken flogen.

»Die Ausrichtung des Neutrinotunnels …«, begann Sternberg. »Er könnte nach Asien weisen. Und war nicht die Internationale Raumstation über Südostasien, als sie die Kurznachricht auffing?«

»Richtig«, sagte Williams.

»Nordkorea liegt also im möglichen Zielbereich des Neutrinostrahls, den wir am CERN entdeckt haben«, meinte Caneddu.

»Richtig«, sagte Williams erneut. »Aber soweit ich weiß, hat ein Neutrinostrahl nichts, aber auch gar nichts mit einer Atomexplosion zu tun.« Er blickte die beiden Physiker im Raum fragend an.

Sternberg und Caneddu nickten gleichzeitig.

»Wissen wir denn überhaupt, dass es Neutrinos waren?«, fragte Swartz.

»Andere Teilchen können nicht die halbe Erdkugel durchqueren. Das können nur Neutrinos«, erklärte Caneddu.

»Aber was können Neutrinos auf der anderen Seite des Globus anrichten?«, fragte Sternberg, während er sich in seinem Sessel zurücklehnte.

Caneddu zuckte mit den Schultern und lehnte sich ebenfalls zurück. »Nichts, wovon wir wüssten. Es sind die unauffälligsten Teilchen des Universums.«

Die Besprechung wurde ein weiteres Mal gestört. Diesmal klopfte es an der Tür.

»Was gibt es denn nun schon wieder«, brüllte Swartz und lief rot an.

Die schwere Holztür öffnete sich. Eine Mitarbeiterin des Weißen Hauses streckte den Kopf herein. Swartz blickte sie erzürnt an.

»Ich weiß, Sie wollen nicht gestört werden«, sagte die Mitarbeiterin schüchtern.

»Exakt«, schnauzte er sie an.

»Sir, es geht um die Beschriftung auf den Aktenordnern. Die NSA hat dazu eben noch eine weitere Erkenntnis geschickt.« Sie fasste Mut, trat herein und legte ein Blatt Papier auf den Tisch.

Das Papier war ein großformatiger Ausdruck von Livia Changs Schnappschuss: den Beschriftungen der Aktenordner aus dem verborgenen Kontrollraum am CERN.

»Und was ist damit?«, fragte Swartz.

»Hier, Sir.«

Seine Mitarbeiterin deutete auf ein kaum erkennbares kleines Emblem auf den Etiketten der Aktenordner, oberhalb der Stelle, wo die sechsstelligen Datumsangaben standen.

»Ich kann nichts erkennen.«

Die Frau legte ein zweites Blatt auf den Tisch, eine Vergrößerung. Es handelte sich um ein fremdländisches Symbol, das aussah wie eine kleine Verzierung.

परशुराम

»Wahrscheinlich ist es das Logo des Herstellers dieser Aktenordner. Irgendeine Billigfirma in Asien. Da kommt doch heute alles her«, brummte Swartz.

»Das dachten wir zunächst auch«, sagte seine Mitarbeiterin. »Die Kollegen von der Agency konnten es aber entziffern.«

»Was bedeutet es?«

»Es ist Hindi. Es bedeutet ›Parashurama‹.«

Caneddu vergrub das Gesicht in den Händen.

»Und was zur Hölle bedeutet Parashurama?«, fragte Swartz.

»Es bezeichnet eine Gottheit. Den sechsten Avatar Vishnus«, erklärte die Mitarbeiterin.

»Was für ein Scheiß …«, platzte es aus Swartz heraus.

»Sir, es besteht kein Zweifel daran. Die Schrift wurde von der NSA eindeutig bestätigt.«

»Wofür steht diese Gottheit? Haben die Inder nicht Tausende Götter?«

»Mehr als dreihundert Millionen. Aber dieser ist angeblich ein besonderer. Parashurama ist eine irdische Erscheinungsform Vishnus. Parashurama heißt übersetzt ›Rama mit der Axt‹.«

»›Parashu‹ ist also so etwas wie die göttliche Axt?«, fragte Caneddu.

»Ja, so scheint es.«

Erneut breitete sich unbehagliches Schweigen im Cabinet Room aus.

Aaron Swartz blickte auf seine Uhr und gab seiner Mitarbeiterin eine Anweisung.

»Holen Sie uns verflucht noch mal den besten Indologen von der George Washington University her. Schicken Sie das große Aufgebot nach Georgetown. Jetzt. Sofort. Eine Wagenkolonne, ein Dutzend Secret-Service-Leute. Er soll kapieren, dass wir es ernst meinen. Egal, wo der Typ gerade steckt, und wenn sie ihn von einer Kloschüssel herunterzerren müssen: In fünfzehn Minuten will ich ihn hierhaben. Oder sie, falls es eine Frau ist.«

Die Mitarbeiterin nickte und verließ den Raum.

»Heilige Scheiße. Nordkoreanische Atomtests. Jetzt auch noch indische Gottheiten. Ich fürchte, die ganze Geschichte hier wird uns noch richtig um die Ohren fliegen. Heute Abend erwartet der Präsident einen Lagebericht. Ich kann ihm unmöglich derart konfuses Zeug auftischen.«

»Ich rufe eine Kollegin an«, sagte Caneddu und zog sein Smartphone aus der Tasche.

»Ausgeschlossen!«, rief Swartz und wedelte mit der Hand. »Wir dürfen keinesfalls weitere Leute einweihen.«

»Sie ist eine gute Bekannte. Sie ist die weltweit führende Expertin für Neutrinophysik. Und vor allem ist sie Inderin …«

»Unmöglich!«, blaffte Swartz. »Stecken Sie Ihr Telefon wieder ein.«

Caneddu ließ sein Handy wieder in seiner Tasche verschwinden. Im gleichen Moment brummte Livia Changs Smartphone mehrmals hintereinander. Die erste Nachricht stammte von ihrem Chef: »Wo bist du? Du hast 24 Stunden, um dich wieder in die Venezuela-Recherche einzuklinken. Danach ist meine Geduld am Ende. Tom.« Wow, so hatte sie ihn noch nie erlebt. Aber natürlich war Thomas Bells Verärgerung nachvollziehbar. Die ›New York Times‹ bezahlte schließlich ihr Gehalt, und Tom war ihr Chef.

Die zweite Nachricht stammte von ihrem deutschen Kollegen Fritz Ziegeldecker. Die Mitteilung war kurz, aber hochinteressant.

DAS WEISSE HAUS

WASHINGTON D.C., USA

31. Juli

Professor Georgios Rastapopoulos sah aus, wie man sich einen Geisteswissenschaftler einer führenden Universität vorstellte. Sein dunkles Haar fiel als struppiger Wildwuchs bis zur Schulter herab, die oberen drei Knöpfe seines violetten Hemdes waren offen, und unten hing es leger über eine verschlissene Jeans. An den Füßen trug er schwarze Converse All Star. Sein gelblich verfärbter Zeige- und Mittelfinger ließ ahnen, dass der Mann filterlose Zigaretten rauchte, vermutlich selbst gedrehte. Über der Schulter trug der Indologe eine Umhängetasche aus hellem Leder, ausgebeult und abgewetzt, als hätte er sie schon zu Studentenzeiten benutzt. Nur sein Gesicht war nicht mehr das eines Studenten. Rastapopoulos war im Begriff, Keith Richards Konkurrenz zu machen. Respekt zeigte der Gelehrte wenig, als drei Secret-Service-Agenten ihn in das Kabinettzimmer führten.

»Was wird das?«, fragte Rastapopoulos unwirsch. »Sind das jetzt meine fünfzehn Minuten Ruhm?« Er blickte mit hochgezogenen Augenbrauen in die Runde, als sei es ihm lästig, ständig ins Weiße Haus kommen zu müssen. Dabei hatte er das Gebäude vermutlich noch nie zuvor betreten.

Swartz ging nicht darauf ein. Er nannte dem Professor seinen Namen und sein Amt. Die übrigen Anwesenden stellte er nicht vor, sondern kam sofort zur Sache.

»Wir haben nur einige Fragen, Professor. Wollen Sie bitte Platz nehmen?«

Es war eine Mischung aus Einladung und Aufforderung. Rastapopoulos ließ die Ledertasche vor sich auf den Kabinettstisch fallen, fläzte sich auf den Stuhl des Energieministers und lehnte ein hochgezogenes Knie an die Tischkante.

»Also, was darf's denn sein?«, fragte er im Ton eines genervten Barmanns.

»Parashurama. Was sagt Ihnen das?«

Rastapopoulos stieß ein spitzes Lachen aus. »Ist ja witzig. Die amerikanische Regierung interessiert sich neuerdings für indische Götter? Haben Sie was geraucht? Suchen Sie Erleuchtung?«

Swartz streckte den Rücken durch und blickte den Indologen über die Gläser seiner Brille hinweg an.

»Professor, wenn wir Sie nur zum Spaß treffen wollten, hätten wir Sie wohl kaum mit dem Secret Service abholen lassen. Es ist uns verdammt ernst. Außerdem stehen wir unter Zeitdruck. Also bitte: Was ist Parashurama? Erzählen Sie uns alles, was Sie darüber wissen. Jede Einzelheit könnte wichtig sein.«

Der Wissenschaftler holte tief Luft und begann zu sprechen. Sein Rücken straffte sich. Auf einmal klang er wie ein routinierter, wenn auch etwas gelangweilter Professor in einer Vorlesung für Erstsemester und nicht mehr wie ein motzender Berufsjugendlicher.

»Parashurama ist ein Avatar der Gottheit Vishnu, einer der Hauptgötter der indischen Mythologie. Avatare sind Erscheinungsformen von Gottheiten. Ihr Handeln und ihre Gestalt können jedoch von der eigentlichen Gottheit stark abweichen. Im Gegensatz zu den weiteren neun Avataren Vishnus, die als direkte Herabkünfte, sogenannte Krishnas, gelten, ist Parashurama ein ›Avesha Avatara‹, also nur ein indirekter Avatar. Vishnu erscheint in Parashurama nicht unmittelbar, sondern bemächtigt sich der Seele eines Menschen. Parashurama war der Sohn von Jamadagni und Renuka. Er wurde in die Kaste der Brahmanen geboren, führte aber ein Leben als Kshatriya.«

»Was ist ein Kshatriya?«

»Eine Mischung aus Krieger und Polizist, könnte man sagen. Im indischen Kastensystem ist es die Bezeichnung für die Mitglieder des zweiten Standes. Sie haben traditionell die Aufgabe, die Gemeinschaft zu beschützen. Ein Kshatriya soll Gerechtigkeit und Wohlstand bewahren.«

»Und Parashurama war ein solcher Krieger? Eine Art Wächter?«

»Kann ich vielleicht einen Kaffee haben? Oder übersteigt dieser Wunsch das Regierungsbudget?«

»Sicher«, murmelte Swartz und bestellte am Telefon übertrieben höflich und mit Blick auf den Professor »ein Kännchen Kaffee für Professor Rastapopoulos«. Er war sichtlich genervt und versuchte dies auch nicht zu verbergen.

Der Indologe fuhr fort. »Also, ja … Parashurama war sozusagen ein Archetyp dieser Kshatriya. Der Mythologie zufolge erhielt er nach langer Askese eine Axt von Shiva, der ihm auch das Kämpfen beibrachte. Und nicht nur das, Shiva forderte ihn sogar zu einem handfesten Duell heraus, um Parashuramas Kampfkraft zu prüfen. Der Schüler und die Gottheit kämpften sagenhafte einundzwanzig Tage gegeneinander. Shiva mit Dreizack. Parashurama mit der Axt. Tatsächlich schaffte er es, Shiva an der Stirn zu verwunden. Eine Ungeheuerlichkeit natürlich. Doch statt zornig zu werden, war Shiva zufrieden mit den Fähigkeiten seines Schülers.«

Caneddu musste an die Shiva-Statue am CERN denken.

»Das berühmte indische Epos Mahabharata erzählt, dass Parashurama auf die Erde kam, als die damaligen Kshatriya übermütig und dekadent geworden waren. Sie gerierten sich als Herren der Welt und lehnten sich gegen die Götter auf. Das wollte Vishnu wieder geradebiegen. Er trat als Parashurama in Erscheinung und tötete die hochmütigen Krieger mit mächtigen Axthieben. Der Mythologie zufolge war es eine wahre Wunderwaffe. Eine unzerstörbare und unbesiegbare Axt.«

Die Mitarbeiterin, die zuvor die geheimdienstlichen Informationen der NSA vorgelegt hatte, brachte den Kaffee. Rastapopoulos ließ sich beim Eingießen Zeit und kratzte mit dem Daumennagel über seine Bartstoppel. Swartz trommelte mit den Fingern nervös auf die Tischplatte.

»Besonders ärgerte Parashurama, dass ein Krieger namens Arjuna mit seinen Söhnen die Kuh des Überflusses, Surabhi, gestohlen hatte. Sie spendet den Menschen die heilige Milch des Lebens. Die Krieger wollten dieses Monopol in ihre Gewalt bringen. Vishnu musste den Hochmut und die Tyrannei der Kshatriya brechen. In der Gestalt Parashuramas nahm er fürchterlich Rache.«

»Rache für Hochmut«, murmelte Swartz.

Caneddu dachte an den Funkspruch, den die Internationale Raumstation aufgefangen hatte.

»Und für das schamlose Ausbeuten natürlicher Ressourcen, könnte man sagen«, ergänzte Rastapopoulos. »Parashurama rottete jedoch die Krieger nicht aus. Ihre traditionelle Rolle, welche auch den Schutz der Armen und Schwachen umfasste, wollte er erhalten. Er verlangte, dass ihre Nachkommen die Kaste erneuerten. Den Kriegern, die an der Verschwörung teilgenommen hatten, ging es allerdings an den Kragen. Nach einer Version der Geschichte vernichtete Vishnu sie einundzwanzig Mal.«

»Einundzwanzig Mal«, brummte Swartz. »Totaler Overkill. Einfach lächerlich.«

Rastapopoulos nippte provozierend langsam an seinem Kaffee.

»Das hat wohl nicht viel mit Ihren üblichen Militärstrategien zu tun, was?«

Swartz kniff die Lippen zusammen.

»Parashurama schlug jedenfalls die eintausend Arme des Arjuna einzeln mit seiner Axt ab und tötete ihn schließlich. Auf die Armee des Gegners ließ er Pfeile regnen. Der Legende nach schlug Parashurama sogar die herantosenden Fluten des Meeres zurück, um Konkan und Kerala zu retten, das heutige Südindien. Dort wird Parashurama heute am stärksten verehrt.«

Als eine Pause entstand, fragte Rastapopoulos mit Blick in die Runde: »Sonst noch was? Ich würde nämlich gerne eine rauchen.«

Aaron Swartz sah auf die Uhr. Es war kurz vor fünf Uhr am Nachmittag. Aufgrund der Zeitverschiebung kam es einigen der Anwesenden jedoch weitaus später vor. Caneddu sehnte sich regelrecht nach einer heißen Dusche und einem weichen Bett.

»Danke, Professor. Das war es fürs Erste, denke ich. Diese Informationen waren sehr wichtig für uns.«

»Ich wäre natürlich gespannt zu erfahren, warum sich das Weiße Haus plötzlich für Vishnus Avatare interessiert. Aber das werden Sie mir wahrscheinlich nicht verraten.«

»Leider nein. Ich muss Sie auch bitten, über das gesamte Gespräch absolutes Stillschweigen zu bewahren.«

Rastapopoulos schnaubte durch die Nase. »Schon gut. Aber die Rückfahrt zur Uni dürfen Sie mir gerne spendieren …«

»Selbstverständlich«, sagte Swartz, griff zum Telefon und erteilte eine entsprechende Anweisung.

Nachdem der Indologe den Raum verlassen hatte, presste Swartz beide Hände an die Wangen, schloss die Augen und schürzte die Lippen. Dann stand er abrupt auf.

»Kommen Sie. Wir können den Präsidenten und die Bundeskanzlerin keinesfalls warten lassen. Auch wenn ich keine Ahnung habe, was wir den beiden nun auftischen sollen.«

DAS WEISSE HAUS

WASHINGTON D.C., USA

31. Juli

Das Oval Office war nur zwei Türen vom Cabinet Room entfernt. Wie die meisten Orte, die man nur von Bildern oder aus Filmen kennt, wirkte das berühmte Arbeitszimmer des amerikanischen Präsidenten in der Realität völlig anders. Die fast sechs Meter hohe Decke erzeugte bei Caneddu den Eindruck, eine Kapelle zu betreten. Das aufwendige ornamentale Parkett aus dunklen und hellen Hölzern, die altmodischen Intarsien, eine Wanduhr und mehrere Ölgemälde verströmten eine museale Aura. Immerhin, die zwei großen hellen Sofas in der Mitte des Raumes sahen gemütlich aus.

Neben Präsident McIntyre standen die deutsche Bundeskanzlerin sowie ein grauhaariger Mann in olivgrüner Uniform mit vier goldenen Sternen auf den Schulterklappen. Nachdem John McIntyre den Militär als Chef des Generalstabs vorgestellt hatte, nahm er mit der deutschen Kanzlerin auf zwei protzigen Sesseln am Kopfende der Sofagarnitur Platz.

Gisela Theisen wirkte jetzt entspannter und aufgeschlossener als bei ihrer Ankunft. Der Präsident hatte vermutlich beim Mittagessen eine Charmeoffensive gestartet. Die übrigen Anwesenden verteilten sich auf den beiden Sofas sowie einigen Stühlen, die bereitgestellt wurden. Caneddu setzte sich zu Sternberg und Livia auf die linke Couch – es fühlte sich gut an, ihre Schulter an seiner Seite zu spüren. Swartz, Williams und der Generalstabschef nahmen gegenüber Platz.

Der Präsident erteilte Aaron Swartz das Wort.

»Fassen wir also zusammen«, begann der Sicherheitsberater. »Am CERN fanden jahrelang geheime Experimente statt. Es gab sogar einen inoffiziellen, zusätzlichen Tunnel, in dem vermutlich bis vor kurzem ein Neutrinostrahl erzeugt wurde. Die Frage ist nun: Warum würde irgendjemand die Mühe auf sich nehmen, an einem internationalen Forschungszentrum einen geheimen Tunnel zu bauen, um unbemerkt eine Neutrinokanone zu betreiben und damit eine die Vereinigten Staaten von Amerika beleidigende Kurznachricht in den Weltraum zu schicken? Wir haben einige Spuren, die allerdings bisher nicht zusammenpassen. Die eine betrifft einen Packen Aktenordner, die Mrs. Chang in einem Kontrollraum neben dem geheimen Tunnel entdeckt hat. Die Aufschriften weisen nach Nordkorea. Eine weitere Spur führt nach Indien. Das Codewort der Baufirma für den geheimen Tunnel lautete ›Paraschu‹. Und auf den eben genannten Aktenordnern ist ein Emblem zu finden, eine Art Logo aus indischen Buchstaben. Hindi. Es bedeutet ›Parashurama‹.«

»Und was bedeutet das?«, fragte McIntyre mürrisch.

»Der Gott mit der Axt.«

»Der Gott mit der Axt?« Der Präsident blickte ratlos in die Runde. Er wandte sich an Sternberg. »Indien? Sprachen Sie nicht von einer Inderin, als ich Sie in Berkeley besucht habe? Dieses Genie?«

Sternberg nickte.

»Bringt uns das weiter?«, fragte die deutsche Bundeskanzlerin. »Es gibt 1,3 Milliarden Inder.«

»Es gibt weitere Spuren, die nach Indien führen«, erklärte Williams. »Wir wurden in dem Tunnel am CERN angegriffen. Und später ein weiteres Mal. Es gab Tote. Zwei der Opfer waren Wachleute des CERN. Die anderen waren definitiv Südasiaten. Eventuell aus Bangladesch, möglicherweise Sri Lanka. Aber höchstwahrscheinlich Inder.«

»Ich kann dem noch etwas hinzufügen«, sagte Livia Chang plötzlich. Alle Köpfe wandten sich ihr zu. »Dieses rätselhafte Bauprojekt, die hellblauen Lastwagen …«

»Was ist damit?«, fragte Swartz ungeduldig.

»Ihr hattet doch das Bauunternehmen ermittelt. Das mit dem hellblauen Logo. Siebel Hoch- und Tiefbau in Duisburg. Ich habe einen zuverlässigen Kollegen aus Deutschland gebeten, die Besitzverhältnisse zu überprüfen. Er fand die Lösung in den Panama Papers.«

»Und? Wem gehört Siebel Hoch- und Tiefbau?«

»Die Firma in Duisburg wurde 1998 von einer obskuren Holding mit Sitz in Gibraltar gekauft. Und diese Holding wiederum gehört, haltet euch fest, der MALIKSH-Group mit Firmensitz in Chennai, Südindien.«

»Heilige Scheiße«, entfuhr es Swartz.

»Wir sollten vielleicht mit dieser Lushmi…«, sagte der Präsident.

»Lakshmi«, korrigierte ihn Sternberg.

»Wie auch immer …«

»Nein, entschuldigen Sie, Sir«, fuhr Caneddu dazwischen, »es ist womöglich keineswegs egal, wie sie heißt. Wie hieß noch mal die Firma in Chennai?«

»MALIKSH«, sagte Livia Chang. Ihr blieb der Mund offen stehen.

»Unglaublich, es ist ein Anagramm …«

»… von Lakshmi«, ergänzte Caneddu.

»Arg viele Zufälle«, sagte Williams.

»Also, wie ich gerade schon sagen wollte, wir sollten mit diesem indischen Genie wohl dringend ein Wörtchen reden«, sagte McIntyre. »Es sind auch für meinen Geschmack zu viele Zufälle.«

Caneddu hielt sein Smartphone in die Luft. »Soll ich?«

»Meinetwegen«, knurrte McIntyre.

Der Physiker tippte auf dem Gerät herum. Es gab einen elektronischen Klingelton von sich.

»Nicola?«, schallte es aus dem Lautsprecher des Smartphones. »Was für eine Überraschung! Erst unsere zufällige Begegnung gestern am CERN, und jetzt ein Anruf … Hör zu, ich bin eben erst in Delhi gelandet und im Hotel angekommen. Der Jetlag macht mir zu schaffen. Aber die Verbindung ist okay, ich höre dich gut.«

»Lakshmi, ich sitze hier mit ein paar Leuten zusammen, von denen du einige kennst. Darf ich dich auf einen großen Bildschirm schalten?«

»Kein Problem«, sagte die Inderin.

»Bluetooth«, flüsterte Aaron Swartz, schob Caneddu ein Passwort zu und schaltete einen großen Flachbildschirm ein, auf den alle im Raum gute Sicht hatten. Nicola stellte auf seinem Handy eine Funkverbindung mit ›Oval-TV‹ her. Eine ziemliche Sicherheitslücke, dachte er, aber in diesem Fall praktisch.

Lakshmi Rajamottanoree erschien etwas verpixelt auf dem Fernseher. Sie saß auf einem üppig gepolsterten Sofa einer Hotelsuite. Durch das geöffnete Fenster hörte man das Hupen von Autos und das Knattern von Motorrikschas. Lakshmis Augen weiteten sich, als Caneddu sein Smartphone schwenkte, um ihr die anderen Gesprächsteilnehmer zu zeigen.

»Um Himmels willen!«, rief sie. »Was für eine Ehre, Mr. President. Sind Sie das, Frau Bundeskanzlerin? Was für eine Riesenüberraschung. Nicola, du sitzt im Weißen Haus? Das ist ja ein Ding!«

»Ich grüße Sie herzlich, Mrs. Lakshmi«, erklärte der Präsident staatsmännisch. »Wir haben Professor Caneddu hergebeten, um einige Ungereimtheiten mit uns gemeinsam aufzuklären. Professor Sternberg hier kennen Sie ja sicherlich auch.«

»Ja, Mr. President, ich fühle mich geehrt. Gütiger Himmel, Josef, was für eine schöne Überraschung! Jetzt müsst ihr mir aber erklären, was der Grund für diesen Anruf ist. Das klingt ja alles sehr konspirativ.«

Caneddu berichtete ihr kurz von seiner Folter, von der seltsamen Stromrechnung und schließlich von dem verborgenen Tunnel am CERN und dem ermordeten Engelhardt.

Lakshmi machte ein betroffenes Gesicht.

»Und wir sind auf merkwürdige Zusammenhänge gestoßen, Lakshmi. Die Baufirma des Tunnels gehört über Umwege einer indischen Holding. Diese Holding heißt MALIKSH, es ist ein Anagramm deines Namens …«

Lakshmi lachte. »Nicola, das ist absurd. Du meinst doch nicht ernsthaft, ich hätte am CERN herumgebuddelt?«

In diesem Moment fiel Caneddu Engelhardts Büro wieder ein, der Mief seines deutschen Kollegen und diese andere Duftnote … Nun war ihm alles klar.

»Warum bin ich nicht früher draufgekommen?!«, rief er. »Lakshmi, nachdem wir uns am CERN kurz gesehen hatten, habe ich Professor Engelhardts Büro aufgesucht. Er war nicht da, aber ein Hauch deines Parfüms hing in der Luft. Ich hatte es ja am Vormittag erst gerochen, als wir uns zufällig begegneten. Warst du bei ihm, Lakshmi? Und wenn ja, warum?«

Die Inderin wurde nachdenklich. »Na ja, Engelhardt ist ein wichtiger Mann am CERN.«

»Und jetzt ist er tot. Erschossen. Wenige Stunden nachdem du ihn aufgesucht hast.«

Lakshmi stand vom Sofa auf, lief einige Schritte durch das Hotelzimmer und öffnete den Mund, als wollte sie etwas sagen. Sie machte eine Pause und presste ihre Kiefer aufeinander. Nach einigen Sekunden hob sie ihre Augenbrauen, und ihre Lippen formten ein spöttisches Lächeln.

»Nicola, der Detektiv …«, sagte sie. »Gut, es spielt keine Rolle mehr, ich werde es euch erzählen. Ja, es gibt einen zweiten Tunnel. Er wurde nach meinen Vorgaben gebaut.«

»Lakshmi! Wir wurden beschossen, als wir diesen Tunnel und Jörn Engelhardts Leiche entdeckt haben«, rief Caneddu. »Es gab Tote. Man wollte auch mich ermorden. Was weißt du über diesen verdammten Tunnel?«

»Das ist bedauerlich, Nicola. Es ist letztlich aber alles Engelhardts Schuld.«

»Was sollte mithilfe dieses Tunnels erforscht werden, Lakshmi?«, fragte Josef Sternberg, der plötzlich aufgeregt wirkte.

»Das zu erklären, würde lange dauern, lieber Josef.«

»Wir haben Zeit. Und ich bin sehr neugierig.«

»Eigentlich geht es nur um Neutrinos, Josef. Du weißt,

wovon ich spreche, schließlich hast du deinen Nobelpreis für die Entdeckung einer Neutrinoart bekommen.«

»Genau deshalb weiß ich, dass sie nichts können. Sie treten kaum je in Erscheinung.«

»Wie du weißt, können sie die Erde durchdringen, ohne ein einziges Atom unseres Planeten zu treffen. Dennoch kann man Detektoren bauen, mit denen man einzelne Neutrinos auffangen kann. Somit kann man mit Neutrinos Signale quer durch den gesamten Globus schicken. In Lichtgeschwindigkeit. Das haben wir erprobt.«

»Und dafür habt ihr einen eigenen Tunnel gebaut? Wer ist überhaupt ›wir‹?«

»Eine Gruppe Techniker und Experimentalphysiker, die ich handverlesen habe. Wir brauchten den Tunnel, um die Signalübertragung mit Neutrinos zu testen und eine, nun ja, Fernzündung zu erproben.«

»Eine Fernzündung? Was habt ihr gezündet?«

»Wir haben mit den Neutrinos Signale gesendet, die eine Quantenexpansion auslösen …«

»Eine was?«

»Eine plötzliche Umwandlung von hochverdichteter Materie in normale Materie.«

»Hochverdichtete Materie? Wie hoch verdichtet?«

»Auf die Dichte von Atomkernen.«

Josef Sternberg zuckte zusammen.

»Um Gottes willen, Lakshmi! Was redest du da. Du behauptest, Strangelets erzeugt zu haben? So etwas wie künstliche kleine Neutronensterne?«

»Oh ja, eine Menge davon. Ich habe herausgefunden, wie man sie erzeugt. Massenweise. Und wie man sie in normale Materie zurückverwandelt.«

»Was ist das, ein Strangelet?«, polterte Aaron Swartz dazwischen.

Josef Sternberg wandte sich ihm zu. »Das ist extrem verdichtete Materie. Es ist im Wesentlichen ein Knäuel aus Quarks und Gluonen, dem Material, aus dem Atomkerne bestehen. Über die Existenz eines solchen Materiezustands wurde bisher nur spekuliert. Viele Physiker sehen das äußerst skeptisch.«

»Diese Materie wäre also dichter als Metall?«, fragte Swartz.

»Allerdings.«

»Dichter als Diamant?«

»Hundert Billionen Mal so dicht.«

»Unvorstellbar!«, schaltete sich die Bundeskanzlerin ein. »Das heißt, ein Gramm davon nimmt nur ein Hundertbillionstel des Volumens ein, was ein Gramm normale Materie einnimmt?«

»Exakt. Würde man ein Gas verwenden, um dessen Atome zu einem Strangelet zu komprimieren, ist der Expansionsfaktor sogar noch höher.«

Josef Sternberg war sichtlich erregt. Er wandte sich wieder an die Inderin auf dem Flachbildschirm. »Lakshmi, du behauptest, etwas entdeckt zu haben, das in der Physik allgemein als hoch spekulativ gilt, um nicht zu sagen als Fantasterei. Einen unter Normalbedingungen stabilen Materiezustand mit der Dichte eines Atomkerns. Ein Strangelet. Das ist schon viel, was wir hier schlucken sollen.«

»Das tut mir leid, Josef. Aber Nicola hat den Tunnel am CERN selbst gesehen. Wir haben das alles nicht zum Spaß gemacht.«

»Und dafür sogar gemordet«, sagte Caneddu angewidert.

Sternberg fuhr fort. »Was ich noch nicht verstanden habe: Das Strangelet und die Neutrinos, wie hängt beides zusammen?«

»Die Neutrinos senden ein Signal, das das Strangelet schlagartig in normale Materie zurückverwandelt. Das nenne ich Quantenexpansion. Wenn die Neutrinos in einem bestimmten Rhythmus eintreffen, lösen sich die im Strangelet zusammengepressten Atomkerne wie aus einem Zangengriff und nehmen ihr normales Volumen ein. Eine Billion Mal so viel Volumen. Das Ganze passiert schneller als bei jeder klassischen Explosion, die auf chemischen Prozessen beruht.«

Beim Wort Explosion schienen alle Anwesenden gleichzeitig zusammenzuzucken. Den beiden Physikern war klar, was eine Quantenexpansion in der realen Welt bedeutete: eine massive Detonation mit einer mörderischen Druckwelle.

Sternbergs Augen weiteten sich. Er krallte eine Hand in die Sofalehne. »Die hochverdichtete Materie bläht sich schlagartig auf das Volumen normaler Materie auf? Ein Quantenübergang?«

»Ja genau, Josef«, sagte die Inderin. »Die Neutrinos müssen dafür in einem exakt getakteten Rhythmus auf einen Detektor treffen, der das Strangelet anregt. Dann verwandelt sich die hochverdichtete Materie schlagartig in normale Materie. Bumm. In etwa so wie ein Weinglas, das bei bestimmten Schallfrequenzen zerspringt.«

»Ungeheuerlich …«, murmelte Caneddu. Im Kopf kalkulierte er, auf welche Ausmaße ein Stecknadelkopf dieser seltsamen Materie sich aufblähen würde. Er kam auf eine Tausende Kubikmeter große Gaswolke.

Sternberg schüttelte den Kopf. »Das sind alles Behauptungen, Lakshmi. Theoretische Berechnungen vermutlich. Bei allem Respekt: Um die Existenz solcher Quantenexpansionen zu beweisen, muss man Experimente machen. So wie damals mit der Atombombe ... Ohne die Tests in der Mojave-Wüste wäre alles graue Theorie geblieben. Kein Nagasaki, kein Hiroshima. Und Tests mit deinen Strangelets gibt es nicht.«

»Leider muss ich dir widersprechen, Josef. Wir haben ausreichend viele Tests gemacht, um absolut sicher zu sein. Die Quantenexpansion ist eine beherrschbare Sache.«

»Was redest du da? Hättet ihr das ausprobiert, so wüsste es die gesamte Welt. Es hätte unüberhörbar geknallt. Wie du weißt, gibt es eine Organisation namens CTBTO in Wien, welche die Einhaltung des Verbots von Atomtests überwacht und ein weltweites Netz von Sensoren betreibt. Damit lässt sich jede Erschütterung, jeder Knall und jedwedes radioaktives Material in der Erdatmosphäre zweifelsfrei nachweisen. Die CTBTO-Experten können Vulkaneruptionen und Erdbeben von Sprengungen zweifelsfrei unterscheiden.«

»Ich weiß das alles, Josef.«

»Es wäre also der Welt niemals verborgen geblieben, wenn ihr eine Quantenexpansion nennenswerten Ausmaßes erzeugt hättet.«

»Doch.«

»Was willst du damit sagen, Lakshmi?«, fragte Sternberg aufgebracht.

»Wo verbirgt man Geheimnisse am sichersten, Josef?«

»Dort, wo sie niemand vermutet.«

»Absolut richtig. Oder noch besser: dort, wo jeder hinsieht, aber nicht sieht, was tatsächlich zu sehen ist.«

»Wie meinen Sie das?«, platzte der amerikanische Präsident dazwischen.

»Damit meine ich, Mr. President, dass wir unsere Tests mit Neutrinos und den damit ausgelösten Quantenexpansionen vor den Augen der gesamten Welt durchgeführt haben. Es wollte nur niemand wahrhaben.«

»Was redet sie da?«, herrschte Präsident McIntyre seinen Generalstabschef an. »Gab es irgendwo Waffentests, die Sie mir verschwiegen haben?«

»Natürlich nicht, Sir. Aber ich habe da so eine böse Vermutung«, sagte der Vier-Sterne-General.

»Die habe ich allerdings auch«, bemerkte Livia Chang.

»Inattentional Blindness, Mr. President«, fuhr Lakshmi fort. »Das ist ein Begriff aus der Psychologie. Man bezeichnet damit die mangelnde Fähigkeit von Menschen, etwas Offensichtliches zu sehen. Kennen Sie dieses berühmte Video, bei dem jemand mit einem Gorillakostüm durch eine Gruppe Basketballspieler spaziert? Gibt man den Betrachtern des Videos die Aufgabe, sich auf die Ballwürfe zu konzentrieren und diese zu zählen, nimmt fast niemand den Gorilla wahr. Obwohl er ganz offen durchs Bild läuft.«

Präsident McIntyre begann zu ahnen, worauf Lakshmis Ausführungen abzielten. Er blickte sie jedoch weiterhin fragend an.

»Wir haben über Jahre hinweg Tests durchgeführt. Aber Sie und alle anderen Staaten dieser Erde sahen etwas anderes. Sie sahen immer nur einen kleinen dicken Diktator, der unbedingt Herrscher über ein atomares Arsenal sein wollte. Das will Kim Jong-un tatsächlich. Er ist sogar davon überzeugt, Atomwaffen zu besitzen. Nukleartechnologie, die mein Land ihm verschafft hat. Das denkt er jedenfalls. In Wirklichkeit hat er nichts. Wir haben seine Verbohrtheit genutzt, um über Nordkorea als Testgelände zu verfügen. Wir haben die internationale Fixierung auf diesen armen Irren genutzt, um unsere Versuche mit Parashurama anzustellen. Kim Jong-uns vermeintliche Atomtests waren in Wahrheit unsere Experimente mit detonierenden Strangelets. Sie, Mr. President, und der Rest der Welt kamen gar nicht auf die Idee, dass es etwas anderes als Atomtests sein könnten.«

Der Präsident starrte Lakshmis Videobild wortlos an. Nach einigen Sekunden schien er seine Fassung wiedergefunden zu haben.

»Es besteht doch Konsens unter den Spezialisten, dass in Nordkorea unterirdische Atomtests unternommen wurden, stimmt's, Aaron?«

Der Sicherheitsberater zögerte und räusperte sich.

»Nun, Sir, ehrlich gesagt, so ganz eindeutig waren die seismischen Signale der Schockwellen letztlich nicht. Und radioaktive Partikel wurden auch nie gemessen. Also, theoretisch könnte auch etwas anderes …«

Der General nickte.

»Lakshmi, wenn das alles wahr ist«, platzte es aus Caneddu heraus, »wieso hast du nie die Fachwelt informiert, bei internationalen Konferenzen gesprochen und wissenschaftliche Publikationen verfasst? Das wäre hundertprozentig einen Nobelpreis wert gewesen.«

»Ich habe das Versprechen abgegeben, die physikalischen Formeln für all das geheim zu halten. Und dabei wird es auch bleiben.«

»Wem versprochen?«, fragte Sternberg.

»Einem außergewöhnlichen Menschen, von dem ich das Geheimnis habe, lieber Josef. Er war mein Lehrer. Mein Retter. Mein Ziehvater. Ich verdanke ihm alles, wirklich alles. Ohne ihn würde ich heute als Sklavin in einem schäbigen Restaurant Kohle knacken und den Boden wischen. Oder Schlimmeres. Ihm habe ich das Versprechen gegeben.«

»Wer war das?«

»Ich durfte ihn Onkel Etto nennen. Sein richtiger Name war Ettore Majorana.«

Josef Sternberg sprang vom Sofa auf und starrte mit aufgerissenen Augen auf den Bildschirm. Caneddu wurde bleich und schlug sich mit der Hand auf die Stirn.

»Sag, dass das nicht wahr ist, Lakshmi ...«, stammelte Sternberg. »Es kann nicht sein. Völlig unmöglich. Ettore ist 1938 ertrunken.«

»Nein, das ist er nicht. Seine Leiche wurde bekanntlich nie gefunden. In Wahrheit hat er im März 1938 in Neapel ein Schiff nach Madras bestiegen. In Indien hat er viele Jahre in Ashrams verbracht und die hinduistische Mythologie studiert. Später hat er sich in meinem Geburtsort niedergelassen. Dort hat er mich, als ich acht Jahre alt war, entdeckt, adoptiert und ausgebildet. Ich verdanke ihm alles. Buchstäblich alles.«

Eine Pause entstand.

»Noch ein Anagramm«, sagte Livia Chang schließlich.

»Wie bitte?«, fragte Aaron Swartz.

»Ihr Nachname, Lakshmi, Rajamottanoree. Das lässt sich in Ettore Majorana verwandeln. Stimmt's?«

Ein Schauder lief Nicola Caneddu über den Rücken. Lakshmi blickte höflich in die Kamera.

»Wer zur Hölle ist dieser Ettore Majorana?«, brummte der amerikanische Präsident. Er begann sichtlich, die Geduld zu verlieren.

»Das, Mr. President«, sagte Lakshmi mit ihrer weichen Stimme, »können Ihnen die Physiker um Sie herum erklären. Ich darf mich unterdessen für den Anruf bedanken. Wir sprechen uns beizeiten wieder. Namaste.«

Sie lächelte höflich, und der Bildschirm wurde schwarz.

Die deutsche Bundeskanzlerin setzte zu einer Erklärung an. Sie wusste offenbar über Ettore Majorana Bescheid. Aber Josef Sternberg kam ihr zuvor, und das schien völlig in Ordnung für sie zu sein. Die Regierungschefin mochte mehr Macht haben als der alte Wissenschaftler, und zweifellos wusste sie als ehemalige Physikerin eine Menge über Wissenschaft, aber das größere Recht, über Physik zu sprechen, stand Sternberg zu. Zumal sein Doktorvater auch Majorana ausgebildet hatte.

»Ettore Majorana«, begann Sternberg, »das war … nun, das war, kurz gesagt, der begabteste Physiker, der je gelebt hat.«

»Ich dachte, das war Einstein«, raunte McIntyre.

»Albert hatte großartige Phasen, doch ist er vor allem von der Öffentlichkeit zur Ikone gemacht worden«, dozierte Sternberg. Er ließ Einsteins Vornamen fallen, um durchblicken zu lassen, dass er den Entdecker der Relativitätstheorie persönlich gekannt hatte. »Aber Ettore Majorana, das war eine andere Liga. Er stammte aus einfachen Verhältnissen. Geboren und aufgewachsen in Sizilien, ist er dort bis heute eine Legende. Majorana war durch und durch ein Genie. Er war der beste Doktorand, den Enrico Fermi, der auch mein Lehrer war, je ausbilden durfte«, fuhr Sternberg fort. »Fermi, der die Nuklearphysik geprägt hat und nach dem heute das größte Teilchenlabor der USA benannt ist, war zeitlebens ein

Bewunderer Majoranas. Er hielt ihn für weitaus begabter als sich selbst und alle anderen Physiker jener Zeit. Als bei der Entwicklung der ersten Atombombe im Manhattan-Projekt knifflige Fragen auftraten, sagte Fermi stets: ›Wenn nur Ettore jetzt hier wäre!‹ Doch Majorana war im Frühjahr 1938 unter bis heute ungeklärten Umständen verschwunden.«

»Und dieser Majorana soll nach seinem Untertauchen irgendwann Ihre indische Kollegin Lakshmi getroffen haben?«, fragte John McIntyre.

»Wenn es stimmt, was Lakshmi behauptet, hat er sie nicht nur getroffen, sondern adoptiert und ausgebildet.« Sternberg dachte einige Sekunden lang nach. »Lakshmi wird das wohl nicht erfunden haben. Sie ist gewiss keine Lügnerin. Aber trotzdem … Ich kann es kaum fassen. Ich habe im Leben viel für möglich gehalten, aber niemals, dass ich noch erfahren würde, was mit Ettore Majorana nach seinem Verschwinden passiert ist.«

Caneddu war beeindruckt. In diesem Augenblick wurde die Geschichte der Wissenschaft um ein neues, faszinierendes Kapitel erweitert.

»Ich habe einmal ein Buch eines italienischen Autors über Ettore Majorana gelesen …«, sagte die Bundeskanzlerin.

»Das Werk von Leonardo Sciascia?«, unterbrach Caneddu.

»Ja, genau. Der Verfasser spekuliert darüber, dass Majorana die Gefährlichkeit seiner Wissenschaft und eine düstere Zukunft vorhersah. Sciascia war überzeugt, dass Majorana zu verschwinden beschloss, weil er die Möglichkeiten künftiger Waffen ahnte. Demnach hat er sich 1938, ein Jahr vor Ausbruch des Zweiten Weltkrieges, freiwillig aus seiner Umgebung verabschiedet.«

»Sciascias Buch ist ein Hirngespinst«, sagte Sternberg mit

einer wegwerfenden Handbewegung. »Über Majoranas Verbleib gibt es Dutzende irrwitzige Theorien. In ein katholisches Kloster soll er sich zurückgezogen haben. In Venezuela will ihn jemand gesehen haben. Sogar für die Nazis habe er gearbeitet, heißt es. Erst vor wenigen Jahren wurde in Italien ein weiteres offizielles Untersuchungsverfahren eingeleitet. Majorana ist derart von Legenden umrankt, dass man kaum mehr durchblickt.«

»Irgendetwas sagt mir, dass Lakshmis Version plausibel ist …«, meinte Caneddu nachdenklich.

»Wie auch immer. Die wichtigste Frage ist zweifellos …«, warf der Präsident ein, wobei er sich in seinem Sessel vorbeugte, »wie gehen wir damit um, dass die Inder womöglich ein irrwitziges Waffensystem an Nordkorea geliefert haben?«

Die Frage richtete John McIntyre nur scheinbar an die Runde der Anwesenden. In Wahrheit stellte er sie sich in diesem Augenblick selbst.

Caneddu spürte, dass der mächtigste Mann der Welt in Unruhe war. Und er hätte weder mit ihm noch mit seinem Stab tauschen wollen.

7, LOK KALYAN MARG

NEU-DELHI, INDIEN

31. Juli

Die Klimaanlage lief wieder einmal auf Hochtouren. Lakshmi Rajamottanoree hasste das. Es war eine Unsitte in ihrem Land, Innenräume in Kühlschränke zu verwandeln, während draußen vierzig Grad heiße Luft um die Häuser waberte. Doch in Indien galt das als Statussymbol. Man konnte es sich leisten, war die Botschaft. Aber musste das auch im Regierungssitz des Premierministers so sein? Eines Mannes, der regelmäßig für Umweltschutz und den Erhalt natürlicher Ressourcen plädierte? Was für eine Verschwendung.

Die Residenz von Sanjay Bakshi lag an einer mit Bäumen gesäumten Allee, die vor nicht so langer Zeit noch Race Course Road geheißen hatte, ein Name aus der britischen Kolonialzeit. Mittlerweile hieß sie Lok Kalyan Marg, was so viel wie »Straße des Volkswohls« bedeutete. Die Umbenennung war dem amtierenden Premier wichtig gewesen, sie war Teil der von ihm betriebenen Beseitigung kolonialer Bezüge. Premierminister Bakshi bewohnte wie schon einige seiner Vorgänger einen flachen weißen Bungalow. Zusammen mit einigen weiteren Bungalows gehörte seine Residenz zu einem Komplex von Regierungsgebäuden, die in den 1980er

Jahren gebaut worden und bei den Bewohnern der indischen Hauptstadt als Lutyens' Delhi bekannt waren. Ein britischer Architekt namens Lutyens hatte die Anlage entworfen. Diesen Bezug auf die ehemalige Kolonialmacht hatte Bakshi noch nicht auslöschen können.

Nachdem Lakshmi aus einem schwarz-gelben Taxi gestiegen war, das sie vom Hotel hierhergebracht hatte, passierte sie problemlos das Wachhäuschen und betrat die tiefgekühlte Eingangshalle von Bakshis Residenz. Der Premier ließ seine Besucherin nicht lange warten. Er empfing die Wissenschaftlerin persönlich und grüßte sie, indem er die Handflächen vor seiner Brust aneinanderlegte und den Kopf leicht senkte. Er führte seine Besucherin in seinen privaten Wohnbereich, der zum Glück weniger stark klimatisiert war. Auf prunkvollen Kitsch, mit dem sich viele Machthaber und Wohlhabende seines Landes umgaben, legte Bakshi keinen Wert. Die Einrichtung war schlicht. Fensterrahmen und Boden waren aus dunkelbraunem Holz, einige Topfpflanzen standen vor den Fenstern, an der Wand hing das Panoramafoto einer rotbraunen Wüstenlandschaft.

Der Premier bat Lakshmi, auf einem weißen Sofa Platz zu nehmen. Ihr Blick fiel auf einen kleinen farbigen Teppich, der zusammengerollt an der Wand lehnte. Die Sonne würde erst in einer Stunde aufgehen, aber Bakshi hatte vermutlich schon seine Yogaübungen hinter sich. Ein Diener brachte zwei Tassen Tee, die er auf einem kleinen Holztischchen abstellte, und zog sich leise zurück.

»Nun denn, verehrte Lakshmi, willkommen zurück in der Heimat. Wie viel weiß die Welt mittlerweile von unserem kleinen Wunder?«, fragte der Regierungschef unverblümt, nachdem beide einen Schluck Tee zu sich genommen hatten.

»Mehr, als ich noch vor kurzem dachte«, sagte die Physikerin. »Aber längst nicht alles. Die Amerikaner haben unsere Aktivitäten am CERN entdeckt und die deutsche Regierungschefin eingeweiht. Nachdem sie eins und eins zusammengezählt haben, wurde ich vorhin aus dem Weißen Haus angerufen.«

Bakshi machte ein bewunderndes Gesicht und nickte.

»Ach, und eine lästige Sache muss ich noch erwähnen: Die Amerikaner haben eine Nachricht aufgefangen.«

Bakshi blickte sie erstaunt an.

»Eine Nachricht?«

»Ja, es war ein dummer Scherz von einem unserer Techniker. Unsere Leute hatten im vergangenen Jahr die Justierung des Strahls am CERN mit normalen Neutrinos erprobt und eine obszöne Botschaft als Morsesignale versendet. Eine Beleidigung der USA. Ein Teilchendetektor auf der Internationalen Raumstation fing die Botschaft dummerweise auf. Daraufhin ist ein US-Geheimdienst in Aufregung geraten. Sie entführten und folterten sogar einen italienischen Physiker. Was für Idioten! Der arme Kerl wusste von nichts. Inzwischen haben sie unseren Tunnel entdeckt und mich vorhin konfrontiert. Ich habe ihnen die Grundzüge meiner Entdeckung geschildert. Aber das wahre Potenzial Parashuramas können sie noch nicht erahnen. Ich glaube, sie halten es derzeit für eine Art Schabernack.«

»Schabernack? Soso …«, murmelte der Premierminister.

»Wir konnten sämtliche Unterlagen in letzter Sekunde aus dem Untergrundlabor entfernen«, sagte Lakshmi. »Allerdings ging einiges schief. Wir haben drei Männer verloren. Und drei weitere sind vermutlich in Gefangenschaft. Sie sind verschwunden. «

»Und dieser deutsche Professor?«

»Ja, das ist leider eine unschöne Sache. Wir mussten ihn aus dem Weg schaffen. Er ist, gelinde gesagt, durchgedreht. Er wollte noch viel mehr Geld. Und er wollte komplett eingeweiht werden.«

»Nun gut, verehrte Lakshmi, soweit ich es verstanden habe, brauchen wir weder diesen Professor noch den Tunnel am CERN für unsere weiteren Pläne. Richtig?«

»Ja, das ist korrekt. Wir haben genügend Tests mit dem Beschleuniger am CERN absolviert. Unsere eigene Anlage läuft mittlerweile stabil.«

Der Premierminister lächelte.

»Ich würde gerne das Gesicht von Kim Jong-un sehen, wenn er erfährt, dass es keine Atomtests mehr geben wird. Keine Einschüchterungen mehr für den Rest der Welt. Der große Diktator ist bloß wieder ein pausbackiges kleines Großmaul.« Bakshi musste lachen. »Er dachte, er macht den Deal seines Lebens, als wir ihm versprachen, seine Atomtechnik auf Vordermann zu bringen. Er empfand das als genialen Schachzug, denn wer hätte schon eine Demokratie wie Indien verdächtigt, nukleares Know-how an Nordkorea zu liefern?«

»Ja, die Detonationen, die wir erzeugt haben, blendeten ihn ebenso wie den Rest der Welt. Wie alle anderen ist auch er überzeugt, dass Nordkorea eine Atommacht ist.«

Bakshi musste erneut lachen. »Dabei hat er gar nichts. Keinen einzigen Sprengkopf.«

»Uns kann es egal sein.«

»Es ist ein wahres Wunder, was Sie erschaffen haben, verehrte Lakshmi«, sagte Bakshi mit Anerkennung in der Stimme. »Ich meine, es ist Zeit für eine Demonstration. Wir sollten die Welt mit Parashuramas Macht bekannt machen.«

Ein Sekretär klopfte an die Tür und streckte den Kopf herein. Er benutzte die offizielle Anrede für den Premierminister.

»Verzeihung, Mahamahim Pradhan Mantri, aber das Weiße Haus ist auf der Videoleitung. Präsident McIntyre möchte Sie sprechen. Er wirkt … nun ja, etwas erregt. Soll ich ihn auf Ihren Bildschirm schalten?«

»Sieh an!«, sagte Premier Bakshi. »Wollen wir doch mal sehen, was der Anführer der freien Welt zu sagen hat.«

DAS WEISSE HAUS

WASHINGTON D.C., USA

31. Juli

Das Gesicht des indischen Premierministers erschien auf dem großen Flachbildschirm an der Wand des Oval Office. Sanjay Bakshi lächelte freundlich und grüßte nach indischem Brauch. Präsident McIntyre jedoch erwiderte die Höflichkeit nicht.

»Herr Premierminister, guten Tag. Ich will gleich zur Sache kommen. Wir haben Anlass zu vermuten, dass Ihr Land über Jahre hinweg geheime physikalische Experimente in Europa durchgeführt hat. Bitte erklären Sie mir, was es damit auf sich hat.«

Sanjay Bakshi neigte den Kopf sanft lächelnd nach links und anschließend nach rechts, eine Geste, die Menschen aus dem Westen oft als Zurückweisung missverstehen. Tatsächlich ist es ein freundliches Signal der Zustimmung.

»Selbstverständlich, Mr. President. Wir können über alles sprechen. Was genau möchten Sie wissen?«

Der Präsident der Vereinigten Staaten von Amerika rang um Fassung.

»Ich meine, Sie wissen ganz genau, wovon ich spreche, Herr Premierminister. Also, erzählen Sie mir, was Sie wissen. Ich muss nicht betonen, dass es um die internationale Sicherheit geht.«

Premier Bakshi ließ sich Zeit. Er lächelte vieldeutig, schloss die Augen und öffnete sie wieder. McIntyre platzte der Kragen. Er herrschte seinen indischen Amtskollegen an wie einen Untergebenen.

»Ich will wissen, ob Sie am CERN einen geheimen Tunnel gebaut haben, in dem physikalische Experimente unternommen wurden.«

Premier Bakshi verzog diesmal keine Miene, aber er sah dem Präsidenten jetzt direkt in die Augen.

»Ich sehe, Mr. President, Sie sind unserem Projekt ›Parashurama‹ auf die Spur gekommen. Wie ich von meinen Leuten höre, gab es leider einige unangenehme Zwischenfälle.«

»Wir hatten vor einer Stunde Kontakt mit einer bekannten Wissenschaftlerin Ihres Landes. Lakshmi Rajasowieso … Ich nehme an, sie ist Ihnen wohlbekannt.«

Bakshi schloss erneut kurz die Augen und nickte.

»Sie behauptete, dass Nordkorea mitnichten Atomtests durchgeführt habe, vielmehr hätten Wissenschaftler Ihres Landes dort irgendwelche Quantenexplosionen ausgelöst.«

»Sie klingen skeptisch, Mr. President. Und das ist verständlich. Die Sache ist in der Tat außergewöhnlich. So außergewöhnlich wie die Fähigkeiten von Lakshmi Rajamottanoree. Ich schlage Folgendes vor: Sie gehen mit Ihren Beratern und Experten in diesen unterirdischen Spezialraum. Heißt er wirklich *war room*? Eine äußerst aggressive Bezeichnung, finde ich. Oder war es *Situation Room*? Jedenfalls meine ich den Bunker, von dem aus Sie die Weltlage im Blick behalten können. Wir haben für acht Uhr abends Ihrer Zeit eine kleine, aber, wie ich hoffe, beeindruckende Demonstration vorgesehen. Dann werden Sie alles besser verstehen. Wir sprechen uns danach wieder, wenn Sie möchten. Bis dahin. Ich grüße Sie herzlich. Namaste.«

Der Bildschirm wurde schwarz.

Präsident McIntyre saß mit versteinertem Gesicht in seinem Polstersessel, die rechte Hand zur Faust geballt. Hatte der indische Premier ihn gerade herumkommandiert? Sein linkes Auge begann zu zucken. Aaron Swartz stand auf und drückte einen Knopf auf McIntyres Schreibtisch.

»Alle runter in den Situation Room!«

Secret-Service-Agenten in dunkelblauen Anzügen stürmten herein und forderten die Anwesenden auf, das Oval Office zu verlassen. Drei Leibwächter umringten den Präsidenten. Ihm folgten die Bundeskanzlerin sowie der Vier-Sterne-General. Sternberg, Chang, Williams und Caneddu verließen den Raum als Letzte. Als sie den Flur hinuntergingen, trat ihnen ein weiterer Agent vom Secret Service in den Weg. Wahrscheinlich ein höherer Dienstgrad, vermutete Caneddu.

»Entschuldigen Sie, Mr. President, aber einige dieser Personen haben keine Sicherheitsfreigabe für den Situation Room.«

»Hiermit erteilt«, blaffte der Präsident.

»Mr. President, Sie wissen, dass wir die Freigabe von FBI und Homeland Security brauchen«, insistierte der Secret-Service-Mann. Es war zweifellos sein Job, solche Dinge durchzusetzen.

Der Präsident bedachte den Leibwächter mit einem eisigen Blick. Der Agent trat schweigend zur Seite. Caneddu war beeindruckt von McIntyres Autorität.

Der Großteil des Trupps drängte sich in einen mit Edelstahl ausgekleideten Aufzug, während Williams, Chang und Caneddu die Treppe nahmen, die mehrere Stockwerke in die Tiefe führte. Auf dem Weg passierten sie drei Stahltüren. Unten gingen sie zunächst durch einen Korridor und traten durch eine Schleuse, die aussah wie der Zugang zu einem Banktresor. Dahinter befand sich ein Raum mit einem langen Besprechungstisch, an dem bereits der Präsident mit seiner Gefolgschaft sowie die Bundeskanzlerin Platz genommen hatten. Am Kopfende hing ein großer Flachbildschirm an der Wand. Daneben flimmerten ein halbes Dutzend weiterer Bildschirme, auf denen Weltkarten und verschiedene Nachrichtenprogramme zu sehen waren. In einem hinteren Bereich saßen einige Techniker und Adjutanten, manche in Uniform, an diversen Keyboards, Telefonen und Bedienungshebeln. Sie taten offenbar hier unten ihren Schichtdienst.

Caneddu stellte fest, dass der berühmte Bunker des Weißen Hauses deutlich kleiner und beklemmender wirkte, als er in manchen Hollywoodfilmen dargestellt wurde. Die Decke war niedrig, die Luft stickig. Die Möblierung hätte zu einer Versicherungsvertretung gepasst.

Eine große Digitaluhr an der Rückwand zeigte die Zeit an: 7:52 pm.

Trotz des langen Tages fühlte sich Caneddu hellwach.

»Acht Minuten«, rief Aaron Swartz.

Williams fand noch einen Platz in den Sesseln am Besprechungstisch. Caneddu und Chang begnügten sich mit Stühlen in der zweiten Reihe. Leises Getuschel erfüllte den Raum.

»Bringen Sie eine Weltkarte mit allen unseren Radarortungen auf den großen Bildschirm«, verlangte der Präsident von den Technikern. »Dazu den AWACS-Feed, Satelliten-Scans und die CTBTO-Daten. Ich will zur Hölle *alles* wissen, was auf der Welt vorgeht, ist das klar? Und wenn es ein Elefant ist, der irgendwo einen Furz lässt.«

»Noch vier Minuten«, rief Swartz.

Livia legte ihre Hand auf Caneddus Oberschenkel. Als er sie in die seine nahm, spürte er, wie verkrampft sie war.

»Was denkst du, was passiert?«, flüsterte sie.

»Keine Ahnung«, sagte er. »Vielleicht schicken die Inder noch eine lustige Botschaft mit Neutrinos?«

Der Scherz kam nicht an. Gleichzeitig wurde ihm klar, dass das extrem unwahrscheinlich war. Der Tunnel am CERN wies nach Südostasien. Es wäre purer Zufall, sollte sich die Internationale Raumstation mit ihrem Teilchendetektor genau dort befinden. Zudem war der geheime Neutrinotunnel am CERN nach den Vorfällen im Untergrund wohl kaum wieder in Betrieb genommen worden. Die Handgranate und die ausgelaufene Kühlflüssigkeit am Hauptbeschleuniger dürften das gesamte CERN einige Monate lang lahmlegen. Von dort ließen sich im Moment nicht einmal Erbsen verschießen.

»Noch sechzig Sekunden«, rief Swartz.

Dann zeigte die Uhr 8:00 pm.

Es geschah nichts.

»Ein alberner Bluff«, murmelte McIntyre nach einer weiteren Minute.

Die Anwesenden begannen, sich verwundert anzusehen und miteinander zu flüstern. Blicke schweiften ratlos über die Bildschirme.

Plötzlich schrie Josef Sternberg auf. Alle wandten sich ihm zu. Der alte Physiker deutete mit dem Finger auf einen der kleineren Bildschirme. Dort lief das Nachrichtenprogramm von CNN. Man sah eine Moderatorin, im Hintergrund eine Schlagzeile zur Gesundheitsreform. Am unteren Bildschirmrand lief ein Newsticker quer durch das Bild.

»+++Erdbeben in Montana, Stärke 5,4+++«

»Da, da«, rief Sternberg erregt.

»Professor, bei allem Respekt, womit sollen wir uns hier jetzt befassen?«, fragte Swartz unwirsch. »Mit der Gesundheitsreform? Oder einem mittlerem Erdbeben in Montana? Einem dünn besiedelten Bundesstaat, in dem es immer mal wieder bebt …«

»Wir sollten uns das genauer ansehen!«, forderte Sternberg.

Swartz schnaubte. »Schalten Sie die USGS-Webseite auf den großen Schirm«, rief er den Technikern zu.

Caneddu kannte die Seite. Sie war weltweit die zuverlässigste Quelle für geologische Daten. Der United States Geological Survey veröffentlichte dort eine Fülle an Informationsmaterial. Außerdem gab es einen besonderen Service: Man konnte sich über E-Mail, SMS oder mittels einer App über aktuelle Erdbeben informieren lassen. Alle Nachrichtenagenturen hatten diesen Mitteilungsdienst der Geologen-Website abonniert. Das war zweifellos auch die Quelle der CNN-Meldung.

Die Website des USGS erschien auf dem Flachbildschirm. In der Rubrik »Jüngste Erdbeben« stand eine automatisch generierte Mitteilung, die auf den ersten Blick aussah wie Dutzende andere, die täglich dort aufschienen.

M 5.4 – 419 km WNW of Billings, Montana
Zeit 00:00:01 (UTC)
Ort 47.775°N 113.177°W
Tiefe 0.0 km

»Ich habe es geahnt«, sagte Josef Sternberg.

»Was geahnt?«, fragte der Präsident ungeduldig.

»Das ist in der Tat seltsam …«, murmelte die deutsche Bundeskanzlerin.

»Was ist seltsam?«

»Ein Erdbeben in null Metern Tiefe.«

Swartz dachte einen Moment nach. Einem der Techniker rief er zu: »Welchen Keyhole haben wir über Montana?«

»Keyhole Foxtrot, in sechs Minuten, Sir«, sagte ein Techniker.

»Okay, schalten Sie den Livefeed auf den großen Bildschirm.«

Es erschien die Luftaufnahme einer bergigen, dicht bewaldeten dunkelgrünen Landschaft. Caneddu staunte über die Qualität des Videos. Es stammte von einem der modernsten amerikanischen Spionagesatelliten. Man konnte sogar ein Nagetier erkennen, das einen Abhang hinauflief. Der Anblick wirkte einige Minuten lang fast idyllisch. Dann veränderte sich die Landschaft plötzlich. Es erschien eine Formation aus hellen Strichen, die aussah wie eine verstreute Packung Streichhölzer. Nur dass dies keine Streichhölzer waren, sondern ausgewachsene, umgekippte Nadelbäume.

»Was zum Teufel ist das?«, fragte McIntyre.

»Bäume, Sir«, sagte ein Techniker.

»Idiot«, herrschte der Präsident ihn an.

»Zoomen Sie raus«, rief Swartz.

Der Kartenausschnitt vergrößerte sich. Ganze Bergrücken waren nun erkennbar. Die umgestürzten Bäume bildeten ein großflächiges kreisförmiges Muster. Abertausende kleine Striche prägten die Landschaft, sie glichen einem vollständig aufgefalteten Fächer. Die Wurzeln der Baumstämme wiesen alle zu einem Zentrum. Und direkt an diesem Zentrum gab es gar keine Bäume mehr. Lediglich ein Meer aus zerfetzten Ästen, Holzfasern und zerstückelten Stämmen.

»Das war kein Erdbeben«, murmelte Sternberg. »Erdbeben walzen keine Bäume um wie ein Hurrikan. Und schon gar nicht sternförmig.«

»Ich denke auch, dass es eine oberirdische Detonation gab«, schaltete sich der Generalstabschef ein. »Könnte das ein Meteorit gewesen sein?«, rief er den Technikern zu. »So einer wie 2013 in Tscheljabinsk? Das scheint mir die glaubhafteste Erklärung zu sein.«

»Sir, unsere Luftüberwachungssysteme zeigten keinerlei atmosphärisches Signal in den vergangenen Stunden. Keine Feuerspur. Keine anfliegenden Objekte. Nichts aus dem All.«

»Melden die CTBTO-Sensoren radioaktive Partikel?«

»Fehlanzeige.«

»Was zur Hölle ist dann in Montana passiert?«, raunte der Präsident.

»Ich denke, wir sollten noch mal in Indien anrufen«, sagte die Bundeskanzlerin mit ruhiger Stimme.

McIntyre nickte und hob den Hörer eines grünen Telefons auf dem Besprechungstisch ab. »Geben Sie mir Bakshi auf der offiziellen Leitung, und schalten Sie ihn auf den Hauptbildschirm.« Er schrie es mehr, als dass er es sagte.

Nach wenigen Sekunden erschien das freundliche Gesicht des indischen Regierungschefs auf dem Bildschirm, der eben noch den verwüsteten Wald von Montana gezeigt hatte.

»Mr. President«, sagte der Inder, als habe er schon auf den Rückruf gewartet. »Wie ich sehe, haben Sie sich in Ihr unterirdisches Reich zurückgezogen.«

McIntyre verzichtete auf eine Antwort.

»Herr Premierminister, wollen Sie uns erzählen, dass Sie eben Tausende Bäume in einem amerikanischen Bundesstaat umgenietet haben?«

»Oh, nicht erzählen, Mr. President. Ich wollte Sie ein bisschen beeindrucken. Mit einer Live-Vorführung. Wir nennen es ›Parashurama‹. In Ihrer Sprache bedeutet es sinngemäß …«

»Ich weiß, ›der Gott mit der Axt‹.«

»Da dachte ich, umgestürzte Bäume wären ganz passend.« Sanjay Bakshi lächelte.

Caneddu spürte, wie Livia noch mehr verkrampfte. Unwillkürlich fasste er ihre Hand noch fester.

»Was zur Hölle …?«, sagte der Präsident mit tonloser Stimme.

Der indische Premier fuhr unbeirrt fort.

»Für uns ist von besonderer Wichtigkeit, Mr. President, dass Sie diese kleine Demonstration nicht als feindlichen Akt ansehen. Wir haben diesen abgelegenen Ort ausgewählt, damit keiner Ihrer Staatsbürger zu Schaden kommt, aber wir wollten, dass Parashuramas Stärke dennoch ersichtlich wird.«

»Woher sollen wir wissen, dass Sie nicht bluffen? Ein paar umgestürzte Bäume, das kann alles Mögliche sein.«

»Mr. President, darf ich Ihrer Skepsis entnehmen, dass Sie unsere kleine Vorführung in Pakistan noch nicht wahrgenommen haben?«

»Pakistan?«, rief der Präsident. »Aaron, zeigen Sie uns Pakistan! Sofort!«

Ein Techniker klapperte auf einer Tastatur herum. Die Weltkarte des USGS erschien nun auf einem der kleineren

Bildschirme. Sie zeigte links die Arabische Halbinsel, rechts einen Teil von China und in der Mitte Zentralasien. Etwas rechts von der Mitte leuchtete ein gelber Stern.

»Näher ran«, rief der Präsident.

M 5.6 – 313 km ONO von Karachi, Pakistan
Zeit 00:00:38 (UTC)
Ort 26.254°N 69.694°E
Tiefe 0.0 km

»Unglaublich«, entfuhr es der Bundeskanzlerin.

»Keyhole Sierra ist in der Nähe«, meldete ein Techniker.

»Schalten Sie das Satellitenbild auf den Bildschirm«, befahl Swartz.

Diesmal erschienen keine Bäume und keine Bergrücken, sondern das helle Ocker einer kargen staubtrockenen Wüste. Inmitten dieser Einöde war eine kreisförmige Struktur mit radialen Streifen zu sehen. Es war jedoch kein Krater. Und es gab auch keine Verbrennungsrückstände einer klassischen Explosion. Es sah eher so aus, als hätte ein Riese mit kräftiger Lunge einmal auf den Wüstenboden gepustet. Schlieren von Staub und Sand zogen sich sternförmig von einem Zentrum in alle Himmelsrichtungen.

»Wie groß ist diese Struktur?«, fragte Swartz die Techniker.

»Gut achtzehn Meilen im Durchmesser.«

»Gütiger Himmel«, murmelte Josef Sternberg.

»Premierminister Bakshi, was sehen wir hier? Haben Sie auf pakistanischem Territorium, nördlich Ihres Bundesstaates Gujarat, eine Bombe gezündet? Oder was ist dort in der Wüste passiert?« Präsident McIntyre sprach mit gepresster Stimme und klammerte beide Hände an die Tischplatte.

»Nein, Mr. President, das trifft es nicht. Als Bombe kann man es wohl kaum bezeichnen. Soweit ich es verstanden habe, funktioniert unser kleines Wunder völlig anders. Deshalb sage ich auch nur ›Parashurama‹ dazu. Parashurama ist der Name eines Avatars von Vishnu. Wie Sie vielleicht wissen, ist Vishnu …«

»Ich brauche jetzt keine Religionsstunde«, herrschte McIntyre ihn an.

»Wie Sie möchten, Mr. President.«

»Ich will wissen, was in Montana und in Pakistan passiert ist.«

»Nun, Mr. President, wenn Sie an technischen Details interessiert sind, muss ich Sie an die Person verweisen, die am meisten davon versteht. Nein, ich sollte sagen, an die einzige Person auf dieser Welt, die überhaupt versteht, wie ›Parashurama‹ funktioniert.«

Sanjay Bakshi drückte auf eine Fernbedienung. Der Bildausschnitt vergrößerte sich. Man sah nun den indischen Regierungschef auf einem weißen Sofa sitzen. Davor erschien ein Holztischchen mit zwei Teetassen. Rechts auf dem Sofa kam eine weitere Person ins Bild. Sie trug einen weißen Sari mit einer goldfarben bestickten Borte.

»Lakshmi«, platzte es aus Caneddu heraus. Ihm blieb der Mund offen stehen.

Die Inderin legte ihre Handflächen aneinander, neigte den Kopf und lächelte höflich.

»Namaste, Mr. President, Namaste, Frau Bundeskanzlerin, lieber Josef, lieber Nicola … So schnell sieht man sich wieder.«

»Mrs. Lakshmi, Sie wollen uns vermutlich ebenso wie der Premier glauben machen, dass Ihre Quanten-Spezialtheorie uns diese Explosionen in Montana und Pakistan beschert hat.« John McIntyre bemühte sich nicht mehr um einen neutralen Tonfall. Seine schlechte Laune war unüberhörbar.

»Mr. President, wir wollen Sie lediglich davon in Kenntnis setzen, dass die Testphase für Parashurama abgeschlossen ist. Wir sind einsatzfähig, könnte man sagen.«

»Und wieso sollten wir Ihnen und Ihren wilden Theorien Glauben schenken? Das kann alles Mögliche sein, was wir da auf den Satellitenbildern sehen.«

»Immer noch skeptisch? Lassen Sie uns noch eine Demonstration anschließen … Ich wette, das werden Sie mögen.« Lakshmi lächelte mit spitzen Lippen, während sie auf einem Tabletcomputer herumtippte.

»Zoomen Sie raus aus der USGS-Karte«, herrschte Swartz die Männer an den Tastaturen an. »Wir müssen den ganzen Globus sehen.«

Auf dem Flachbildschirm erschien eine Weltkarte, wie man sie aus Nachrichtensendungen und Schulbüchern kennt. In der Mitte prangte der amerikanische Kontinent. Nach wenigen Sekunden blinkte auf dem Bildschirm ein weiterer gelber Stern auf.

»Ranzoomen«, verlangte Swartz.

Die Techniker vergrößerten den Bildausschnitt rund um den gelben Stern. Er befand sich zwischen dem Kaspischen Meer und dem Persischen Golf.

»Näher ran! Und auf Satellitenmodus.«

Der Bildschirm zeigte jetzt eine wie mit schmutzigen Wasserfarben gemalte Fläche in den verschiedensten Brauntönen. Eine Wüstenlandschaft. Sie war etwas dunkler und rötlicher als jene in Pakistan. Von links oben nach rechts unten zog sich ein dunkler Streifen, wahrscheinlich ein Bergrücken.

Der gelbe Stern leuchtete an dessen oberer Flanke. Als der Techniker noch näher heranzoomte, erschien ein Ortsname.

Natanz.

»Iran«, rief Swartz. »Natanz ist das Zentrum der iranischen Atomanreicherung.«

Lakshmis Stimme drang aus dem Lautsprecher. »Diesmal hat es möglicherweise ein paar Kollateralschäden gegeben, Mr. President«, sagte sie mit einem leichten Bedauern in der Stimme. »Leider unvermeidlich. Aber ich denke, das war es wert. Ein Nuklearabkommen mit dem Iran ist jetzt obsolet. Der Iran hat keine Atomanlagen mehr.«

McIntyres Mund war trocken wie am Morgen nach einer durchzechten Nacht. Sein linkes Auge zuckte erneut. Er drückte auf einen roten Knopf und unterbrach die Leitung nach Indien.

McIntyre blickte schweigend in die Runde, dann vergrub er für einige Sekunden das Gesicht in den Handflächen. Nach einer Weile ließ er die Arme sinken und richtete sich wieder auf.

»DEFCON 1«, sagte er grimmig. Die höchste Alarmstufe für das US-Militär.

Der Generalstabschef sprang auf. »Bitte, Mr. President, wir haben für diese Form der Bedrohung kein Standard-Prozedere!«

»Was soll das heißen?«, blaffte McIntyre. »Amerika wird angegriffen. Jemand hat in Montana zugeschlagen. Wir müssen adäquat antworten.«

Im Hintergrund war das Rasseln einer Kette zu hören. Caneddu drehte sich um und sah, dass die Kette einen schwarzen Koffer mit dem Handgelenk eines Adjudanten verband. Der berüchtigte Koffer mit den Codes für das nukleare Arsenal Amerikas, vermutete Caneddu. Er spürte, wie Livias Hand schweißnass wurde.

Josef Sternbergs Bariton ertönte. »Sir, Ihr General hat recht. Wir dürfen nichts überstürzen. Lassen Sie uns erst die Lage überdenken. In Montana müssen wir ein bisschen aufforsten. Und vielleicht sind ein paar verlassene Minen eingestürzt. Aber bis jetzt ist es nur eine technische Demonstration, kein echter Angriff.«

»Sie sind wahrscheinlich nicht nur Kommunist, sondern auch Pazifist«, raunte der Präsident. »Ich soll also Ruhe bewahren, während uns die Inder mit irgendeiner neuartigen Wunderwaffe das Messer an den Hals drücken? Ausgerechnet Indien … Ich denke, wir müssen jetzt klare Kante zeigen.«

Der Chef des Generalstabs meldete sich zu Wort.

»Sir, wir haben es hier offensichtlich mit einem völlig neuen Waffensystem zu tun. Um die … nennen wir es Detonationen auszulösen, muss kein Projektil oder Sprengkörper in feindliches Gebiet geschossen werden. Die Zündung funktioniert ohne kinetischen Kontakt. Man braucht nicht einmal Sichtkontakt wie bei einem Funk- oder Lasersignal, mit dem wir Waffen fernsteuern. Gegen diese Neutrinos kann man sich nicht wappnen, völlig unmöglich. Und diese Sprengladungen sind schneller aktiviert, als jede bekannte Waffe schießen kann.«

McIntyre schwieg und blickte den Generalstabschef ausdruckslos an.

»Ich rate ebenfalls zur Vorsicht, John«, fuhr Kenton Williams fort. »Nicht auszudenken, wie die Bevölkerung auf DEFCON 1 reagiert. Außerdem würden wir dieser Bedrohung mit herkömmlichen Mitteln gar nicht Herr werden. Ein Angriff auf Indien kommt nach jetzigem Stand auch nicht infrage. Wir würden Gefahr laufen, in einen unkontrollierbaren Konflikt zu geraten.«

Der Präsident schien Williams mehr Gehör zu schenken als den anderen im Raum. Er blickte seinem Freund in die Augen. Dann lehnte er sich zurück.

»Und falls die Inder nicht nur in Montana zuschlagen, sondern wer weiß wo? Vielleicht in der Pennsylvania Avenue 1600?«

Diesmal antwortete die deutsche Bundeskanzlerin.

»So wie ich es sehe, handelt es sich bislang nicht um eine Kriegserklärung. Ich würde es als Machtdemonstrationen werten. Ein Angriff sähe anders aus.«

McIntyre schien wenig überzeugt.

»Keyhole Lima ist jetzt über Natanz«, meldete einer der Techniker.

»Schalten Sie es groß«, befahl Aaron Swartz.

Auf dem Flachbildschirm erschien die detaillierte Luftaufnahme einer öden rotbraunen Wüstenlandschaft, die von der Morgendämmerung beleuchtet wurde. Die Kamera bewegte sich langsam darüber hinweg, so wie zuvor über dem Wald von Montana. Nach einer knappen Minute kamen herumliegende Schrottteile in Sicht, erst einzelne verbogene Stahlstreben, dann Teile von Behältern, Mauerbruchstücke. Und schließlich ein riesiger Komplex aus quadratischen Lagerhallen, Kesseln und Bürogebäuden. Von all dem standen nur noch die Fundamente. Darum herum erstreckte sich ein Meer aus Trümmern.

»Okay«, brummte der Präsident und betätigte den roten Knopf.

Der indische Premierminister erschien wieder auf dem Flachbildschirm. Er lächelte geduldig. Neben ihm saß, wie zuvor, Lakshmi Rajamottanoree.

»Herr Premierminister, gut, dass Sie noch in der Leitung sind. Wir mussten uns hier kurz beraten.«

»Selbstverständlich, Sir. Mir ist völlig klar, dass Sie und Ihre Leute einige Zeit brauchen, um diese … nun ja, neue Situation zu verarbeiten. Vermutlich haben Sie auch militärische Optionen erwogen. Das wäre jedoch ein großer Fehler, Mr. President.«

Jeder im Raum merkte, wie McIntyre schwer schlucken musste. Er hatte Mühe, seine Emotionen unter Kontrolle zu halten.

»Also, Herr Premierminister, was bezwecken Sie mit Ihrem … Spielzeug?«

»Spielzeug ist zweifellos das falsche Wort. Wir haben vielmehr eine Möglichkeit gefunden, einen angemessenen Platz in der Weltordnung einzunehmen. Der Begriff ›Abschreckung‹ ist Ihnen zweifellos geläufig, Mr. President. Seien Sie versichert, dass wir keine imperialistischen Ziele verfolgen. Lassen Sie mich Ihnen in Erinnerung rufen, dass der Hinduismus eine friedfertige, selbstgenügsame Religion ist. Wir Hindus missionieren nicht und versuchen nicht, anderen Kulturen unseren Glauben aufzudrängen. Und wir sind nicht kriegerisch, wie Teile des Islam oder Ihre christlichen Vorfahren. Es ist schließlich so, dass man Hindu nur qua Geburt werden kann. Man kann nicht konvertieren. Wir werden Parashurama also nicht als Aggressor einsetzen, Mr. President. Aber ja, dieses erstaunliche Werkzeug verschafft uns das angenehme Gefühl von Sicherheit. Lassen Sie uns die neue Situation positiv nutzen. Wir heben die Beziehung unserer beiden Länder auf eine neue Ebene. Indien könnte in Zukunft als Ihr engster Partner fungieren. Möge Parashurama auch Ihrem Schutze dienen ...«

McIntyre musste wieder schlucken. Aaron Swartz meldete sich zu Wort.

»Wir wurden soeben Zeugen von drei Detonationen, Herr Premierminister. Wie viele solcher Quanten-Sprengladungen haben Sie weltweit in Stellung gebracht?«

»Im Moment sind es etwa zweihundertachtzig. Aber es kommen jeden Monat einige hinzu.«

»Sie behaupten also, an zweihundertachtzig Orten dieser Erde ähnliches Unheil anrichten zu können wie vorhin in Montana, Pakistan und dem Iran?«

»Das ist korrekt. Allerdings sind die allermeisten unserer Strangelets, wie Lakshmi sie nennt, nicht in der Einöde positioniert. Das haben wir nur zu Demonstrationszwecken gemacht.«

»Sie wollen sagen, die anderen Ladungen haben Sie an strategisch relevanteren Punkten platziert? Sensible Infrastruktur, Großstädte ...?«

»Ja, richtig, wir haben eine ganze Reihe von strategischen Zielen priorisiert.«

»Soweit ich es verstanden habe, sind die Detonatoren eine Kombination aus Neutrinodetektor und diesen ...«

»Strangelets. Ja, richtig.«

»Sie werden uns wahrscheinlich nicht verraten, wie Sie die Dinger in Position gebracht haben, oder?«

»Oh doch, sehr gerne. Das war in unserer globalisierten Welt nicht schwierig: Wir haben sie mit Schiffen, mit Lastwagen, manche mit Flugzeugen verfrachtet. Zwei haben wir sogar per UPS verschickt.«

»Wie bitte? Sie haben diese Quanten-Dinger mit einem kommerziellen Paketdienst versendet?«

»Ja, wieso nicht? Anders als eine herkömmliche Bombe oder ein nuklearer Sprengsatz sind Strangelets chemisch neutral und nicht radioaktiv. Außerdem bleibt ein Strangelet ohne einen präzise ausgerichteten und gepulsten Neutrinostrahl ein harmloses, unauffälliges Körnchen hochkomprimierter Materie.«

»Mr. Bakshi, wie viele dieser schlafenden Monster haben Sie auf dem Gebiet der Vereinigten Staaten deponiert?«, fragte McIntyre.

»Etwas mehr als dreißig, Mr. President. Ihr Land ist groß. Aber in Pakistan sind es noch mehr. Auch in China.«

Der Präsident sprang auf und presste sich beide Fäuste an die Schläfen. Er blickte sich nach dem Adjudanten mit dem Koffer um. Dann wandte er sich mit einer bedrohlich ruhigen Stimme an den indischen Premier.

»Herr Premierminister, Sie behaupten, das Staatsgebiet der USA mit über dreißig Sprengladungen vermint zu haben. Sie werden verstehen, dass wir das unweigerlich als kriegerischen Akt ansehen müssen.«

»Ich würde es anders bezeichnen, Sir.«

»So? Wie denn?«

»Als eine Art Versicherung.«

McIntyre schnaubte. »Mr. Bakshi, wir brauchen Bedenkzeit.«

»Selbstverständlich, Mr. President. So viel Sie möchten. Namaste.«

Der Bildschirm wurde schwarz.

DAS WEISSE HAUS

WASHINGTON D.C., USA

31. Juli

In der unterirdischen Kommandozentrale des Weißen Hauses herrschte absolute Stille. Jeder der Anwesenden erwartete eine heftige Reaktion des Präsidenten. Doch die blieb aus. Präsident McIntyre saß ruhig auf seinem Stuhl. Als er das Schweigen brach, war seine Stimme sogar leiser und bedächtiger als zuvor. Jene, die ihn gut kannten, wussten, das war ein Alarmsignal. Das war die Tonlage, in der John McIntyre sprach, wenn er bis auf die Knochen in Rage war.

»Das ist eine völlig inakzeptable Situation«, begann McIntyre. »Die Suche nach diesen bizarren Sprengladungen hat oberste Priorität. Wir müssen diese verfluchten Dinger finden. Alle. Und wir müssen verhindern, dass weitere Ladungen gestreut werden. Wie auch immer wir das anstellen. Bis dahin gilt absolute Geheimhaltung.«

Er warf einen einschüchternden Blick auf Livia Chang. Sie nickte.

»Vielleicht ist ja alles auch nur ein monströser Bluff. Aaron, schicken Sie ein Team von Forensikern nach Montana. Die sollen jedes einzelne Molekül dort oben analysieren. Es würde mich nicht wundern, wenn wir doch Spuren von konventionellem Sprengstoff finden. Vielleicht irgendein TNT-Derivat. Oder etwas ganz Neues. Und stellen Sie ein Team zusammen, einen kleinen Thinktank, maximal sechs Leute. Ihnen steht der gesamte Rechercheapparat unserer Geheimdienste zur Verfügung. Allerdings darf niemand sonst von den Sprengungen und dem ganzen Neutrino-Irrsinn erfahren. Das würde nicht lange geheim bleiben und könnte eine Massenpanik auslösen. Sie können den Situation Room als Operationszentrum nutzen. Ich will ein tägliches Briefing um vierzehn Uhr.«

»Wir können Unterstützung anbieten«, sagte die deutsche Bundeskanzlerin.

McIntyre nickte ihr zu. »Vielen Dank. Wir könnten in Montana einen Ihrer Schnüffelpanzer brauchen, diese fahrenden Chemielabore …«

»Spürpanzer Fuchs?«, fragte die Kanzlerin. »Kein Problem.« Sie tippte etwas in ihr Smartphone.

»Mr. President«, sagte Aaron Swartz in einem pathetischen Tonfall, »ich denke, wir sollten Sie und einige Kabinettsmitglieder an einen sicheren Ort bringen.«

»Kommt nicht infrage, Aaron«, erwiderte McIntyre, jetzt wieder mit seiner gewohnt kräftigen Stimme. »Jeder in diesem Haus, der gesamte Secret Service und alle möglichen anderen Leute wüssten sofort, dass etwas Außergewöhnliches im Gange ist. Nicht auszudenken, was passiert, wenn die Medien berichten, dass der Präsident untergetaucht ist. Ich werde nicht mal meinen Stabschef einweihen. Den Vizepräsidenten können wir von mir aus auf eine Tour durchs Land schicken, auf der er außer Gefahr ist, aber auch keinen Verdacht erregt – von mir aus nach Alabama oder Wisconsin. Aber ich bleibe hier. Für alle sichtbar.«

Aaron Swartz biss sich auf die Lippe. Er verstand die Abwägung seines Chefs. Dann wandte er sich an Williams und den General.

»Wir legen morgen früh um acht Uhr los. Kleines Team. Treffpunkt hier. Von CIA und NSA werden je eine vertrauenswürdige Verbindungsperson dazustoßen.«

»Das wird nicht reichen, Mr. Swartz«, sagte Williams.

»Was meinen Sie?«

»Es geht um eine neuartige Technologie, die niemand von uns je gesehen hat. Wir brauchen die Expertise von Wissenschaftlern.«

Swartz biss sich wieder auf die Lippe. Dann wandte er seinen Kopf zu Sternberg und Caneddu.

»Was? Wir sollen in einem Krisenstab mitmischen, oder wie?« Caneddu schüttelte vehement den Kopf. »Ich bin einfacher Wissenschaftler, nichts weiter. Sie haben doch bestimmt noch andere Leute, die besser …«

Livia drückte seine Hand fest, ein bisschen zu fest. Aber er verstand und schwieg.

»Williams hat recht«, sagte der Präsident. »Professor Sternberg, Professor Caneddu, würden Sie bitte morgen früh dazustoßen, um das Team von Aaron Swartz zu unterstützen? Aus zweiter Reihe, versteht sich. Ihre Sicherheit geht natürlich vor, Sie sind schließlich keine ausgebildeten Agenten. Aber wie gesagt, wir wollen nicht unnötig noch mehr Leute in die Sache einweihen …« Um ganz sicherzugehen, setzte er noch nach: »Es geht um die internationale Sicherheit.« Was konnten die beiden Physiker dem entgegensetzen.

»Tja, Leute, wenn ich jetzt raus bin, dann viel Spaß mit der Zeitung von morgen …« Livia unterstrich die Drohung mit einem entwaffnenden Lächeln.

»Wenn sie dabei ist, bin ich es auch«, sagte Caneddu.

»Mein Gott«, murmelte McIntyre, »eine Task Force mit Journalistin? Was für ein Irrsinn.«

»Ich halte mich an die Geheimhaltung, Mr. President. Darauf können Sie sich verlassen.«

»Acht Uhr im Situation Room. Pünktlich. Sie alle bekommen Spezialausweise«, zischte Aaron Swartz, »und kein Wort an niemanden. Ausnahmslos. Sie halten wir selbstverständlich auf dem Laufenden, Frau Bundeskanzlerin.«

»Wie in der Kubakrise«, murmelte Josef Sternberg kaum hörbar.

Caneddu erinnerte sich, einmal gelesen zu haben, wie penibel damals die reale Gefahr eines Atomkriegs geheim gehalten worden war. Als die Sowjetunion 1962 Atomraketen auf der Karibikinsel stationierte, ließen sich die Kabinettsmitglieder der US-Regierung auf den Rückbänken von Zivilfahrzeugen versteckt zu den Krisensitzungen ins Weiße Haus chauffieren. So sollte verhindert werden, dass die Presse den Eindruck bekam, es sei etwas Weltbewegendes im Gange.

Es war inzwischen fast zehn. Die Versammlung löste sich auf, jeder ging seiner Wege. Eine Wagenkolonne wartete vor dem Haupttor des Weißen Hauses auf die Bundeskanzlerin. Für die Presse sollte es aussehen wie ein kurzfristig angesetzter, aber routinemäßiger Staatsbesuch. McIntyre ging mit Swartz und Williams in Richtung Oval Office. Man sehe sich morgen früh, rief Williams Caneddu noch zu. Caneddu war unschlüssig, er war todmüde und wollte eigentlich nur noch in sein weiches Hotelbett und schlafen. Am Ende eines Korridors entdeckte er Livia, wie sie gut gelaunt mit der Sekretärin des Präsidenten sprach. Schließlich kam sie auf ihn zu.

»Lass uns gehen«, sagte sie, »wir haben ein paar Stunden für uns.«

»Die wir vielleicht mit Schlafen verbringen sollten«, sagte Caneddu, und es klang mürrischer, als er beabsichtigt hatte.

»Aber essen müssen wir schließlich auch noch was«, erwiderte Livia.

Sie stiegen an der Westpforte in eine dunkelblaue Limousine, die von einem Agenten des Secret Service gesteuert wurde.

»Kennst du einen guten Italiener hier?«, fragte Caneddu, als er die Autotür zuzog. »Ich habe tatsächlich mächtig Hunger.«

Livia lächelte. »Lass mich mal machen«, sagte sie. »Aber das ist definitiv kein Tag für Pizza Margherita«, setzte sie mit einem Funkeln in den Augen nach.

In diesem Augenblick klopfte es an die Scheibe der Beifahrertür. Der Secret-Service-Mann ließ das Fenster herunter, und ein ausladender Rastalockenkopf blickte mit fröhlichem Lächeln in das Wageninnere.

»Na, ist schon ein Tête-à-Tête gebucht? Oder habt ihr noch ein Plätzchen für einen hungrigen Surflehrer frei?«, fragte Williams.

Livia lachte. Aber Caneddus Laune sank um mindestens dreißig Prozentpunkte. Er hatte nichts gegen Williams, im Gegenteil, er hätte bei Gelegenheit gerne mehr über dessen Leben erfahren, seinen früheren Job, all dieses Geheimdienst- und Militärzeug. Aber die kommenden Stunden wollte er zu zweit mit Livia verbringen. Die Nacht auf der Hütte hatte viel zu abrupt geendet. Er wollte herausfinden, was Livia für ihn empfand. Doch Williams nahm bereits auf dem Vordersitz Platz.

»2401 Pennsylvania Avenue«, erklärte Livia Chang dem Fahrer und strahlte Caneddu an. »Es ist schon alles organisiert, die Sekretärin des Präsidenten war so freundlich.« Sanft legte sie ihre Hand auf seinen Arm.

Sie brauchten keine zwölf Minuten bis zum ›Marcel's‹. Der Empfangschef begrüßte sie beflissen und führte sie zum besten Ecktisch. Es war der Tisch, an dem vier Tage zuvor Aaron Swartz und der Air-Force-General gesessen hatten.

»Normalerweise ist es völlig unmöglich, hier so kurzfristig einen Tisch zu bekommen«, sagte Livia Chang, als sie sich gesetzt hatten, »aber wenn das Büro des Präsidenten anruft …« Doch sie merkte, dass Caneddu ihr nicht zuhörte. Er blickte mit aufgerissenen Augen an ihr vorbei. Hinter sich hörte sie ein Jauchzen.

»*Porco dio!*«

Caneddu sprang von seinem Stuhl auf, Livia Chang drehte sich um und sah Jackie, den pseudofranzösischen Kellner, mit ausgebreiteten Armen auf ihren Tisch zustürmen. Die beiden Männer umarmten einander, schlugen sich freundschaftlich auf den Rücken und sprachen lautstark in einer Sprache, die weder Chang noch Williams je gehört hatten.

»Das ist so was von irre!«, wandte sich Caneddu an seine beiden Begleiter. »Giacomo kommt aus der gleichen Gegend wie ich. Aus meinem Nachbardorf. Er ist einer dieser Saukerle aus Thiesi.« Caneddu kniff dem Kellner in den Arm. »Ich hatte immer eine Heidenangst, wenn Giacco und seine Kumpels unser Dorffest heimsuchten. Aber wir hatten ja zum Glück unsere Leibwache.«

Giacomo alias Jackie lachte laut. »Oh Gott! Sag bloß, die Usai-Brüder gibt es immer noch?«

»Selbstverständlich. Und ich soll dich auch schön grüßen!

Sie wollen demnächst hier essen und mit dir eine alte Rechnung begleichen.« Die beiden Männer lachten wie pubertierende Jungs.

Dann blickte der Kellner Livia Chang an und zuckte mit den Schultern. »Tja, also Sardinien, nicht Südfrankreich ...«

Die Journalistin wurde rot. Sie musste daran denken, wie sie Jackie bei ihrem letzten Besuch hatte auflaufen lassen.

»Was sprecht ihr da für eine Sprache?«, fragte Williams, nachdem sie sich wieder gesetzt hatten und die Speisekarten in Händen hielten. Von einem der benachbarten Tische hörte man Giacomos gespielten französischen Akzent.

»Sardisch«, sagte Caneddu. »Das ist tatsächlich eine eigene Sprache, nicht nur ein Dialekt. Angeblich die dem Latein ähnlichste noch lebende Sprache. Sie wird im Landesinneren immer noch gesprochen.«

Er erzählte eine Weile von seiner Heimat, dann von seiner Forschung und dem wechselhaften Leben zwischen der Universität in Triest, dem Labor unter dem Gran Sasso und dem Forschungszentrum in Genf. Schließlich kam die Sprache auf Lakshmi Rajamottanoree. Caneddu berichtete von einem Abend vor einigen Jahren, bei dem Lakshmi ihm ihr Herz ausgeschüttet hatte. Es war nach einem langen Konferenztag in Marrakesch gewesen. Lakshmi und er hatten sich in einem Café auf einer Dachterrasse über dem Djemaa el-Fna getroffen und dem Treiben der Händler, Geschichtenerzähler und Taschendiebe zugesehen. Lakshmi war an dem Abend sehr melancholisch und erzählte ihm von ihrer qualvollen Kindheit im Kohlenkeller eines Restaurants in Madurai. Von ihrem Peiniger Rachman. Rachman, dessen Namen sie Dutzende Male wiederholte, bis ihre Tränen flossen. Caneddu nahm Lakshmi schließlich in den Arm, der Trost schien ihr gutzutun. Doch plötzlich hatte sie sich mit einer schnellen Handbewegung die Tränen aus dem Gesicht gewischt, war aufgestanden und hatte das Café verlassen.

»Ich habe sie weder vorher noch nachher je in diesem Zustand erlebt. Das ging mir natürlich durch den Kopf, als sie heute so resolut und selbstbewusst auftrat.«

Einen Moment lang schwiegen alle drei. Jeder hing seinen Gedanken nach. In diskreter Lautstärke sprachen sie noch eine Weile über die bizarren Ereignisse des Tages. Giacomo sorgte unterdessen für perfekten Service.

Nachdem sie die düsteren Themen hinter sich gelassen und mit Giacomo einen Grappa getrunken hatten, verließen sie beschwingt das Lokal. Auf der Straße hätte Caneddu um ein Haar einen Affront begangen. Er wollte Williams zum Abschied die Hand schütteln, um ihm zu verstehen zu geben, dass er sich verkrümeln sollte. Doch er bemerkte, dass ihr Aufpasser des Secret Service bereits von der anderen Straßenseite herüberspähte, und ließ es bleiben.

Sie sprangen in den Lincoln und ließen sich ins Hotel fahren. Diesmal legte Livia nicht ihre Hand auf seinen Arm. An der Rezeption nahm jeder seinen Zimmerschlüssel entgegen, als wären sie lediglich Kollegen auf Geschäftsreise. Das Weiße Haus hatte für jeden eine Juniorsuite im ›Willard‹ gebucht.

Als sie die messingverkleidete Aufzugkabine betraten, drückte Livia den Knopf für das vierte Stockwerk und drehte sich zu den beiden Männern um.

»Seid ihr auch auf der vierten Etage?« Sie hielt ihre Zimmerkarte mit der Nummer 416 hoch.

»*Yup*«, sagte Williams. »417, gleich neben dir.«

Caneddu blickte auf seine Zimmerkarte und spürte einen

Stich im Bauch. »Dritter Stock«, sagte er tonlos und drückte den entsprechenden Knopf. Er ließ sich jedoch nichts anmerken. Als sich die Tür zu seiner Etage öffnete, verließ er den Fahrstuhl, ohne zu zögern. Sie wünschten sich freundlich eine gute Nacht. Livias Lächeln brachte ihn kurz aus dem Gleichgewicht.

Die Juniorsuite war fast so groß wie seine Wohnung in Triest und lächerlich luxuriös. Allein das Bad war geräumiger als ein normales Hotelzimmer. Trotz der beiden Flaschen Wein, die sie im Restaurant geleert hatten, öffnete Caneddu die Minibar. Er hatte Lust auf einen Absacker. Doch dann fiel ihm ein, dass er morgen wieder die Welt zu retten hatte. Er beließ es bei einem Tonic Water.

Er nahm einen Schluck. Dann noch einen. Schließlich mischte er doch ein Fläschchen Gin dazu.

Nachdem er sich ausgezogen hatte, fiel ihm auf, dass der Kleiderschrank mit frischer Wäsche gefüllt war. Er fand Unterhosen, Waschzeug, Hemden, Sportslipper und zwei leichte Anzüge von Hugo Boss. Nicht ganz sein Stil, aber passabel. Auf dem Bett lag zudem ein Pyjama. Nicht zu unterschätzen, diese Amerikaner, dachte Caneddu.

Als er sich auf das Bett legte, begann sich alles um ihn herum zu drehen. Die ungeheuerlichen Erlebnisse der letzten Tage und der Alkohol taten das ihre, mehr noch verstörte Caneddu aber die Vorstellung, was sich in diesem Augenblick auf dem Stockwerk über ihm zutragen könnte. Er malte sich aus, wie Williams ohne große Worte Livia in ihr Zimmer begleitete und … Konnte das sein? Hatte Williams nicht im ›Marcel's‹ mit strahlenden Augen von seiner Frau und der gemeinsamen Surfschule erzählt? Aber vielleicht war ja Livia eine Frau, die sich nahm, was sie wollte.

Er sprang vom Bett auf, stellte den halb ausgetrunkenen Gin Tonic ab, zog seine Kleidung wieder an und fuhr sich durch die Haare. Es war inzwischen kurz nach ein Uhr nachts. Er war noch immer müde, aber viel zu aufgekratzt, um jetzt zu schlafen. Kurz studierte er den Grundriss seines Stockwerks auf dem Brandschutzplan, schnappte sich die Zimmerkarte und trat auf den Flur. Über das Treppenhaus stieg er ein Stockwerk höher. Es war ein Spiegelbild seiner Etage. Die Juniorsuiten waren genauso angeordnet wie unten. Über den flauschigen Teppich schlich er an den Zimmern entlang und lauschte an den beiden Türen, hinter denen er Livia oder Williams vermutete. Oder beide zusammen. Doch er hörte keinerlei Geräusch.

Caneddu entschied sich, sein Glück in der Hotelbar zu versuchen. Über das Treppenhaus erreichte er das Erdgeschoss. Die Bar lag im vorderen Bereich der Lobby, gleich rechts vom Haupteingang. Viel Holz, Messingarmaturen, dunkler Teppich. Geschäftsleute, Politiker und Lobbyisten – zumindest hielt Caneddu die meisten Leute dafür – hingen träge auf dunkelbraunen Ledermöbeln herum. Auf den Stühlen am Tresen war mehr los. Die Barkeeper machten Margaritas mit Zuckerrand. Mehrere Flachbildschirme übertrugen ein Baseballspiel aus Kalifornien. Vor einem der Screens erblickte er einen prächtigen Rastalockenkopf. Das war eine gute Nachricht. Williams war nicht mit Livia zugange, sondern sah sich die Übertragung an. Caneddu prüfte, ob Livia auch in der Bar war. Als er gerade überlegte, ob sie vielleicht noch auftauchen würde, winkte ihm Williams bereits zu. Caneddu ließ sich auf den Barhocker neben ihm fallen.

»Hey, Professor, auch Lust auf ein bisschen Baseball?« Williams wandte seinen Blick wieder dem Bildschirm zu.

»Nee, das ist für uns Europäer ein undurchschaubares Spiel. Was trinken Sie?«

»Oh, gerne ein Root Beer, vielen Dank.«

Caneddu bestellte zwei Flaschen davon. Er hielt Root Beer für eine lokale Biermarke. Aber als er mit Williams anstieß und einen Schluck nahm, hätte er das Zeug fast auf den Teppich gespuckt. Was für ein ekelhaftes Gesöff! Williams lachte und signalisierte dem Barkeeper, seinem italienischen Begleiter richtiges Bier auszuschenken.

»Ich liebe es. Ist aber nicht jedermanns Sache.«

Auf dem Bildschirm waren nun jubelnde Fans zu sehen. Das Match war entschieden.

»Und? Zufrieden mit dem Ergebnis?«, fragte Caneddu, der wirklich rein gar nichts von Baseball verstand.

»Nein. Mein Team, die San Diego Padres, haben einen schlechten Lauf. Aber vergessen Sie's.«

Williams wandte sich nun ganz Caneddu zu und begann höflichen Smalltalk über Sport, Italien, Fußball. Caneddu hatte Mühe zuzuhören. Er war müde von dem langen Tag, und er hatte diese Bar wegen Livia aufgesucht. Mehrmals drehte er sich um und hielt nach ihr Ausschau. Irgendwann fiel sein Blick auf eine mindestens 1,80 Meter große weißblonde Frau mit kniehohen Lacklederstiefeln. Sie lächelte ihn frivol an. Bei der Suche nach Livia hatte er vermutlich mehrmals in ihre Richtung geblickt, ohne sie wahrzunehmen. Der Abend lief zunehmend anders, als er sich das erhofft hatte. Nach dem zweiten Bier klopfte er Williams auf die Schulter, entschuldigte sich und wünschte eine gute Nacht.

Er verließ die Bar mit schnellen Schritten, um der Frau mit den High Heels keine Hoffnung zu machen, stieg in den

Fahrstuhl, drückte jedoch nicht den Knopf für seine Etage, sondern wählte Livias Stockwerk.

Als er erneut im Flur vor Livias Zimmer stand, legte er sein Ohr an die Tür. In diesem Moment gab der Fahrstuhl ein lautes »Ping« von sich. Caneddus Herz setzte zwei Schläge aus. Doch er reagierte schnell, zog seine Zimmerkarte hervor und tat so, als sei er im Begriff, das Zimmer zu öffnen. Über die Schulter sah er die große Blonde aus der Bar auf ihn zukommen. Caneddu lächelte freundlich und hielt die Zimmerkarte achselzuckend hoch.

»Schönen guten Abend«, sagte die Frau mit rauchiger Stimme. »Schon bereit für die Nacht?«

Die Frage klang höchst zweideutig. Caneddu antwortete nicht. Was, wenn Livia ihn hörte? Er deutete ein Gähnen an, um der Blondine zu verstehen zu geben, wie müde er war. Die Frau streifte mit einer Hand über seine Schulter und musterte ihn mit einem seitlichen Blick von oben bis unten.

»Oha, die Sprache verloren? Vielleicht lässt sich gegen Erschöpfung ja etwas tun …«

Caneddu entschied sich für radikale Direktheit. Er wedelte mit ausgestrecktem Zeigefinger vor ihrem Gesicht herum.

»Was, ist eigentlich dein Problem, Sweetheart? Geht es auch ein bisschen höflicher?«

Mit einer geschickten Handbewegung schnappte sie Caneddus Zimmerkarte und steckte sie in das Türschloss.

»Bitte nicht!«, entfuhr es Caneddu.

Als das Schloss rot aufblinkte, probierte es die Blondine ein zweites Mal, aber die Tür ließ sich nicht öffnen. Die Frau sah ihn mit einem spöttischen Lächeln an.

In diesem Moment öffnete sich die Tür, bis die vorgelegte Sicherheitskette rasselte. Livias verschlafene Augen kamen zum Vorschein. Ihr Blick fiel auf Caneddu, dann auf die Wikingerfrau, dann wieder auf ihn. Ihr eben noch müdes Gesicht zeigte nun blanke Fassungslosigkeit.

»Was zur Hölle …?«, murmelte sie. Sie wartete keine Antwort ab, sondern schlug die Tür zu.

»Ups!«, rief die Blondine. »Das ging wohl nicht nach Plan.«

Caneddu ließ alle Höflichkeit fahren. »Kümmere dich um deinen eigenen Scheiß.«

Die Frau mit den High Heels schürzte die Lippen, schnalzte zweimal kurz mit der Zunge, machte auf dem Absatz kehrt und entfernte sich mit kokett wackelndem Hintern in Richtung Fahrstuhl. Caneddus Knie zitterten. Livia musste ihn nun entweder für einen Vollidioten oder ein bizarres Sexmonster halten. Er ging zum Treppenhaus.

Als er seine Suite betrat, blinkte ein rotes Lämpchen auf dem Zimmertelefon. Zwei Anrufe in Abwesenheit. Beide waren fast eine Stunde her. Sie kamen von Zimmer 416. Livias Zimmer.

Sie hatte eine Sprachnachricht hinterlassen: »Hey, Nicola. Ich wollte noch mal deine Stimme hören. Bin todmüde. Mein Kopf ist schwer wie eine Abrissbirne. Was für ein Tag! Ich werde noch ein Aspirin nehmen und dann hoffentlich nur gute Träume haben. Vielleicht kommst du ja darin vor. Ich hoffe, es geht dir gut. Vermutlich schläfst du längst. Ciao. Bis morgen.«

Caneddu blickte sich im Zimmer um und kam sich plötzlich unvorstellbar dumm vor. Verärgert zog er sich bis auf die Unterhose aus und griff nach dem Pyjama. Doch er warf ihn wieder hin, setzte sich aufs Bett und riss den Telefonhörer von der Gabel. Er wählte Livias Zimmer an. Sie nahm nach dem vierten Klingeln ab, sagte aber nichts.

»Die blöde Kuh tauchte plötzlich hinter mir auf, genau in dem Moment …«

»In welchem Moment?«

»Als ich bei dir anklopfen wollte.«

»Bei mir anklopfen? Nachdem du vor einer Stunde, als ich anrief, nicht in deinem Zimmer warst?«

»Ich saß mit Kenton in der Bar.«

»Und dort tauchte eine Blondine auf, was dich auf die Idee brachte, ein flotter Dreier sei jetzt genau das Richtige? Weißt du was, Nicola? Ich stehe nicht auf so Zeug.«

»Unsinn. Ich bin in die Bar gegangen, um nachzusehen, ob du zufällig dort bist. Ich stehe kein bisschen auf professionelle Lacklederfrauen.«

Livia dachte einen Moment nach. »Ehrlich gesagt würde das auch nicht so recht zu dir passen.« Sie machte eine Pause. »Oder du bist einer dieser ganz Unauffälligen.« Sie musste lachen.

»Ganz ehrlich? Ich hatte Sorge, dass Kenton und du …«

»Sei nicht albern, Nicola.«

»Ich habe ihn dann zu meiner Erleichterung in der Bar getroffen. Und als ich bei dir vorbeischauen wollte, tauchte plötzlich diese Tussi auf. Sie ist mir wahrscheinlich aus der Bar gefolgt.«

»Hmmm. Das klingt nach einem äußerst komplexen Sachverhalt.«

Nun musste auch Caneddu lachen. »Er ist sogar noch viel komplexer. So komplex, dass er telefonisch eigentlich gar nicht zu erklären ist. Ich …«

»Was?«

»Ich würde es aber gerne erklären. Vielleicht auf neutralem Terrain?«

»Du meinst: persönlich?«

»Ja. Es gibt hier ein absolut bedauerliches Missverständnis.«

»Dreihundertvierzehn, richtig?«

»Äh, ja.«

Sie legte auf.

Caneddu sprang aus dem Bett und blickte sich hektisch im Zimmer um. Er wollte nicht in Unterhose dastehen, falls Livia auftauchte. Eilig begann er, sich wieder anzuziehen. Doch er schaffte nur die Hose und zwei Hemdknöpfe, bis es klopfte. Er zog noch das Sakko über und öffnete die Zimmertür.

Livia stand im Flur. Sie hatte nur einen Pyjama an und an den Füßen die Hotelschlappen. Ohne Worte trat sie ins Zimmer. Sie sah sich schweigend um und richtete den Blick auf Caneddu. Er schloss die Tür. In diesem Moment hielt er alles für möglich, auch eine Ohrfeige.

Doch Livia begann, seine beiden geschlossenen Hemdknöpfe zu öffnen. Nach dem zweiten Knopf zog er sie an sich, und sie lächelte. Sie küssten sich – zunächst zögerlich, dann forschend. Schließlich biss sie ihm in die Unterlippe. Und lachte.

Als Caneddu sein Sakko abstreifte, fiel sein Smartphone auf den Boden. Er dachte kurz daran, es aufzuheben, stieß es aber mit dem Fuß beiseite und küsste Livia erneut. Sie standen eine Weile eng umschlungen da. Nicola genoss das Gefühl von Geborgenheit. Ohne voneinander abzulassen, ließen sie sich auf das Kingsize-Bett fallen und rissen sich die restliche Kleidung vom Leib. Livia gab ein lustvolles Glucksen von sich. Sie liebten sich, als müssten sie dem drohenden Weltuntergang etwas entgegensetzen. Erschöpft und verschwitzt streckten sie sich auf der weichen Matratze aus und fielen in tiefen Schlaf.

Es war noch dunkel, als Caneddu aus intensiven Träumen hochschreckte. Er brauchte einen Moment, um sich zu erinnern, wo er war. Das Plätschern des Wasserhahns im Badezimmer brachte ihn zurück in die Realität. Livia machte sich offenbar fertig für den Tag.

Er schüttelte den Schlaf ab, und die Ereignisse der vergangenen Tage ergriffen Besitz von ihm. Die grausame Entführung in München, die Schießereien am CERN, die gewaltigen Explosionen auf drei Erdteilen, die ungeheuerliche Geschichte rund um Lakshmis Ziehvater Ettore Majorana. All das spulte sich vor seinem geistigen Auge ab wie ein neorealistischer Film. Und doch erschien es unwirklich. Er war in Washington. Eine globale Krise bahnte sich an. Indien besaß offenbar die Technologie für eine völlig neuartige Waffe. Und er befand sich mitten in diesem Irrsinn.

Sein Blick schweifte durch das Zimmer. Unter anderen Umständen hätte er einen Aufenthalt in so einem Luxushotel genossen. Der Stil war nicht seiner, die antik anmutenden Möbel, die schweren und edlen Stoffe, der dicke Teppich, der dem Raum zu viel Heimeligkeit gab. Dafür fühlte man sich wie ein Adeliger in einer Historien-Serie. Am Boden lag noch überall verstreut seine Kleidung. Sein Handy musste dort irgendwo sein. In dem Augenblick trat Livia in einen Bademantel gehüllt ins Zimmer. Sie sah fantastisch aus. Ihre Haare waren nass, ihr Gesicht war zart gerötet, sie war ungeschminkt. Caneddu wünschte sich, er wäre jetzt mit ihr in genau diesem Hotelzimmer, aber anderswo, in Triest vielleicht. Oder auf Sardinen. Sie würden sich ein weiteres Mal lieben und später in einem Café Cappuccino und *cornetti* genießen.

»Wir müssen los«, sagte Livia, während sie ihr Haar trocken rubbelte. Caneddu nickte stumm, trat auf sie zu und küsste sie. Sie lächelte ihn an, bevor sie sich aus der Umarmung löste. Sie hatte recht, sie mussten los.

Er duschte eilig, schlang sich ein Handtuch um die Hüfte und griff nach seiner Zahnbürste, da fiel sein Blick auf den Waschtisch. Sein Smartphone lag dort. Er war sicher, es nicht dorthin gelegt zu haben.

Oder doch? Auf dem Sperrbildschirm sah er, dass er am Abend zuvor eine Mitteilung von Lakshmi erhalten hatte. Sie enthielt nur drei Wörter: »Lass uns reden.« Was wollte sie mit ihm besprechen? Er überlegte, ob er antworten oder sogar anrufen sollte. Aber er ließ es. Hatte Livia die Nachricht gesehen? Oder nach etwas anderem auf seinem Handy gesucht? Kannte sie seinen Code? Er fühlte den Drang, sie danach zu fragen. Aber was, wenn er sie zu Unrecht verdächtigte und das Telefon doch selbst im Bad abgelegt und es nur vergessen hatte?

Caneddu öffnete sein E-Mail-Konto und seine Textnachrichten. Er fand nichts Ungewöhnliches. Da fiel sein Blick auf ein kleines Symbol am oberen Bildschirmrand, eine Antenne mit konzentrischen Kreisen. Es war das Symbol für eine drahtlose Verbindung zu einem anderen Handy. Caneddu war sicher, diese Funktion nicht eingeschaltet zu haben. Er benutzte sie nie.

Als er zurück ins Zimmer ging, war Livia verschwunden. Caneddu zog ein gebügeltes Hemd, einen anthrazitfarbenen Anzug und ein paar dunkle Wildlederslipper an und machte sich auf die Suche nach dem Frühstücksraum des ›Willard‹.

DAS WEISSE HAUS

WASHINGTON D.C., USA

1. August

Die Secret-Service-Leute an der Westpforte des Weißen Hauses hatten offenbar klare Anweisungen. Sie winkten das Regierungsfahrzeug, in dem sich Livia Chang, Nicola Caneddu und Kenton Williams befanden, sofort durch. Zwei Beamte führten sie in den unterirdischen Situation Room, wo sie auf eine andere Runde trafen als am Vortag. Der amerikanische Präsident fehlte, ebenso die deutsche Bundeskanzlerin. Dafür waren zwei neue Gesichter hinzugekommen. Die großen Flachbildschirme waren ausgeschaltet.

Aaron Swartz, der stellvertretende Nationale Sicherheitsberater, begrüßte alle zur morgendlichen Besprechung. Man setzte sich, Kaffeebecher wurden gefüllt und Donuts verteilt. Caneddu hielt mehrere Plätze Abstand zu Livia. Sie hatten auf der Fahrt vom Hotel hierher nicht viele Worte gewechselt. Die Sache mit seinem Telefon hatte ihn zutiefst verunsichert. Swartz ergriff das Wort.

»Guten Morgen. Bevor ich zum Update über die Ereignisse in der Nacht komme, darf ich zwei neue Mitglieder unseres Teams vorstellen: Elaine Underwood von der NSA sowie Malcolm Smith von der CIA.«

Eine hochgewachsene Frau mit kurzem blondem Haar und ein übergewichtiger Schnauzbartträger mit nach hinten gegelten Haaren nickten in die Runde.

»Die beiden sind erfahrene Analytiker und fungieren für uns als Verbindungsleute zum Auslandsgeheimdienst sowie zum Nachrichtendienst.«

Man nickte sich zu. Swartz schob seine schwarze Brille zurecht, nahm eine Handvoll Zettel vom Tisch und begann zu berichten.

»In den Stunden seit unserem gestrigen Treffen ist Folgendes passiert: Es liegen detaillierte chemische Analysen aus Montana vor. In der Umgebung des Kettensägenmassakers wurden keinerlei Spuren radioaktiver Elemente gefunden und auch keine Hinweise auf klassische Sprengstoffe. Nichts von alledem.«

»Unglaublich«, murmelte Sternberg. »Gibt es irgendwelche anderen Spuren? Chemische Signaturen, physikalische Parameter …«

»Na ja, es gibt einen Messwert, aber wir wissen nicht genau, was wir damit anfangen sollen. Es wurde eine erhöhte Konzentration von Argon in der Luft festgestellt. Argon ist ein Edelgas, das natürlicherweise zu etwa einem Prozent in der Atmosphäre vorkommt, aber in dem zerstörten Nationalpark von Montana war die Dichte weitaus höher.«

»Ein völlig ungiftiges Gas, ein sogenanntes Edelgas, das kaum je chemische Bindungen eingeht«, sagte Caneddu.

»Ja, es ist in keiner Weise als gefährlich oder als Bestandteil gefährlicher Substanzen bekannt«, bestätigte die große Blonde von der NSA.

Die Anwesenden blickten einander ratlos an.

»Wir bekommen heute noch einen Zug deutscher Spürpanzer vom Typ Fuchs. Sie müssten am Mittag in Montana eintreffen. Vielleicht finden die doch etwas. Außerdem noch eine Kleinigkeit: Eine automatische Wetterstation hat meteorologische Daten aufgezeichnet, bis sie von der Druckwelle der Detonation weggefegt wurde. Das Gerät registrierte kurz vor seinem Ausfall einen massiven Druckanstieg auf das Tausendfache des normalen Luftdrucks. Das ist alles, was wir haben.«

»Was ist mit der Suche nach versteckten Sprengladungen an anderen Orten? An potenziell sensiblen Knotenpunkten oder in Ballungsräumen?«, fragte Livia Chang.

»Wir können unmöglich die Cops im ganzen Land alarmieren«, mahnte Swartz, »das wäre innerhalb kürzester Zeit in allen Medien, eine unvorstellbare Massenpanik wäre die Folge. Wir brauchen einen Plan, wie wir diese grauenhaften Dinger ohne Aufsehen finden und entschärfen. Das führt mich zum nächsten Punkt: Wonach suchen wir eigentlich?«

Er blickte Caneddu auffordernd an.

»Ich habe darüber nachgedacht«, sagte der Physiker, »und komme zu keinem guten Ergebnis. Die eigentlichen Sprengladungen, wie Sie es nennen, sind winzig. Es braucht vermutlich nur eine überschaubare Apparatur, um sie in Position zu halten. Wahrscheinlich werden sie elektrostatisch stabilisiert. Als Neutrinodetektor kommen ein paar hundert Gramm Halbleitermetall dazu, an die man eine elektrische Spannung anlegt. Vielleicht Germanium. Und Kühlmittel. Flüssiger Stickstoff sollte genügen. Alles ist chemisch neutral und nicht radioaktiv. Erst wenn die Neutrinos eintreffen – Bumm.«

Caneddu zog sein Smartphone hervor und zeigte darauf ein Bild in die Runde. Es war das Titelbild einer Ausgabe der Zeitschrift ›Science‹. Es zeigte eine Apparatur, die aussah, als hätte sie ein Hobbyelektroniker in seinem Keller zusammengebastelt.

»Neutrinos kann man mit einem kleinen Gerät wie diesem hier aufspüren. Nicht größer als ein Haushaltsgerät. Vielleicht haben die Inder sogar einen Weg gefunden, sie noch kleiner zu bauen. Man braucht für den Betrieb nur eine Energieversorgung, vermutlich einen Stromanschluss. Wahrscheinlich ist auch ein Akku dabei, um einen Stromausfall zu überbrücken. Ein gepulster Strahl Neutrinos weckt den Detektor sozusagen auf und bringt das Strangelet zur Detonation. Womöglich sieht der gesamte Detektor von außen aus wie ein stinknormaler Kühlschrank.«

»Also keine Chance, so etwas in einer Großstadt zu finden«, folgerte Aaron Swartz.

»Ein Kühlschrank irgendwo in New York? Unmöglich. Hinzu kommt, dass weder der Detektor noch das Strangelet einen Geruch haben, und sie senden auch keinerlei Strahlung aus«, erklärte Caneddu. »Man kann sich also weder mit Spürhunden noch mit Geigerzählern auf die Suche machen. Das ist das Teuflische.«

Alle schwiegen. Caneddu stellte sich vor, wie in einem Kellerloch in Manhattan ein Kühlschrank stand, in dem ein staubkornkleiner Neutronenstern darauf wartete, zu explodieren. Die Schockwelle würde mehrere Häuserblocks zum Einsturz bringen.

»Wir müssen die Schlange am Kopf packen«, sagte Sternberg plötzlich.

»Wie das?«, fragte Swartz.

»Wir müssen herausfinden, wo diese Strangelets und die Detektoren hergestellt werden und vor allem, wo der Neutrinostrahl erzeugt wird, der die Dinger zur Detonation bringt.«

»Klingt logisch«, fand Williams.

»Das kann irgendwo auf der Welt passieren. Wie gehen wir vor?«, fragte Swartz.

Sternberg stand auf, hob den Finger und ging ein paar Schritte in den Raum. Dann drehte er sich zu den anderen um. »In der Wirtschaft sagen sie: Folge dem Geld.«

»Wie soll das in diesem Fall funktionieren?«, fragte Smith, der dicke CIA-Mann. »Wo spielt hier Geld eine Rolle?«

»Das Pendant zum Geld ist in unserem Fall der Strom«, dozierte Sternberg.

»Strom?«

»Ja, elektrischer Strom. Sowohl die Herstellung von Strangelets als auch der Betrieb eines Neutrinostrahls erfordern gewaltige Mengen an Energie. Elektrische Energie. Die zweigt man nicht mal eben so aus einer Steckdose ab. Wir reden immerhin vom Stromverbrauch einer mittelgroßen Stadt.«

»Interessant«, sagte Smith. »Wenn wir annehmen, dass beides in Indien geschieht, sollten wir das dortige Stromnetz wohl mal unter die Lupe nehmen.« Der CIA-Mann stand auf, ging zu einem der verwaisten Technikerplätze und begann ein Telefongespräch.

»Was noch?«, fragte Swartz in die übrige Runde.

»Kühlwasser«, sagte Caneddu.

Alle blickten ihn an. Der Physiker zuckte mit den Schultern. »Ja, Kühlwasser. Massen davon. Die fraglichen Anlagen verbrauchen vermutlich jede Menge Wasser.«

Josef Sternberg nickte zustimmend.

»Sie meinen, wir suchen einen Fluss?«, fragte Swartz.

»Möglicherweise. Es reicht aber auch ein statisches Reservoir. Ein See oder Ähnliches.«

Ein Handy brummte. Es war Elaine Underwoods Gerät. Die NSA-Frau blickte auf das Display und tippte einen Code ein. Während sie die Nachricht las, klappte ihr das Kinn nach unten. Sie stand auf und blickte mit aufgerissenen Augen in die Runde.

»Wir haben einen Treffer«, sagte sie aufgeregt.

»Wie bitte? Sie haben doch nicht …«, stammelte Swartz.

»Doch, haben wir. Eines dieser Biester ist aufgetaucht.«

»Eines von diesen Strangelet-Dingern? Im Ernst?« Auch Josef Sternberg wirkte elektrisiert. »Wo? New York? Washington? Chicago?«

»Eunice.«

»Wo zur Hölle …?«

»New Mexico. Ein Kaff mit dreitausend Einwohnern. In einem Keller.«

Die Geheimdienstfrau tippte hektisch auf ihrem Smartphone herum und blickte befremdet auf das Display. »Ich habe ein Foto davon bekommen. Es sieht aus wie … wie eine Waschmaschine. Ein Toplader.«

Sie zeigte allen das Bild. Eine weiß lackierte, mittelgroße Waschmaschine war darauf zu sehen. Sie hatte die üblichen Knöpfe für verschiedene Waschgänge. Und sie war an eine Steckdose angeschlossen. Allerdings waren keine Wasserschläuche zu sehen.

»Wie sind Sie darauf gestoßen?«, fragte Sternberg. »Dazu noch in so einer Einöde?«

»Ich habe mir heute Nacht die Aufzeichnungen Ihrer Videogespräche mit dem indischen Premier mehrmals angesehen. An einer Stelle brüstet sich Mr. Bakshi, zwei dieser Strangelet-Bomben mit UPS verschickt zu haben. Wir haben daraufhin die UPS-Datenbank durchforstet.«

»Meine Güte, da werden doch sicherlich jeden Tag Millionen Pakete verschickt«, sagte Swartz.

»Richtig, aber wir haben ein paar Filterkriterien angewendet. Haben Sie schon einmal vom Volumengewicht gehört?«

»Nein.«

»Das ist das Verhältnis der Größe des Pakets zu seinem Gewicht. Und nach allem, was ich weiß, suchen wir nicht übermäßig große, aber übermäßig schwere Geräte. Wir haben daher die Datenbank nach diesen Suchkriterien gefiltert. Pakete, die in etwa das Volumen eines Kühlschranks haben, aber ein Vielfaches davon wiegen. So etwas kann nur mit einer Spezialpalette geliefert werden. Derartige Lieferungen gab es in den letzten Monaten einige Dutzend in den USA. Bundesagenten haben in den vergangenen Stunden alle entsprechenden Lieferadressen abgeklappert. Das meiste waren Spezialteile für Ingenieure und Maschinenbaubetriebe. Aber die Lieferung nach Eunice war anders. Das hat unsere Aufmerksamkeit erregt. Die Lieferadresse war nämlich ein stinknormales Einfamilienhaus. Wir haben die Feds hingeschickt. Und tatsächlich, das Ding steht im Keller des Hauses. Nur dass in dem Haus niemand wohnt. Das Gerät sieht aus wie eine Waschmaschine, aber der Deckel geht nicht auf, es gibt keine Wasseranschlüsse – und das Beste: Es lässt sich von Hand nicht verrücken, keinen Millimeter. Das Ding ist laut Lieferschein mehr als drei Tonnen schwer.«

»Und warum, um alles in der Welt, wurde so ein Gerät ausgerechnet nach New Mexico verschifft, in ein Dreitausend-Seelen-Kaff am Arsch der Welt?«, fragte Swartz.

»Ich glaube, ich kenne die Antwort«, meldete sich Josef Sternberg zu Wort. Er machte ein besorgtes Gesicht. »Eunice, sagten Sie? Das ist ein winziger Ort an der Grenze zwischen New Mexico und Texas, richtig?«

»Ja, stimmt«, sagte die NSA-Frau.

»Öffnen Sie mal Google Maps und sehen Sie nach, was einige Meilen östlich davon liegt.«

Die NSA-Analystin tat es. Dann hob sie den Kopf vom Smartphone und sah Sternberg an. »Eine Mülldeponie.«

»Noch ein Stückchen weiter.«

»Eine Firma namens Urenco.«

»Das ist die modernste und größte Anlage für die Anreicherung von Atombrennstoffen in den USA«, sagte der alte Physiker. »Eine Detonation dort könnte das gesamte amerikanische Nuklearprogramm zunichte machen, von Atomkraftwerken über U-Boot-Antriebe bis hin zu waffenfähigem Plutonium. Außerdem wäre es eine riesige Umweltsauerei, wenn jemand die Anlage in die Luft jagt. Die Strahlenbelastung wäre enorm, die weitere Umgebung wäre auf Jahre hinaus radioaktiv verseucht und damit unbewohnbar.«

Aaron Swartz stieß einen Fluch aus, sprang vom Stuhl auf und rief: »Wir fahren sofort los!«

TEIL III

ANDREWS AIR FORCE BASE

WASHINGTON D.C., USA

1. August

Die siebenköpfige Gruppe erreichte die Andrews Air Force Base in zwei dunkelblauen Chevrolet-Limousinen. Es war der Militärflughafen, auf dem Caneddu, Williams und Chang am Vortag mit der deutschen Regierungsmaschine gelandet waren. Um kein Aufsehen zu erregen, hatten sie sich an der Ausfahrt des Weißen Hauses in die unauffälligen Chevys gezwängt. Erst als sie einige Blocks entfernt gewesen waren, hatten die Fahrer des Secret Service Blaulichter aufs Dach gestellt und waren in Richtung Flughafen gerast.

Nach einer kurzen Ausweiskontrolle fuhren sie an die Gangway einer hellblauen Boeing C-32, der Militärversion einer 757. In Begleitung von drei Secret-Service-Leuten gingen sie an Bord. Kaum waren ihre Sicherheitsgurte angelegt, setzte sich die Maschine in Bewegung, rollte zur Startbahn, und der Pilot gab Vollgas.

Das Flugzeug war enger als der Airbus der deutschen Bundeskanzlerin, aber ähnlich komfortabel. Swartz erklärte, dass diese Maschine üblicherweise dem Vizepräsidenten sowie der Außenministerin zur Verfügung stand. Nach rund zwei Stunden bat Swartz die Gruppe zu einer Besprechung an einen schmalen Tisch. Malcolm Smith von der CIA fing an zu sprechen.

»Meine Leute haben das Stromnetz Indiens unter die Lupe genommen. Den Bericht habe ich eben erhalten. So wie ich es verstanden hatte, suchen wir eine Stromquelle, die mehrere Hundert Megawatt liefert und vermutlich erst vor wenigen Jahren ihren Betrieb aufgenommen hat. Tatsächlich gibt es da einen rauchenden Colt. Ganz im Süden, an der äußersten Spitze Südindiens, im Bundesstaat Tamil Nadu. Dort liegt, direkt am Meer, das Kernkraftwerk Kudankulam. Der Bau begann 2002, aber der erste Reaktorblock wurde erst 2014 eingeschaltet. Offiziell läuft die Inbetriebnahme sehr holprig. Es gibt laut Angaben des Betreibers mehrere Monate im Jahr Stillstand. Offiziell.«

»Was wollen Sie andeuten?«, fragte Caneddu.

»Wenn man der örtlichen Bevölkerung sagt, das Kraftwerk sei immer mal wieder ausgeschaltet, dann erregt das zwar Unmut, aber niemand wundert sich, wenn der Strom ausbleibt. Theoretisch könnte das Kraftwerk in diesen angeblichen Stillstandsphasen seinen Strom anderswo hinliefern. Für die Anwohner ist es schwer zu sagen, ob ein Kraftwerk in Betrieb ist. Aber wir haben das überprüft und das ins Meer geleitete Kühlwasser mit Infrarot-Satelliten gemessen. Bingo. Obwohl es angeblich ausgeschaltet ist und lediglich gewartet wird, blubbert das Ding jede Menge heißes Wasser in den Indischen Ozean.«

»Das sieht verdammt nach unserer Energiequelle aus«, sagte Swartz.

»Tamil Nadu?«, unterbrach Caneddu. »Liegt nicht die Stadt Madurai in diesem Bundesstaat?«

»Das ist korrekt«, erklärte die NSA-Analystin. »Ich war

einmal als Touristin in Madurai. Es gibt dort eine der beeindruckendsten Tempelanlagen Indiens. Den Minakshi-Tempel.«

»Und Madurai ist der Geburtsort einer gewissen Lakshmi Rajamottanoree«, sagte Caneddu grimmig. »Das hat sie mir in Marrakesch erzählt.«

Aaron Swartz blickte erstaunt durch seine runden Brillengläser. »Dann fügt sich ja einiges zusammen. Wie gehen wir weiter vor?«

Der CIA-Mann zuckte mit den Schultern. »Der Nachteil des Kraftwerks ist, dass es sich um einen Reaktor vom Typ WWER handelt. Ein russisches Modell. Wäre es ein amerikanischer Westinghouse-Reaktor, könnten wir die Steuersoftware im Nullkommanix hacken.«

»Um was zu tun?«

»Wir könnten nachsehen, wann das Kraftwerk in letzter Zeit besonders aktiv war. «

Swartz nickte. Elaine Underwood räusperte sich. Alle blickten sie an.

»Das ist jetzt streng vertraulich«, sagte sie, »aber es gibt da eine Möglichkeit …«

»Eine Möglichkeit, einen russischen Atomreaktor zu hacken?«, fragte Swartz erstaunt. »Ihr NSA-Typen seid echt nicht zu unterschätzen.«

»Ja, nur ist es leider nicht unsere Software. Wir müssten um Amtshilfe bitten.«

»Die Israelis?«, fragte Swartz mit hochgezogenen Augenbrauen. »So wie damals, als die Zentrifugen der iranischen Atomanlage gehackt wurden? Wie hieß dieser Computerwurm doch gleich?«

»Stuxnet.«

»Na, dann rufe ich wohl am besten gleich mal in Tel Aviv an«, meinte er.

Die Versammelten verteilten sich wieder in der Kabine. Der stellvertretende Nationale Sicherheitsberater führte an einem Arbeitstisch ein langes Telefongespräch.

Am frühen Nachmittag landete die Maschine auf einem winzigen Provinzflughafen in der Einöde von New Mexico. Durch die Kabinenfenster war zu sehen, wie der Horizont flirrte. Zwei Fahrzeuge der FBI-Außenstelle von Albuquerque standen auf dem Rollfeld. Die fünfzig Meter Fußweg von der Gangway zu den blauen Regierungslimousinen genügten, um Schweißausbrüche auszulösen. Caneddus Hemd begann bereits, auf der Haut zu kleben, kaum saß er mit Livia und Williams auf dem Rücksitz eines der FBI-Autos. Als ihn der kalte Wind der Klimaanlage anblies, fürchtete er, am Abend mit Fieberschüben im Bett zu landen.

Die FBI-Leute chauffierten sie schweigend in Richtung Süden, wo sie nach einer guten Dreiviertelstunde Eunice erreichten. Der Ort war trist, ein menschenleeres rechtwinkeliges Gitter aus Straßen mit schmucklosen weiß-grauen Bungalows. Keine Spur von Läden oder Gaststätten. Am Ostrand dieses Kaffs hielten sie vor einem der Einfamilienhäuser. Zwei Anzugträger warteten im Schatten der Veranda. Als die Ankömmlinge aus den Autos stiegen, brannte ihnen erneut die Gluthitze auf der Haut. Einer der FBI-Menschen, offenbar derjenige mit dem höchsten Dienstrang, verteilte Wasserflaschen und gab der Gruppe ein kurzes Briefing.

»Das Haus hat vor wenigen Monaten den Eigentümer gewechselt. Der aktuelle Besitzer ist eine Strohfirma auf den Caymans. Der Kaufpreis wurde prompt überwiesen, und die laufenden Kosten werden per Bankeinzug abgebucht. Auch die Stromrechnungen. Die Nachbarschaft ist so anonym, dass es niemanden interessiert, ob hier tatsächlich jemand wohnt. Offen gesagt ist das hier keine Toplage.«

Als sie das Gebäude betraten, wurde sofort klar, dass hier niemand wohnte. Eine dünne Staubschicht lag auf dem Boden, den Fenstersimsen, den Türklinken. Möbel gab es fast keine, die Küche war leer, die Vorhänge zugezogen.

Die FBI-Beamten führten die Gruppe in den Keller, wo hinter einem Haufen halb zerrissener Pappkartons eine nagelneu aussehende Waschmaschine stand. Deren Stromkabel steckte in einer Steckdose. Aber sonst gab es keine Anschlüsse. Die Maschine brummte kaum hörbar.

»Das Ding ist mörderisch schwer«, sagte einer der FBI-Beamten, »wir haben vorsichtig dran gezogen, es aber schnell aufgegeben. Das war wahrscheinlich auch besser so. Wer weiß, was das ist.«

»Leider geheim«, sagte Swartz in strengem Ton. »Und ab jetzt lässt jeder die Finger davon!«

Die Bundesbeamten nickten unterwürfig.

»Es dürfte ungefährlich sein, das Ding zu bewegen«, meinte Caneddu. »Wenn es das ist, was Lakshmi behauptet, dann können wir problemlos daran rütteln. Nur ein Neutrinostrahl kann …«

»Moment bitte«, unterbrach ihn Aaron Swartz barsch und schickte die FBI-Leute aus dem Keller. Als sie unter sich waren, durfte Caneddu weitersprechen.

»Was ich sagen wollte … Meiner Meinung nach ist das Ding komplett ungefährlich, solange nicht ein Neutrinostrahl mit der passenden Resonanzfrequenz darauf trifft.«

»Was machen wir also?«, fragte Williams.

»Erst mal den Stecker rausziehen«, sagte Caneddu.

Alle hielten die Luft an.

»Was ist, wenn sie eine Sprengfalle eingebaut haben?«, fragte Williams.

»Das halte ich für extrem unwahrscheinlich«, sagte Caneddu. »Die Dinger wurden für den großen Rumms gebaut. Nicht, um irgendwelchen Schnüfflern die Finger abzureißen.«

»Sollten wir nicht auf Nummer sicher gehen?«, wandte sich Williams an Swartz.

»Das ist zweifellos besser«, sagte der Sicherheitsberater und blickte auf sein Handy. »Kein Empfang. Ich gehe hoch und fordere ein Entschärfungskommando an.«

Swartz verließ den Keller über die Treppe nach oben, die anderen folgten ihm. Nur Caneddu blieb zurück. Als er allein war, fasste er spontan einen Entschluss und zog den Stecker aus der Steckdose. Das Brummen der Maschine verstummte, und ein Klicken war zu hören. Caneddu vermutete, dass sich der Verschluss des Deckels geöffnet hatte. Tatsächlich ließ sich die Abdeckung der Maschine nun anheben. Dichter Dampf trat aus dem Inneren hervor und sank wie ein Schleier an den Seitenwänden des Geräts hinab. Caneddu ging hoch zu den anderen, die sich mittlerweile vor dem Haus versammelt hatten.

»Ihr könnt wieder runterkommen. Gefahr gebannt«, sagte er mit einem Grinsen.

Swartz blickte ihn halb fragend, halb empört an.

»Sie haben doch nicht …«

»Doch. Alles okay. Der Strom ist gekappt. Das Ding ist genau das, was ich vermutet hatte. Ein tiefgekühlter Neutrinodetektor, vermutlich aus Germanium, mit Strangelet in der Mitte.«

»Schsch, nicht vor den FBI-Leuten. Gewöhnen Sie sich

endlich an die Geheimhaltung, verdammter Mist«, fluchte Swartz.

Dann folgten sie Caneddu zurück in den Keller. Dort quoll noch immer Dampf aus der weiß lackierten Maschine. Sternberg näherte sich furchtlos und blickte interessiert in die Öffnung. Die anderen hielten Abstand.

»Kein Problem«, sagte Caneddu mit ruhiger Stimme. »Der Dampf stammt von flüssigem Stickstoff, mit dem der Halbleiter-Kristall gekühlt wird. Bei niedrigen Temperaturen ist Germanium ein hervorragender Neutrinodetektor. Jetzt, da die Maschine geöffnet ist, verdampft das Kühlmittel. Das Germanium erwärmt sich und verliert seine Fähigkeit, Elementarteilchen aufzuspüren. In diesem Zustand ist die Maschine völlig ungefährlich. Auch ein Neutrinostrahl kann nichts mehr ausrichten.«

»Wo ist das Strangelet?«, fragte Sternberg, der noch immer mit zusammengekniffenen Augen von oben in die Öffnung starrte.

Caneddu trat zu ihm und deutete auf einen winzigen Behälter in der Mitte. Er hatte die Größe eines Golfballs.

»Wahrscheinlich hier drin. Die komprimierte Materie selbst dürfte kleiner als ein Pfefferkorn sein. Dennoch können wir sie nicht von Hand herausheben. Sie ist wahrscheinlich mehrere Tonnen schwer. Wir sollten noch den Germanium-Zylinder herausheben, der das Strangelet umgibt. Dann lässt sich das ganze Ding auch nicht wieder einschalten und bleibt ungefährlich wie eine Pellkartoffel.«

Mit Williams' Hilfe machte sich Caneddu an die Arbeit. Gemeinsam hievten sie einen rotbraun glänzenden Metallzylinder, der das Strangelet umgab, aus der Maschine und stellten das Teil auf den Kellerboden. Die feuchte Luft kondensierte daran, vereiste und verwandelte das Metall in einen Zuckerkuchen.

»Okay, ich weise die Bundesbeamten an, für den Abtransport zu sorgen«, sagte Aaron Swartz. »Die werden wahrscheinlich ein ABC-Kommando zurate ziehen wollen. Wenn sie keine radioaktiven, biologischen oder chemischen Gefahrstoffe feststellen, kommt das ganze Ding vorerst unter Verschluss, am besten unter dem Yucca Mountain in Nevada. Bis dahin bleibt dieses Haus versiegelt.«

»Dafür werden Sie einen Kran brauchen«, sagte Caneddu. Er hatte offensichtlich Freude daran, Swartz ein wenig aus der Reserve zu locken. »Das tonnenschwere Strangelet ist noch drin.«

Swartz rollte die Augen.

Sie stiegen wieder in die FBI-Autos und machten sich auf den Weg zurück zum Flughafen. Die Sonne stand bereits knapp über dem Horizont, noch immer hatte es mehr als vierzig Grad. Die spärlichen Büsche am Straßenrand warfen lange Schatten auf den bronzefarbenen Wüstenboden.

Nach einer halben Stunde läutete Swartz' Telefon. Er nahm das Gespräch an, sagte aber nur mehrmals »Ja« und »Verstehe«. Nachdem er aufgelegt hatte, wandte er sich Caneddu und Williams auf der Rückbank zu.

»Es gibt neue Erkenntnisse über das Atomkraftwerk in Tamil Nadu. Die NSA hat es tatsächlich mithilfe der Israelis geschafft, die Steuersoftware des Reaktors zu hacken. Das Ding lief in den vergangenen Monaten auf Hochtouren. Und, haltet euch fest, gestern um kurz vor acht Uhr am Abend US-Ostküstenzeit stieg die Leistung auf ein absolutes Maximum.«

LEA COUNTY REGIONAL AIRPORT

NEW MEXICO, USA

1. August

Als sie den Flughafen erreichten, war es nahezu dunkel. Die FBI-Fahrzeuge fuhren durch ein bewachtes Tor auf das Rollfeld und hielten an dem Bug der blau-weißen Boeing C-32. Die beiden Triebwerke des Jets liefen bereits. Die Mitglieder der Taskforce stiegen die Gangway nach oben, traten in die Kabine und verteilten sich auf die Sitze.

Livia und Caneddu nahmen nebeneinander Platz. Sie lehnte ihren Kopf an seine Schulter.

»Wie geht es jetzt weiter?«, fragte sie.

»Keine Ahnung. Dieser Fund war reiner Zufall. Wir werden die anderen Strangelets niemals aufspüren, fürchte ich. Du hast ja gesehen, wie so etwas aussieht. Völlig unspektakulär.«

Während die Maschine in den Himmel stieg, blickte Caneddu aus dem Oval des Kabinenfensters auf die inzwischen anthrazitgraue Wüste. Am Horizont war noch ein hellblauer Schimmer des verblichenen Tages zu sehen. Die Regierungsmaschine flog geradewegs darauf zu.

Mit einem Fluch sprang Caneddu auf und spurtete durch die Kabine nach vorne. Ohne Vorrede blaffte er Aaron Swartz an.

»Was soll das? Warum fliegen wir nach Westen und nicht nach Washington? Weshalb wird so etwas nicht besprochen? Ich bin nicht Ihr Angestellter und schon gar nicht irgendein Lakai, den man kommentarlos durch die Weltgeschichte kutschiert. Ich will augenblicklich wissen, was hier vorgeht!«

Williams, der neben Swartz saß, hob die Hand. Es sollte eine beruhigende Geste sein, aber Caneddu wurde noch zorniger. Schließlich erhob sich Swartz von seinem Sitz.

»Nehmen Sie Platz, Professor Caneddu. Mrs. Underwood und die beiden Herren werden Ihnen erklären, was wir herausgefunden haben. Danach steht es Ihnen frei zu entscheiden, wie es weitergehen soll.«

Caneddu musste daran denken, wie Williams ihn wenige Tage zuvor auf Sardinien mit ähnlichen Worten überredet hatte, zum CERN zu reisen. Er setzte sich dennoch an den Tisch und blickte die Geheimdienstler und den Ex-Soldaten mit funkelnden Augen an.

»Also, was geht hier vor?«

Williams begann zu sprechen.

»Von dem Kraftwerk in Tamil Nadu wissen Sie bereits. Die NSA hat unterdessen das Stromnetz von Südindien unter die Lupe genommen. Wie Sie sich vielleicht vorstellen können, gibt es dort nicht viele Höchstspannungsleitungen. Aber vom Kraftwerk führt eine 380.000-Volt-Trasse ins Landesinnere.« Auf seinem Laptop zeigte er Caneddu, von welcher Region die Rede war. »Eine Abzweigung führt in westlicher Richtung nach Trivandrum in Kerala, eine andere östlich nach Chennai, der Hauptstadt von Tamil Nadu.«

»Das ehemalige Madras. Eine riesige Metropole. Für mich klingt das alles plausibel und unauffällig«, sagte Caneddu.

»Ja, bis auf eine Tatsache.«

»Und die wäre?«

»Wir konnten die elektrische Leistung ermitteln, die in den vergangenen Jahren durch diese beiden oberirdischen Leitungen in die Metropolen floss.«

»Jetzt spannen Sie mich doch nicht so auf die Folter!«

»Vernachlässigbar. Fast nichts. Der ganze Saft aus dem Kraftwerk muss woanders hinfließen.«

»*Pazzesco!*«, entfuhr es Caneddu.

Williams deutete auf den Laptop. »Wir haben daher nach weiteren Stromtrassen gesucht. Aber keine gefunden – zumindest keine oberirdischen.«

»Sie meinen, die Inder haben eine unterirdische Leitung verlegt? Das kostet enorm viel Geld.«

»Ja, aber es scheint so zu sein.«

Williams spielte ein Video ab, ähnlich wie die Aufnahme, welche die verborgenen Baustellen am CERN enthüllt hatte. Diesmal waren es Luftaufnahmen aus Südindien.

»Sehen Sie hier. Das sieht auf den ersten Blick aus wie ein Pipelinebau. Oder ein Entwässerungsgraben. Aber unsere Experten konnten es mit einem Lidar entschlüsseln …«

»Eine Gleichstromleitung«, murmelte Caneddu. »Eine Hochleistungstrasse, wie sie die Chinesen am Drei-Schluchten-Staudamm installiert haben. Wohin führt sie?«

»Wir konnten das Kabel bis hierher nachverfolgen«, sagte Williams und tippte auf das Luftbild.

»Was?!«, rief Caneddu. »Das ist ja Madurai, Lakshmis Geburtsstadt. Sie ist dort aufgewachsen. Aller Wahrscheinlichkeit nach hat Ettore Majorana sie als Kind dort unterrichtet.«

Williams nickte und öffnete Satellitenkarten des Großraums von Madurai. Es war nach indischen Maßstäben keine Metropole, aber gut eine Million Menschen lebten dort. Sie schoben das Satellitenbild hin und her, zoomten hinein und wieder heraus. Schließlich tippte Caneddu mit dem Finger auf ein grünes Rechteck im Zentrum der Stadt.

»Was ist das? Ein Fußballfeld?«

»Eher Cricket«, sagte Swartz. »Die Inder spielen doch kaum Fußball.«

Sie vergrößerten die Ansicht, als sich eine Stimme von hinten meldete. Es war Elaine Underwood, die über Caneddus Schulter blickte.

»Ah, der Tempelsee.«

»Wie bitte?«, sagten Caneddu und Swartz gleichzeitig.

»Ja. Der Tempelsee des Minakshi-Tempels. Ich sagte doch, dass ich vor einigen Jahren als Touristin in Madurai war. Jeder Hindu-Tempel hat einen eigenen kleinen See, an dem die Gläubigen sich ausruhen und meditieren können. Mit dem Wasser werden auch die heiligen Tiere des Tempels versorgt.«

»Wie groß ist der See?«

»So groß wie ein Fußballfeld, schätze ich«, sagte Swartz, der das Satellitenbild anstarrte.

»Ausreichend Wasser …«

»Für ein geheimes Teilchenlabor?«

»Ja, es müsste reichen. Und wenn dem so wäre … Was haben Sie vor?«

»Ich habe mit Präsident McIntyre und dem Verteidigungsminister verschiedene Szenarien durchgesprochen, auch präventive Maßnahmen …«

»Moment mal!«, unterbrach Caneddu Swartz. »Sie meinen doch nicht etwa einen Atomschlag?«

»Man muss in solchen Fällen alle Optionen prüfen. Aber nein, wir haben uns im Moment gegen einen Erstschlag entschieden. Allerdings können wir auch nicht tatenlos bleiben.«

»Und? Was ist Ihr Plan?«, fragte Caneddu besorgt.

Seine Gesprächspartner schwiegen und sahen ihn an. Es dauerte einige Sekunden, bis Caneddu dämmerte, dass Elaine Underwood und die drei Herren keine rhetorische Pause machten. Sie blickten ihn erwartungsvoll an.

»Nein, Moment mal«, sagte Caneddu empört. »Was habe ich denn damit zu tun? Ihr denkt doch nicht im Ernst …«

»Nicola«, sagte Williams mit besänftigender Stimme, »niemand kann einen Neutrinobeschleuniger oder ein Labor zur Herstellung von Neutrinodetektoren besser identifizieren als …«

»… jemand, der sein Leben lang mit solchen Apparaturen gearbeitet hat«, ergänzte Elaine Underwood.

»Ich soll in Indien herumspionieren? Ihr seid ja nicht bei Trost!«, rief Caneddu. Er sprang auf, stapfte mit ausladenden Schritten in den hinteren Teil der Kabine und ließ sich wieder in den Sitz neben Livia fallen.

»Was ist passiert?«, fragte sie.

»Diese Irren«, murmelte er. »Sie wollen, dass ich nach Südindien reise und mir diese ganze Neutrino-Verschwörung aus der Nähe ansehe. Ich bin doch kein verdammter James Bond.«

Livia zögerte. Dann schlang sie einen Arm um seinen Hals und zog ihn an sich. Er legte den Kopf auf ihre Schulter.

»Na ja, Nicola … Du bist natürlich kein Geheimagent. Andererseits hat die Idee eine gewisse Logik.«

Er riss sich los und sah sie verärgert an.

»Du auch?«

Sie lachte. »Du meinst, ich gehöre nun auch zu den Verschwörern? Nein, ich bin lediglich realistisch. Und auch ein bisschen neugierig, das gebe ich zu.«

»So neugierig, dass du auch nicht davor zurückschreckst, herumzuspionieren?«

»Wie bitte?«

Caneddu zog sein Smartphone aus der Tasche und hielt es in die Luft.

»Hast du Daten von meinem Handy abgegriffen?«

»Hast du sie noch alle ...?«

»Im Hotel? Das Handy lag im Bad, aber da hatte ich es nicht hingelegt. Und eine Direktverbindung zu einem anderen Smartphone war eingeschaltet ...«

Livias Gesicht lief knallrot an. Caneddu konnte nicht deuten, ob vor Entsetzen oder vor Scham. Sie stand wortlos auf und ging in den vorderen Teil der Kabine. Caneddu blieb schweigend sitzen und blickte minutenlang aus dem Fenster auf die in graublaue Dunkelheit gehüllten Gipfel der Rocky Mountains.

Er hätte Livia freundlicher zur Rede stellen sollen. Aber er war in Rage. Der Gedanke, als Geheimagent vereinnahmt zu werden und sich erneut in Gefahr zu begeben, machte ihm Angst. Andererseits war es schon richtig: Er war tatsächlich einer der wenigen Menschen, die einen Neutrinobeschleuniger oder einen Detektor erkannten, wenn sie einen vor sich hatten. Doch wie stellten sich diese Wahnsinnigen das vor? Erwarteten sie, dass er in einem schwarzen Kampfanzug nachts in Indien in eine Atomanlage einbrach? Dass er mit Pistole und Schalldämpfer Wachen erschoss? Ein Irrsinn. Allerdings war die ganze Situation ein Irrsinn, die Tatsache, dass es diese Waschmaschinenbomben überhaupt gab.

Er musste an das Holzmassaker in Montana denken. Und

jetzt hatte er es sich auch noch mit Livia verdorben. Doch was, wenn sie ihn tatsächlich ausspionierte? War sie nur wegen der Daten auf seinem Telefon mit ihm ins Bett gegangen? Er schluckte schwer. Seit Jahren hatte er sich nicht so von einer Frau angezogen gefühlt wie von ihr.

Der Steward servierte Pasta und Salat. Williams gesellte sich zu Caneddu im Heck der Kabine. Er spürte die Anspannung des Physikers, sprach ihn aber nicht darauf an.

»Wir machen einen kurzen Zwischenstopp in Kalifornien«, erklärte der Ex-Soldat. »Dort tanken wir auf und bekommen frischen Proviant. Außerdem wird uns Professor Sternberg verlassen und nach Berkeley zurückreisen. Dafür nehmen wir einen anderen Passagier an Bord. Danach geht es weiter nach Japan. Nicola, Sie bekommen während der Langstrecke das VIP-Abteil im mittleren Teil der Maschine. Dort gibt es ein Bett und ein Badezimmer mit Dusche. Wir haben während des Fluges genügend Zeit, alle Optionen und auch mögliche Risiken noch einmal in Ruhe durchzusprechen und abzuwägen. Es muss jetzt noch nichts entschieden werden.«

Caneddu schwieg. Er starrte auf den Teller vor sich und gab sich Mühe, wenigstens ein paar Happen dieser miesen amerikanischen Version einer Pasta zu vertilgen. Eine halbe Stunde später meldete eine Durchsage des Piloten, dass man sich im Anflug auf die Luftwaffenbasis Edwards nördlich von Los Angeles befinde. Das Geschirr wurde abgeräumt, und die Passagiere schnallten sich an. Nach weiteren zwanzig Minuten setzte die C-32 auf einer erstaunlich breiten und mehrere Kilometer langen Landebahn auf. Die gelblichen Lichter der Seitenbegrenzung rasten an ihnen vorbei. Die Boeing bog auf ein riesiges Rollfeld ab und parkte vor einer Halle. Das kalte Leuchten Dutzender Flutlichter schimmerte in der feuchten Sommerluft. Vor den Hangars links und rechts standen Militärflugzeuge aller Art.

»Hier sind früher die Spaceshuttles gelandet, wenn sie aus dem Weltraum zurückkamen«, erklärte Williams.

Die Passagiere konnten sich eine Weile auf dem Rollfeld die Beine vertreten. Josef Sternberg verabschiedete sich und stieg in ein Elektrofahrzeug, das in Richtung eines länglichen Flachbaus davonfuhr. Ein Tankwagen näherte sich, und eine neue Crew traf ein, samt Pilot und einer Copilotin. Einige Hundert Meter entfernt heulten die Triebwerke eines großen Militärtransporters auf.

Nachdem das Betanken beendet war, näherte sich ein Humvee, lenkte zackig in eine Kurve und bremste scharf. Die Beifahrertür öffnete sich, eine abgewetzte Ledertasche kam zum Vorschein, dann ein schwarzer Lockenkopf. Professor Rastapopoulos sah zutiefst entnervt aus.

Caneddu musste fast lachen bei der Vorstellung, dass der Indologe vermutlich noch weniger Lust auf diese geheimnisvolle Reise hatte als er selbst. Zumal Rastapopoulos womöglich nicht einmal in die ganze Sache eingeweiht wurde.

Der Indologe ging kopfschüttelnd mit den anderen Passagieren an Bord und bekam den Sitzplatz neben Caneddu zugewiesen. Rastapopoulos schwieg zunächst und zeigte einen missbilligenden Gesichtsausdruck. Doch nachdem die Maschine in der Luft war, packte er einen dicken Bildband aus seiner Ledertasche und machte sich daran, Caneddu eine Vorlesung über die Tempelanlage von Madurai zu halten. Der Italiener hob die Hand, bat den Professor freundlich, noch einen Moment zu warten, wandte sich an den

Steward und bat um zwei große Gläser Rotwein mit Salzkeksen. Rastapopoulos nickte einverstanden und setzte seinen Vortrag erst fort, nachdem er mit Caneddu angestoßen und einige Schluck Wein genossen hatte.

»Im Tempel von Madurai werden der Gott Shiva und seine Gefährtin Minakshi verehrt. Minakshi ist eine Erscheinungsform der Göttin Parvati. Parvati ist eine Schwester Vishnus. In diesem Tempel steht somit nicht eine der Hauptgottheiten wie Shiva oder Vishnu im Mittelpunkt. Es wird dort allen voran Parvati gehuldigt. Das ist recht ungewöhnlich. In Indien gibt es daher ein Sprichwort, wenn Männer andeuten wollen, dass ihre Frau die Hosen anhat: Sie sagen, bei ihnen zu Hause sei Madurai.«

Rastapopoulos erklärte ausführlich die Besonderheiten und Rituale des Minakshi-Tempels. Caneddu schenkte sich und dem Indologen nach und lenkte das Gespräch behutsam auf andere Themen. Er erkundigte sich nach den Zuständen im amerikanischen Wissenschaftssystem. Rastapopoulos beklagte die spärlichen Fördergelder in einem exotischen Fach wie seinem.

Als der Professor ein Gähnen andeutete, entschuldigte sich Caneddu und zog sich in das VIP-Abteil in der Mitte des Flugzeugs zurück. Nachdem er sich einige Minuten lang brühend heiß abgeduscht hatte, legte er sich in das Bett, das normalerweise dem Vizepräsidenten oder dem Außenminister der Vereinigten Staaten vorbehalten war. Er musste an Livia denken. Er hätte sie in diesem Augenblick gerne bei sich gehabt. Aber er brauchte auch eine Erklärung für die Vorgänge in dem Hotelzimmer, wo sein Handy plötzlich im Badezimmer lag. In dem Moment fiel ihm auf, dass er sich nicht nach Pasqualina sehnte. Ja, er hätte sie gerne um ihren

Rat gefragt. Wenn es darauf ankam, war sie eine wunderbare Analytikerin, deren Scharfsinn ihn jedes Mal aufs Neue überraschte. Aber wenn er wählen dürfte, mit welcher der beiden Frauen er heute die Nacht verbringen würde, fiel seine Entscheidung klar aus.

Innerhalb weniger Sekunden schlief er ein.

Ein heftiges Schütteln weckte Caneddu auf. Er brauchte, wie am Tag zuvor, einige Sekunden, bis seine Welt wieder sortiert war. Das Heulen der Triebwerke und ein heftiges Abbremsen des Flugzeuges ließen ihn ahnen, dass sie soeben gelandet waren. Wenn der Plan eingehalten wurde – was man bei diesen Wahnsinnigen allerdings nie genau wusste –, mussten sie jetzt in Japan sein. Caneddu versuchte, sich aufzurichten, und stellte fest, dass ihm jemand in der Nacht einen Sicherheitsgurt angelegt hatte. Vielleicht war es Livia gewesen, die um seine Sicherheit besorgt gewesen war. Ein schöner Gedanke.

Während die Maschine noch rollte, schnallte Caneddu sich ab und schob die Sonnenblenden seiner Fenster hoch. Die gleißende Morgensonne ließ ihn blinzeln. Er zog einen Bademantel an und trat aus dem Abteil. Georgios Rastapopoulos schnarchte. Er hatte gestern vermutlich noch mehr Rotwein getrunken. Die anderen Passagiere hingen müde in ihren Sitzen und beachteten ihn kaum. Außer Livia. Sie winkte ihm von ihrem Platz aus zu. Ihr Lächeln war freundlich. Sein schlechtes Gewissen meldete sich. Vielleicht hätte er sie gestern fragen sollen, ob sie bei ihm schlafen wollte. Das Bett in dem Präsidentenabteil war weitaus bequemer als die Sitze in der Kabine.

Die Triebwerke wurden abgestellt, und Caneddu bemerkte,

dass erneut nur Militärflugzeuge zu sehen waren: mehrere Transporter und zwei graue Chinook-Hubschrauber mit ihren mächtigen zwei Rotoren an Bug und Heck.

Williams winkte ihn zu sich heran. Barfuß und im Bademantel setzte sich Caneddu neben ihn. Livia schnallte sich ab und gesellte sich dazu.

»Wir sind in Japan?«, fragte Caneddu und merkte, dass seine Kehle trocken war wie Leder. Das Letzte, was er getrunken hatte, waren zwei Gläser Rotwein gewesen.

»Auf Okinawa. Eine japanische Insel dreihundert Meilen südlich der Hauptinseln. Wie Sie vielleicht wissen, betreiben die USA hier seit dem Zweiten Weltkrieg eine Militärbasis. Wir nutzen diesen Zwischenstopp, um erneut zu tanken. Außerdem wird Livia hier aussteigen und nach Tokio fliegen, von wo sie einen Linienflug nach Indien nimmt. Unsere Botschaft in Tokio hat ihr bereits einen Pass samt Business-Visum besorgt. Sie wird unter falschem Namen als Vertreterin eines Gewürzgroßhandels nach Chennai reisen. Kardamom ist ihr Spezialgebiet.«

Williams zwinkerte Livia zu.

»Soll ich sie begleiten?«, fragte Caneddu. »Vielleicht als Sekretär der Gewürzhändlerin? Oder welchen Plan haben Sie für mich? Ich kann ja schlecht mit der Maschine des amerikanischen Vizepräsidenten in Indien landen.«

»Das ist richtig«, sagte Williams. »Leider können Sie gar nicht in Indien landen. Das heißt, nicht auf offiziellem Weg. Livia ist den indischen Behörden unbekannt. Sie hingegen sind vermutlich in sämtlichen Computern gespeichert, seit Lakshmi den Detektiv in Ihnen erkannt hat. Indiens Einwanderungsbehörde fotografiert jeden Einreisenden. Ihr Gesicht würde einen Großalarm auslösen.«

»Und wie soll ich Ihrer Meinung nach unbemerkt in Indien einreisen?«

Williams biss sich auf die Unterlippe und sah Caneddu an.

»Was?«, blaffte dieser. »Was habt ihr schon wieder für einen Irrsinnsplan ausgeheckt?«

»Sie werden auf einem kleinen Umweg einreisen, aber keine Sorge, wir beide machen das gemeinsam. Es ist sozusagen eine Standardprozedur. Oft erprobt, in allen möglichen Gegenden dieser Welt.«

»Also wie?« Caneddus Ungeduld wuchs.

Das Gespräch wurde unterbrochen, als sich die Kabinentür der Boeing C-32 öffnete und schwüle, salzhaltige Luft in die Maschine strömte. Es roch nach Meer und Algen. Auf dem Rollfeld wartete eine dunkle Limousine mit einem Fahrer in olivgrüner Uniform und mit Bürstenhaarschnitt.

Caneddu versuchte, Williams, der seine Frage noch nicht beantwortet hatte, am Arm festzuhalten, doch dann spürte er Livias Hand auf seiner Schulter. »Begleitest du mich noch zum Auto?«

Gemeinsam stiegen sie aus dem Flugzeug und gingen zu dem wartenden Fahrzeug. Bevor Livia einstieg, drehte sie sich zu Caneddu um und blickte ihm tief in die Augen.

»Ich habe das nicht getan.«

Er brauchte einen Augenblick.

»Dein Handy ausspioniert.«

Er seufzte. »Ich bin sehr erleichtert, dass du das sagst. Aber es lag im Bad. Und eine Übertragungsfunktion, die ich nie benutze, war eingeschaltet.«

»Ja, ich habe das Handy mit ins Bad genommen. Die Erklärung ist banal, du Schlaukopf. Als ich aufstand, war es zappenduster im Zimmer. Ich bin über das Telefon gestolpert, hielt es für meins und bemerkte die Verwechslung erst, als ich am Waschbecken stand. Dort habe ich es liegen lassen. Aber das mit der Datenübertragung war ich nicht.«

Caneddu spürte, dass sie die Wahrheit sagte. Er nickte. Plötzlich küsste sie ihn leidenschaftlich. Er ließ es zu und legte die Arme um sie. Es war ihm herzlich egal, was die Umstehenden darüber dachten, dass ein barfüßiger Mann im Bademantel sich auf dem Rollfeld einer Militärbasis von einer höchst attraktiven Halbasiatin küssen ließ.

BOEING C-32 DER US AIR FORCE

INDISCHER OZEAN

2. August

Nicola Caneddus Gedanken kreisten zum hundertsten Mal um dieselben Fragen. Wo ließ Lakshmi die Detonatoren herstellen? Wo erzeugten die Inder den Neutrinostrahl, mit dem man sie auslöste? Während der ersten Hälfte des neunstündigen Fluges von Okinawa hatte er sich noch mit dem Blick auf die Landschaft Indochinas ablenken können. Vietnam, Kambodscha, Thailand. Sogar die berühmte Tempelanlage von Angkor Wat war aus zehntausend Metern Höhe zu erahnen. Später waren Bangkok und die türkisblaue Küste Myanmars unter ihm vorbeigezogen. Seitdem war alles blau. Nur blau. Die Zeit dehnte sich wie ein unendliches Gummiband. Und Caneddus Gedanken in ihr. Es gab zwar eine Internetverbindung an Bord, doch der Physiker war zu angespannt, um zu arbeiten. Er ließ sich ein Filetsteak servieren, verzichtete aber auf den Wein, der ausgezeichnet dazu gepasst hätte.

Am frühen Nachmittag Ortszeit würden sie auf der Luftwaffenbasis Diego Garcia landen, hatte Williams angekündigt, einem Atoll mitten im Indischen Ozean, das komplett von der US-Luftwaffe in Beschlag genommen war. Dort würden sie in einen Transporter der Luftwaffe umsteigen.

Als seine kreisenden Gedanken drohten, Caneddu vollends einzulullen, ging die Boeing C-32 in den Sinkflug über. Aus dem gleichförmigen Blau des Indischen Ozeans wurden Wellen mit Schaumkronen. Die Gischt kam erschreckend nahe, als das Flugzeug über seichtes türkises Wasser raste und auf einer von Palmen gesäumten Landebahn aufsetzte.

Caneddu staunte über das abgelegene Tropenparadies, das wie ein Werbefoto aus einem Reiseprospekt aussah. Was für eine Verschwendung, dachte er. Mit diesem Atoll könnten die USA vermutlich ihren Staatshaushalt sanieren – wenn sie es für Touristen ausbauten. Stattdessen hatten die kriegswütigen Amis alles mit Militärgerät vollgepackt. Es gab hier mindestens so viele Flugzeuge wie auf Okinawa. Das Grau der USAF-Maschinen auf dem Rollfeld bildete einen bizarren Kontrast zu dem Türkis der Lagune und dem Grün der Palmen.

Mehr als vierzig Grad warme feuchte Luft strömte in die Kabine, als die Tür des Flugzeugs geöffnet wurde. Ein Kleinbus wartete an der Gangway. Die gesamte Gruppe wurde zu einem langen zweistöckigen Gebäude gefahren, dessen Architekt sich offenbar nicht so recht zwischen Kaserne und Billighotel hatte entscheiden können. Von einem Pförtner bekamen sie Schlüsselkarten ausgehändigt.

»Wir sollten einige Stunden schlafen«, empfahl Williams. »Es ist geplant, dass wir gegen dreiundzwanzig Uhr aufbrechen. Aaron Swartz und unsere Freunde von den Geheimdiensten werden inzwischen von hier aus wieder in die USA zurückfliegen. Ich werde Sie rechtzeitig wecken, Nicola.«

Caneddu nickte nur stumm. Er hatte es aufgegeben, ständig die weiteren Pläne zu erfragen. Außerdem war er müde. Sein Zimmer war noch karger eingerichtet als die Unterkunft im Münchner Polizeihauptquartier. Das Bett hatte einen Rahmen aus Stahlstreben. Er streckte sich darauf aus, zog sich eine braune Wolldecke über die Brust und fiel in einen unruhigen Schlaf.

Ein lautes Klopfen ließ ihn hochschrecken. Caneddu merkte, dass er trotz der Klimaanlage schweißgebadet war. Noch bevor er einen Laut hervorbrachte, öffnete sich die Tür, und Kenton Williams trat ein, in der Hand einen riesigen Kleidersack.

»Ich habe ein paar Sachen zum Anziehen mitgebracht«, sagte der Ex-Soldat. »Funktionales Zeug, das für unseren kleinen Ausflug geeignet ist.«

Caneddu nahm die Sachen entgegen und brummte mürrisch, als er einen olivgrünen Overall aus der Tasche zog, dazu olivgrüne Unterwäsche und olivgrüne Socken.

»Bin ich jetzt Soldat, oder was?«

»Nein, wie Sie sehen, haben die Sachen keine Rangabzeichen«, antwortete Williams ohne Ironie in der Stimme. »Ich schlage vor, Sie duschen, ziehen sich an, und wir sehen uns in einer Viertelstunde einen Stock tiefer in der Offiziersmesse.«

»Die lassen mich dort sicher nicht rein, so ganz ohne Silber oder Gold auf den Schulterklappen.«

»Keine Sorge«, sagte Williams und verließ das Zimmer.

Nachdem er geduscht und die Militärkleidung angezogen hatte, trat Caneddu auf den Flur. Ein blonder Adjutant in Ausgehuniform grüßte zackig und führte ihn hinunter zur Offiziersmesse. In dem Saal gab es eine lange Theke mit einem Buffet. Davor waren weiße Resopal-Tische aufgereiht. Den hinteren Bereich bildete eine mit amerikanischen Memorabilien geschmückte Bar. Unter einer neonleuchtenden Budweiser-Reklame standen mehrere gemütlich aussehende Holztische, an denen rund zwei Dutzend Soldaten saßen, vermutlich höhere Dienstgrade. Caneddu und Williams bedienten sich am Buffet und nahmen an einem der weißen Tische Platz.

»Also, wie geht unser Abenteuer jetzt weiter?«, fragte Caneddu. Er versuchte, gelassen zu klingen, während er sich ein Stück Gurke in den Mund steckte.

»Swartz und die Geheimdienstleute sind unterwegs in die USA. Wir beide heben um dreiundzwanzig-hundert Ortszeit mit einer C-17 ab«, sagte Williams. »Knapp drei Stunden später werden wir die Südspitze Indiens erreichen.«

»Ist das ein Tarnkappenflugzeug?«

Williams' Gesicht verzog sich zu einem breiten Grinsen.

»Nicht wirklich …«

Caneddu blickte auf die Uhr und versuchte, die örtliche Zeit zu errechnen. »Es geht also schon in einer Dreiviertelstunde los?«

Williams nickte und deutete mit dem Daumen zum Eingang der Offiziersmesse, wo der uniformierte Adjutant stand, der Caneddu zuvor begleitet hatte.

»Der wartet schon. Aber keine Hektik. Ohne uns fliegen die nirgendwohin.«

Caneddu hatte ohnehin keinen Appetit. Ein Drink an der Bar kam auch nicht infrage, auf seiner inneren Uhr war es Vormittag. Nachdem sie ihre Teller nicht einmal zur Hälfte leergegessen hatten, folgten sie dem Adjutanten aus dem Gebäude in die tropische Nacht. Die Insel wirkte im Dunkeln weniger attraktiv. Statt der Lagune und der Palmen waren nur Flutlichter zu sehen, Kerosindampf lag in der Luft, und das Röhren laufender Triebwerke hallte über das Gelände.

Ein Humvee brachte sie zu dem Rollfeld, auf dem sie wenige Stunden zuvor der Regierungsmaschine des amerikanischen Vizepräsidenten entstiegen waren. Dort stand jetzt, von kräftigen Scheinwerfern beleuchtet, ein taubengrauer Militärtransporter mit vier Düsen. Der bauchige, fensterlose Rumpf der Maschine sah aus wie ein gestrandeter Walfisch.

»Eine C-17 Globemaster«, brüllte Williams gegen das Pfeifen der Triebwerke an, »unser Packesel für Material- und Truppentransporte.«

An der Mitte des Rumpfs war eine kleine Treppe heruntergeklappt. Davor warteten ein halbes Dutzend Soldaten mit Marschgepäck. Auf ein Zeichen von Williams hin stiegen die Männer in die Maschine. Danach bekam Caneddu das Signal, ging ebenfalls die Treppe hoch und schlüpfte ins Innere. Die Kabine war groß wie ein Kirchenschiff und mündete im Heck in eine riesige, verschlossene Klappe. Der Metallboden war mit allerlei Haken und Ösen versehen. Entlang der beiden Rumpfseiten war je eine Reihe mit Klappsitzen angebracht. Der riesige Frachtraum war leer bis auf eine Holzkiste, die im hinteren Drittel mit Spanngurten am Boden befestigt war.

Williams und Caneddu nahmen auf den Klappsitzen Platz und schnallten sich für den Start an. Auf der Sitzreihe gegenüber saßen die Soldaten. Nachdem die Einstiegstreppe hochgeklappt war, wurde es vergleichsweise ruhig im Inneren. Das Heulen der Triebwerke war zwar zu hören, als die Maschine losrollte, und noch mehr, als sie auf der Startbahn Vollgas gab, aber es war nicht lauter als in einem Linienflugzeug. Als sie in der Luft waren, begann Williams, den weiteren Plan zu erläutern.

»Wir fliegen nun in Richtung Nordosten und kreuzen

etwa einhundert Meilen südlich des indischen Subkontinents den Kurs eines normalen Linienflugs der Saudi Arabian Airlines. Wir werden rund zweihundert Meter unter der Maschine auf deren Kurs einschwenken. Dadurch verschmelzen unsere Radarsignale zu einem Punkt. In diesem Moment schalten wir unser Transpondersignal aus und senden keine eigene Kennung mehr. Die indische Luftüberwachung wird lediglich einen Punkt sehen und die Kennung der Saudia auffangen. Damit verschwinden wir komplett von der Bildfläche, als hätten wir eine Tarnkappe. Es ist ein kleines, aber wirkungsvolles Versteckspiel.«

»Und irgendwelche Fluglotsen werden uns nicht vermissen? Die haben uns doch sicher bereits jetzt auf dem Radar?«

»Keine Sorge, diese Gegend ist fliegerisches Niemandsland. Wie Sie sich vielleicht erinnern, ist vor einigen Jahren eine Boeing 777 der Malaysian Airways in der Nähe komplett verschwunden. Bis heute nicht aufgetaucht.«

»Flug MH370«, murmelte Caneddu.

»Genau.«

»Und wie kommen wir nach Indien? Wollen Sie mit diesem Riesenflieger unbemerkt neben einer Elefantenherde aufsetzen?«

»Nein, wir landen auf unseren eigenen Füßen«, sagte Williams mit einem entwaffnenden Lächeln.

»Wie meinen Sie das?«, fragte Caneddu verwirrt.

Williams deutete auf die riesige Klappe im Heck.

»Wir steigen dort aus. In der Luft. Keine Sorge, wir machen das im Tandem. Sie sind fest an mich geschnallt. Ich passe auf Sie auf.«

Caneddu wurde schwindelig. Das war es also. Diese Irren glaubten ernsthaft, er würde sich mit einem Fallschirm aus diesem Flugzeug stürzen, um mitten in der Nacht irgendwo in Indien zu landen. Was für ein Wahnsinn! Er wollte lautstark protestieren. Doch Williams lächelte ihn nur an. Caneddu blickte zu den Soldaten auf den Sitzen gegenüber. Sie lächelten ebenso aufmunternd und hoben die Daumen. Er wandte sich kopfschüttelnd ab, schloss die Augen und versuchte, sich vorzustellen, dass das alles nur ein böser Traum war.

Williams erklärte ihm mit ruhiger Stimme die wenigen Dinge, die beim Tandemsprung zu beachten waren. Bei der Landung solle Caneddu die Arme an den Körper pressen und die Beine anheben. Nach einer guten Stunde schnallte Williams sich los, ging zu einer Ausrüstungskiste aus Aluminium und zog einige Gegenstände hervor. Es sah aus, als würde er sich auf einen Tauchgang vorbereiten. Mit einem Berg an Kleidung, Karabinern und Atemmasken kehrte er zu Caneddu zurück.

»Sie müssen diese Neoprenunterwäsche tragen und darüber einen Spezialanzug mit Atemmaske. Außerdem ist es nötig, dass wir beide vor dem Sprung sechzig Minuten lang reinen Sauerstoff atmen. Wir haben einen sogenannten HALO-Sprung vor uns: *high altitude, low opening*. Wir steigen in Reiseflughöhe aus, öffnen den Fallschirm aber erst kurz vor dem Aufsetzen. Der Druckunterschied bei einem freien Fall aus so großer Höhe würde den Stickstoff in unserem Blut ausperlen lassen wie bei der Taucherkrankheit. Daher muss der Körper mit reinem Sauerstoff gesättigt sein.«

Caneddu spürte, wie sich sein Magen zusammenzog. Seine Hände zitterten, als er die Ausrüstung entgegennahm.

»Aus welcher Höhe müssen wir abspringen?«

»Ungefähr 28.000 Fuß. Also praktisch Reiseflughöhe.«

Caneddu zog sich bis auf die Unterhose aus. Dann zwängte

er sich in die langärmelige Funktionswäsche. Williams half ihm in den olivgrünen Overall, der die Ausmaße eines Weltraumanzugs hatte. An Knöcheln und Handgelenken waren gasdichte Manschetten angebracht. Darüber kamen Handschuhe und Springerstiefel. Am Schluss setzte er sich unbeholfen die Atemmaske auf. Sie hatte ein großes Sichtfenster und bedeckte sein komplettes Gesicht. Williams tat es ihm gleich, hatte aber mit dieser Prozedur offensichtlich mehr Übung.

Williams tippte sich aufs Ohr.

»Sprechprobe. Können Sie mich hören?«

»Ja«, sagte Caneddu zögerlich. »Sie mich auch?«

»Laut und deutlich. Ich schalte jetzt das Atemgerät auf reinen Sauerstoff. Atmen Sie entspannt weiter, so als wäre nichts.«

Caneddu hörte ein Zischen in seiner Atemmaske. Er sog vorsichtig Luft ein, in dem Wissen, dass nun hundertprozentiger Sauerstoff in seine Lungen drang und nicht mehr normale Atemluft, die zu weniger als einem Drittel aus Sauerstoff bestand. Es fühlte sich kaum anders an. Wenn überhaupt, dann etwas belebend. Er bemerkte, dass er weniger tief einatmete. Wahrscheinlich war sein Körper schneller mit der Gaszufuhr zufrieden.

Williams blickte auf die Uhr und formte mit Daumen und Zeigefinger ein O, das Tauchersignal für »alles okay«. Caneddu hörte, wie Williams per Sprechfunk Kontakt mit den Piloten der C-17 aufnahm und die aktuelle Position erfragte.

»Rendezvous mit Saudia 818 in vierzig Minuten. Danach schwenken wir auf Kurs 038. Höhe voraussichtlich 29.000 Fuß. Absprung in T minus fünfundfünfzig«, ertönte eine Stimme aus dem Cockpit.

Williams bestätigte die Ansage und ermunterte Caneddu, sich zu entspannen. Doch der Italiener starrte nur wie gelähmt auf die riesige Klappe im Heck des Flugzeugs. Unvorstellbar, dass sich diese demnächst öffnen würde. Und völlig ausgeschlossen, dass er sich dort hinausstürzen würde.

Nach einer Viertelstunde begann Williams, sich einen riesigen Rucksack aufzusetzen, dessen Gurte er um Schultern, Bauch und Beine schlang und mit Schnallen festzurrte. Zur gleichen Zeit erhoben sich die Soldaten von den Sitzen gegenüber und machten sich daran, die Holzkiste auf dem Boden des Frachtraums aus den Spanngurten zu lösen, in Richtung Heck zu schieben und dort mit diversen Karabinern zu befestigen.

»Rendezvous mit Saudia 818 erfolgreich«, meldete die Stimme aus dem Cockpit. »Exit in T minus vierzehn.«

Die Soldaten setzten nun ebenfalls Atemmasken und Helme auf. Caneddus Beine begannen zu zittern, als Williams auf ihn zukam. Wenigstens strahlte das Gesicht des Soldaten unendliche Zuversicht aus. Er bat Caneddu, sich umzudrehen. Der Italiener spürte, wie Karabiner an den Schlaufen seines Raumanzugs befestigt wurden. Er hing nun mit dem Rücken am Brustkorb des ehemaligen Elitesoldaten.

»So, wir sind jetzt unzertrennlich«, witzelte Williams. »Das heißt auch, dass wir uns im Takt bewegen müssen, wie bei einem Wiener Walzer.«

Er drehte Caneddu sanft in Richtung Heck und schob ihn schrittweise vor sich her. Die Soldaten hakten sich mit langen Sicherheitsgurten am Kabinenboden ein und machten sich erneut an der Holzkiste zu schaffen. Die Kabinenbeleuchtung ging aus, vereinzelte rote Lampen warfen ein fahles Licht auf den Metallboden des Frachtraums.

»T minus acht. Dekompression. Standby an der Heckklappe.«

Ein Zischen grollte durch die Kabine, und am Heck öffnete sich ein schwarzer Spalt. Die Luft wurde wie von einem riesigen Staubsauger aus dem Rumpf des Flugzeugs gesogen. Die riesige Heckklappe senkte sich weiter und gab ein gähnendes Loch frei. Der Kabinenboden sah nun aus wie ein Stück Straße, das ins Nirgendwo führte.

»T minus drei.«

Williams schob Caneddu ein paar Meter weiter in Richtung der geöffneten Heckklappe. Dahinter waren die Sterne des Nachthimmels zu erkennen.

»T minus eins.«

Die Soldaten gingen in die Knie und stemmten ihre Arme gegen die Holzkiste.

»Countdown. Zehn, neun, acht …«

Einer der Soldaten winkelte seinen Unterarm an und streckte ihn zackig in Richtung der Heckklappe aus. Auf dieses Signal hin schoben die anderen Männer die Holzkiste mit voller Kraft an. Die Box nahm Fahrt auf, ratterte über Kugellager im Boden des Flugzeugrumpfs nach hinten, rutschte über die offene Heckklappe und verschwand in der Dunkelheit.

In diesem Augenblick spürte Caneddu, dass Williams ihm wie ein Ringkämpfer die Arme um die Brust schlang, seinen Körper hochwuchtete, im Laufschritt über die Klappe rannte und der Kiste hinterhersprang. Von heller Panik erfasst, kniff der Physiker die Augen zu und presste seine Arme überkreuz an die Brust. Sobald sie keinen Boden mehr unter den Füßen hatten, verwandelte sich für ihn die Welt in eine Waschmaschine im Schleudergang.

Williams und Caneddu wirbelten unkontrollierbar in wilden Saltos durch alle drei Raumdimensionen. Als Caneddu die Augen wieder vorsichtig öffnete, sah er abwechselnd das sich entfernende Heck der C-17, das Schimmern von Wolken unter ihnen, diverse Sternbilder und für einen kurzen Moment sogar die saudische Passagiermaschine, die über dem Militärtransporter flog und dunkelgraue Kondensstreifen erzeugte. Das Ganze war schlimmer als jede Achterbahnfahrt, die Fliehkräfte zerrten an Caneddus Eingeweiden. Seine Angst wurde unkontrollierbar, und kurz bevor er die Besinnung verlor, spürte er, wie er sich in seinen luftdichten Anzug erleichterte.

PERIYAR-NATIONALPARK

KERALA, SÜDINDIEN

3. August

Ein kräftiger Ruck riss Caneddu aus seiner Ohnmacht. Es fühlte sich an, als würde sein Körper in die Höhe gerissen. Er taumelte nun nicht mehr, sondern hing wie ein Zementsack an Kenton Williams' kräftigem Körper. Benommen öffnete Caneddu die Augen und versuchte, in der Dunkelheit irgendetwas zu erkennen. Am Himmel schimmerte das Dunkelgrau tief hängender Wolken, teilweise verdeckt von einem schwarzen Rechteck. Er begriff, dass es der geöffnete Fallschirm war, an dem Williams und er nun hingen. Unter ihnen war alles schwarz, der Wind pfiff nicht mehr in den Ohren. Caneddu hatte keine Ahnung, wie lange der freie Fall gedauert hatte und wie lange er besinnungslos durch die Atmosphäre getrudelt war.

»Willkommen zurück in der Realität«, hörte er Williams über Funk sagen. »Wir landen in ungefähr zwanzig Sekunden.«

War das ein Witz? Zwanzig Sekunden? Unter ihm war nichts als bleierne Dunkelheit. Da erspähte Caneddu einige Hundert Meter weiter rechts eine Spiegelung. Es war das Glitzern von Sternenlicht auf dem sanften Kräuseln eines

Gewässers. Bevor er weitere Details entdecken konnte, rief Williams: »Beine hoch!« Caneddu gehorchte, und zwei Sekunden später prallten sie in einem flachen Winkel auf den Boden. Williams schaffte es, die Landung mit einigen kraftvollen Schritten abzufedern, und drehte sich um die eigene Achse, um den Fallschirm einzufangen. Als der Fallschirm zusammengefallen war, schnallte der Ex-Soldat die Leinen los und löste Caneddu aus seiner Befestigung.

Der Italiener setzte sich erschöpft auf den Boden und versuchte, sich die Atemmaske vom Kopf zu reißen. Williams legte seinen Anzug ab, nur die dicke Unterwäsche aus Neopren behielt er an. Schließlich half er Caneddu. Als er dessen Reißverschlüsse öffnete, breitete sich ein penetranter Gestank aus.

»Keine Sorge, das ist mir auch schon passiert. Beim ersten Einsatz in Afghanistan«, sagte Williams.

Caneddu nickte stumpf. Nach allem, was er eben durchgestanden hatte, war es ihm einigermaßen egal, dass er in einem indischen Dschungel den Geruch von Scheiße verströmte.

Williams zog einen Plastikbeutel mit einem isotonischen Getränk aus der Tasche und hielt ihn Caneddu hin. »Trinken Sie das. Es bringt Sie auf die Beine. Wir müssen aufbrechen und unsere Versorgungskiste finden.« Der Ex-Soldat zog ein Ortungsgerät aus einer Tasche seines Overalls. »Können Sie laufen?«

»Ja, kann ich.«

Caneddu begann zu realisieren, dass er den Fallschirmsprung tatsächlich lebend überstanden hatte. Adrenalin strömte durch seinen Körper.

Williams schaltete sein GPS-Gerät ein. »Die Kiste liegt circa achthundert Meter entfernt in südwestlicher Richtung.«

Er ging voran in die Dunkelheit. Caneddu raffte sich auf und stakste breitbeinig hinterher. Die Luft war warm, aber zum Glück nicht übermäßig feucht. Der Boden war sandig und das Gelände einigermaßen flach. Das Quaken unzähliger Frösche lag wie ein Flirren in der Luft. Nach wenigen Minuten erblickte Caneddu erneut das Glitzern auf der Wasseroberfläche. Er bat Williams um eine Pause, zog sich nackt aus und stieg bis zur Hüfte in das schwarze Wasser, um die Neoprenunterwäsche, seinen Hintern und die Beine notdürftig zu waschen.

Williams quittierte die Aktion mit einem skeptischen Raunen.

»Was?«, fragte Caneddu.

»Ich dachte gerade darüber nach, ob es in diesem Teil der Welt Krokodile gibt.«

Der Italiener rannte mit hektischen Schritten aus dem Wasser. Der Gedanke an exotische Tiere ließ ihn erschaudern. Womöglich gab es hier sogar Raubkatzen und Giftschlangen. Er schlüpfte in die gesäuberte Neoprenunterwäsche und hielt sich fortan dicht hinter Williams. Einige Hundert Meter weiter stießen sie auf die Versorgungskiste. Caneddu bemerkte sie erst, als Williams auf das Holz klopfte.

Der Ex-Soldat zog einen kleinen Plastikstiel aus der Tasche und knickte das Ding wie einen Strohhalm. Es begann zu leuchten und warf ein fahles Licht auf die Umgebung. Die Kiste steckte an einem flachen Ufer seitwärts im Schlick. Caneddu konnte sehen, wie der Fallschirm, an dem die Kiste zu Boden geschwebt war, lasch im Wasser lag. Williams benötigte einige Minuten, um die Verschlüsse zu öffnen. Dann nahm er systematisch Gegenstände aus der Box.

Nahrung, Kleidung, Ausweise und technische Geräte

kamen zum Vorschein. Das Essen bestand zu Caneddus Leidwesen aus Gel-Packs, wie Extremsportler sie benutzen, um sich möglichst effizient Energie zuzuführen. Die Kleidung stand dazu in krassem Widerspruch. Es waren beige Trekkinghosen, T-Shirts, Strohhüte, zwei kleine abgewetzte Rucksäcke, Wandersandalen mit Klettverschlüssen und albern große Fotoapparate – die perfekte Ausrüstung für Möchtegern-Globetrotter. Hinzu kam ein dickes Bündel gebrauchter Rupie-Banknoten sowie zwei Nachtsichtgeräte vom gleichen Typ, wie ihn Williams bei der nächtlichen Flucht im Juragebirge benutzt hatte.

Williams fing an, den Fallschirm, der noch immer an der Versorgungskiste hing, aus dem Wasser zu ziehen. Caneddu packte mit an. Es war mühsam, weil die Ballonseide sich wie eine Plastiktüte mit Wasser gefüllt hatte. Sie mussten mehrmals den Stoff wenden und falten, bis der Fallschirm an Land war und sie ihn hinter einer Baumgruppe verstecken konnten. Als Nächstes hievten sie die leere Kiste hoch und trugen sie ebenfalls in den Dschungel.

»Wir sind im Periyar-Nationalpark im Bundesstaat Kerala, nahe der Grenze zu Tamil Nadu. Wir schlagen uns jetzt durch bis zu dem Bereich des Parks, der tagsüber für Besucher geöffnet ist. Dort mischen wir uns unter die Touristen, die morgens zu Hunderten in den Park strömen. Am Eingang gibt es ein Besucherzentrum und eine Anlegestelle für Ausflugsboote, die über den Stausee fahren. Vom Besucherzentrum fahren ständig Shuttlebusse nach Thekkady, den nächsten Ort. Dort treten wir wie ganz normale Touristen auf. Der örtliche CIA-Mann hat sogar eine hübsche Lodge für uns gebucht.«

»Na dann mal los«, sagte Caneddu.

Williams tippte auf seinem Navigationsgerät herum. »Vierzehn Kilometer durch den Dschungel«, sagte er. »Es ist jetzt halb drei Uhr morgens. Wir müssten bei Sonnenaufgang am Besucherzentrum sein.«

Mit den ersten Sonnenstrahlen erspähten sie auch schon eine Gruppe Tagesausflügler, die am Ufer des flachen Stausees entlangspazierte. Nach weiteren fünf Minuten kam eine weitere Gruppe vorbei, mit einer Schar Kinder, die unter lautem Geschrei aushandelten, wer den ersten Tiger erlegen dürfe. Zwei Ausflugsboote tuckerten bereits über den flachen Stausee. Abgestorbene Baumstümpfe, die an eine Dinosaurier-Doku denken ließen, ragten aus dem Wasser. Schwarze Vögel mit ausgebreiteten Schwingen saßen darauf, um sich in den morgendlichen Sonnenstrahlen zu wärmen.

Auf einen Wink hin folgte Caneddu Williams zum Ufer, wo sie wie neugierige Parkbesucher ein paar Fotos schossen und sich über die Szenerie unterhielten. Sie verbrachten gut eine Stunde inmitten der anwachsenden Menge von Ausflüglern, um nicht die ersten zu sein, die den Rückweg antraten. Als das erste Ausflugsboot von seiner Tour zurückkehrte, mischten sie sich unter die Passagiere, die von Bord gingen, und folgten ihnen zu den Minibussen. Dummerweise wurden dort Tickets kontrolliert, die man offenbar schon auf der Hinfahrt hätte kaufen müssen. Doch ein Hundert-Rupien-Schein löste das Problem.

Keine fünfzehn Minuten später erreichten sie Thekkady. Die Minibusse spuckten die Touristen auf einem staubigen Parkplatz aus. Am Rand der Ortschaft lag die Luxus-Lodge, in der Caneddu und Williams ihre unter anderen Namen gemachten Reservierungen vorfanden.

Die Gäste wohnten in strohbedeckten Hütten in einem kleinen Park, den sie mit friedlich streunenden Affen teilten, und bewegten sich tagsüber zwischen einem Pool und drei Restaurants hin und her.

In dem ihm zugewiesenen Pavillon legte sich Caneddu in das überbreite, frisch bezogene Bett. Das Krähen exotischer Vögel und das entfernte Quaken von Fröschen konnten ihn nicht davon abhalten, sofort einzuschlafen.

Sintflutartiger Regen weckte ihn einige Stunden später. Das vom Himmel fallende Wasser klang, als würden unzählige kleine Eisenhämmer auf das Strohdach der Hütte schlagen. Caneddu hätte beinahe überhört, dass jemand an die Tür klopfte. Er rollte sich aus dem Bett und öffnete schlaftrunken die Tür zu seinem Bungalow. Davor stand ein freundlich lächelnder Inder, dem das Regenwasser über das Haar und das Gesicht lief und vom Kinn tropfte.

»Hallo, mein Name ist Kumar. Ich darf Sie herzlich willkommen heißen in unserem schönen Land. Ich bin Ihr Fahrer.«

»Mein Fahrer?« Caneddu war verwirrt. Hatte Williams nicht gesagt, er könne wenigstens eine Nacht hier ausspannen? Gleichzeitig hätte er fast laut gelacht. Es war herzzerreißend, wie dieser freundliche, vom Monsunregen durchweichte Mensch ihn in Indien willkommen hieß. Caneddu trat zur Seite, bat Kumar herein und reichte ihm eines seiner weißen Duschhandtücher.

Der Inder trocknete sich notdürftig ab und bedankte sich inständig.

»So, mein Fahrer also«, sagte Caneddu skeptisch. »Arbeiten Sie nicht eher bei einem einschlägigen amerikanischen Dienst mit drei Buchstaben?«

Kumar machte ein erschrockenes, fast beleidigtes Gesicht.

»Na gut, vergessen Sie es. Wohin fahren wir denn? Und wann geht es los?«, setzte Caneddu nach.

»Nach Madurai, Sahib. Wir fahren aber erst morgen früh. Captain Williams wollte Ihnen eine ruhige Nacht gönnen. Allerdings sollten wir heute Abend noch einige Dinge besprechen.«

»Sie arbeiten für Williams? Er scheint in jedem Winkel der Welt hilfreiche Menschen zu beschäftigen.«

»Captain Williams ist ein zutiefst beeindruckender Mensch, Sir. Er hat enorm viel Erfahrung. Sie können sich glücklich schätzen, ihn an Ihrer Seite zu haben.«

»Bin ich in gewisser Hinsicht auch, Mr. Kumar. Andererseits ist diese ganze Sache hier etwas zu aufregend für meinen Geschmack … Hören Sie, wie wäre es, wenn Sie Captain Williams benachrichtigen, und wir essen eine Kleinigkeit im Restaurant am Pool? Heute ist Grillabend. Das habe ich vorhin an der Rezeption gelesen.«

»Gute Idee, Sir. Es ist jetzt halb sieben. Würde es Ihnen passen, wenn Captain Williams und ich Sie in einer halben Stunde im Restaurant neben dem Schwimmbecken erwarten?«

»Ich werde da sein.«

Kumar verließ Caneddus Bungalow. Der Italiener duschte und zog widerwillig die alberne Touristenkleidung aus der Versorgungskiste an. Als er den Klettverschluss der Trekking-Sandalen zuzog, stieß er einen Fluch aus.

Im Grillrestaurant des Resorts entdeckte er Williams und Kumar an einem runden Tisch. Beide hatten es sich mit einem Aperitif gemütlich gemacht. Der Amerikaner trug ein T-Shirt mit der Aufschrift *try harder* und eine Baseballkappe auf seinen Rastalocken. Er sah wie ein Tourist mit einheimischem Fahrer aus, von denen in dieser Gegend jährlich Tausende unterwegs waren, um die Schönheit Südindiens zu erkunden. Es wirkte in keiner Weise verdächtig, als Kumar begann, seinen ausländischen Besuchern ausführlich die Tempelanlage in Madurai zu erläutern. Es sei eine der prachtvollsten Sehenswürdigkeiten Indiens, von mehr als einer Million hinduistischen Pilgern jährlich ebenso geschätzt wie von Zehntausenden ausländischen Besuchern.

Vieles von dem, was Kumar berichtete, hatte Caneddu auf dem Flug nach Okinawa bereits von Professor Rastapopoulos erfahren: die Geschichte des Tempels und die dort verehrten Gottheiten, allen voran Parvati, Shivas Frau. Wichtig für ihre anstehende Mission waren Kumars Ausführungen über die alltäglichen Rituale, die gläubige Hindus beim Betreten der Anlage und beim Gebet beachten mussten. Es waren kleine Dinge, wie die Reihenfolge, in der die Schreine des Tempels zu besuchen waren – im Uhrzeigersinn –, und welcher Fuß zuerst über die Schwelle am Eingangstor gesetzt werden musste – der rechte.

Eine besondere Rolle spielte die allabendliche Zeremonie, bei der Shiva symbolisch in einer Sänfte aus seinem Schrein geholt und in Parvatis Bereich gebracht wurde, damit sie die Nacht als Mann und Frau gemeinsam verbringen konnten. Romantisch und sympathisch, fand Caneddu. Und deutlich lebensnaher als die prüden Vorstellungen der christlichen Mythologie.

Caneddu fragte sich, ob die ganze Aktion in Indien ähnlich verrückt ablaufen würde wie der irrwitzige Fallschirmsprung aus 10.000 Metern Höhe. Und als könnte er seine Geanken lesen, nickte Williams ihm in diesem Moment aufmunternd zu.

SPICE TREE LODGE

THEKKADY, SÜDINDIEN

4. August

Am folgenden Morgen holte Kumar seine beiden Besucher mit einem Geländewagen ab. Nach dem Check-out verließen sie Thekkady und fuhren gute zwei Stunden lang über eine abenteuerlich schmale und gewundene Gebirgsstraße durch dichte Vegetation. Sie passierten Kardamomsträucher, Pfefferbäume und Kakaopflanzen. Schilder am Wegrand machten darauf aufmerksam, dass man hier jederzeit Elefanten begegnen konnte. Nachdem sie einen Schlagbaum passiert hatten, der die Grenze zum Bundesstaat Tamil Nadu markierte, erreichten sie die steil abfallende Ostflanke der Westghats, jenes Gebirgszugs, der Südindien durchzog. Mehr als eintausend Höhenmeter unter ihnen erstreckte sich bis zum Horizont eine grüne Tiefebene.

Als sie nach Dutzenden Serpentinen die Ebene erreicht hatten, fuhren sie lange auf einer schnurgeraden Landstraße. Die einzige Unterbrechung war ein großer alter Baum, an dem Kumar anhielt und seine beiden Fahrgäste zu einer kurzen Besichtigung einlud. Beim Aussteigen legte sich die tropische Hitze Südindiens wie ein heißer Waschlappen auf ihre Körper. Es war viel wärmer als oben in den Bergen. Doch aus wissenschaftlicher Perspektive fand Caneddu die Besichtigung des Baums durchaus lohnend: In dessen Ästen hingen Tausende schlafende Fledermäuse. Weder er noch Williams hatten so etwas je gesehen.

Nach weiteren zwei Stunden im klimatisierten Geländewagen erreichten sie die Außenbezirke von Madurai. Der Verkehr wurde dichter, gelbe Dreiradtaxis umkreisten sie wie Wespen. Am Straßenrand reihte sich ein Ladengeschäft an das andere, alle mit bunten Schildern. Auch auf den Bürgersteigen boten Händler auf Tüchern ausgebreitete Waren an, Früchte, Fahrradteile, Schreibgeräte. Weggeworfene Gemüsereste, Bananenblätter und Kartonfetzen säumten die Rinnsteine. Zwischen den Gebäuden hingen elektrische Leitungen wie Spinnennetze.

Im Stadtzentrum lenkte Kumar den Geländewagen in eine ruhigere Seitengasse und hielt nach drei weiteren Kreuzungen vor einem massiven Rolltor. Mit einer Fernbedienung ließ er die Lamellen nach oben rattern und fuhr den Wagen schwungvoll in die Garage. Kaum war der Motor abgestellt, schloss sich das Tor von selbst. Die drei Männer stiegen aus dem Auto und betraten das Innere des Gebäudes durch einen langen Korridor, der sich als eine Flucht ineinander übergehender tunnelartiger Gänge entpuppte. Caneddu schätzte, dass sie mindestens vier Häuser durchquerten. Am Ende stiegen sie durch ein enges Treppenhaus zwei Stockwerke nach oben, wo Kumar dreimal kurz und zweimal lang an eine Stahltür klopfte.

»Wir nennen so etwas ein Safe House«, kommentierte Williams.

Eine alte Inderin mit kräftigem schwarz-grauem Haar, rotem Punkt zwischen den Augen und einem Nasenring öffnete. Sie nickte freundlich und trat beiseite, um ihre Besucher einzulassen. Hinter der Stahltür befand sich eine behaglich eingerichtete, klimatisierte Wohnung. Von einem blauen Sofa sprang Livia Chang auf.

Sie umarmte beide Männer, als hätten sie einander seit Jahren nicht gesehen. Doch es war eher eine freundschaftliche Umarmung als eine leidenschaftliche, bemerkte Caneddu. Sie berichteten von ihren jeweiligen Reiserouten, wobei Livia zunächst erschrocken die Hand vor den Mund hielt, als sie von dem Fallschirmsprung erfuhr. Das Entsetzen wich jedoch schnell einem halb neidischen, halb bewundernden Lächeln. Schließlich bat Kumar alle zu einem gemeinsamen Essen. Die alte Inderin hatte ein würziges Curry mit Okraschoten zubereitet, dazu gab es Reis und Naan-Brot. Sie aßen mit Genuss, wobei sie, dem Beispiel ihrer indischen Gastgeberin folgend, die Finger der rechten Hand zu Hilfe nahmen.

Während des Essens enthüllte Williams Kumars Geheimnis.

»Unser Freund hier arbeitet für die Deutschen. Frau Theisen hat ihn freundlicherweise an unsere Mission abgestellt. Deutsche Botschaftsmitarbeiter haben einen harmloseren Ruf, oft zu Recht, aber manchmal auch zu Unrecht. Jedenfalls hat die indische Regierung BND-Leute mit Sicherheit weniger auf dem Radar als amerikanische Agenten. Wir müssen davon ausgehen, dass die Inder derzeit sämtliche Mitarbeiter amerikanischer Konsulate überwachen.«

Caneddu nickte. Williams' Erklärung leuchtete ein.

Als Kaffee serviert wurde, schilderte Williams seinen Plan für die Erkundung der Tempelanlage. Kumar verschwand im Nebenzimmer und kam mit zwei großen Koffern zurück. Aus einem packte er mehrere Kleidungsstücke aus, die er auf dem Sofa ausbreitete. Der andere Koffer ließ sich öffnen wie ein Werkzeugkasten. Kleine Schubfächer kamen zum Vorschein, sie enthielten Puder, Farbtuben, Pinsel, Watte – die Utensilien eines Maskenbildners.

Kumar wandte sich an Caneddu. »Nun, Professor Caneddu, dann machen wir mal einen echten Hindu aus Ihnen.«

Der Italiener hielt es zunächst für einen Witz. Er blickte wie versteinert auf Kumar, während dieser vorführte, wie man das landestypische Hüfttuch um die Beine schlug. Dann bat er Caneddu, seine Touristenkleidung abzulegen. Williams und Livia zogen sich in das Nebenzimmer zurück. Es dauerte fast eine Stunde, dann öffnete sich die Tür, und Caneddu stand da in Gestalt eines indischen Pilgers. Sein Oberkörper war nackt, die Haut mit Bräunungscreme getönt. Die Haare auf seinem Kopf standen wild in alle Richtungen. Auf der Brust trug er eine Kette aus großen Zedernholzperlen und um die Hüfte ein buntes Tuch. Der Physiker fühlte sich sichtlich unwohl.

Livia bemühte sich, ein Lachen zu verkneifen. Zugleich war sie tief beeindruckt von der kunstvollen Maskenbildnerei. Williams äußerte Laute der Bewunderung, während er Caneddu umrundete. »Perfekt«, sagte er mehrmals und streckte den Daumen in die Höhe.

MINAKSHI-TEMPEL

MADURAI, SÜDINDIEN

4. August

Caneddu war sich sicher, dass ihn sämtliche Passanten anstarrten. Ein Europäer mit nacktem Oberkörper, einem Tuch um die Hüfte und weißen Kalkstreifen auf der Stirn – dieser Aufzug kam dem italienischen Physiker grenzenlos albern vor. Fast so entwürdigend, wie halbnackt in einem Eisenbottich mit Ratten zu stehen.

Nachdem er einige Häuserblocks weit durch die Straßen von Madurai gegangen war, stellte er jedoch fest, dass kein Mensch Notiz von ihm nahm. Er war in den Augen der Einheimischen nur ein Gläubiger von vielen, ein Pilger aus einem weit entfernten Bundesstaat, wie sie jährlich zu Zehntausenden nach Madurai kamen.

Mit bedächtigen Schritten näherte sich Caneddu der Tempelanlage. Er versuchte, den Pfützen des letzten Monsunschauers auszuweichen. Die hohen Torbauten des Minakshi-Tempels überragten die umliegenden Gebäude um ein Vielfaches. Ihre mit Tausenden bunten Figuren verzierten Dächer leuchteten im Licht der Nachmittagssonne. Statt Zitronen, Gewürzen und Okraschoten boten die Händler am Straßenrand nun Shiva-Statuen und Holzelefanten an.

Der für Pilger und Touristen geöffnete Eingang am Nordtor war einfach zu finden. Souvenirläden reihten sich davor wie Modeläden einer europäischen Einkaufsmeile. Ältere Frauen kehrten die mächtigen Pflastersteine mit Reisigbesen. An mehreren Stellen wurden Abfall und Staub mit Wasserschläuchen zur Seite gespritzt. Caneddu musterte einige Minuten lang die vielen mit kräftigen Farben verzierten Figuren auf dem enormen Tor vor ihm. Ihre Vielfalt, vermutlich Avatare der mehr als dreihundert Millionen Gottheiten des Hinduismus, war erstaunlich. Einige trugen Hörner auf ihren menschlichen Köpfen, andere waren mehr Tier als Mensch. Weibliche Brüste und Phallusse waren als Symbole der Fruchtbarkeit allgegenwärtig und mitunter prominent und übergroß dargestellt.

Einige Meter rechts vom Haupteingang drängelten sich Dutzende Menschen bei der Schuhaufbewahrung. Reiche Inder mit westlicher Kleidung gaben hier ebenso ihre Fußbekleidung ab wie Pilger niederer Kasten und westliche Touristen. Auch einige abenteuerlich aussehende Holy Men waren zu sehen, tiefgläubige Pilger, die auf einen Europäer wirkten, als wären sie einem Hexenwald entsprungen. Sie waren in orangefarbene Tücher gehüllt, trugen Zottelbärte und hatten bunte Farbe im Gesicht. Einige hatten sich Metallteile durch Ohren, Nase oder Wangen gebohrt. Caneddu gab seine Schuhe, ein Paar ausgetretene Latschen, zur Aufbewahrung ab, nahm einen mit einer Zahl bekritzelten Zettel entgegen und machte sich auf den Weg zum Tempeleingang.

Gerade noch rechtzeitig dachte er daran, den rechten Fuß zuerst über die Türschwelle zu setzen. Dann betrat er ein steinernes Reich, dessen Pracht derjenigen von christlichen Kathedralen und antiken Monumenten ebenbürtig war.

Ein unübersichtliches Geflecht aus Säulengängen und Hallen zog sich in jede Himmelsrichtung. Der Boden bestand aus großflächigen Steinplatten, die Decken waren leuchtend bunt mit floralen Ornamenten bemalt. Caneddu durchschritt die »Halle der tausend Säulen« und passierte den Flaggenmast, eine mehr als zwanzig Meter hohe, goldene Säule, die, wie er von Professor Rastapopoulos erfahren hatte, einst den Bauern der Umgebung als Signalgeber diente. In allen Ecken und Nischen waren Schreine für verschiedene Gottheiten platziert, ähnlich wie in den Kapellen von Barockkirchen. Nur dass Caneddu die Namen der Heiligen nicht kannte.

Anschließend durchquerte er einen Bereich mit Dutzenden Souvenirläden. Doch niemand nahm Notiz von ihm. Die Verkäufer ließen ihn achtlos passieren, um sich auf Besucher zu konzentrieren, die man für zahlungskräftige Touristen hielt. Kumar hatte ihm erklärt, dass ihn sein Aufzug als Vertreter einer niederen Kaste auswies. Das war wohl auch besser so, dachte sich Caneddu, als Brahmane würde er am Ende noch von ehrfürchtigen Gläubigen angesprochen.

Als er das Innere der Tempelanlage einmal umrundet hatte, näherte er sich wieder dem Eingangsbereich am Nordtor. Rund fünfzig Meter vor ihm stand in der Mitte eines Ganges die hüfthohe, steinerne Statue eines ruhenden Kalbs. Das war Nandi, der Botschafter Shivas. Tempelbesucher beugten sich ehrfurchtsvoll hinunter, um dem Kalb ihre Bitten an Shiva ins Ohr zu flüstern.

Und dann sah er sie.

Lakshmi Rajamottanoree trug einen leuchtend violetten Sari. Würdevoll schritt sie den Gang entlang. Ein halbes Dutzend Helfer, bekleidet mit beigen, knielangen Hemden, folgte ihr beflissen. Als sie am steinernen Kalb vorbeikam, beugte sich Lakshmi hinab und flüsterte Nandi etwas ins Ohr, so wie es andere Gläubige taten. Schließlich richtete sie sich wieder auf, warf sich das lose Ende des Saris über die Schulter und schritt in Richtung des goldenen Fahnenmasts weiter. Caneddu folgte ihr in einigem Abstand und konnte gerade noch erspähen, wie Lakshmis Tross auf einen Bereich der Anlage zusteuerte, der ausschließlich Hindus vorbehalten war. Ein großes Schild wies ausländische Besucher darauf hin. Darin befand sich der Schrein von Shivas Gemahlin Parvati, der dieser Tempel gewidmet war. Es war der heiligste Bereich der Anlage.

PEACOCK HOUSE

MADURAI, SÜDINDIEN

September 1976

Behutsam setzte Lakshmi die Nadel auf die Langspielplatte. Zu den ersten langsamen Rhythmen von ›Memory Motel‹ tanzte sie durchs Zimmer, blieb wippend an dem Dachfenster stehen und blickte hinunter auf den Garten. Ihren Garten. Ihre Kindheit. Auf die Schaukel, die sie nur noch sehr selten benutzte. Auf die Büsche, die ungebremst wucherten, weil weder sie noch Onkel Etto Freude an Gartenarbeit hatten.

Viel lieber saßen sie gemeinsam zwischen aufgeschlagenen Büchern und zwei großen grünen Tafeln in Ettos Bibliothek, wo sie stundenlang über Dinge diskutierten, die kaum ein anderer Mensch auf der Welt verstehen konnte. Über vieldimensionale Vektorräume, nicht-abelsche Eichtheorien und in letzter Zeit auch über die Quantisierung von Einsteins Allgemeiner Relativitätstheorie.

Sie liebte die intellektuellen Wettkämpfe mit Onkel Etto. Genauso sehr liebte sie inzwischen aber auch Musik, laute Rockmusik, die sie seit einigen Monaten mit einem selbst gebauten Radio, das sie an den Blitzableiter angeschlossen hatte, von einem britischen Langwellensender aus Madras empfing. Spät abends flocht sie sich Zöpfe in ihr langes, kräftiges Haar und schminkte sich mit der Taschenlampe in der Hand vor einem kleinen Spiegel. Sie war lange Zeit sicher gewesen, dass Etto von alldem nichts mitbekam. Bis zu ihrem sechzehnten Geburtstag. Als sie an diesem Tag die knarzende Holztreppe hinunterstiegen und am Frühstückstisch erschienen, hatten dort ein nagelneuer Plattenspieler und das soeben erschienene Album ›Black and Blue‹ der Rolling Stones gestanden. Ihr waren die Tränen gekommen. Onkel Etto war doch nicht so weltfremd, wie er manchmal wirkte.

Sie musste lächeln, als sie an die Geburtstagsüberraschung zurückdachte. Das hatte Onkel Etto jetzt davon. Die Rolling Stones dröhnten durch die Holzdecken ihrer alten Villa. Na ja, sie hatte lange genug seine Opernarien ertragen, die er manchmal spätabends in der Bibliothek aus einem Schellackplattenspieler mit Handkurbel erschallen ließ.

Onkel Etto war schwul. Das hatte er ihr vor einigen Monaten erklärt, als sie nicht aufhörte zu fragen, warum er nie eine Frau mit nach Hause brachte. Er liebe Männer, hatte er ihr schließlich gesagt. Doch das sei in diesem Land gefährlich, und Etto war ein vorsichtiger Mensch. Zuerst war sie erschrocken gewesen. Doch so vieles fügte sich plötzlich zusammen. Sie verstand jetzt, warum er sich oft zurückzog, welche Entbehrungen er stoisch ertrug.

Seit Onkel Etto sie mit acht Jahren aus dem Kohlenkeller des Restaurants befreit hatte, lebten sie zusammen, ein alleinstehender Mann und seine Adoptivtochter. Neuerdings, da sie vom Kind zur Frau wurde, standen sie schwere Kämpfe durch. Sie hatte keine Lust mehr, das verdammte Porzellan abzustauben, das altmodische Zeug aus Italien. Die Arbeit erinnerte sie an den Frondienst im Kohlenkeller. Doch niemals würde sie vergessen, was Onkel Etto für sie getan hatte.

Und so machte sie es doch. Widerwillig. Für Etto. Dieser Filou! Schenkte ihr plötzlich einen Plattenspieler. Sie lachte, schüttelte ihr dunkles Haar und stellte ›Memory Motel‹ noch lauter. Mick Jaggers Stimme schallte nun hinüber bis zu den Nachbarhäusern.

Onkel Etto hatte sie vor einigen Monaten mit seinem alten Fiat bis nach Madras gefahren. Zum Indian Institute of Technology. Irgendwie hatte er es geschafft, dass die dortigen Mathematikprofessoren mit ihr ein Aufnahmegespräch führten. Mehr als eine Stunde könne man dafür keinesfalls aufbringen, hatten die hohen Herren gesagt. Nach fünfundzwanzig Minuten war alles vorbei und Lakshmi Rajamottanoree zum nächsten Semester aufgenommen. Die Studiengebühren wurden ihr erlassen. Man erwog sogar, sie sofort in einen höheren Jahrgang einzustufen. Nur einer der Hochschullehrer hatte sich gegen ihre Immatrikulation ausgesprochen. Er hatte um die Peinlichkeit einer Studentin gefürchtet, die mit sechzehn Jahren mehr über Mathematik wusste als alle Professoren zusammen.

In wenigen Wochen würde sie das Studium in Madras aufnehmen. Etto hatte ihr ein Zimmer in einem katholischen Wohnheim gemietet. Katholisch? Ihr Adoptivvater war überzeugt, sie sei dort besser aufgehoben als in einem normalen Wohnheim. Sei's drum.

Sie drehte die Platte um. Aus den Lautsprechern drangen nun die ersten Riffs von ›Hey Negrita‹.

Beim Blick in den Garten überkam sie Wehmut. Die Wehmut eines Menschen, dessen Kindheit zu Ende ging. Ein Lebensabschnitt war vorbei. Eine sehr glückliche Zeit.

SAFE HOUSE

MADURAI, SÜDINDIEN

4. August

Die Videobilder aus dem Tempel waren gestochen scharf. Livia staunte über die Technik, die so etwas möglich machte. Eine winzige Kamera, eingeflochten in Caneddus zerzaustes Haar, lieferte einen Livestream in HD und eins a Tonqualität. Kumar hatte die Kamera in Caneddus Haar versteckt und einen Akku mit Sender auf den Oberschenkel unter das Hüfttuch geschnallt.

Als Lakshmi auf dem Video erschien, hatte es im Safe House des deutschen Geheimdienstes einen großen Aufschrei gegeben. Livia Chang, Williams und Kumar hatten gespannt verfolgt, wie Caneddu der indischen Wissenschaftlerin durch die Säulengänge des Tempels bis zum Eingang in den heiligsten Bereich gefolgt war. An dieser Stelle hatte der Italiener kehrt gemacht und war durch einen langen Säulengang zum Tempelsee spaziert, wo er sich auf den Steintreppen am Ufer niedergelassen hatte. Dieses Vorgehen war zuvor abgesprochen worden. In den für gläubige Hindus reservierten Bereich des Tempels sollte sich der verkleidete Italiener erst vorwagen, wenn der Trubel der allabendlichen Tempelzeremonie begann. Dann konnte sich Caneddu unauffällig unter die vielen Pilger mischen, die dem Ritual beiwohnten, bei dem Shiva zum Schrein seiner Frau Parvati gebracht wurde. Ein einzelner Pilger, der sich tagsüber im heiligsten Bereich des Tempels herumtrieb und womöglich irgendwelche rituellen Fehltritte beging, wäre vermutlich aufgefallen.

Caneddu lungerte wie ein müder, vergeistigter Gläubiger auf den Steinstufen am Tempelsee herum. Um den Akku zu schonen, machte er ein verabredetes Handzeichen in die Kamera und schaltete unauffällig den Sender an seinem Oberschenkel ab. Der Videofeed in das Safe House wurde unterbrochen.

Williams und Chang nahmen auf dem Sofa Platz und ließen sich von der indischen Haushälterin Kaffee servieren. Dann gingen sie noch einmal das weitere Vorgehen durch. Der Plan sah vor, Caneddu möglichst viele Aufnahmen vom inneren Bereich des Tempels machen zu lassen und diese nach seiner Rückkehr sorgfältig auszuwerten. Er sollte keinesfalls mit Lakshmi oder ihren Begleitern in Kontakt treten. Man wollte das Videomaterial nach Hinweisen auf ein mögliches geheimes Labor absuchen und dann alles Weitere planen.

Als sie ihren Kaffee getrunken hatten, schlug Chang vor, die Aufnahme von Caneddus bisherigem Rundgang ein weiteres Mal anzusehen. Kumar startete das Video an der Stelle, an der Caneddu vor dem Tempel seine Schuhe abgab. Zu dritt verfolgten sie Caneddus Weg durch den Tempel. Gebannt blickten sie auf die Szene, in der Lakshmi auftauchte. Sie sahen zu, wie die berühmte Physikerin dem steinernen Kalb etwas ins Ohr flüsterte und mit ihren Gefolgsleuten zum heiligsten Bereich des Tempels weiterging.

»Nichts Auffälliges«, sagte Williams.

»Gehen Sie noch mal zurück zu der Stelle, an der Nicola Lakshmi entdeckt«, bat Chang.

Kumar ließ das Video rückwärtslaufen. Ein weiteres Mal war Lakshmi zu sehen, die sich zum steinernen Kalb hinunterbeugte.

»Noch mal«, sagte Chang.

Kumar spulte erneut zurück und drückte auf Wiedergabe. Diesmal konzentrierte sich die Journalistin nicht auf Lakshmi, sondern auf die Gruppe ihrer Begleiter. Dann stieß sie einen Fluch aus.

»Noch mal zurück«, sagte sie, und als die Szene erneut ablief, rief sie »Stopp!« und deutete mit dem Finger auf einen der Männer im Gefolge. Er war hager und auffallend groß. Anders als die anderen Begleiter Lakshmis sah er nicht seiner Chefin dabei zu, wie sie Nandi ins Ohr flüsterte. Er blickte starr und ausdruckslos in die Kamera. Direkt in Caneddus Gesicht.

Auch Williams fluchte. Caneddu hatte den Hageren wahrscheinlich nicht bemerkt, weil er selbst gebannt auf Lakshmi gestarrt hatte. Aber es gab keinen Zweifel, der Mann hatte den Italiener identifiziert. Livia Chang fiel ein, dass sie diesen Riesen bereits einmal gesehen hatten. Es war der Mann, der Lakshmi begleitet hatte, als sie ihr am CERN begegneten. Ihr Leibwächter, musste man wohl sagen. Oder war er ihr Aufpasser? Jedenfalls verstand der Kerl seinen Job. Er hatte soeben einen fachmännisch als Hindu verkleideten Italiener enttarnt, einen Bekannten Lakshmis, den er zuvor nur ein einziges Mal gesehen hatte.

»Wir müssen Nicola warnen!«, rief Chang.

»Dafür müsste er den Akku wieder einschalten«, sagte Williams. »Im Moment ist die Verbindung unterbrochen.«

Die Journalistin schlug die Hände vor das Gesicht. Dann sprang sie auf.

»Ich gehe hinein! Kumar, fahren Sie mich sofort zum Tempel.«

»Zu spät«, sagte Williams, »die Zeremonie beginnt bereits.«

Caneddu schaltete den Videofeed wieder ein, doch er vergaß, die Tonübertragung zu aktivieren. Sie waren live dabei, als der Physiker von seinem Platz am Tempelsee aufstand, die Stufen am Ufer emporstieg und langsam durch einen der Säulengänge schritt. Aus allen Ecken der Tempelanlage strömten nun Pilger zusammen. Caneddu war bald Teil einer Prozession. Manche der Gläubigen trugen Fackeln, andere muschelförmige Trompeten. Die Spitze des Zuges bildete eine Sänfte mit Shivas Schrein. Aus den vielen Fluchten des Tempels strömten immer mehr Menschen, um sich an dem Ritual zu beteiligen. Vor dem Eingang zu Parvatis Reich hielt die Prozession inne. Ein dickbäuchiger Priester mit nacktem Oberkörper und Hüfttuch verteilte mit spitzen Fingern ein Pulver, das die Gläubigen entgegennahmen – so wie Christen die heilige Hostie. Für Shiva wurde unterdessen auf einem silbernen Podest ein symbolisches Bett aus Zedernholzpaste und Jasminblüten bereitet. Dann hoben die Priester das Podest auf, und die Prozession setzte sich wieder in Gang.

Caneddu folgte dem Strom in den Hindus vorbehaltenen Bereich des Tempels. Die Kopfkamera zeigte Caneddus Hand, die es den anderen Gläubigen gleichtat und kurz in die Flamme einer Fackel griff, um sich etwas heiligen Ruß auf die Stirn zu reiben. Die Prozession zog über eine Treppe und durch steinerne Korridore in den unteren Bereich des Tempels.

Plötzlich kam eine fremde Hand ins Bild. Sie hielt ein Stück Stoff. Einige Sekunden lang verdunkelte sie das Videobild. Chang schrie zornig auf. Dann war das Bild wieder da. Doch die Perspektive war eine andere. Die Kamera war nicht mehr wie zuvor ausgerichtet. Ihr Objektiv wies nun bewegungslos nach oben auf die dicken steinernen Quader an der Decke des unterirdischen Gangs. Einige Köpfe und Arme kamen kurz ins Bild. Chang erkannte zwei der Männer, die zu Lakshmis Tross gehörten, an ihren Hemden. Nach kurzer Zeit wurde Caneddu offenbar angehoben und in einen Seitengang getragen. Die Kopfkamera übertrug wieder einen makellosen Videostream. Zu sehen war aber nur das Deckengewölbe des Tempelgangs. Irgendwann kippte Caneddus Kopf zur Seite, denn man sah jetzt eine Wand vorüberziehen. Eine Stahltür kam ins Bild und daneben eine Zahlentastatur. Eine Hand tippte einen vierstelligen Code ein. Die Tür öffnete sich, und Caneddu wurde in den Raum dahinter getragen und auf den Boden gelegt. Nach kurzer Zeit schwenkte die Kamera erneut, sein Kopf war offenbar zur anderen Seite gekippt. Viel war dort nicht zu sehen. Lediglich drei weiße Waschmaschinen, Toplader.

Mit Stromkabeln.

Ohne Wasseranschlüsse.

Dann wurde das Bild schwarz.

SAFE HOUSE

MADURAI, SÜDINDIEN

4. August

Livia Chang quoll eine Träne aus dem Augenwinkel. Williams schlug mit der flachen Hand auf den Tisch und brüllte: »Verdammte Scheiße!«

»Warum ist der Videostream abgebrochen?«, schrie Chang, obwohl sie es sich denken konnte.

»Vermutlich sind die Wände dieses Tempelbereichs gegen elektromagnetische Strahlung gesichert«, sagte Kumar.

»Spulen Sie bitte zurück«, verlangte sie.

Kumar ließ die Aufnahme rückwärtslaufen, bis zu der Stelle, an der Caneddu überwältigt wurde. Sie sahen erneut zu, wie der Italiener durch enge Gänge des Tempels getragen wurde, bis die Stahltür mit Zahlenschloss ins Bild kam.

»Langsam jetzt«, befahl Williams.

Kumar ließ das Video von Standbild zu Standbild hüpfen.

»Hier, seht«, rief Williams, als der Finger eines Mannes auf das Zahlenfeld tippte, »wir können vielleicht den Zugangscode ablesen.«

»Es sieht aus wie 4968«, meinte Kumar.

»Es könnte auch 1668 sein oder 1968«, sagte Chang. Sie vergrub das Gesicht in den Händen.

Eine Minute lang sagte niemand etwas. Dann zerschnitt Changs Stimme die Stille. Sie klang kälter als das Eis der Antarktis.

»Du hast ihn auf dem Gewissen.«

Williams fuhr herum und blickte sie stumm an.

»Es ist alles deine Schuld. Dieses ganze Desaster. Du willst nur deinen verdammten Kumpel im Weißen Haus beeindrucken. Der sitzt in seinem fetten Ledersessel und hat Zehntausende Agenten unter seinem Kommando. Aber nein, sein Sergeant-Best-Buddy soll die Mission übernehmen. Und der liefert einen unbedarften Physiker ans Messer.«

»Livia, du weißt genau …«

»Was weiß ich genau? Dass es dir immer nur um den militärischen Erfolg geht? So wie damals in Pakistan? Dass es dir scheißegal ist, ob andere Menschen um dich herum andere Ziele und Wünsche haben? Dass du im ›Marcel's‹ Nicolas' Handy manipuliert hast mit irgendeiner Schnüffelsoftware? Er hat es sofort gemerkt, so schlecht hast du es gemacht. Und falls du uns in der Nacht belauscht hast: Ja, wir haben miteinander geschlafen, und es war wundervoll.«

»Sei bitte nicht ungerecht.«

»Ungerecht? Ich wäre gespannt, was Nicola jetzt dazu zu sagen hätte, sofern er überhaupt noch etwas sagen kann.«

»Ich übernehme die Verantwortung. Und ich hole ihn da raus.«

»Damit du dann als doppelter Held dastehen kannst?«

An beiden Wangen liefen ihr die Tränen hinunter.

»Livia, wir wollen alle unser altes Leben zurück. Ich will wieder surfen, du willst einen Scoop aus dieser Geschichte machen, und Nicola würde sich am liebsten mit Lakshmi Rajamottanoree ein neues physikalisches Experiment ausdenken. Aber leider steht uns diese verdammte Quantenwaffe im Weg. Es geht um viel mehr als unsere Wünsche.«

»Heuchler!«, kreischte Livia. »Es geht dir nur um den Erhalt der amerikanischen Vormachtstellung in der Welt. Du siehst zwar aus wie ein tiefenentspannter kiffender Surflehrer, aber in Wahrheit bist du ein eiskalter Krieger. Im Auftrag deines Oberkommandierenden willst du das Geheimnis um diese Quantenexpansions-Dinger lüften. Du willst, dass es in die richtigen Hände gelangt, und dafür gehst du über Leichen.«

»Das ist wirklich der falsche Augenblick, um persönlich zu werden. Ich hole jetzt deinen Nicola …«

»*Meinen* Nicola?« Ihre Stimme überschlug sich. Livia Chang streckte dem ehemaligen Elitesoldaten ihren Zeigefinger entgegen. »Das denkst du? Dass es mir nur um mich geht? Der Egoist bist du, mein Lieber. Du hast Nicola in diesen ganzen Irrsinn hineingeritten. Er konnte die Risiken nicht ansatzweise abschätzen. Er hat sich auf dich verlassen. Also rede jetzt bloß nicht von *meinem* Nicola!«

Williams starrte Chang mit kalten Augen an. »Packen Sie Ihren verdammten Koffer aus, Kumar«, sagte er, ohne den Blick von Livia Chang abzuwenden. »Machen Sie einen Hindu aus mir.«

Kumar hob erregt die Hände.

»Captain Williams, Sie wollen doch nicht in den Tempel gehen?! Das wäre äußerst gefährlich. Bitte verstehen Sie mich nicht falsch, aber ein fast zwei Meter großer durchtrainierter Afroamerikaner geht nie im Leben als asketischer Hindu durch.«

»Machen Sie einfach, wir haben keine andere Wahl.«

Kumar rief die alte Haushälterin herbei und besprach sich

eine Weile mit ihr. Die Inderin verschwand kurz im Nebenzimmer und kam mit orangefarbenen Tüchern und einer großen Dose Kalkpulver zurück. Kumar begann, Williams' Gesicht, seine Haare und seinen Oberkörper mit dem weißen Pulver zu beschmieren. Dann schlug er ihm die Tücher quer über die Brust, bedeckte seine muskulösen Arme damit und verknotete sie an der Hüfte.

»Das ist das Gewand eines Holy Man«, sagte Kumar. »Aber Sie müssen wissen, dass diese Strenggläubigen üblicherweise radikale Asketen sind. Die sind spindeldürr und haben keinen Körper wie Sie, Captain Williams. Keine Muskelpakete. Keine Oberarme wie ein Footballspieler. Ihre Tarnung ist schwach.«

»Es muss reichen«, sagte Williams.

Er zog eine SIG P220 aus seiner Tasche, steckte sie am Rücken unter sein oranges Gewand und wollte aufbrechen.

»Stopp!«, rief Kumar. »Ohne Bart geht definitiv gar nichts.«

Er zog einen zotteligen grauen Vollbart aus seinem Verkleidungskoffer und begann, Williams' Kinn mit einem pastösen Klebstoff zu beschmieren. Der Ex-Soldat ließ sich geduldig den falschen Bart ankleben. Dann verließ er wortlos das Safe House.

Livia fühlte sich augenblicklich elend. Sie hätte gerne einiges von dem zurückgenommen, was sie zuvor gesagt hatte.

PEACOCK HOUSE

MADURAI, SÜDINDIEN

Oktober 1976

Lakshmi lag mit dem Rücken auf dem Boden ihres Zimmers. Zum achten Mal hintereinander hörte sie das Pink-Floyd-Album ›Wish You Were Here‹. Seit Stunden stand sie nur auf, um die Nadel ein weiteres Mal auf die Schallplatte zu legen.

Sie war spät ins Bett gegangen am Abend zuvor. Vor zwei Tagen hatte Onkel Etto ein furchtbar ernstes Gespräch mit ihr geführt. Sie saßen sich in den schweren Ledersesseln in der Bibliothek gegenüber, und mit ungewohntem Pathos sprach er ihr ins Gewissen. Am Ende nahm er ihr ein wichtiges Versprechen ab.

In zwei Wochen werde sie in Madras ihr Studium aufnehmen, begann er. Sie könne das noch nicht überblicken, aber ihre Fähigkeiten seien ganz und gar außergewöhnlich. Sie sei vermutlich eine der begabtesten Mathematikerinnen der Welt. Vermutlich die begabteste. Er bat sie inständig, diese Fähigkeiten zum Wohle der Menschheit zu nutzen. Mit Bitterkeit in der Stimme erklärte Onkel Etto, selbst vor der Verantwortung weggelaufen zu sein. Sie solle das nicht tun. Doch müsse sie ihm hoch und heilig versprechen, ihr Wissen über die Quantengravitation, über die Möglichkeit,

Materie in den neuen Zustand, den sie errechnet hatten, zu überführen, und vor allem über die Möglichkeit, daraus eine ungeheuerliche Waffe zu bauen, zeitlebens für sich zu behalten. Niemals dürfe ein Mensch auf dieser Erde die Formeln erfahren. Das Tagebuch, das sie gemeinsam geschrieben hatten, müsse sie immer bei sich tragen – oder noch besser: vernichten.

Lakshmi erschrak vor der ungewohnten Ernsthaftigkeit, mit der Onkel Etto sie ansprach. In den folgenden zwei Tagen dachte sie viel darüber nach, über seine und ihre Verantwortung, über die Konsequenzen ihrer Erkenntnisse. Sie konnte nicht die gleiche Gefahr darin sehen wie ihr Ziehvater. Doch es war ihm wichtig. Und so versprach sie, zu tun, worum er sie gebeten hatte.

Dann, letzte Nacht, Lakshmi wusste nicht mehr, ob sie bereits eingeschlafen war oder nicht, hatte es im Erdgeschoss gekracht. In Ettos Schlafzimmer. Es vergingen nur wenige Sekunden, bis Lakshmi die knarzende Holztreppe hinuntergelaufen war und die Tür zum Zimmer ihres Adoptivvaters aufgestoßen hatte. Onkel Etto lag nicht in seinem Bett, sondern zusammengekrümmt einige Meter daneben. Die rechte Hand war auf die Brust gepresst, der altmodische gestreifte Pyjama über die Waden nach oben gerutscht. Die Stehlampe war umgeworfen.

Lakshmi schrie hemmungslos. Sie warf sich auf ihn, presste ihre übereinandergelegten Hände mehrmals auf seine Brust, wie sie es irgendwann einmal gesehen hatte. Sie blies Luft in seinen Mund. Aber es brachte nichts. Onkel Etto war tot.

Minutenlang rannte Lakshmi von Panik ergriffen durch das Haus. Dann erst griff sie zum Hörer ihres alten Bakelittelefons und wählte die Nummer der Polizei. Panisch schrie sie in die Sprechmuschel. Sie brauchte mehrere Anläufe, um die Adresse verständlich auszusprechen.

Irgendwann tauchten die Beamten auf. Sie verhielten sich professionell, und doch spürte Lakshmi ein Befremden über die Personenkonstellation in diesem Haushalt. Ein alter Mann und eine Sechzehnjährige. Sie ignorierte das, die Polizei rief einen Krankenwagen. Sie trugen Onkel Etto aus dem Haus. Was wird aus mir?, wollte sie die Polizisten und Sanitäter fragen. Doch sie ließ es.

Die alte Villa war plötzlich unendlich leer. Lakshmi zitterte am ganzen Körper. Sie wanderte stundenlang durch alle Zimmer des Hauses, schritt alle Ecken ab, nur Ettos Schlafzimmer konnte sie nicht mehr betreten. Doch je mehr sie hoffte, das Haus würde ihr irgendwie Halt geben, desto mehr brachen ihr die Erinnerungen das Herz. Sie fühlte sich nicht mehr bereit für das Leben, das nun kommen sollte. Ohne Onkel Etto.

Dann tat sie, was sie noch nie getan hatte. Sie ging in die Vorratskammer, nahm eine Flasche Nero d'Avola aus dem Regal und öffnete sie, so wie Onkel Etto es oft getan hatte, wenn sie ein Sonntagsmahl zubereitet hatten. Sie nahm den Rotwein und eines von Ettos Gläsern mit auf ihr Zimmer und trank den Wein, als wäre es Traubensaft.

Als ihr Kopf surrte, legte sie die Platte ›Wish You Were Here‹ von Pink Floyd auf. Und als der Song ›Shine On You Crazy Diamond‹ nun zum achten Mal erklang, weinte sie, bis Krämpfe sie schüttelten.

MINAKSHI-TEMPEL

MADURAI, SÜDINDIEN

4. August

Als Captain a. D. Kenton Williams, ehemals Kommandeur einer Spezialeinheit der Navy Seals, im Gewand eines Sadhu über die Schwelle des berühmtesten Hindu-Tempels Südindiens trat, flog seine Tarnung bereits auf. Empörte Rufe der Umstehenden erschallten. Nicht nur, dass dieser 1,95 Meter große Mann so ganz und gar nicht den Körperbau eines Asketen aufwies. Er setzte den linken Fuß zuerst über die Schwelle. Und das Schlimmste war: Er trug dabei Sandalen mit Nylonsohle und Klettverschlüssen.

Einen Hindu-Tempel betritt man barfuß, egal, ob als Brahmane, Unberührbarer oder Tourist. Doch Kenton Williams hatte für derlei Konventionen nach allem, was geschehen war, keinen Sinn mehr. Er achtete nicht auf das Geschrei der Tempeldiener. Einen Wächter, der sich ihm in den Weg stellte, passierte er achtlos. Als er am Eingang zu Parvatis Reich ankam, bauten sich drei dickbäuchige Priester vor ihm auf. Williams stieß sie mit den Schultern zur Seite wie ein Footballspieler auf dem Weg zum Homerun.

Der Ex-Soldat stürmte die steinernen Treppen hinab in den Bereich, der gläubigen Hindus vorbehalten war. Die Rufe der aufgeschreckten Tempeldiener hallten hinter ihm durch die Gänge. Wie in einem Videospiel navigierte Williams durch die Korridore, die er von Caneddus Kamerabildern kannte. Schließlich erreichte er die Stahltür mit dem Codeschloss. Aufgrund des ungünstigen Kamerawinkels hatten sie die Zahlenkombination nicht genau erkennen können. Williams entschloss sich, Kumars Tipp, die 4968, als Erstes auszuprobieren. Doch das rief nur ein rotes Blinken hervor. Dann wurde ihm schlagartig klar, wie die richtige Kombination lauten musste. Es war eine Jahreszahl. Ein für Lakshmi besonderes Jahr. Die einzige mit den Handbewegungen auf dem Video kompatible Jahreszahl war die 1968.

Doch Williams kam nur bis zur Neun. Zwei kräftig gebaute Tempeldiener schossen um die Ecke und prallten mit ihm zusammen. Sie hatten Schlagstöcke bei sich. Immerhin keine Schusswaffen.

Williams entschied sich dafür, die Männer zu ignorieren und stattdessen die beiden letzten Ziffern einzutippen. Bis zur Acht musste er drei Hiebe einstecken. Seinen Kopf erreichten die beiden Männer glücklicherweise nicht, aber sein falscher Bart hing nun halb abgerissen von einer Backe herunter. Die Stahltür sprang auf. Einer der Wächter stellte sich Williams in den Weg, doch der Amerikaner schob den Mann einfach mit durch die Türöffnung. Dahinter packte er ihn am Genick und schleuderte ihn mit einer kraftvollen Drehung seinem Kumpan entgegen. Die beiden Tempeldiener flogen aus dem Raum, und Williams schlug die Stahltür von innen zu.

Der Ex-Soldat wartete einige Sekunden, aber er hörte lediglich die Schreie der Wachleute, die Tür blieb verschlossen. Wie er vermutet hatte, kannten sie den Zugangscode nicht. Der Zutritt war offenbar Lakshmi und ihren Gefolgsleuten vorbehalten.

Mit dem professionellen Blick eines Soldaten scannte er den Raum, in dem er sich nun befand. Er war doppelt so hoch wie ein normaler Wohnraum. Flutlichter an der Decke warfen grelles Licht auf die kahlen Betonwände. Zwei elektrische Gabelstapler standen links an der Wand. Daneben Kartonagen und Styropor-Teile. Rechts waren drei Waschmaschinen abgestellt. Williams kannte das Modell. Aus Eunice.

Caneddu war nicht hier, so viel stand fest. Im hinteren Bereich erblickte Williams eine am Boden abgestellte Bahre, einige Tücher sowie zwei leere Ampullen. Sie rochen nach Chloroform. Fast die gesamte Rückwand des Raums war von einem Rolltor ausgefüllt, das bis zur Decke reichte. Daneben war ein handtellergroßer roter Knopf angebracht. Williams drückte darauf.

Die Lamellen des Tors ratterten nach oben. Williams ging neben der Öffnung in Deckung und blickte vorsichtig um die Ecke. Er sah in eine lang gezogene Halle, sie war noch viel größer und höher als der Vorraum und voller Gerätschaften. Kompressoren. Starkstromkabel. Kühlleitungen. Schwerlastkräne. Auch ohne physikalische Ausbildung war Williams klar: Hier wurde jede Menge Energie umgesetzt. Doch sämtliche Apparaturen waren abgeschaltet. Und die Halle war menschenleer.

Das Geschrei hinter der verschlossenen Stahltür im Vorraum wurde lauter. Williams ging zu einem der Gabelstapler, setzte ihn in Gang und manövrierte zu einer der Waschmaschinen. Nach zwei Fehlversuchen gelang es ihm, das Gerät anzuheben. Williams merkte, dass der Gabelstapler Mühe hatte, die Last zu tragen. Das Ding enthielt offensichtlich ein tonnenschweres Strangelet. Langsam fuhr er den Toplader vor die Stahltür und setzte ihn ab. Die Wachen würden es unmöglich aus eigener Kraft schaffen, die Tür gegen dieses Hindernis aufzustemmen. Williams wurde schwindelig bei dem Gedanken, dass sich im Inneren der Maschine ein hochverdichtetes Stück Materie befand, das mithilfe eines Neutrinostrahls eine gewaltige Detonation auslösen konnte.

Er ging zurück in die große Halle. Dort entdeckte er mehrere Gasbehälter mit der Aufschrift »Liquid Ar, 200 bar«. Flüssiges Argon. Dieses chemische Element – ein an sich völlig ungefährliches Edelgas, wie er von Caneddu gelernt hatte – wurde vermutlich für die Produktion der Strangelets benutzt. Offenbar bestand das Strangelet aus Argon-Atomen. Williams näherte sich einem mit riesigen Kristallglasplatten abgeriegelten Bereich im Zentrum der Halle. In dem Glaskubus sah er eine metallisch glänzende Spule, deren Mittelpunkt sich verjüngte. Ganz im Inneren lag eine perfekt geschliffene Kristallkugel. Sie reflektierte das Licht wie ein hochkarätiger Diamant. Aus der Decke über dieser Versuchsanordnung ragten mehrere mit Kühlleitungen und Starkstromkabeln versehene Rohre. Sie waren wie Artilleriegeschütze auf die im Zentrum liegende Kristallkugel ausgerichtet. Williams vermutete, dass in diesem Kristall die Strangelets erzeugt wurden. Die Spule war vermutlich dazu da, die mit einem fertigen Strangelet versehene, tonnenschwere Kristallkugel zu fixieren.

An der Decke über sich entdeckte er mehrere quer zueinander verlaufende Schienen, auf denen ein elektrischer Schwerlastkran hin- und herbewegt werden konnte. Ketten hingen von diesem herab. Die Konstruktion erinnerte Williams an eine Werft, in der mit solchen Kränen Boote bewegt wurden. Mit dieser Anlage wurden die winzigen Neutronensterne vermutlich aus dem Herstellungsbereich gehoben und weiter vorne in der Halle in Waschmaschinengehäusen platziert.

Ein lauter metallischer Knall ließ Williams herumfahren. Er blickte durch das geöffnete Rolltor in den vorderen Raum und sah, dass die Tempelwächter ein Scharnier der Stahltür ausgehebelt hatten. Heftige Schläge hämmerten auf das Türblatt. Die linke obere Ecke begann sich herabzubiegen. Zwei Hände tasteten durch die Öffnung.

Williams machte kehrt und riss das Stromkabel von dem roten Knopf ab, mit dem er das Rolltor zur Fabrikhalle geöffnet hatte, und schloss das Tor mit einem weiteren Knopf von der anderen Seite aus. Bevor die Lamellen herunterrasselten, sah er noch, wie das zweite Scharnier der Stahltür aus dem Rahmen brach. Bald würde ihn lediglich das Rolltor von seinen Verfolgern trennen. Es bot noch weniger Widerstand als die Stahltür.

Williams lief quer durch die Fabrikhalle. Am hinteren Ende fand er zu seinem Erstaunen mehrere abgestellte Fahrzeuge. Transporter, wie sie Handwerksbetriebe nutzten. Sie trugen Aufschriften bekannter Haushaltsgerätehersteller. In einer Ecke der Halle entdeckte er einen Lastenaufzug, der groß genug war, um einen der Kleinlaster zu befördern. Williams wurde klar, dass die falschen Waschmaschinen mit den Strangelets auf diesem Weg abtransportiert wurden. Oben fuhren die Laster vermutlich aus einer unauffälligen Garage direkt in das Straßengewirr rund um den Tempelbezirk. Ein Lieferwagen eines Haushaltsgeräteherstellers war dort die normalste Sache der Welt.

Drei Dinge fehlten allerdings. Vor allem gab es keine Spur

von Caneddu. Auch waren in dieser unterirdischen Fabrikhalle keine Wissenschaftler oder Techniker zugange. Und drittens fehlte eine Strahlenkanone, ein Neutrinobeschleuniger, mit dem die Strangelets in anderen Erdteilen zur Detonation gebracht werden konnten. Williams kam zu dem Schluss, dass hier die Strangelets nur hergestellt und abtransportiert wurden. Der Neutrinostrahl musste anderswo erzeugt werden. Er entschloss sich zu tun, was seiner Ansicht nach getan werden musste.

Der ehemalige Elitesoldat ging zurück in den zentralen Bereich der Halle und suchte ein Kontrollpult. Irgendwelche Schalter, Hebel oder Regler. An der Wand hinter dem Glaskubus fand er einen Kasten mit mehreren großen Knöpfen und Tasten. Er schaltete alles der Reihe nach ein und drehte die Regler auf Maximum. Überall in der Halle begannen Kompressoren zu wummern, Elektronikregale surrten, das Rauschen von Kühlwasser war zu hören.

In der Nähe des diamantartigen Kristalls entdeckte er weitere Schieberegler und Knöpfe in verschiedenen Farben. Er drückte sie wahllos und stellte alles auf Maximum. Das Dröhnen wurde lauter. Irgendwann erstrahlten die kanonenartigen Rohre mit einem bläulichen Schimmern und brachten die kleine Kristallkugel zum Leuchten. Die Vibrationen der Apparatur ließen die Luft erzittern. Die Kühlrohre standen unter mörderischem Druck. Irgendwann brach ein Flansch. Ein Rohr an der Decke schob sich wie von selbst seitlich aus der Verankerung, und Wasser schoss mit der Geschwindigkeit eines reißenden Gebirgsbachs daraus hervor.

Innerhalb von Sekunden breitete sich das Wasser auf dem Betonboden der Fabrikhalle aus. Eine der Laserkanonen explodierte. In diesem Moment knackten seine Verfolger die erste Lamelle des stählernen Rolltors. Williams rannte in den hinteren Bereich der Halle und schwang sich auf den Fahrersitz eines Lieferwagens. Der Schlüssel steckte. Er lenkte den Transporter mit röhrendem Getriebe durch das mittlerweile knöcheltiefe Wasser der Fabrikhalle und steuerte in die Kabine des Lastenaufzugs. Aus dem Fahrerfenster konnte er mit dem Arm die Fahrstuhlknöpfe erreichen. Einen für oben, den anderen für unten. Als Williams gerade den oberen Knopf berührte, erschallte infernalischer Lärm aus der Fabrikhalle. Es war eine Mischung aus metallischem Bersten und elektrischen Überschlägen. Er hörte noch mehr Wasser plätschern. Dann ging das Licht aus.

PEACOCK HOUSE

MADURAI, SÜDINDIEN

Oktober 1976

Lakshmi hatte das Nötigste gepackt. Am nächsten Morgen würde sie den Vaigai Express nach Madras besteigen. Sie hatte viel erledigt in den letzten Tagen. Onkel Ettos Leiche war seinem Wunsch entsprechend nach hinduistischem Ritual verbrannt worden. Die Asche stand nun in einer Urne auf dem Kaminsims. Noch wichtiger war es jedoch gewesen, den entscheidenden Band ihrer Tagebücher an einem sicheren Ort zu verstecken. Das hatte sie getan. Mitten in der Nacht.

Aber das Haus zu verkaufen, wie Etto es ihr vor seinem Tod geraten hatte, hatte sie nicht übers Herz gebracht. Nicht dieses Haus. Ihr Haus. Dann würde sie eben arbeiten müssen, um das Wohnheim in Madras bezahlen zu können.

Lakshmi fegte gerade den Küchenboden, als es klingelte. Jemand war am Zugangstor an der Straße. Sie drückte den Türöffner und fegte weiter. Irgendwann hörte sie Schritte am Eingang.

»Wer ist da?«, rief sie, bekam aber keine Antwort. Sie lief aus der Küche im Souterrain die Stufen zum Erdgeschoss hinauf. Doch weiter kam sie nicht. Ein Mann stand auf dem Treppenabsatz und versperrte ihr den Weg. Es war Rachman.

»Na, kleine Heuschrecke, wie geht's denn so?« Sein Mund formte ein widerwärtiges Grinsen. »Wie ich höre, weilt dein Beschützer nicht mehr unter uns. Ich wette, du vermisst ihn. Eine kleine Heuschrecke, ganz ohne Daddy. So ist es doch?«

Lakshmi erwog kurz, so zu tun, als rufe sie nach Etto, um Rachman in die Flucht zu schlagen. Doch sie wusste, dass er den Bluff durchschauen würde.

»Madras also, höre ich. Eine kleine Heuschrecke an einer großen Universität. Tss, tss, tss. Was für eine Verschwendung!«

Er machte eine Pause und starrte sie an. Lakshmi wich seinem Blick nicht aus.

»Kleine Mädchen sollten ganz andere Dinge tun.«

Rachman zog einen langen Gegenstand aus seiner Tasche. Es war eine schwarze Ledergerte.

SAFE HOUSE

MADURAI, SÜDINDIEN

5. August

Kenton Williams war nun seit zwölf Stunden weg. Nichtstun war für Livia Chang keine Option mehr. Ebenfalls in den Tempel zu gehen, hielt sie allerdings für unklug. Sie entschloss sich, in die Stadt aufzubrechen und an anderer Stelle einer Spur nachzugehen.

In den vergangenen Stunden hatte sie mehrere verschlüsselte Mails mit dem deutschen Journalisten Fritz Ziegeldecker ausgetauscht. Er hatte ihr dabei geholfen, die MALIKSH-Holding genau unter die Lupe zu nehmen. Zu den vielen Sub- und Subsubunternehmen des Konzerns gehörte merkwürdigerweise ein Restaurant. Das erinnerte sie an Caneddus Erzählung über Lakshmis Kindheit im Kohlenkeller eines Restaurants. Sie erinnerte sich sogar vage an den Namen und war ziemlich sicher, dass das ›Moti Mahal‹ aus Ziegeldeckers Nachricht ebenjenes Restaurant war. Aus irgendeinem Grund hatte es die MALIKSH-Holding gekauft. Lakshmis Tarnfirma.

Livia fragte die indische Haushälterin des Safe House nach dem Weg zu dem Restaurant. Sie erfuhr, dass das ›Moti Mahal‹ nur acht Blocks entfernt lag.

In diesem Moment trat Kumar ins Zimmer, dessen Stimme Livia noch eine Minute zuvor im Nebenraum gehört hatte, wo er ein Telefonat geführt hatte. Kumar hielt einen eingeschalteten Tabletcomputer in der rechten Hand. Sein linker Arm hing schlaff am Körper herunter, und sein Gesicht war aschfahl.

»Was ist los?«, fragte Livia verunsichert.

»Es gibt entsetzliche Nachrichten«, sagte Kumar im Flüsterton.

Livias Stimme wurde schrill. »Was? Ist Nicola etwas passiert? Oder Kenton?«

Kumar hielt ihr sein Tablet hin. Der Bildschirm zeigte eine Satellitenaufnahme. Es war die Innenstadt von Madurai.

»Warum zeigen Sie mir das?«, rief Livia verunsichert, während sie das Gerät in die Hand nahm.

»Das Bild haben mir die Amerikaner soeben über die sichere Leitung geschickt. Es ist eine aktuelle Keyhole-Aufnahme, weniger als eine Stunde alt.«

Mit Daumen und Zeigefinger vergrößerte Livia das Satellitenbild. Sie zentrierte den Ausschnitt rund um die Tempelanlage. Alles sah auf den ersten Blick aus wie auf den Luftbildern, die sie bereits kannte. Wie auf den Aufnahmen, die sie für die Planung ihres Einsatzes verwendet hatten.

Dann sah sie es.

Anfangs war es ein winziger Fleck auf dem grünen Wasser des Tempelsees. Sie zoomte noch näher heran. Der Fleck bekam eine Struktur. Es war ein menschlicher Körper mit ausgestreckten Armen und Beinen. Vom Kopf standen zottelige Locken ab. Sie trieben wie Seegras im Wasser.

Mit einem entsetzten Stöhnen vergrößerte sie den Bildausschnitt ein weiteres Mal. Das machte das Grauen noch deutlicher. Kenton Williams' Leiche trieb rücklings und nackt auf dem Tempelsee.

Livia entglitt das Tablet. Sie ließ sich auf das Sofa fallen, presste beide Hände aufs Gesicht und schluchzte hemmungslos. Nicola war verschwunden. Kenton war tot. Es war ein Albtraum. Doch so schnell sie aufs Sofa gesunken war, so schnell war sie wieder auf den Beinen. Kumar rief noch »Hey! Warten Sie, Livia!«, da hatte sie bereits ihren kleinen Rucksack geschnappt und war durch die Haustür verschwunden. Sie nahm sich nicht die Zeit, durch die unterirdischen Gänge unauffällig zur Garage zu gehen, in der sie tags zuvor angekommen waren. Sie stieg einfach zwei Stockwerke nach unten und trat durch die Vordertür des Hauses auf die Straße. Der Lärm hupender und knatternder Motorrikschas schlug ihr entgegen. Noch schlimmer war die gnadenlose feuchte Hitze. Durch den Schlamm und die Pfützen des letzten Monsunschauers lief sie acht Blocks weit nach Süden, so wie es ihr die alte indische Haushälterin erklärt hatte. An einer belebten Einkaufsstraße bog sie rechts ab und sah nach dreihundert Metern das bunte Hinweisschild des Restaurants ›Moti Mahal‹, welches stolz auf das Gründungsjahr 1949 verwies.

Von der Straße führten einige Stufen hoch zum Eingang des Restaurants. Oben trat sie durch eine Glastür in den Speisesaal. Dutzende Köpfe, Gäste wie Angestellte, wandten sich ihr zu. Sofort trat der Oberkellner mit einer unterwürfigen Geste an sie heran.

»Willkommen, *Madam*, darf ich Ihnen einen Tisch anbieten?«

Sie blickte dem devoten Mann streng in die Augen und sagte: »Wer ist Ihr ältester Angestellter?«

»Entschuldigung?«

»Sie haben schon verstanden. Ich möchte mit demjenigen sprechen, der bereits am längsten in diesem Restaurant arbeitet.«

Der Kellner hob beide Hände zu einer beschwichtigenden Geste, doch Livia entging nicht, dass seine Augen kurz nach links zuckten. Als sie in diese Richtung blickte, entdeckte sie einen würdigen alten Mann, der soeben einigen Gästen kleine Schüsseln mit Sambar servierte. Livia ließ den Oberkellner stehen und lief auf den alten Mann zu. Er musste um die achtzig sein.

»Rachman, kennen Sie einen gewissen Rachman?«, fragte sie den Alten mit lauter Stimme.

Sie setzte darauf, dass dieser Mann zu Zeiten im ›Moti Mahal‹ gearbeitet hatte, in denen Lakshmis Peiniger ebenfalls hier tätig gewesen war. Lakshmi hatte den Laden zwar vor mehr als fünfzig Jahren verlassen, aber vermutlich war Rachman danach weiterhin als Kellermeister beschäftigt gewesen.

Der Alte blickte Livia erschrocken an. Gleichzeitig hörte sie hinter sich ein herrisches »*Madam!* Entschuldigen Sie bitte, *Madam*!« des Oberkellners.

Es war zweifellos ungehörig, sich als westliche Touristin derart zu benehmen. Aber das war ihr egal. Bevor der Oberkellner dazwischengehen konnte, wiederholte sie ihre Frage an den Alten.

»Rachman, er hat hier gearbeitet. Kennen Sie ihn? Wo ist er jetzt?«

In den Augen des alten Kellners blitzte ein Verstehen auf. Er sagte einen Satz auf Tamilisch, in dem Livia glaubte, das Wort »Rachman« zu hören. Der Oberkellner stand nun dicht hinter ihr und rief mit lauter Stimme erneut mehrmals

»*Madam*«. Sie ignorierte ihn weiterhin und wandte sich an die Gäste, die der alte Kellner soeben bedient hatte. Es war eine Familie mit zwei Mädchen im Teenageralter.

»Entschuldigen Sie bitte, sprechen Sie Englisch? Was hat der Kellner eben gesagt?«

Der Familienvater blickte seine ältere Tochter an. Sie trug eine Schuluniform. Vermutlich war sie diejenige in der Familie, die am besten Englisch konnte. Tatsächlich sprach sie es nahezu akzentfrei.

»Der Mann sagte eben, ein gewisser Rachman arbeite beim Blumenmarkt«, sagte das Mädchen mit einem schüchternen Lächeln.

Livia bedankte sich, wünschte der Familie einen guten Appetit, nickte dem alten Kellner freundlich zu und ging wortlos am Oberkellner vorbei zum Ausgang.

Vor dem Restaurant wartete ein gutes Dutzend gelber Dreiradtaxis auf Kundschaft. Livia sprang in das erste und rief dem Fahrer laut »Blumenmarkt« zu. Der Mann nickte, das war kein ungewöhnliches Ziel für eine Touristin. Er löste die Kupplung seines Dreiradtaxis und gab Gas. Nach einer abenteuerlichen Fahrt durch den dichten Verkehr und teils knöcheltiefe Regenpfützen erreichten sie in einem Randbezirk der Stadt den berühmten Blumenmarkt von Madurai. Zwei geparkte Reisebusse ließen ahnen, dass dies neben dem Tempel eines der beliebtesten Touristenziele der Stadt war. Die Mehrzahl der Besucher waren allerdings Einheimische, Hunderte, wenn nicht Tausende Menschen, die auf der Suche nach Blumen für allerlei Anlässe waren. Geflochtene Schlangen aus Jasminblüten, die in die Haare gebunden werden. Rote, orange und violette Blütenblätter für eine Hochzeit, Gebinde für eine Beerdigung oder besonders edle Blumen als Darreichung für eine Gottheit im Tempel.

Livia drängte sich durch die engen Gassen, in denen Händler mit lautem Geschrei die aktuellen Preise kundtaten. Der Geruch von Jasmin, Nelken und Rosen erfüllte die Luft. Der Boden war übersät mit abgeschnittenen Stielen und Blättern. Livia versuchte, das Alter jedes Händlers abzuschätzen. Sollte tatsächlich Rachman hier arbeiten, so musste er gut und gern siebzig Jahre alt sein. Vielleicht noch älter.

Nachdem sie vier Gassen des Marktes durchstöbert hatte, ließ ihre Aufmerksamkeit nach. Also machte sie eine Pause und blickte eine Minute lang in den Himmel, um ihre Augen zu entspannen. Sie schloss sie für einige Sekunden. Als sie sie wieder öffnete, erblickte sie einen gut vierzig Meter entfernt sitzenden hageren alten Mann. Mit einem eng um die Hüften geschlungenen Tuch hockte er auf seinen Unterschenkeln im Halbschatten zwischen zwei Marktständen. Sein Zottelbart war grau und das Haar ungepflegt. Seine Ware bestand aus ein paar armseligen, zusammengesteckten Zöpfen aus Jasminblüten, die auf einem Stück Pappkarton ausgebreitet waren. Er wirkte abwesend, fast lethargisch. Wie jemand, der das Leben nur noch erduldete.

Livia ging auf ihn zu und sagte mit lauter Stimme: »Rachman!?«

Der Alte zuckte wie vom Schlag getroffen zusammen und blickte Livia mit aufgerissenen Augen an.

»Sprechen Sie Englisch?«

Der Alte starrte sie weiter an, als wäre sie eine Außerirdische. Sie wandte sich an den Besitzer des Standes nebenan.

»Sprechen Sie Englisch? Ich muss diesen Mann hier etwas fragen.«

»Was wollen Sie von dem Nichtsnutz? Seine Ware ist minderwertig.«

»Ich will nichts kaufen. Fragen Sie ihn bitte, wo Lakshmi Rajamottanoree wohnt.«

Als sie den Namen aussprach, spuckte der hockende Alte zornig auf den Boden. Ein Wortschwall drang aus seinem Mund, und er begann, mit den Armen zu gestikulieren.

»Was sagt er?«, fragte Livia den benachbarten Händler.

»Er spricht abschätzig von irgendeiner Heuschrecke. Offenbar ein Mädchen oder eine Frau, die er sehr hasst.«

Livia hielt dem Händler einen Zwanzig-Dollar-Schein hin.

»Fragen Sie ihn bitte, wo diese Heuschrecke heute wohnt.«

Das Geld motivierte den Blumenhändler. Er herrschte den am Boden Hockenden an. Livia war sich inzwischen fast sicher, dass es sich um Rachman handelte. Ein aufgeregter Wortwechsel ging zwischen den beiden Männern hin und her. Aus der Körpersprache schloss Livia, dass es ein beträchtliches soziales Gefälle zwischen ihnen gab. Der Alte am Boden fuchtelte erregt mit den Händen und sprach mit lauter, quakender Stimme, aber er hielt seinen Kopf unterwürfig gesenkt. Schließlich wandte sich der Englisch sprechende Händler an Livia.

»Peacock House. Es ist eine recht bekannte Villa nicht weit von hier. Sie gehörte vor vielen Jahren einem Einwanderer aus Europa. Sie erkennen das Haus an vier steinernen Pfauen auf den Ecken der Grundstücksmauer. Fragen Sie einen Taxifahrer danach. Er wird es kennen.«

»Vielen Dank«, sagte Livia und steckte dem hageren Alten am Boden ebenfalls zwanzig Dollar zu. Nach allem, was sie über Rachmans Schreckensherrschaft in dem Kohlenkeller wusste, hatte der Kerl vermutlich kein Mitleid verdient. Aber seine jetzige Situation erschien ihr menschenunwürdig.

Am Ausgang des Blumenmarktes setzte sie sich erneut in eines der unzähligen Dreiradtaxis und sagte nur »Peacock House«. Der Fahrer blickte sie einen Augenblick lang erstaunt an. Das gewünschte Ziel war wohl keine übliche Touristendestination. Doch dann zuckte er mit den Achseln und setzte sein gelbes Gefährt in Gang. Es dauerte tatsächlich nur wenige Minuten, bis sie in einem ruhigen Wohngebiet an einer Tuffsteinmauer hielten, auf deren Ecken je ein steinerner Pfau thronte. Sie gab dem Fahrer einen Zehn-Dollar-Schein, kleiner hatte sie es nicht. Eine derart lohnende Fahrt hatte der Mann vermutlich selten in seinem Leben gemacht. Er legte zum Dank die Hand aufs Herz und brauste davon.

Livia blickte in beide Richtungen die Straße hinunter. Sie versuchte gar nicht erst, das schmiedeeiserne Tor in der Mitte der Mauer zu öffnen. Sie wandte sich nach links und ging bis zur Ecke des Anwesens, zu einem der markanten steinernen Pfauen, die der Villa ihren Namen gaben. Sie blickte neugierig auf die Skulptur, wie es eine Touristin tun würde. Dann zog sie eine Kamera aus der Tasche und fotografierte den Pfau aus verschiedenen Winkeln. Der wahre Sinn dieser Aktion war es, unbemerkt einige Blicke auf die Nachbarschaft werfen zu können. Aber keine Menschenseele war zu sehen. Alles blieb ruhig. Dennoch war Livia klar, dass sie sich von nun an verdächtig machte. Touristen besuchten Tempel und Blumenmärkte, aber sie kundschafteten keine Privathäuser aus.

Von der Mauerecke aus ging sie an der seitlichen Begrenzung des Grundstücks entlang zur Rückseite. Der dortige

Mauerabschnitt war weniger ansehnlich als die Frontseite. Der Mörtel war rissig, einzelne Ziegel herausgebrochen. Livia hielt an einen Baum gelehnt erneut inne, um die Umgebung abzusuchen. Doch auch hier blieb alles ruhig. Mit einer schnellen Bewegung warf sie ihren kleinen Rucksack über die Mauer. Sie nahm ein paar Schritte Anlauf, rannte auf die Mauer zu und sprang mit nach oben gestreckten Armen an ihr hoch. Sie bekam die Oberkante zu fassen und zog sich nach oben. Vom Sims sprang sie in das dicht bewachsene, verwilderte Grundstück.

Als sie auf das Haus zuschlich, rissen Dornenbüsche an ihrer Kleidung. Sie kämpfte sich durch bis zum rückwärtigen Eingang der Villa. Es war ein europäisch aussehender Bau mit mediterranen Barockelementen. Eine kleine Treppe führte ins Souterrain hinunter. Sie ging die paar Stufen hinab und erreichte eine alte Holztür, die nachgab, als sie sich mit der Schulter dagegenwarf. Erneut hielt sie inne. Doch nichts war zu hören. Sie vermutete, dass das Haus verlassen war, aber sie hatte keine Zeit zu verlieren. Falls sie doch jemandem begegnen sollte, musste sie auf das Überraschungsmoment und ihre Improvisationskünste setzen.

Sie durchquerte eine Vorratskammer und betrat eine altmodische Küche mit steinerner Spüle. In einem Regal stand Geschirr mit Goldrand, wie es einst ihre Großeltern benutzt hatten. Hinter der Küche führte eine massive Holztreppe nach oben ins Erdgeschoss, wo sie ein Speisezimmer vorfand, mit knarzendem Parkett, einem Esstisch aus der Biedermeierzeit und acht lederbezogenen Stühlen. Linker Hand ging es über eine Diele in ein weiteres Zimmer. Es war eine Art Bibliothek mit dunkler Holzvertäfelung, zwei schweren Ledersesseln und Regalwänden voller Bücher. Sie entdeckte

Dutzende Standardwerke großer Philosophen, Atlanten sowie Bände zu spirituellen Themen.

Livia fuhr mit dem Finger an den Buchrücken entlang, überflog die Titel und hielt inne bei einer Reihe großformatiger, unmarkierter Lederbände, die mit römischen Zahlen nummeriert waren. Sie öffnete einen davon. Es war ein Album mit liebevoll eingeklebten Fotografien. Die einzelnen Seiten waren mit einer knisternden Schutzfolie getrennt. Viele der Bilder waren quadratisch, vermutlich mit einer alten 6x6-Kamera aufgenommen. Die Farben ließen auf Abzüge aus der Frühzeit des Farbfilms schließen.

Meist war ein junges indisches Mädchen mit tiefschwarzem gewelltem Haar und haselnussbraunen Augen das Motiv. Livia hatte keinen Zweifel, dass dies die junge Lakshmi war. Manche der Bilder zeigten Lakshmi lachend und spielend neben einem sympathisch aussehenden älteren Herrn. Er trug einen grauen Zottelbart, eine Nickelbrille und altmodische dreiteilige Anzüge. Auf fast allen Bildern war er mit einer Weste zu sehen, aus deren rechter Tasche eine Uhrenkette hing. Zwei Bilder zeigten Lakshmi auf einer Schaukel. Vermutlich war diese Aufnahme im Garten hinter dem Haus entstanden. Auf anderen Aufnahmen stand Lakshmi mit dem älteren Herrn vor einer grünen Tafel voller mathematischer Symbole. Livia war sicher, dass es sich bei dem Mann um Ettore Majorana handelte, jenen legendären Physiker, über den Sternberg und Nicola im Weißen Haus so ehrfurchtsvoll gesprochen hatten. Sie löste einige Fotografien vorsichtig aus dem Album und steckte sie in ihren Rucksack.

Links neben den Fotobänden fand sie ein Bündel lederbezogener Kladden, ebenfalls mit römischen Zahlen nummeriert. Der letzte Band trug die Nummer XII. Aber der elfte

Band fehlte. Livia öffnete das erste Buch dieser Reihe. Es war eine Art Tagebuch, obgleich es wenig Text enthielt. Ein mathematisches Tagebuch. Über dem ersten Eintrag stand das Datum 3. Juni 1968, und als sie die Seiten des Bandes durchblätterte, entdeckte Livia viele Dinge, die sie in der Schule gelernt hatte, Grundrechenarten, den Dreisatz und das Wurzelziehen. Die letzten Einträge des ersten Bandes stammten vom November 1968 und behandelten trigonometrische Formeln. Livia öffnete den dritten Band. Dessen Einträge stammten vom Herbst 1969. Livia verstand außer einigen Integralzeichen nichts mehr von dem, was dort notiert war.

Sie öffnete den zwölften, den letzten Band. Darin waren nur die ersten beiden Seiten beschrieben. Die Datumsangabe stammte vom Februar 1976. Von den mathematischen Inhalten verstand sie nichts. Nur ein Wort, das mit Bleistift an den Rand gekritzelt war. Es lautete »Strangelet«.

Livia hörte das Knirschen eines bremsenden Autos. Durch das Fenster der Bibliothek konnte sie die Straße nicht sehen, weil die Mauer sie verdeckte. Das schmiedeeiserne Eingangstor der Frontseite war nur wenige Meter vom Haus entfernt, und es dauerte keine zehn Sekunden, bis jemand daran rüttelte. Nach ein paar weiteren Sekunden hörte sie einen metallischen Knall, und ein Torflügel schwang auf. Ein groß gewachsener, hagerer Inder mit einem Brecheisen in der Hand betrat das Grundstück. Livia erkannte ihn. Es war der Mann, der für Lakshmi am CERN die Tasche getragen hatte. Der Mann, der Caneddu im Tempel erkannt hatte. Der Mann, der vermutlich für Caneddus Verschwinden verantwortlich war und aller Wahrscheinlichkeit nach für Kentons Tod.

Er warf das Brecheisen in den Vorgarten und lief auf das Haus zu. Livias Pulsschlag schnellte in die Höhe. Sie blickte sich hektisch im Raum um. Neben der Eingangstür zur Bibliothek entdeckte sie einen holzverkleideten Verschlag. Sie öffnete ihn und fand darin diverse Besen, Kehrschaufeln und Eimer. Sie stellte einige der Gerätschaften hinter die geöffnete Zimmertür und stieg in den Verschlag. Es gelang ihr, dessen Tür von innen so weit zu schließen, dass nur ein winziger Schlitz offen blieb.

Wenige Sekunden später betrat der Hagere die Bibliothek. In seiner Hand hielt er einen altmodischen Lederkoffer, den er vor dem Bücherregal auf den Boden warf. Er öffnete den Deckel des Gepäckstücks und begann, die nummerierten Kladden, die mathematischen Tagebücher, mit beiden Händen aus dem Regal in den Koffer zu schaufeln. Als er die letzten zwei Bände in der Hand hielt, vibrierte Livias Handy.

PEACOCK HOUSE

MADURAI, SÜDINDIEN

5. August

Durch den winzigen offenen Spalt an der Tür zu ihrem Verschlag sah Livia, dass der große Hagere ungerührt weitermachte. Er packte die Lederkladden in seinen Koffer. Hektisch versuchte sie, das Telefon in ihrem Rucksack zu fassen zu bekommen, bevor es noch einmal vibrierte. Zu spät. Es vibrierte erneut. Und diesmal ließ es den Hageren aufhorchen. Bei dem Versuch, das Handy auszuschalten, stieß Livia auch noch mit der Schulter gegen die Tür des Verschlags, sodass sie aufschwang. Der Hagere wirbelte herum und blickte eine Sekunde lang erschrocken auf die Halbasiatin im Holzschrank. Dann richtete er sich mit einem arroganten Grinsen zu seiner vollen Größe auf und ging auf Livia zu.

Sie machte ein ängstliches Gesicht, um den Mann in Sicherheit zu wiegen. Gleichzeitig griff sie unauffällig nach einem der Besenstile hinter ihr. Als der Hagere nur noch drei Schritte entfernt war, sprang sie aus dem Verschlag, rannte auf ihn zu und zielte mit der hölzernen Stange auf seine Weichteile. Der Inder tat reflexhaft zwei Dinge, und beide waren ein Fehler.

Er ging leicht in die Knie, um seinen Unterleib aus dem

Gefahrenbereich zu bewegen, und er griff nach der Besenstange. Livia nutzte die Tatsache, dass seine Arme beschäftigt und seine Oberschenkel angewinkelt waren, um einen Angriff zu starten, den sie bereits als kleines Kind Tausende Male geübt hatte.

In jungen Jahren hatte es Livia für ein Spiel gehalten. Eine Turnübung, die viel Spaß machte. Je größer sie wurde, desto öfter gelang es ihr, dabei ihre Mutter zu Boden zu reißen. Später wurde klar, dass ihre Mutter sie auf den Ernst des Lebens vorbereiten wollte. Mit sechzehn Jahren hatte Livia erfahren müssen, dass deren Leben eine einzige Lüge gewesen war. Dass ihre Mutter in Wahrheit eine Spionin gewesen war. Eine Agentin im Dienste der Sozialistischen Republik Vietnam.

Das Spiel, das ihre Mutter seit Livias jüngster Kindheit mit ihr spielte, hieß Viêt Võ Dao oder auch Vovinam, und es war in Wahrheit eine über Jahrhunderte entwickelte vietnamesische Kampfkunst. Zu deren Philosophie gehörte es, sich jedem Problem mit einer möglichst ausgewogenen Balance zwischen Härte und Weichheit zu widmen. Die zehn Prinzipien des Vovinam forderten unter anderem Dinge wie Bescheidenheit und Toleranz. Doch für Toleranz hatte Livia in diesem Moment keinen Sinn. Und was die Balance zwischen Härte und Weichheit anging, traf sie ebenfalls eine eindeutige Entscheidung. Für die Härte.

Mit einem leichten Sprung setzte sie ihren rechten Fuß auf den gebeugten rechten Oberschenkel des Hageren. Seinen Arm packte sie wie ein Geländer, um weiter an dem Mann hoch zu kommen. Den Schwung nutzend, sprang sie vom Oberschenkel wie von einer Treppenstufe ab und versetzte ihren Körper dabei in eine schnelle seitliche Rotationsbewegung. Sie warf ihr linkes Bein von hinten über den Kopf des Mannes, streckte das rechte quer hinter dem Nacken aus und vollendete, was im vietnamesischen Kampfsport »đòn chân« hieß, Beinschere. Der Mann hatte den Besenstil noch nicht einmal losgelassen, als sein Kopf zwischen ihren Schenkeln klemmte und Livias Füße sich fanden und ineinander verhakten.

Kräftig wie er war, hätte er Livias Gewicht locker auf den Schultern tragen können. Aber die physikalischen Gesetze der Rotationsenergie galten auch für ihn. Die Energie ihres Sprungs hatte Livia in die Drehung mitgenommen. So schloss sich die Beinschere, während ihr Oberkörper im Halbkreis um die Schultern des Mannes wirbelte. Sein eingeklemmter Kopf war gezwungen, das Gleiche zu tun. Knapp fünfzig Kilogramm wirbelnde Masse brachten ihn aus dem Gleichgewicht und rissen ihn zu Boden.

Livia krachte mit ihm unsanft auf das Parkett. Aber sie hatte mehr Erfahrung mit dieser Bewegung als der Hagere. Sie schaffte es, ihre Beine weiterhin um den Hals ihres Gegners geklammert zu halten. Bevor er die Kontrolle über seinen Körper wiedererlangte, winkelte Livia ein Bein so stark an, dass sie den Fuß hinter die Kniebeuge ihres anderen Beins klemmen konnte. Sie hatte seinen Kopf nun wie mit einer Rohrzange fixiert. Zusätzlich bekam sie seinen nun ausgestreckten Arm zu fassen und verdrehte ihn, bis die Schulter auskugelte.

Der Hagere knirschte mit den Zähnen, bäumte seinen Leib auf, strampelte mit den Beinen und versuchte, nach Livia zu treten. Aber er konnte sie nicht erreichen. Sie zog die Beinschere enger, sodass sein Kopf unnatürlich nach hinten kippte. Aus dem Rachen des Hageren kam ein Röcheln, und er kämpfte nun mehr um Luft als gegen Livia. Mit seiner freien Hand schlug er zweimal auf das Bodenparkett. In sportlichen Kampfwettbewerben war diese Geste das Signal dafür, dass man aufgab. Ein Reflex, vermutete Livia. Das hier war aber kein sportlicher Wettbewerb. Sie presste ihre Beine noch enger zusammen.

»Ich kann Sie töten. Die Alternative ist, dass Sie mir zwei Fragen beantworten.«

Der Hagere krächzte hasserfüllt. Seine Gesichtsfarbe wechselte ins Bläuliche.

»Noch mal: Schlagen Sie auf den Boden, wenn Sie für zwei Fragen zu haben sind. Tun Sie das nicht, bringe ich Sie um. Für Kenton. Und vermutlich für Nicola.«

Die Spannung schwand aus dem Körper des Hageren. Er klatschte mit der Hand schwach auf den Boden.

Livia lockerte ihre Beinklammer ein kleines bisschen. »Frage eins: Ist Nicola Caneddu ebenfalls tot, so wie Kenton Williams?«

Der Hagere blieb stumm. Seinen Blick vermochte Livia zunächst nicht recht zu deuten. Doch plötzlich spuckte er in ihre Richtung. Es war nicht viel Speichel, denn mit gequetschter Gurgel konnte er sich nicht räuspern. Aber sein Hass war überwältigend.

Sie klemmte ihr Knie so fest unter sein Kinn, dass sein Genick knackte. »Zweite Frage. Und wenn ich jetzt keine Antwort bekomme, dann war es das. Wo ist das Notizbuch mit der Nummer elf?«

Sie drückte noch fester zu. Das Gurgeln in der Kehle ihres Opfers klang wie eine Spülung beim Zahnarzt. Sie ließ wieder etwas Druck nach.

»Moti …«, drang es aus seinem Mund. Dann brach er ab.

Sie zog die Beine wieder weiter zusammen und verdrehte seinen Arm mit der ausgekugelten Schulter. Ein Griff, für den es im Viêt Võ Dao keine Bezeichnung gab. Nun drang ein quietschender Schrei aus dem Mund des Hageren.

»›Moti Mahal‹? Das Restaurant?«

Er nickte. Und sie verstand. Lakshmi hatte ihr wertvollstes Gut, die Formeln für Quantengravitation, für Strangelets, für die Wunderwaffe namens Parashurama, an dem Ort versteckt, der ihr gesamtes Leben geprägt hatte. Am Ort ihres größten Leids. Im ›Moti Mahal‹.

Der Hagere nutzte die Millisekunden, in denen Livia nachdachte, und bäumte seinen Brustkorb ruckartig auf. Livia stürzte über seinen Kopf auf den Boden. Dort rollte sie sich zwar geschickt ab und war wieder auf den Beinen, bevor er es war. Allerdings würde sie wohl kaum ein zweites Mal mit einer Beinschere punkten können. Während der Inder sich aufrichtete, fiel ein schwerer metallischer Gegenstand aus seinem Hemd und schlitterte über das Parkett. Eine sandfarbene Glock, Kaliber neun Millimeter, Militärversion. Livia kannte das Modell aus Pakistan. Er hatte die Waffe offenbar in einem Holster unter dem Hemd getragen. Und sein ausgekugelter Arm konnte sie nicht halten.

Sie blickten beide kurz auf die zwischen ihnen liegende Waffe, um sich dann wieder gegenseitig zu belauern wie zwei Kampfsportler nach dem ersten Gong. Die Körpersprache des Hageren signalisierte nun mehr Respekt als am Anfang ihrer Begegnung. Doch der Größenunterschied zwischen ihnen war grotesk. Livia tat erneut etwas Überraschendes. Sie sprang weg von ihrem Gegner über einen der Ledersessel. Dahinter ließ sie sich fallen, presste ihren Rücken an die Zimmerwand und stieß den Sessel mit beiden Beinen in Richtung des Inders. Das genügte, damit er zwei Schritte zur Seite auswich. Nun stand der Sessel zwischen ihm und der Waffe. Livia stürzte nach vorne und warf sich auf die Glock. Sie bekam die Waffe zu fassen und drehte sich gerade noch auf den Rücken, bevor der Hagere mit einem wütenden Schrei über das Möbelstück gehechtet kam und auf ihr landete. Die Wucht seines Aufpralls trieb ihr die Luft aus den Lungen. Die linke Hand des Hageren begann, nach ihrem Hals zu greifen, während ihre Hände den Griff der Pistole umklammerten. Doch ihre Arme waren unter dem Gewicht des riesigen Mannes gefangen. Während Livia vergeblich nach Luft rang, entschloss sie sich, die Waffe blind abzufeuern. Eine Alternative sah sie nicht. Doch als sie den Abzug drückte, passierte nichts.

Sie erinnerte sich, dass man Handfeuerwaffen entsichern musste. Das konnte auf zwei Weisen passieren. Manche Pistolen musste man einmal am Lauf ziehen, um eine Patrone in die Kammer zu befördern. Bei anderen Waffen gab es einen kleinen Sicherungshebel, den man mit dem Daumen bediente. Während ihr Gegner seine Finger tiefer in ihren Hals grub, suchten Livias Finger verzweifelt nach einem Sicherungshebel. Ihr rechter Daumen fand ihn. Und ihr Zeigefinger drückte ab.

Der Knall war laut, und der Rückstoß der Waffe brannte schmerzhaft in Livias Handgelenk. Sie hatte im ersten Moment keine Ahnung, wohin der Schuss gegangen war. Doch dann blickte sie in das schmerzverzerrte Gesicht des Mannes auf ihr. Der Druck auf ihren Hals ließ nach, und der Inder rollte mit einem kehligen Schrei seitwärts auf den Boden. Livia sprang auf und sah, was die Glock angerichtet hatte. Die Kugel hatte den Oberschenkel des Hageren im spitzen

Winkel durchschlagen und steckte vermutlich im Knie. Er würde den Schuss überleben, aber die Verwundung musste unfassbar schmerzhaft sein. Ein klares K. o.

Livia schob dem verletzten Mann den Lauf der Glock in den Mund, während sie sein Smartphone aus der Hosentasche angelte und einsteckte. Sie nahm ihren Rucksack sowie den Koffer, in den der Inder die Kladden gepackt hatte, und verließ die Villa durch die Vordertür. Im Garten riss sie das Telefonkabel aus der Anschlussbuchse an der Frontmauer. Ohne auf mögliche Nachbarn zu achten, rannte sie zur rückwärtigen Seite des Grundstücks, warf beide Gepäckstücke über die Mauer und kletterte hinterher. Sie lief an der Außenmauer entlang zur Ecke an der Frontseite. Von dort sah sie einen bulligen Geländewagen mit getönten Scheiben, der am Straßenrand schräg gegenüber parkte. Sie näherte sich von hinten, und als der Fahrer sie im Rückspiegel erspähte, hob sie die linke Hand wie jemand, der freundlich grüßte. Mit einem Lächeln trat sie an seine Tür.

Nach einem abweisenden Blick durch die dunkle Scheibe und einem weiteren freundlichen Winken Livias betätigte der Fahrer, ein bulliger Tamile mit Schnauzbart und verspiegelter Sonnenbrille, den Fensterheber.

»Bitte gehen Sie weg, Lady!«, herrschte der Mann am Steuer sie an.

»Das ist nicht sehr freundlich«, sagte Livia mit einem entwaffnenden Lächeln.

»Was wollen Sie?«

Mit einer schnellen Bewegung streckte sie die Glock durch die Fensteröffnung, presste sie dem Fahrer unter das rechte Schlüsselbein und drückte ab. Die Kugel durchschlug ihn glatt und zerfetzte die Lehne seines Sitzes. Livia wusste, dass sie an dieser Stelle keine wichtigen Organe oder Blutgefäße verletzen würde. Sie wollte verhindern, dass der Mann seine Waffe ziehen konnte, die vermutlich an seiner linken Seite steckte. Sie setzte darauf, dass er Rechtshänder war, so wie achtzig Prozent aller Menschen. Die Rechnung ging auf. Sein rechter Arm war bewegungsunfähig. Allerdings hatte er bessere Reflexe als die allermeisten Menschen. Trotz seiner Verletzung schoss sein linker Arm nach vorne und griff nach Livias Arm. Sie hatte jedoch damit gerechnet und trat gerade noch rechtzeitig einen Schritt nach hinten. Sie zielte dem Mann nun durch das offene Autofenster mitten ins Gesicht.

»Noch eine Bewegung, egal, ob Waffe oder Autoschlüssel, und ich schieße auf eine empfindlichere Stelle.«

Der Mann zeigte sich einsichtig. Ihr erster Schuss hatte ihm offenbar bewiesen, dass sie es ernst meinte. Sie öffnete die Fahrertür und befahl ihm, langsam auszusteigen. Er tat es, mit schmerzverzerrter Miene. Sie hielt zwei Schritte Abstand, denn sie wusste, wie schnell ein ausgebildeter Leibwächter einem Gegner eine gezogene Pistole entreißen konnte.

Als sie zu zweit auf der Straße standen, presste der Fahrer die linke Hand auf seine Wunde und schrie sie an. »Was ist das für eine Riesenkacke, Lady? Sind Sie wahnsinnig? Seit wann hijacken amerikanische Touristinnen in Indien Autos auf offener Straße? Damit kommen Sie nie durch! Sie haben offenbar keine Ahnung, mit wem Sie sich hier anlegen.«

»Lassen Sie das mal meine Sorge sein«, sagte Livia. »Legen Sie sich mit dem Bauch auf den Boden.«

Sie merkte, dass der Schuss nicht unbemerkt geblieben war. In den Häusern der Umgebung hatten sich einige Fenster geöffnet. Als der Mann bäuchlings auf dem Asphalt lag, beförderte sie den Koffer und ihren Rucksack auf den Beifahrersitz. Die Glock hielt sie weiter auf den Mann gerichtet. Sie setzte sich an das Steuer des gewaltigen Autos, schaltete den Automatikhebel auf D und gab Vollgas. Der Wagen sprang wie eine Bergziege vorwärts und beschleunigte atemberaubend. Schnell platzierte sie die Waffe griffbereit neben den beiden Gepäckstücken und fasste mit beiden Händen fest das Lenkrad. Sie fuhr in Richtung des Blumenmarkts, von wo sie vor weniger als einer Stunde gekommen war. Nachdem sie mehrere Kreuzungen passiert hatte, hielt sie am Straßenrand und begutachtete das Navigationssystem. Es war zum Glück auf Englisch eingestellt. Sie drückte auf »Ziele in der Umgebung«, auf »Restaurants« und schließlich auf »›Moti Mahal‹«, die Entfernung betrug 3,7 Kilometer. Der Bildschirm zeigte die Route an, und sie gab Gas.

Nach rund zehn Minuten fädelte sie sich in den dichten Verkehr der Innenstadt ein. Sie war es nicht gewohnt, in einer asiatischen Metropole zu fahren, noch dazu im Linksverkehr, aber das war ihr egal. Sie fuhr rücksichtlos, ließ niemandem die Vorfahrt und stellte erstaunt fest, dass die anderen Verkehrsteilnehmer ihr jedes Recht einräumten. An zwei Kreuzungen wiesen Verkehrspolizisten mit Trillerpfeifen sogar die anderen Fahrzeuge zum Halten an, um ihr freie Fahrt zu gewähren. Livia wurde klar, dass ihr Fahrzeug Ehrfurcht hervorrief. Vermutlich war allgemein bekannt, dass nur einflussreiche Menschen mit solch einem Gefährt unterwegs waren.

Das Navi führte sie direkt vor die Tür des ›Moti Mahal‹. Sie stellte den Geländewagen vor dem Eingang ab, schob die Glock in ihren Hosenbund, setzte ihren Rucksack auf und stieg die Treppen hoch zum Speisesaal des Restaurants.

Als sie durch die Tür trat, machte der Oberkellner ein verzweifeltes Gesicht. »*Madam*, bitte, wir hatten doch schon genug Ärger für heute.«

»Wo ist der Kohlenkeller?«, herrschte sie den entrüsteten Mann an.

»*Madam*, es gibt keinen Kohlenkeller, wir betreiben unsere Küche seit vielen Jahren mit Erdgas.«

»Wo ist der Keller?«

Livias Stimme hatte nun die Tonlage eines Rekrutenausbilders der Armee. Der Oberkellner blickte sich verzweifelt um. Vermutlich hoffte er auf die Unterstützung seiner Mitarbeiter. Livia ließ ihn, wie schon am Vormittag, stehen und ging einfach in Richtung Küche. Hinter einer Nische entdeckte sie eine schmale Treppe, die in ein unteres Stockwerk führte. Ohne zu zögern, stieg sie hinab. Unten zweigten von einem langen Flur mehrere Kellerräume ab. Sie betrat die ersten beiden Räume. Sie enthielten Lebensmittelvorräte: Reis, Mehl, Gemüse, Milch. Ein weiterer Raum war elektrischen Installationen vorbehalten. Zwei Räume waren nahezu leer, bis auf mehrere Stockbetten und Spinde. Vermutlich der Wohnbereich für niedere Angestellte.

Livia versuchte, sich vorzustellen, welcher der Räume einst der Kohlenkeller gewesen sein könnte. An der hinteren Wand eines der Kellerabteile entdeckte sie einen Schacht, der schräg nach oben führte und am Ende mit einer Metallklappe verschlossen war. Durch diesen Schacht wurden vermutlich früher die Briketts von der Straße in den Keller geschüttet. Sie hörte, wie der Oberkellner mit weiteren Männern die Treppe herunterkam. Sie betrat den Raum und schloss die Tür von innen. Um sicherzugehen, schob sie noch ein Lebensmittelregal davor.

Livia lief von einer Ecke des Raumes in die andere und überlegte angestrengt, wo Lakshmi den elften Band ihres mathematischen Tagebuchs versteckt haben könnte. Ihr Blick schweifte über die Regale, über Lebensmittelpackungen, Dosen und Konserven. Sie öffnete einige der verschlossenen Kisten, fand darin aber nur Zucker, Mehl, Reis und andere Grundnahrungsmittel. Logisch. Das Versteck musste sich an einem Ort befinden, der für die Angestellten des Restaurants uninteressant war. Schließlich war es viele Jahre unentdeckt geblieben. Der Oberkellner des Restaurants hämmerte mittlerweile an die Tür, und das davorgeschobene Regal begann zu schwanken. Da fiel Livias Blick auf die Wand hinter einem der Regale, und sie entdeckte ein Symbol. Es war mit einem Stück Kohle auf den Putz gekritzelt worden. Eine Axt.

Livia schnappte sich einen massiven Dosenöffner, der zwischen einigen Konserven lag, ergriff das vor dem Symbol stehende Regal, warf es um und begann, mit dem Dosenöffner auf die Wand zu hämmern. Sie fand einen Bereich, der hohl klang und sich mit ihrem Werkzeug aufkratzen ließ. Dahinter stieß sie auf ein kleines Fach. Darin lag eine mit dunklem Leder bezogene Kladde. Auf dem Einband stand die römische Ziffer XI. Sie hatte gefunden, wonach sie gesucht hatte. In diesem Augenblick stürzte das vor die Tür geschobene Regal um, vier Kellner stürmten johlend in den Lagerraum. Livia zog die Glock und richtete sie auf die Männer. Beim Anblick der Waffe verstummten diese und hoben verängstigt die Hände. Livia ahnte, was der Oberkellner sagen würde: »*Madam,* bitte.«

Sie zielte weiter auf die vier Männer, klemmte die Kladde und den Rucksack unter und ging rückwärts durch die Tür aus dem Lagerraum. Sie schlug die Tür zu und riet den

Kellnern mit bedrohlicher Stimme, Ruhe zu bewahren und den Raum unter keinen Umständen zu verlassen. Sie nahm ihr Smartphone heraus und rief Kumar an.

»Livia, was für ein Glück. Sind Sie wohlauf! Wir haben das Safe House aufgegeben. Nicola Caneddu ist unauffindbar, und Sie sind das Hauptthema im Polizeifunk der ganzen Stadt. Was haben Sie angerichtet?«

»Alles okay, Kumar. Ich bräuchte jetzt allerdings dringend ein EXFIL.« Sie benutzte die militärische Abkürzung für das Ausschleusen von Kombattanten in Not.

Kumar sagte nur: »Wo?«

»Restaurant ›Moti Mahal‹.«

»Okay. Ein schwarzes Ambassador-Taxi mit grünem Dach. Es wird in fünf Minuten dort sein. Es hat die Nummer 413.«

Livia steckte das Smartphone weg, packte die Kladde in den Rucksack, setzte ihn auf und rannte über die schmale Kellertreppe nach oben. Als sie den Gastraum betrat, sah sie vier bullige Männer mit Spiegelbrillen die Eingangstreppe zum Restaurant heraufstürmen. Sie machte kehrt und rannte in die Küche. Das Personal schrie erschrocken auf, als sie mit gezogener Waffe rücksichtslos zwischen Öfen und Töpfen hindurchstürmte. An der Rückwand entdeckte sie einen Hinterausgang und steuerte darauf zu. Sie verlor drei wertvolle Sekunden, weil sie den Riegel nicht sofort aufbekam. Schließlich trat sie in eine schmale Gasse hinter dem Restaurant. Sie erstreckte sich nach links und rechts je mindestens achtzig Meter weit.

Zu weit. Egal, in welche Richtung sie nun laufen würde, die Männer würden die Gasse erreichen, bevor sie es zur nächsten Kreuzung schaffte, und sie wäre ein leichtes Ziel. Sie würden ihr mühelos in den Rücken schießen. Livia spürte Panik in sich aufsteigen.

Ihr Blick fiel auf eine Metallklappe am Boden, einige Meter links vom Hinterausgang des Restaurants, und sie begriff. Dies war der Deckel des Schachts zum Kohlenkeller. Klein und zierlich zu sein, hatte auch sein Gutes. Sie hob die Klappe an und sprang in den Schacht. Über ihr donnerte der Metalldeckel zu, und sie rutschte auf einer Schräge gute drei Meter weit in die Tiefe. Unten krachten ihre Füße mit voller Wucht auf ein Regal voller Lebensmittel. Der Aufprall bremste sie ab, allerdings kippte sie zusammen mit dem Regal unsanft auf einige Reissäcke. Sie war nun wieder in dem Raum, den sie vor weniger als einer Minute verlassen hatte. Die vier Kellner standen noch immer verängstigt herum. Der Ausdruck des Entsetzens in ihren Gesichtern, als Livia ihnen zum dritten Mal an diesem Tag begegnete, war unbezahlbar. Sie musste ein Lachen unterdrücken.

Sie rappelte sich auf und stürmte erneut aus dem Vorratsraum in den Flur des Kellers, knallte die Tür hinter sich zu und schlich die Treppe hinauf. Aus der Küche des Restaurants hörte sie einen lauten Wortwechsel. Ihre Verfolger bekamen zweifellos gerade den Tipp, Livia in der Gasse hinter dem Restaurant zu suchen. Sie spazierte unauffällig, aber zielstrebig nach vorn in den Gastraum und trat durch die Vordertür ins Freie. Dort stand noch der von ihr entführte Geländewagen. Daneben ein Fahrzeug gleicher Bauart, zweifellos der Wagen ihrer Verfolger. Auf der anderen Straßenseite wartete ein altmodisches schwarzes Taxi mit grünem Dach. Es trug die Nummer 413. Der Fahrer stand vor der geöffneten Hintertür und winkte ihr zu.

Livia sprang in den Fond des Wagens, und der Chauffeur, ein rundlicher Mann mit Schnauzbart, setzte den Ambassador ohne Umschweife in Gang.

»Sie werden uns verfolgen«, sagte Livia. »Mit ihren Geländewagen sind sie schneller als wir.«

Der Taxifahrer lächelte und deutete auf einen spitzen Gegenstand auf dem Armaturenbrett, der Livia an einen Schraubenzieher erinnerte.

»Keine Sorge, *Madam*. Diese Leute haben zwar schnellere Autos als wir. Aber sie haben keine fahrtüchtigen Reifen mehr. Sie haben ihren Wagen unbeaufsichtigt gelassen. Ein dummer Fehler.« Er lachte schrill auf und zupfte an seinem Schnurrbart.

Sie verließen das Stadtzentrum und fuhren einige Kilometer weit auf einer Landstraße nach Norden. Als sie eine Scheune passierten, riss der Fahrer das Steuer herum, fuhr seitlich an dem Gebäude vorbei und an der Rückseite durch ein Tor ins Innere. Dort brachte er den Wagen abrupt zum Stehen. Neben ihnen parkte ein bulliger silberner Toyota Land Cruiser. Livia und ihr Begleiter stiegen in den Geländewagen um. Der Fahrer wies sie an, ein bereitliegendes Tuch über den Kopf zu binden. Livia tat es mit wenigen Handgriffen, es war nicht das erste Mal, dass sie einen Hijab über ihrem Kopf faltete. Ein muslimisches Paar in einem Geländewagen auf dem Weg nach Norden, das war eine perfekte Tarnung. Sämtliche Sicherheitskräfte der Umgebung suchten eine Halbasiatin, die in einem alten Ambassador-Taxi unterwegs war.

»Wohin fahren wir?«

»Bangalore«, sagte der Fahrer. »Von dort reisen Sie mit dem Pass einer vietnamesischen Softwareentwicklerin aus. Der Flug geht mit Iran Air über Teheran nach Istanbul. Dort haben Sie Anschluss nach Amerika. So viel Dreistigkeit werden uns die Inder nicht zutrauen: dass wir eine gesuchte amerikanische Spionin in eine iranische Linienmaschine setzen.« Er ließ erneut sein spitzes, schrilles Lachen erschallen und zupfte an seinem Bart.

Livia musste schlucken, als sie den Plan hörte. Aber je mehr sie darüber nachdachte, desto genialer fand sie ihn.

GEHEIMES FORSCHUNGSZENTRUM

SÜDINDIEN

5. August

Nicola Caneddu erwachte mit lähmenden Kopfschmerzen. Er spürte das Pochen an seinen Schläfen, noch bevor er die Augen öffnete. Als er seinen linken Arm bewegte, flammte das grelle kalte Licht zweier Neon-Deckenfluter auf. Es brannte wie Feuer auf seiner Netzhaut. Ein Bewegungsmelder. Infrarotdetektor, sagte er sich, presste die Lider zusammen und legte stöhnend einen Arm über das Gesicht.

Wenige Sekunden später hörte er, wie sich eine schwere Tür öffnete. Caneddu blinzelte in die Richtung des Geräuschs. Er sah zwei Männer mit grauen Overalls. Zwischen ihnen trat Lakshmi Rajamottanoree in den Raum. Sie trug einen prachtvollen Sari in zweierlei Orangetönen.

»Nicola, mein Guter. Wer hat sich bloß deine alberne Verkleidung ausgedacht?« Lakshmis Stimme klang ein wenig heiser, aber vergnügt.

Caneddu wurde klar, dass er noch immer das Hüfttuch eines Hindus trug, dass sein Oberkörper nackt war und seine Haut mit Tönungs-Make-up gefärbt. Und vermutlich prangten auf seiner Stirn noch immer drei weiße Kalkstreifen. Er fuhr sich mit der Hand durch die Haare. Sie fühlten sich wie

Rosshaar an, mit dem man Wasserleitungen abdichtete. Die Knopfkamera war weg. Genauso wie der Sender auf seinem Oberschenkel. Um Lakshmis weiteren Fragen vorzubeugen, übernahm er die Initiative.

»Wie lange war ich ohnmächtig?«

»Eine ganze Weile, mein lieber Nicola. Du musst hungrig sein. Meine Leute haben dir eine kräftige Linsensuppe mitgebracht. Du solltest dich stärken. Hier ist auch eine Flasche Wasser. Und eine Kopfschmerztablette.«

Caneddu setzte sich vorsichtig auf. Er befand sich in einem Bett mit einem Gestell aus gebogenen weißen Stahlrohren, wie er es aus Studentenwohnheimen seiner Jugend kannte. Die Wände des Raumes waren beige gestrichen, karg und fensterlos, der Boden aus Kunststoff. Krankenhausatmosphäre. Einer der beiden Wachleute reichte ihm einen Blechnapf mit Suppe und einen Löffel sowie eine Plastikflasche Wasser. Caneddu trank die halbe Flasche in einem Zug leer und begann, langsam zu essen.

»Wem hast du mit dieser Kamera in deinen Haaren Videobilder aus dem Tempel gesendet, Nicola?«

Caneddu antwortete nicht. Er ließ den Löffel in den Blechnapf sinken und lehnte sich mit geschlossenen Augen in dem Bett zurück.

»Na gut. Es ist nicht wichtig, denn wer auch immer dich als lächerlichen Geheimagenten missbraucht hat, wird uns nicht entdecken. Unsere Tarnung ist perfekt. Wenn du fertig gegessen hast, werde ich dir einige Dinge zeigen, Nicola. Als Physiker wird es dich interessieren. Und uns wird es dabei helfen, die Welt von der Ernsthaftigkeit unseres Vorhabens zu überzeugen. Von der Macht Parashuramas. Zieh dir bitte vernünftige Kleider an. Wir warten vor der Tür auf dich.«

Sie deutete auf ein zweites Bett, auf dem ein Bündel Kleidung lag. Dann verließ sie mit den Wachleuten den Raum.

Caneddu überlegte kurz, ob ihm ein Ausweg einfiel. Vielleicht eine Fluchtmöglichkeit. Doch das Zimmer glich einer Gefängniszelle. Er löffelte bedächtig den blechernen Napf leer und zog die bereitgelegten Sachen an. Eine Unterhose, einfache Schuhe mit Gummisohle und einen grauen Overall, wie ihn auch die Wachleute trugen.

Als er durch die Tür hinaustrat, befand er sich zu seinem Erstaunen auf einem langen Balkon, der sich kreisrund um eine riesige Betonkaverne wand. Der Durchmesser betrug gut und gerne siebzig Meter. Vom Balkon aus blickte man in einen halbkugelförmigen Hohlraum hinab, ganz so, als stünde man am oberen Rand einer riesigen Suppenschüssel. Caneddu fühlte sich an die Empore einer italienischen Kathedrale erinnert, an die ringförmigen Balkone in der Kuppel im Petersdom oder im Dom von Florenz. Nur dass hier oben und unten vertauscht waren. Das Halbrund der Kuppel wölbte sich nicht über seinem Kopf in die Höhe, sondern lag unter ihm. Der Hohlraum war noch größer als die Kavernen der Teilchendetektoren am CERN. Die Tür des Zimmers, aus dem er eben herausgetreten war, war nur eine von Dutzenden, die den ringförmigen Balkon säumten. Die Decke über ihm war ebenfalls aus Beton, aber vollkommen platt.

Und genau da oben hing das dominante Element dieser seltsamen Kaverne, in der Mitte der Betondecke. Es sah aus wie ein überdimensionales Geschütz. Wie der bewegliche Turm eines Panzers. Die Aufhängung ließ vermuten, dass diese Kanone in fast jede Raumrichtung dreh- und schwenkbar war. Nur dass sie verkehrt herum an der Decke hing und das Rohr nach unten gerichtet war. Kein Zweifel, das Ding zielte nicht in den Himmel, sondern nach unten auf die betonierte Suppenschüssel. Auf deren konkave Oberfläche waren Muster gemalt. Caneddu brauchte nicht lange, um zu verstehen, dass es sich um eine verzerrte Weltkarte handelte, eine Projektion. Das an der Decke aufgehängte Geschütz war offenbar in der Lage, auf jeden Punkt der Erdkugel zu zielen.

Er schauderte bei dem Gedanken, dass dies vermutlich ein beweglicher Teilchenbeschleuniger war, mit dem man punktgenau einen Strahl Neutrinos an jeden beliebigen Ort auf dem Globus schießen konnte. Waren diese Neutrinos im richtigen Takt gepulst, konnten sie dort einen Detektor aktivieren und die Resonanzfrequenz auf ein Strangelet übertragen, wodurch es sich aus einem komprimierten Quantenzustand schlagartig in normale Materie verwandelte. Eine Quantendetonation. Was das bedeutete, hatte er mit eigenen Augen gesehen. Die Bilder aus Montana, Pakistan und dem Iran würden Caneddu nie wieder aus dem Kopf gehen. Kaum zu glauben, dass eine solch gigantische unterirdische Anlage mit einem schwenkbaren Neutrinobeschleuniger unbemerkt unter dem Tempel von Madurai hatte errichtet werden können.

Lakshmi legte ihm freundlich die Hand auf den Arm und riss ihn aus seinem Staunen. Sie lud ihn ein, mitzukommen. Sie liefen etwa ein Viertel der Umrundung auf dem Balkon entlang. Schließlich führte Lakshmi Caneddu durch eine Tür in einen Kontrollraum. Durch ein ausladendes Glasfenster konnte man von dieser Schaltzentrale die gigantische Kanone an der Decke im Blick behalten.

»Das Ding sieht mächtig aus. Für einen Teilchenbeschleuniger ist das Rohr aber kurz«, sagte Caneddu.

»Du gehst von den klassischen Beschleunigerkonzepten aus«, sagte Lakshmi mit einem Hauch Arroganz in der Stimme. »Wir haben einen wesentlich effektiveren Weg gefunden, die Neutrinos auf Trab zu bringen.« Sie deutete auf den schwenkbaren Turm des Geschützes. »Wir setzen auf Plasmabeschleunigung.«

Caneddu war baff. Die Möglichkeit, Elementarteilchen mit einem ultraheißen Plasma zu beschleunigen, wurde in der Fachwelt erst seit kurzem diskutiert. Dass ein Beschleuniger dieses Typs tatsächlich existierte, erschütterte ihn.

Lakshmi trat an die Schaltpulte. Mehrere Techniker und Wissenschaftler grüßten ehrfürchtig. Die Physikerin hob den Arm und präsentierte Caneddu einen riesigen, wandfüllenden Bildschirm, auf dem eine Weltkarte mit Hunderten grün leuchtenden Punkten zu sehen war.

»Such dir eins aus«, sagte Lakshmi.

»Wie bitte?«

»Du hast die Wahl. Das sind alle weltweit in Position gebrachten aktiven Strangelets. Wir können jedes einzelne mit einem passenden Neutrinostrahl zum Leben erwecken. Das ist die Axt des Rama! Wo entfesseln wir seinen Zorn? In New York? Nein, das wird dir wohl kaum gefallen. Wir sollten etwas kleiner anfangen. Italien kommt natürlich auch nicht infrage. China? Pakistan?«

»Ich will keinen dieser Orte zerstören. Ich will keine weiteren Detonationen. Keiner der Menschen an diesen Orten hat mir etwas angetan – und dir auch nicht. Ich sehe keinen militärischen oder sonstigen Sinn darin.«

»Schsch, mein Lieber. Parashurama hat eine höhere Aufgabe. Es geht nicht um bloße Zerstörung. Es geht darum, die Welt ins Gleichgewicht zu bringen und Indien eine angemessene Stellung in ihr zu geben. Paradiesische Zeiten stehen uns bevor, Nicola. Der Westen wird mein Land in Zukunft nicht mehr ausbeuten können. Nicht mehr, ohne dafür eine Rechnung zu bekommen. Und Wohlstand wird zu mehr Gleichberechtigung führen. Stell dir mal vor, was das für unser Land bedeutet. Für unsere Bevölkerung. Mädchen werden nicht mehr minderwertig sein. Und das funktioniert nur, wenn wir Parashuramas Macht der Weltöffentlichkeit vor Augen führen. Wie im Kalten Krieg. Hätten die Menschen die Wirkung einer Atombombe nicht gekannt, wäre das Prinzip der Abschreckung sinnlos gewesen. Ohne Hiroshima und Nagasaki wäre es kein kalter, sondern ein verdammt heißer Krieg zwischen den Supermächten geworden. Und jetzt ist es an uns, jene Macht zu zeigen, die das neue Gleichgewicht garantieren wird. Wenn du keine Entscheidung treffen willst, wähle ich ein Ziel aus.«

Lakshmis Finger schwebten über den Tasten, bereit, einen von fast dreihundert leuchtenden Punkten auf der Weltkarte auszuwählen und dort ein Armageddon auszulösen.

»Das hätte Ettore niemals gewollt«, sagte Caneddu mit fester Stimme.

Lakshmi fuhr mit einem zornigen Blick herum. »Etto hat nie in einem Kohlenkeller gearbeitet. Er hat nie die Erniedrigungen eines niederträchtigen Psychopathen zu spüren bekommen. Er weiß nicht, was Mädchen in einem Land angetan wird, das zu arm ist, um ihnen eine Schulbildung zu verschaffen. In einem Land, in dem Mädchen und Frauen nichts wert zu sein scheinen. Er hat nie solche Qualen durchlitten wie ich.«

»Aber er hat die Möglichkeiten dieser neuen Wunderwaffe vorhergesehen. Und deshalb ist er untergetaucht. In Indien hat er spirituelle Erfüllung und Frieden gesucht. Er hat dich gefunden und ausgebildet. Und jetzt all das? Du verrätst ihn und alles, wofür er gelebt hat.«

»Du weißt nichts darüber, Nicola. Etto war von Zweifeln aller Art geplagt. Ich brachte Erfüllung in sein Leben. Mich aufzuziehen, war sein spätes Lebensglück.«

»Hast du ihm nicht versprochen, die Geheimnisse seiner Physik geheim zu halten?«

»Ja, das tat ich. Und das werde ich. Niemand kennt die mathematischen Gleichungen, mit denen man Materie in den komprimierten Quantenzustand bringt. Niemand weiß, wie ein Strangelet hergestellt wird. Und niemand weiß, wie man es zur Detonation bringt. Nur ich. Es ist alles hier drin.« Sie deutete mit dem Finger auf ihre Stirn. »Und dort wird es auch bleiben.«

»Deine Erkenntnisse sollten der gesamten Fachwelt bekannt gemacht werden. Es ist schließlich der entscheidende Schritt zur großen einheitlichen Feldtheorie. Du bekämst den Nobelpreis, und die Menschheit hätte die Verpflichtung, friedlich mit dem Wissen umzugehen.«

»Wir forschen als Physiker nicht im leeren Raum. Was wir erkennen, kann ungeheure Macht verleihen. Wir dürfen also Bedingungen stellen, nein, das dürfen wir nicht nur, wir *müssen*! Du dagegen bist ein jämmerlicher Ästhet.«

»Es gibt Risiken, die darf man nicht eingehen. Der Untergang der Menschheit gehört dazu.«

»Du klingst wie die Hauptfigur aus einem moralisierenden Theaterstück.«

»Wie kannst du sicher sein, dass du das Steuer in der Hand hast? Lenkst du deine Regierung? Oder bist du deren Spielball?«

»Ich habe keine Zweifel, dass meine Ratschläge befolgt werden.«

»Du kannst es nur hoffen.«

»Ohne Hoffnung gibt es keine politische Haltung.«

»Wo hast du bloß so aufgeblasenes Gerede her?«

Als hätte sie gar nicht hingehört, wandte sie sich wieder dem Kontrollpult zu.

»So, ich gebe dir zehn Sekunden. Dann wähle ich ein Ziel. Manchmal sind Opfer zu bringen, um größeres Unheil abzuwenden.«

In Caneddus Kopf begann ein Konflikt zu zu toben. Wie sollte er sich verhalten? Mit welcher Entscheidung würde er seine Finger weniger schmutzig machen? Indem er sich verweigerte? Dann könnte er zumindest sagen, er habe mit dem Grauen, das Lakshmi anrichten würde, nichts zu tun. Oder indem er ein Ziel aussuchte, das möglichst wenige Menschenleben kostete? Dann hätte er das Grauen minimiert.

Er begann zu schwitzen.

»Noch fünf Sekunden, Nicola.«

Er begann zu zittern. Sein Blick schweifte hektisch über all die kleinen Lichter, all die Orte, von denen er keinen einzigen auslöschen wollte. Warum auch? Gleichzeitig fingen Teile seines Gehirns an, Orte auszusuchen, an denen der Schaden geringer ausfallen würde. Sein Blick glitt über Südamerika, dann Nordamerika. Da durchfuhr ihn ein Geistesblitz.

»Stopp!«, rief er. »Ich habe eine Wahl getroffen.«

»Sehr gut. Welcher Ort?«

»Amerika. New Mexico. Da unten an der Grenze, in der Wüste!«

»Aha, Eunice. Gute Wahl, mein Lieber. Das kostet nicht allzu viele Menschenleben. Es ist nur ein kleines Kaff in der

Wüste von New Mexico – allerdings bedeutet es das Ende der amerikanischen Nuklearindustrie. Und viel radioaktive Verseuchung. Damit wirst du dann wohl leben müssen.«

Caneddu verzog keine Miene. Lakshmi tippte einen Code auf ein Display und blickte in einen Scanner, der ihre Iris las. Dann hallte eine Alarmhupe durch den unterirdischen Bunker, und der riesige Geschützturm an der Decke setzte sich in Bewegung. Das Kanonenrohr ruckte und schwenkte in einem steilen Winkel nach unten. Ein roter Laserpunkt zeigte an, auf welche Stelle der Weltkarte das Neutrinogeschütz gerichtet war. Der Beschleuniger wies auf das Grenzgebiet zwischen den amerikanischen Bundesstaaten New Mexico und Texas. Die Alarmsirene quakte nun eine Oktave höher, diverse Leuchtschilder wiesen Mitarbeiter an, ihre vorgeschriebenen Plätze einzunehmen. Dann grollte ein lautes Surren durch die gesamte Kaverne. Es klang wie ein defekter Starkstromtransformator.

Es dauerte nur wenige Sekunden. Dann war wieder Ruhe.

»Tja«, sagte Lakshmi lakonisch, »das war's dann wohl mit Eunice, der Firma Urenco und der amerikanischen Nuklearindustrie. Die Gegend wird auf Jahrzehnte hinaus dekontaminiert werden müssen. Und ihre Atomkraftwerke müssen die USA nun wohl entweder abschalten oder aufbereitetes Uran teuer auf dem Weltmarkt kaufen. In Indien zum Beispiel!«

Lakshmi freute sich sichtlich.

Caneddu dachte darüber nach, ob die Chance bestand, dass der Neutrinobeschuss tatsächlich eine Katastrophe ausgelöst hatte. Aber nein. Erstens hatte er persönlich das Germanium ausgebaut, wodurch der Detektor unempfindlich geworden war. Zweitens hatte ein Spezialteam des Pentagon das ganze Ding längst in die unterirdischen Atomanlagen am Yucca Mountain in Nevada verfrachtet und zerlegt. Keine Chance. Das eben war ein Schuss in die Wüste gewesen.

Die Frage war nun, wie schnell Lakshmi den Misserfolg bemerken würde. Aber Caneddu vermutete, dass ihr keine Live-Informationen zur Verfügung standen. Die als Waschmaschine getarnte Sprengladung enthielt wohl kaum einen Sender, der nach einer Detonation noch funktionierte, das Gerät war schließlich atomisiert. Und über ein flächendeckendes Netz von Spionagesatelliten, die das Zerstörungswerk aus dem All hätten begutachten können, verfügten die Inder nicht. Nein, Lakshmi musste sich blind darauf verlassen, dass die Explosionen glückten. In Montana, Pakistan und im Iran war das ja auch der Fall gewesen. Allerdings würde sie natürlich damit rechnen, dass die Schreckensmeldung bald durch die Medien ging. Allzu viel Zeit blieb ihm also nicht.

Caneddu fragte sich, wie es nun weitergehen sollte. Er blickte Lakshmi an und sah Spott in ihrem sonst so freundlichen Gesicht.

»Bist du beeindruckt?«

Er gab keine Antwort und fragte seinerseits: »Zeigst du mir die Beschleunigertechnik?«

»Sehr gerne, lieber Nicola. Auf diesem Gebiet haben wir nichts zu verheimlichen. Was die Strangelets angeht, wirst du mir aber nichts entlocken können.

Sie gab den Wachleuten das Signal, zu warten, und führte Caneddu auf den Ringbalkon hinaus, wo sie einen weiteren Viertelkreis an der Oberkante der Betonkaverne entlangliefen und durch eine Stahltür traten. Dahinter führte Lakshmi den Italiener über eine Metalltreppe ein Stockwerk nach oben. Sie erreichten eine gigantische Halle, größer als jede Fabrik, die Caneddu bisher gesehen hatte. Sein Blick schweifte über unzählige Kabel, Rohre, Magnetspulen, Kühlaggregate und lastwagengroße Transformatoren. An manchen Stellen trat Dampf aus Kühlrippen, anderswo surrte Hochspannung in einer Magnetspule. In der Mitte des Raumes sah er massive Stahlstreben. Sie dienten zweifellos als Aufhängung für die Neutrinokanone, die unter ihnen an der Bunkerdecke hing.

Im Kopf des Experimentalphysikers fügte sich diese riesige Anlage nach und nach zu einem Organismus zusammen. Wie ein Chirurg, der einen aufgeschnittenen Körper begutachtet, begann Caneddu, das verwobene Geflecht aus Stromzuführung, Kühlleitungen, Kompressoren, Transformatoren, Dipol- und Quadrupol-Magneten als lebendes Gebilde zu begreifen. Er sah Drehregler, Warnschilder, Zeigerinstrumente, Notfallknöpfe und vor seinem inneren Auge die empfindlichen Organe, die Lebensadern, die Stellen, an denen dieser künstliche Organismus verletzlich war. Starkstrom war ein Lebenselixier für eine Anlage wie diese. Ultrakaltes Helium für die Magnetspulen ein weiteres. Es floss durch ein verzweigtes Geflecht aus Metallröhren, auf deren Oberfläche weißer Flaum klebte, wie Raureif. An einer Wand erspähte er einen roten Glaskasten mit einem aufgewickelten Feuerwehrschlauch. In einem zweiten roten Glaskasten daneben hing eine Axt.

»Bist du beeindruckt, lieber Nicola? Ich wette, der Wissenschaftler in dir hätte gerne eine Anlage wie diese mitgeplant.«

»Nicht, wenn ich gewusst hätte, wozu all das dienen soll, Lakshmi.«

Er sah wieder den spöttischen, fast mitleidigen Ausdruck in ihren Augen. Er ahnte, wie sehr sie von den Entbehrungen und dem Leid ihrer frühen Kindheit angetrieben war. Auch er selbst war zeitlebens bemüht gewesen, seine ärmliche Herkunft zu kompensieren. Er tat das mit einem schnellen Auto. Mit seiner eleganten Kleidung. Doch Lakshmis Wunden saßen viel tiefer. Und im Gegensatz zu ihm war sie ein Genie. Ein aus der Spur geratenes Genie. Diese Anlage bewies, dass sie es mehr als ernst meinte. Lakshmi wollte der Welt zeigen, wozu ein kleines gepeinigtes Mädchen in der Lage war. Er konnte das sogar nachvollziehen. Aber er musste diesen Irrsinn verhindern.

»Was musst du durchlitten haben, dass du derart Gewalt über die Menschheit ausüben willst!«, entfuhr es ihm.

»Das, lieber Nicola, kannst du dir nicht mal im Traum vorstellen. Es geht nicht nur um die Zeit, bevor Etto mich aufnahm. Später, nachdem er gestorben war, wurde alles noch viel schlimmer. Tausendfach musste ich für die Privilegien meiner Jugend bezahlen, für die Privilegien, die ich in den Augen der anderen genossen hatte. Ich war erst sechzehn. Ich bekam den Neid und den Hass zu spüren, den mein Leben als Adoptivkind eines wohlhabenden Europäers hervorgerufen hatte.«

Sie hob den Saum ihres Saris hoch. Schamlos entblößte sie ihr linkes Bein bis zur Hüfte. Ihr Oberschenkel war heillos entstellt. Bläuliche Adern durchzogen ein Geflecht aus zerfurchtem Narbengewebe.

Caneddu taumelte einen Schritt zurück. Lakshmi hatte offensichtlich weit mehr durchlitten, als er geahnt hatte. Er spürte plötzlich ungeheuerliches Mitgefühl. Bewunderung für ihre Beherrschtheit. Für ihre Lebensleistung. Für die Tatsache, dass sie nach unsäglichen Erniedrigungen ihren Plan jahrzehntelang akribisch verfolgt hatte.

All das bedeutete aber auch, dass sie niemals von ihrem Vorhaben abweichen würde. Weder Argumente noch einfühlsame Worte würden sie davon abbringen, Parashurama auf die Erde niederkommen zu lassen. Deshalb musste er einen anderen Weg finden, diese ungeheuerliche Bedrohung von der Menschheit abzuwenden. Und zwar schnell. Adrenalin schoss durch seinen Körper. Er durfte keine Zeit verlieren. Seine Finte mit New Mexico konnte jeden Moment auffliegen.

Er spurtete zu dem Glaskasten mit der Axt und schlug mit dem Ellenbogen die Scheibe ein. Lakshmi stieß einen spitzen Schrei aus. Mit beiden Händen packte Caneddu den langen Griff des Werkzeugs und rannte auf einen riesigen Magneten zu, in den zwei armdicke Aluminiumröhren hineinführten. Es war die empfindlichste Stelle in diesem technischen Organismus. Er schwang die Axt über seinem Kopf und ließ sie auf eines der Rohre niedersausen. Einmal, zweimal. Lakshmi schrie erneut, diesmal nach den Wachleuten, doch das Fauchen der Kühlpumpen war lauter.

Lakshmi begriff, was Caneddu vorhatte. Das Rohr, auf das er schlug, lieferte dem Magneten flüssiges Helium. Wenn es brach, würden die tiefgekühlten Kupferspulen des Magneten schlagartig überhitzen und zu einem unbrauchbaren Metallklumpen verschmelzen. Eine Kettenreaktion wäre die Folge, weitere Teile der Anlage würden heiß laufen. Es wäre das Ende des Beschleunigers. Das Ende der Neutrinokanone.

Lakshmi begann zu rennen. Aber nicht auf Caneddu zu, sondern in Richtung der Notfallknöpfe, mit denen sich der Starkstrom für die Magnete abstellen ließ. Wenn kein Strom mehr floss, wäre eine Unterbrechung der Heliumzufuhr folgenlos. Kurz bevor Lakshmi die Schalter erreichte, traf Caneddu das Metall des Kühlrohrs mit einem weiteren kraftvollen Axthieb. Es brach. Flüssiges Helium schoss wie aus einer Feuerwehrspritze hervor. Der Strahl kreuzte Lakshmis Laufweg und traf sie mit voller Wucht. Sie wedelte mit den Armen wie ein Demonstrant vor einem Wasserwerfer. Aber das ultrakalte flüssige Helium prasselte unerbittlich auf ihren Körper und hüllte sie in eine weiße Dampfwolke.

Ihre Bewegungen stoppten abrupt, und Lakshmi erstarrte in einer grotesken Abwehrhaltung. Ihre Hände und Arme waren vom Körper abgespreizt, die Ellenbogen angewinkelt, die Finger ausgestreckt. Lakshmi bewegte sich keinen Millimeter mehr, während der kräftige Strahl flüssigen Heliums weiter auf ihre Brust schoss und kaum nachzulassen schien. Ihr gesamter Körper war nun starr und von einer weißen Frostschicht bedeckt. Schließlich begann sie, wie eine Marmorstatue nach hinten zu kippen. Das Kippen wurde schneller, und Lakshmis Körper krachte mit ungebremster Wucht auf den Betonboden.

Caneddu sah entsetzt zu – so wie man der Handlung eines Films gebannt folgt, die unweigerlich auf ein böses Ende zusteuert. Es war das Furchtbarste, was er je gesehen hatte, und doch konnte er seinen Blick nicht abwenden. Intuitiv erwartete er ein klatschendes Geräusch. Das Geräusch eines menschlichen Körpers, der auf Beton fällt. Aber es kam anders.

Lakshmis gesamter Körper war schockgefroren. Das flüssige, minus zweihundertsiebzig Grad kalte Helium hatte alles, Fleisch, Blut und Knochen, in einen großen Eiskristall verwandelt. Und Eis zersplittert, wenn es auf Beton fällt.

Der Aufprall klang wie der Schlag eines Stahlhammers auf Granit. Lakshmis linker Arm brach auf Schulterhöhe, schlitterte über den Betonboden der Halle und knallte gegen einen Stahlträger. Fetzen von ihrem Sari zerbröselten wie berstendes Porzellan. Sogar ihre Haare knickten einfach ab, als wären sie winzige Eiszapfen. Schräg über ihr Gesicht verlief ein tiefer Spalt.

Caneddu drehte sich entsetzt um. Doch er überwand sich und blickte ein letztes Mal in Lakshmis Augen. Sie wirkten nicht mehr wütend. Sie strahlten etwas Friedliches aus.

GEHEIMES FORSCHUNGSZENTRUM

SÜDINDIEN

5. August

Caneddu wandte sich von Lakshmis Leiche ab. Er war völlig verstört und nahm die Dinge um sich herum wie durch einen dicken Schleier wahr. Die rot blinkende Alarmleuchte. Die Gerätschaften. Die Treppen und Leitern. Der durch die Halle wabernde Dampf raubte ihm vollends die Orientierung.

Plötzlich ertönten Rufe vom anderen Ende. Zwischen den weißen Dampfschwaden konnten die Wachleute Caneddu allerdings nicht sehen. Er rannte in die entgegengesetzte Richtung, stolperte über Kabel, fiel flach auf den Boden, rappelte sich wieder auf. In sein rechtes Knie fuhr ein brennender Schmerz. Humpelnd hastete er weiter und versuchte, den dicksten Versorgungsleitungen zu folgen. Diese Rohre mussten irgendwo ihren Ursprung haben, vielleicht eine Fluchtmöglichkeit für ihn. In einer Nische entdeckte er eine Metallleiter. Er packte die ersten Sprossen und begann, sich hochzuziehen. Er fühlte sich an die Flucht aus dem Beschleunigertunnel am CERN erinnert. Doch diesmal tat sein Knie höllisch weh, wenn er das Bein hob. Sein Overall war an mehreren Stellen aufgerissen, und er musste aufpassen, nicht auf die herabhängenden Fetzen zu treten und von der Leiter abzurutschen.

Die Stimmen der Wachleute kamen näher. Caneddu kämpfte sich Sprosse für Sprosse weiter nach oben. Zum Glück war die Leiter nicht so hoch wie jene am CERN. Nach gut zwanzig Metern erblickte er über sich eine runde Luke mit einer Drehverriegelung. Es sah aus wie der Ausstieg aus einem U-Boot. Als er die Luke erreichte und bereits eine Hand an das Rad legte, hielt er kurz inne und fragte sich, was ihn dahinter erwarten würde. Vermutlich ein unterirdischer Gang des Minakshi-Tempels. Es war bestimmt keine gute Idee, mit einem zerrissenen Overall in eine Prozession hineinzuplatzen. Oder in einem Schrein zu landen, wo aufgebrachte Hindu-Priester sich auf ihn stürzen würden. Caneddu blickte nach unten und sah die Nebelschwaden des verdampfenden Heliums vorbeiziehen. Dann hörte er erneut die Rufe und das Getrampel von Wachleuten.

Er begann, den Drehverschluss zu bedienen. Als er das Rad dreimal um sich selbst gedreht hatte, ertönte ein Zischen wie beim Öffnen einer Bierflasche. Pfeifend entwich die klimatisierte Luft aus der unterirdischen Anlage nach draußen. Als der Druckunterschied ausgeglichen war, drehte er den Verschluss vollständig auf und hob die Luke an. Er nahm eine weitere Sprosse auf der Leiter und blickte durch die Öffnung. Warme feuchte Tropenluft schlug ihm ins Gesicht. So warm, dass ihm das Atmen schwerfiel. Die Welt hinter der Luke war schwarz. Völlig schwarz. Und sie roch nach Meer.

Caneddu sah erneut nach unten. Zwei Wachleute hatten bereits die ersten Sprossen der Leiter erklommen. Er öffnete die Luke vollständig, kletterte unter Schmerzen aus dem Schacht und schlug die Klappe zu. Sie hatte auch auf der Oberseite einen Drehriegel. Und einen Verschluss. Er drehte diesen mit beiden Händen so fest zu, wie er konnte.

Er nahm sich eine Weile Zeit, bis seine Augen sich an die Dunkelheit gewöhnt hatten. Schließlich sah er Sterne über sich. Unzählbar viele Sterne. Das Band der Milchstraße zog sich quer über den Nachthimmel, und das Kreuz des Südens leuchtete links von ihm. Vom Minakshi-Tempel war nichts, aber auch gar nichts zu sehen. Rechter Hand sah er einige rote Punkte, wie rote Sterne, die ein geometrisches Muster bildeten. Das mussten Begrenzungsleuchten eines ungeheuer großen Bauwerks sein. Er spürte eine leichte Brise. Sie roch nach Salz und Algen. Das Meer war nah, und Caneddu begriff, dass er weit von Madurai entfernt war.

Wo hatte man ihn hingebracht? Wie lange war er ohnmächtig gewesen? Er sah die Schemen von Rohrleitungen, die neben ihm im Boden verschwanden. Er folgte dem Verlauf der Leitungen und merkte, dass er auf einer ebenen Betonfläche lief. Wie ein riesiger Parkplatz, dachte er. Oder das Rollfeld eines Flughafens, nur noch viel größer. Caneddu lief gute zweihundert Meter weit – und blieb abrupt stehen. Vor ihm ragte eine vom Sternenlicht schwach beschienene Struktur auf. Sie war hoch, sehr hoch. Und sie sah aus wie eine riesige Kralle, die aus dem Boden ragte.

Da begriff er.

Er begriff, dass dies eine Startplattform für Raketen war. Ein Weltraumbahnhof. Die einzelnen Finger der Kralle waren Versorgungstürme, die beim Start einer Rakete wegklappten. Er versuchte, sich zu erinnern, von wo aus die indischen Weltraummissionen starteten. ISRO. Das war die Abkürzung der indischen Raumfahrtbehörde. ISRO. Deren Verwaltung war in Bangalore, im Silicon Valley Indiens. Aber der eigentliche Weltraumbahnhof war woanders. Nur wo? Dann fiel es ihm ein. Natürlich. Am Meer. Nördlich von Chennai, dem ehemaligen Madras. Der Hauptstadt von Tamil Nadu.

Ein lautes Geräusch ließ ihn zusammenfahren. Es hörte sich an wie ein gewaltiges Fauchen, und es kam aus der Richtung des Schachts, durch den er geflüchtet war. Als er sich umwandte, sah er, dass die stählerne Luke aufgesprungen war. Aus der Öffnung leuchtete das Glimmen einer Glut, und dichter Rauch stieg empor, der im Sternenlicht nur als dunkelgraue Wolke zu sehen war. Caneddu vermutete, dass das zerstörte Kühlsystem den Plasmabeschleuniger der Neutrinokanone überhitzt und zur Explosion gebracht hatte. Das unterirdische Labor hatte sich in eine tödliche Räucherkammer verwandelt.

Ihn schauderte bei dem Gedanken, dass seine Axtschläge nicht nur Lakshmi das Leben gekostet hatten, sondern vermutlich auch Dutzenden Technikern und Wachleuten. Angewidert wandte er sich ab.

Er versuchte, sich zu orientieren. Von rechts wehte die salzige Brise des Meeres heran. Hinter ihm stand das Kreuz des Südens am Himmel. Also war links Westen. Das Festland. Der indische Subkontinent. Dort musste irgendwo eine Straße sein, die nach Süden führte. Nach Chennai. Er machte sich auf den Weg.

SATISH DHAWAN SPACE CENTRE

ANDHRA PRADESH, SÜDINDIEN

5. August

Das geprellte Knie schmerzte bei jedem Schritt. Die Fetzen seines zerschlissenen Overalls hingen von Ellenbogen und Knien herab und entblößten seine blanke Haut. Caneddu fühlte sich halbnackt. Doch er kam gut voran. Er vermutete, mehr als eine Stunde gelaufen zu sein, als er auf einen Zaun traf, der seinen Weg querte. Statt darüberzuklettern, wechselte er die Richtung und ging am Zaun entlang nach Norden. Eine gute Viertelstunde später vernahm er Stimmen, und Musik drang an seine Ohren. Beleuchtete Gebäude kamen in Sicht, ein Hangar, umgeben von einer Handvoll kleinerer Baracken. Der angenehme Duft von angebratenen Gewürzen lag in der Luft. Die Gebäudeansammlung erinnerte Caneddu ans CERN.

Doch die Häuser lagen jenseits des Zauns. Und der Weg dorthin führte, wie Caneddu klar wurde, über einen Kontrollpunkt, der einige Hundert Meter vor ihm lag. Flutlichter tauchten einen Schlagbaum mit mehreren Wachhäuschen in gleißendes Licht. Ein gutes Dutzend bewaffneter Wachleute kontrollierte eine Asphaltstraße, die von der Startplattform zu den bewirtschafteten Gebäuden führte.

Caneddu trat an den Zaun und rüttelte daran. Die Maschen waren zu eng, um darin mit Händen und Füßen Halt zu finden und über den Zaun zu klettern. Außerdem schnitt ihm der Draht in die Finger. Er trat einige Male gegen das untere Ende des Zauns und stellte fest, dass er nicht allzu tief im Boden verankert war. Er riss zwei Stofffetzen aus seinem Overall, wickelte sie sich um die Hände und begann zu graben. Der Boden war feucht vom letzten Monsunregen. So konnte er das Erdreich mit beiden Händen gut wegschaufeln. Als er ein etwa dreißig Zentimeter tiefes Loch unter dem Zaun ausgehöhlt hatte, legte er sich auf den Rücken und steckte den Kopf durch die Öffnung auf die andere Seite. Dann schob er nach und nach seinen ganzen Körper hindurch. Als seine Arme eingeklemmt wurden, biss er die Zähne zusammen, um nicht in hilflose Panik zu verfallen. Sein Overall riss endgültig in Stücke. Seine Brust war nun fast komplett entblößt und der blanke Rücken mit Erde beschmiert. Die drahtigen Stacheln der Unterkante des Zauns hinterließen unzählige kleine Schnitte auf seiner Haut.

Nachdem er wieder auf den Beinen war und einige Atemzüge getan hatte, traf er ein paar Meter weiter auf einen Feldweg, der in Richtung der Gebäude führte. Er brauchte keine zehn Minuten, um die Rückseite des ersten Hauses zu erreichen. In dessen Schatten versteckte er sich vor den Blicken der Wachleute am Kontrollpunkt, der etwa zweihundert Meter entfernt war. Vom ersten Gebäude aus, das offenbar leerstand, näherte sich Caneddu einem Flachbau, in dem indische Musik gespielt wurde. An einem der Fenster blieb er gebückt stehen und spähte vorsichtig hinein. Rund zwei Dutzend Männer, einige mit Overalls bekleidet, andere mit Hüfttuch und T-Shirt, saßen an zwei langen Tischen. Mehrere

Whisky-Flaschen standen herum, und die Männer grölten einen Bollywood-Song. Caneddu vermutete, dass es eine Arbeiterkantine war. Er wandte sich wieder vom Fenster ab und schlich zu der Asphaltstraße, die weiter nach Westen führte. Nach einigen Hundert Metern stieß er auf einen Parkplatz. Dort waren neben Dutzenden Autos mehrere Dreiradrikschas geparkt. Er blickte sich um, doch kein Mensch war zu sehen. Die Rikschafahrer betranken sich vermutlich soeben in der Kantine mit den Raketentechnikern.

Er schlich zum ersten Dreiradtaxi, griff an den Tank, öffnete den Deckel und steckte den Finger hinein. Er war nicht einmal halb voll. Die dritte Rikscha hatte einen vollen Tank. Caneddu riss die Kabel unter dem Lenker heraus, trennte ein Stück der Isolierung mit den Zähnen ab und hielt zwei der offenen Kupferenden zusammen. Er musste daran denken, wie ihm die Usai-Brüder das Kurzschließen einer Vespa beigebracht hatten. Alles war für etwas gut. Es knisterte. Der Anlasser fiepte kurz. Dann gab der Zweitakter ein erschreckend lautes Grollen von sich. Caneddu blickte sich nicht mehr um, sondern nahm hinter dem Lenker Platz und drehte den Gashebel auf.

Die Motorrikscha holperte vom Parkplatz auf die Zubringerstraße. Caneddu fuhr einige schnelle Schlenker, um ein Gefühl für das ungewohnte Fahrzeug zu bekommen. Er hatte viel Erfahrung mit Mofas, doch die legten sich in die Kurven. Dieses Ding drohte bei jeder scharfen Kurve zu kippen. Andererseits war es auch nur ein laut knatterndes Fortbewegungsmittel. Er würde schon damit klarkommen.

Mit maximaler Geschwindigkeit raste er auf der Asphaltstraße nach Westen. Er warf einen schnellen Blick über die Schulter, aber niemand verfolgte ihn. Nach nur wenigen

Kilometern traf er auf eine vierspurige Schnellstraße, die in Nord-Süd-Richtung verlief. Er lenkte das Dreiradtaxi nach links, wo ein großes grünes Schild »Chennai« ankündigte. Er gab erneut Vollgas und hielt sich nahe der Standspur, um schnelleren Fahrzeugen Platz zu lassen.

Caneddu war keine zwanzig Minuten gefahren, als er vor sich gelbe und blaue Blinklichter sah. Er wurde langsamer und stellte fest, dass sich mehrere Fahrzeuge an einer Straßenkontrolle stauten. Er zögerte zu lange, um noch unbemerkt umkehren zu können, zudem trennte ein begrünter Mittelstreifen die beiden Fahrbahnen voneinander. Er stellte sich in die Schlange der wartenden Fahrzeuge und beobachtete, wie die Polizisten entschieden, wen sie zur Befragung auf die Standspur verwiesen. Als Caneddu an die Reihe kam, schüttelte der Polizist angewidert den Kopf und machte eine herrische Bemerkung. Mit einer Handbewegung wies er ihn an, weiterzufahren. Ein halbnackter Rikschafahrer mit zerschlissenem Overall und dem Zeichen eines Shiva-Gläubigen auf der Stirn – darum wollte sich der Gesetzeshüter nicht weiter kümmern. Caneddu drehte den Gashebel wieder auf. Als er mit gut fünfzig Stundenkilometern die Schnellstraße entlangraste, lachte er aus vollem Herzen. Er fühlte sich an seine Jugend erinnert. Daran, wie er einmal die Vespa der Usai-Brüder geknackt hatte und mit Francesca Mura, der schönen Tochter des Bürgermeisters, mitten in der Nacht vierzig Kilometer weit an die Küste gefahren war. Am Poglina-Strand hatte er seine Unschuld verloren.

Laster rasten an ihm vorbei, deren Windstöße er mit viel Geschick ausgleichen musste. Manche waren moderne Dreiachser mit dreißig Tonnen schweren Containern, die einen veritablen Wirbelsturm hinter sich herzogen, andere waren alte, heillos überladene Gefährte, die kaum schneller fuhren als er selbst.

Die Werbetafeln am Straßenrand häuften sich zusehends. Lagerhäuser und Fabrikgebäude säumten den Wegrand. Schließlich erreichte Caneddu die Außenbezirke von Chennai. Die Stadt war viel größer als Madurai, eine echte indische Metropole. Caneddu hielt sich, so lange es ging, auf der Hauptstraße, in der Hoffnung, dass diese möglichst weit ins Zentrum der Stadt führen würde. Der Verkehr war erträglich, was zweifellos daran lag, dass es spät nachts war. Er merkte, dass Verkehrsschilder nun häufig die Richtung zum »Fort Saint George« wiesen. Es schien eine Landmarke zu sein.

In einer dunklen Seitengasse unweit des Forts stellte Caneddu die Rikscha ab. Er ging zurück auf eine größere Straße, auf der trotz der späten Uhrzeit mehrere Läden geöffnet hatten. Fliegende Händler verkauften mitten in der Nacht noch Rasierklingen, Seifen und Waschmittel. Unter der kalten Neonleuchte an einem der Vordächer kreisten Nachtfalter in allen Größen. Caneddu sprach eine Gruppe Männer an, die ihre Ware auf Tüchern am Boden anboten. Er fragte auf Englisch, ob er kurz ein Smartphone mit Internetverbindung nutzen dürfe.

»*You not from here, Sir?*«, fragte der Einheimische.

»*No, but good Hindu!*«, antwortete Caneddu mit einem charmanten Lächeln und deutete auf seine Stirn.

Die Männer blickten verunsichert, klopften ihm aber zaghaft lachend auf die Schulter, und Caneddu ahnte, was sie dachten: Bei diesen durchgeknallten Ausländern wusste man nie, woran man war. Einer der Männer reichte ihm schließlich sein Smartphone, und Caneddu nahm es dankbar entgegen. Er öffnete Google Maps, schaltete die Tastatur auf Englisch um und tippte »Consolato italiano Chennai« ein. Der Routenplaner zeigte eine blaue Zickzacklinie und eine Zeitangabe: zwölf Minuten. Das war nicht weit, andererseits würde er den Weg ohne das Handy niemals finden. Er hielt dem Seifenhändler das Display hin. Der blickte kurz darauf und nickte.

»*Okay, you need motoriksha?*«

»*Yes.*«

Der Inder nahm zwei Finger in den Mund und pfiff in Richtung einer Seitengasse. Sekunden später hörte Caneddu das vertraute Knattern eines gelben Dreiradtaxis.

»*Welcome to my Ferrari!*«, sagte der Fahrer, als er vor Caneddu scharf bremste. Offenbar ein spaßiger Geselle.

Caneddu deutete auf den Seifenhändler. Der hielt dem Fahrer das Handydisplay mit der Routenbeschreibung hin. Der Fahrer nickte kurz, Caneddu nahm auf der Rückbank Platz, und das Dreiradtaxi brauchte keine zehn Minuten bis zum Ziel. Der Fahrer hielt, ließ den Motor im Leerlauf knattern und deutete auf ein mehrstöckiges Gebäude links von ihnen. Anders als Caneddu erwartet hatte, war es keine repräsentative Villa einer diplomatischen Auslandsvertretung, sondern ein Geschäftshaus wie Tausende andere. Die Leuchtschilder der Läden im Erdgeschoss waren ausgeschaltet, und auch in den oberen Stockwerken war kein Licht zu sehen.

Caneddu begriff, dass das italienische Konsulat vermutlich nur aus einem Honorarkonsul bestand, einem einheimischen Rechtsanwalt oder Ähnlichem, der sich im Nebenberuf als Ansprechpartner für italienische Staatsbürger betätigte. Und das nur zu Bürozeiten.

Er versuchte trotzdem sein Glück und betätigte die Klingel. Nichts. Wie zu erwarten gewesen war. Er kingelte noch einmal und ließ den Finger mehrere Sekunden lang auf dem Knopf. Wieder nichts.

Der Rikschafahrer blickte ihn fragend an. Caneddu erwog, kurzerhand davonzurennen, schließlich konnte er dem Mann nicht eine Rupie bezahlen. Andererseits war es mit Sicherheit keine gute Idee, sich nachts mit einem einheimischen Motorrikschafahrer eine Verfolgungsjagd zu liefern. Er überlegte noch einen Augenblick, dann fragte er den Fahrer: »Kennen Sie irgendwelche Italiener? Jemanden, der Italienisch spricht?«

Der Mann am Lenker musterte ihn aufmerksam, so als liege ihm ehrlich daran, seine Wünsche zu verstehen.

»Ein italienisches Restaurant?«, fragte er nach einigen Sekunden.

Caneddu wusste keine bessere Alternative. Er nickte und stieg ein.

Der Rikschafahrer gab Gas und fuhr weitere zehn Minuten durch die nächtlichen Gassen von Chennai in eine belebtere Gegend. Wieder lag der Geruch des Meeres in der Luft. Hier waren Nachtschwärmer unterwegs. Vergleichsweise teure Autos säumten die Straßen. Musik drang aus einzelnen Kellerlokalen. Einige Kreuzungen weiter hielt das Dreiradtaxi vor dem Eingang eines weitläufigen Gartenrestaurants. Es trug den originellen Namen ›Bella Ciao‹. Palmen säumten den Eingang, aus dem hinteren Bereich des Gartens war sanfte Jazzmusik zu hören. Der heimelige Geruch eines angefeuerten Pizzaofens stieg Caneddu in die Nase.

»Hier okay?«, fragte der Fahrer mit einem freundlichen Lächeln.

»Ja, fantastisch«, sagte Caneddu und überlegte, wie er den Mann entlohnen konnte. »Mögen Sie Pizza?«

In den Augen des Rikschamanns blitzte es. Caneddu ahnte, dass dieses Lokal für einen Mann seines Standes unerschwinglich war. Der Fahrer überlegte vermutlich, ob sich dieser halbnackte Ausländer über ihn lustig machte. Oder ob er hier ernsthaft eine Einladung aussprach. Und ob er eine solche überhaupt annehmen durfte.

»Kommen Sie mit mir. Keine Sorge. Seien Sie mein Gast.«

Caneddu erhöhte den Einsatz wie bei einem Pokerspiel. Sollte der Taxifahrer zusagen, würde er nicht nur ihm das Geld für die Fahrt schulden, sondern auch in einem gehobenen Restaurant mitten in Chennai die Zeche schuldig bleiben. Der Fahrer kippte den Kopf von links nach rechts und parkte schließlich sein Dreiradtaxi. Als sie das Restaurant betraten, hielt er sich schüchtern hinter dem Italiener.

Der Oberkellner, ein groß gewachsener Einheimischer mit weißem Hemd und schwarzer Hose, kam auf sie zu. Er blickte jedoch äußerst skeptisch. Caneddu fiel ein, dass er unmöglich aussah. Sein Haar war heillos zerzaust, der Overall völlig zerrissen. Die halbe Brust und der rechte Arm waren entblößt und mit Schnitten übersät. Und er hatte vermutlich noch immer die weißen Streifen auf der Stirn. Caneddu ignorierte die entrüsteten Blicke des Kellners, streckte zwei Finger in die Höhe und sagte: »Einen Tisch für zwei, bitte.«

Der Oberkellner nahm mit einem missvergnügten Gesichtsausdruck zwei Menükarten in die Hand und führte das seltsame Duo zu einem abgelegeneren Tisch am Rand des Gartens. Als sie Platz nahmen, sprach Caneddu ihn mit herrischem Ton an.

»Wer ist der Besitzer dieses Restaurants?«

»Mr. Bertini, Sir. Er hat das Lokal 1993 gegründet.«

»Ich muss ihn sprechen«, sagte Caneddu.

»Ich fürchte, das ist nicht möglich. Es ist spät, und Mr. Bertini ist jetzt zu Hause.«

»Rufen Sie ihn bitte an.«

»Sir, das ist nicht möglich, Herr Bertini legt Wert auf seine Freizeit. Ich bin befugt, den Gastbereich in seiner Abwesenheit zu managen. Sie können sich gerne mit jedem Anliegen an mich wenden.«

»Haben Sie ein Handy?«

»Selbstverständlich.«

»Schießen Sie ein Bild von mir. Schicken Sie es an Signore Bertini und sagen Sie ihm, er soll meinen Namen googeln: Caneddu. C-A-N-E-D-D-U. Zwei D. Bitte tun Sie das. Es handelt sich um eine Angelegenheit von äußerster Wichtigkeit. Ein Notfall. Eine Regierungsangelegenheit.«

Der Kellner blickte genervt. Aber das Wort Regierung löste etwas bei ihm aus. Er zog sein Smartphone hervor.

»Schalten Sie den Blitz ein«, sagte Caneddu.

Der Kellner schoss zwei Fotos von dem seltsamen Gast.

»Ich werde Herrn Bertini das Bild per WhatsApp schicken. Es liegt in seinem Ermessen, ob er antwortet. Mehr kann ich wirklich nicht tun.«

Der Kellner entfernte sich, um andere Tische zu bedienen. Caneddu entschied, es darauf ankommen zu lassen. Sollte der Besitzer des ›Bella Ciao‹ nicht auf das Foto reagieren, so konnte er immer noch versuchen, mehr Krach zu schlagen, um die Aufmerksamkeit des Besitzers zu erregen.

Sein indischer Gast und er suchten sich auf der Speisekarte je eine Pizza aus. Der Rikschafahrer wählte eine vegetarische Variante mit Auberginen, Caneddu eine mit Anchovis und Oliven. Der Kellner ließ lange auf sich warten. Doch als er wieder an den Tisch trat, hielt er statt eines Bestellblocks sein Handy in der Hand. Er reichte es Caneddu.

»Mr. Bertini möchte Sie sprechen.«

Caneddu nahm das Telefon ans Ohr und sagte: *»Pronto, sono professore Caneddu.«*

Er hörte schallendes Gelächter.

»Professore Caneddu? Im Ernst? Sind Sie das wirklich?«

Der Mann lachte erneut aus vollem Herzen. Caneddu freute sich über den Dialekt. Dieser Bertini war eindeutig Sizilianer.

»Ja, das bin ich«, sagte der Physiker. »Spreche ich mit Signore Bertini?«

»Ich habe Sie mal in der Sendung ›Terra X‹ auf Rai2 gesehen«, sagte der Gastwirt und lachte wieder. »Was zur Hölle macht ein berühmter italienischer Atomphysiker halb nackt mitten in der Nacht in meinem Restaurant? Sie sehen aus, hahaha, bitte entschuldigen Sie, als sei eines Ihrer Experimente schiefgegangen!« Bertini lachte sich schlapp über seinen eigenen Scherz.

»Das ist gar nicht so falsch, lieber Signore Bertini. Leider bin ich tatsächlich in eine Notlage geraten. Ich könnte Ihre Hilfe gebrauchen.«

»Auweia, es ist also ernst? Selbstverständlich. Sie sind Sarde, richtig? Wir Insulaner sollten zusammenhalten. Was ist passiert?«

»Das ist eine lange Geschichte. Ich bräuchte dringend jemanden, der in einer schwierigen Angelegenheit für mich vermittelt. Es geht darum, diskret Kontakt mit einer Regierung aufzunehmen.«

»Kontakt aufnehmen? Haben Sie Ärger mit den indischen Behörden? Oder haben Sie Ihre Steuern in Italien nicht bezahlt?« Bertini musste erneut lachen. Der Mann war äußerst gut gelaunt. Hoffentlich würde er trotzdem den Ernst der Lage erkennen.

»Könnten Sie vielleicht herkommen, Signore Bertini?«

»Ich sitze zwar in der Badewanne, aber einen echten Atomphysiker in meinem Restaurant will ich mir nicht entgehen lassen. Geben Sie mir eine halbe Stunde.«

Caneddu bedankte sich und gab dem Kellner das Handy zurück. Dieser sprach noch kurz mit seinem Chef und erhielt offenkundig einige Anweisungen. Als das Gespräch beendet war, pfiff er einen jüngeren Hilfskellner herbei und erteilte mit bellender Stimme auf Tamilisch eine Reihe von Befehlen. Der Jüngere rannte los. Caneddu verstand zwar kein Wort, aber die Augen des Rikschafahrers leuchteten.

Innerhalb weniger Minuten stand auf ihrem Tisch eine Platte voller Antipasti, dazu Bruschette, ein Teller Garnelen sowie eine Flasche trockener sardischer Schaumwein. Die gewünschten Pizzen seien ebenfalls bald fertig, hieß es. Die beiden Männer begannen zu essen, und Caneddu stellte seinem Fahrer höflich einige Fragen über das örtliche Transportwesen. Nach den ersten Bissen merkte der Italiener, dass die Anspannung der vergangenen Stunden sich löste und sein Körper schwer wurde. Während sein Fahrer sich freudig über die Speisen und den Sekt hermachte, hielt sich Caneddu mit dem Alkohol zurück. Wer weiß, welche Kräfte er an diesem Abend noch brauchen würde.

Als zwei Portionen Tiramisu serviert wurden, betrat ein beleibter, auffallend teuer gekleideter Mann den Restaurantgarten. Er trug ein lavendelfarbenes Hemd, das bis zum dritten Knopf offen stand und dichte Brustbehaarung sowie eine Goldkette zur Schau stellte. Sein Kopf war rund und kahl geschoren, sein Teint mediterran. Die vollen Lippen zeigten ein breites Lächeln. Er trat an Caneddus Tisch und stellte sich als Carlo Bertini vor. Die Männer schüttelten sich die Hände, und der Restaurantbesitzer setzte sich mit an den Tisch. Er musste erneut lachen, als er Caneddu anblickte. Die beiden Italiener unterhielten sich eine Weile, während der Rikschafahrer sein Tiramisu bis auf den letzten Happen genüsslich auslöffelte. Bertini erzählte in einigen knappen Sätzen, was ihn vor vielen Jahren nach Indien verschlagen hatte. Caneddu merkte jedoch, dass es den Sizilianer brennend interessierte, wie es sein konnte, dass ein italienischer Atomphysiker mit einem zerfetzten Overall und der Verkleidung eines Vishnu-Jüngers in seinem Restaurant auftauchte.

»Also, Carlo«, sagte Caneddu, nachdem sie bereits beim Du angekommen waren, »ich brauche deine Vermittlung in einer delikaten Angelegenheit. Du sprichst ja sicherlich fließend Englisch …«

Bertini nickte.

»Wir müssen bei den Amerikanern vorbeifahren, das heißt beim US-Konsulat. Ich selbst kann mich dort allerdings nicht blicken lassen, denn es wird vermutlich beobachtet. Du müsstest dem dortigen CIA-Vertreter irgendwie klarmachen, dass du mit Aaron Swartz, dem stellvertretenden Nationalen Sicherheitsberater der Vereinigten Staaten, sprechen musst.«

»*Dio mio*, Nicola, wie stellst du dir das vor? Ein Pizzabäcker aus Chennai taucht nachts mal eben in der amerikanischen Botschaft auf und verlangt, mit dem Weißen Haus zu sprechen. Was glaubst du, was die mir antworten? Einen riesigen Mittelfinger werde ich zu sehen bekommen.«

»Nicht, wenn dieser Swartz versteht, dass du mit mir in Kontakt stehst. Wir müssen das klarmachen.«

»Nicola, das ist widersinnig. Wir können nicht ein Gespräch mit diesem Swartz anleiern, indem wir zuvor mit Swartz sprechen.«

In diesem Moment klingelte Bertinis Telefon. Er nahm das Gespräch an, und seine Augen weiteten sich. Der Restaurantbesitzer murmelte »*Madonna mia*« und reichte das Handy an Caneddu weiter. Dieser nahm es mit einem fragenden Blick entgegen. Bertini machte eine auffordernde Geste. Caneddu hob das Smartphone ans Ohr.

»Hallo?«

»Professor Caneddu? Hier ist Aaron Swartz.«

Eine Ladung Adrenalin schoss in Caneddus Nervenenden.

»Mr. Swartz! Wie ist das möglich?«

»Unsere lieben Kollegen von der NSA haben vor siebenundfünfzig Minuten ein Foto auf WhatsApp aufgespürt, das achtundneunzig Prozent Übereinstimmung mit einem gewissen Nicola Caneddu zeigt. Es wurde an ein Smartphone in Chennai verschickt.«

»Ihr verdammten Schnüffler«, entfuhr es Caneddu.

»In diesem Fall schnüffeln wir zu Ihren Gunsten. Doch jetzt hören Sie bitte genau zu. Sie müssen sofort weg von dort, wo Sie sind. Wir haben Anlass zu vermuten, dass Herrn Bertinis Telefon inzwischen auch von den Indern angezapft wird. Sie müssen sofort SIM-Karte und Akku entfernen und das Handy loswerden. Und Sie müssen schnellstens zum Stadtstrand kommen. Auf der Höhe des Leuchtturms liegen mehrere Fischerboote am Ufer. Eines der länglichen Holzboote hat einen gelben Rumpf und ist innen violett bemalt. Der Fischer heißt Raj. Er erwartet Sie. Machen Sie schnell. Wir stellen eine massiv erhöhte Geheimdienstkommunikation in Südindien fest. Noch mal: ein Fischerboot am Stadtstrand, gelber Rumpf, violette Innenbemalung, Raj ist der Name. Machen Sie schnell!«

Nicola hielt das Telefon einen Augenblick lang ungläubig in der Hand. Dann sah er sich um, sprang auf und rannte zu einem Aquarium, in dem Meerestiere zur Schau gestellt wurden. Ein Dutzend Doraden drängelte sich zwischen drei Seespinnen und den Luftblasen eines Wassersprudlers. Nicola öffnete Bertinis Handy, entfernte Akku und SIM-Karte und warf alles ins Wasser.

Bertini, der ihm gefolgt war, rief wütend: »Was machst du da, Herrgott?«

»Du musst mich sofort zum Stadtstrand bringen. Bitte! Man ist mir auf den Fersen. Dein Handy wurde abgehört.«

Bertini blickte ihn erschrocken an. Dann zuckte er mit den Achseln, lächelte breit und zog einen Autoschlüssel hervor.

»Na dann los!«

Sie durchquerten den Garten des Restaurants und traten auf die Straße. Bertini deutete auf einen roten Lancia und öffnete die Türen mit der Fernbedienung. Sie stiegen ein, der Sizilianer startete den Motor und fuhr mit quietschenden Reifen an.

»Also Stadtstrand? Auf welcher Höhe?«

»Leuchtturm«, sagte Caneddu.

»Das ist nur ein Kilometer von hier.«

Bertini steuerte das Auto, als sei ihnen die Mafia auf den Fersen. Nach wenigen Minuten bogen sie auf einen Parkplatz ein, an dessen Ende ein rot-weiß gestreifter Leuchtturm mit roten Blinklichtern in den Nachthimmel ragte. Caneddu bedankte sich mit einem kräftigen Handschlag bei dem Sizilianer und versprach, sich zu melden, wenn die Sache vorüber war.

»Falls sich einheimische Sicherheitsleute bei dir melden, sag einfach, dein Kellner habe mich fotografiert, weil ich so skurril aussah. Reiner Zufall. Du weißt von nichts.«

»Und das Gespräch eben?«

»Sag, ich hätte dir das Handy entrissen. Was weiß ich. Dir wird schon was einfallen.«

Caneddu umarmte seinen Landsmann herzlich, sprang aus dem Wagen und lief an den Strand. Am Ufer sah er im Laternenlicht Dutzende hölzerne, bunt angestrichene Langboote liegen. Sie waren schmal und hatten einen hochgezogenen, spitzen Bug. Mehrere Fischer luden gerade ihre Netze ein.

Caneddu ging an den ersten Booten vorbei, als er einen Pfiff hörte. Einige Boote weiter winkte ein hagerer Mann in Shorts und T-Shirt und mit einer Zigarette im Mundwinkel ihm zu. Caneddu näherte sich.

»Raj?«

»Ja, Sir.« Der Mann deutete auf sein Boot. »Bitte setzen Sie sich.«

Das schmale Boot hatte einen zitronengelben Bug und war innen violett gestrichen. Die Netze lagen im Rumpf. Raj war bereit zum Ablegen. Mehrere Männer halfen, das Boot über den Sand zum Wasser zu schieben. Als die Helfer bis zur Hüfte in der Brandung standen, kam das Boot frei, und Raj startete den Motor. Ein alter Zweitakter begann zu knattern. Dessen Schub reichte gerade aus, um das schmale, rund acht Meter lange Holzboot über die ersten Wogen zu bugsieren.

Als sie eine gute Meile im Schneckentempo auf das Meer hinausgetuckert waren, öffnete Raj eine Klappe im Heck, und das Gehäuse eines modernen 115-PS-Außenborders von Yamaha kam zum Vorschein. Raj lächelte spitzbübisch, als er den kräftigen Viertakter anwarf, sich ans Steuer setzte und den Gashebel betätigte. Der Bug hob sich, und das Holzboot stieg aus dem Wasser wie eine rassige Motoryacht. Sie fuhren mit etwa zwanzig Knoten nach Osten auf das offene Meer hinaus.

Nach einer guten Stunde fragte sich Caneddu, ob Raj den kompletten Indischen Ozean überqueren wollte. Die Lichter von Chennai waren nur noch ein Schimmer am Horizont, als er weißen Schaum einige Hundert Meter voraus sah. Das Meer sprudelte. Ein Hai, war sein erster Gedanke. Oder ein Wal. Doch Haie und Wale hatten Flossen auf dem Rücken und keine zylindrische Stange. Aber das war es, was hier durchs Wasser rauschte. Sekunden später tauchte ein schwarzes Rechteck aus der Gischt. Es war groß wie ein Haus.

Raj näherte sich furchtlos und gab mehrmals mit einem Handscheinwerfer Signal. Caneddu entdeckte die Silhouetten einiger Menschen auf der Oberkante des großen Rechtecks.

Es war der Turm eines gigantischen U-Boots.

CAMP DAVID

MARYLAND, USA

7. August

Es war August, und ein Feuer brannte im Kamin. Ein kompletter Irrsinn, dachte Caneddu. Aber ohne Kaminfeuer war das Landhausambiente vermutlich nicht vollkommen. Wenigstens besann sich der 46. Präsident der Vereinigten Staaten von Amerika auf die Würde seines Amtes und feierte seine Wochenenden nicht mit Ölmagnaten und Pornostars in einem zwielichtigen Golfclub, sondern widmete sich offiziellen Aufgaben in der traditionellen Sommerresidenz des US-Präsidenten, die allgemein unter dem Namen Camp David bekannt war, aber offiziell Naval Support Facility Thurmont hieß.

John McIntyre saß auf einem dunklen Holzsessel mit karierten Polsterstücken. Das Möbel fügte sich mühelos in das heimelige Ambiente des Raumes: gebeizter Holzfußboden, holzvertäfelte Wände, an der Decke eine freiliegende rustikale Balkenkonstruktion. Camp David war die perfekte Filmkulisse für eine 1970er-Jahre-Schnulze.

Caneddu war müde, ihm waren nur wenige Stunden Schlaf gegönnt worden. Zwar hatte man ihn nach den Zwischenstopps in Teheran und Istanbul in die erste Klasse eines

Airbus A330 der Turkish Airlines gebucht und ihm bei seiner Ankunft auf dem Präsidentenlandsitz ein luxuriöses Gästezimmer zugewiesen. Aber als er nach einem kurzen Tiefschlaf aufwachte, saß Livia an seinem Bett – im Bademantel.

Nach einer Dusche und einer kleinen Mahlzeit hatte Caneddu nun auf einer Sofagarnitur mit Holzarmlehnen zwischen dem amtierenden Präsidenten der Vereinigten Staaten und Livia Chang Platz genommen. Auf dem Sofa gegenüber blickte er in die Gesichter von Aaron Swartz, Josef Sternberg sowie der Geheimdienstleute Underwood und Smith.

Caneddu berichtete von seinen Erlebnissen im Tempel und dem Erwachen in dem unterirdischen Labor. Die teils verstörenden Ereignisse wiederzugeben, bereitete ihm Mühe. Als er von Lakshmis Tod erzählte, stockte seine Stimme. Swartz und die Geheimdienstleute fragten mehrmals nach, sie wollten alles bis ins kleinste Detail wissen. Eine Assistentin protokollierte fleißig. Als die Sprache auf Williams' Tod kam, senkte McIntyre den Kopf, und seine Kiefernmuskeln spannten sich an. Er hatte nicht nur einen wichtigen Mann seiner Taskforce verloren. Für ihn war Williams vor allem ein guter Freund gewesen. Einer, den man in der Not um Hilfe bitten konnte, egal, worum es ging. Er ergriff das Wort, wobei er in die Runde blickte.

»Ich habe heute Morgen mit seiner Frau gesprochen und ihr die schreckliche Nachricht mitgeteilt. Sie hat einigermaßen gefasst reagiert. So als hätte sie schon immer geahnt, dass Williams kein Mann für die Ewigkeit war.«

Seine Stimme begann, leicht zu zittern. McIntyre stand auf und bat die Anwesenden um einen Moment der Stille. Er selbst ging ans Fenster und verharrte eine Minute lang regungslos. Dann drehte er sich um, nickte in die Runde und nahm wieder Platz. Mit einer Handbewegung erteilte er Caneddu das Wort.

Besonders aufmerksam wurden alle, als es um das geheime Labor unter der Raketenbasis ging.

»Ein verdammt schlauer Trick«, sagte Swartz. »Dort fielen weder große Bauarbeiten noch der Verbrauch von irrwitzigen Mengen an Energie auf. Eine Raketenbasis, da ist immer was los …«

»Sie sagen, das Labor beziehungsweise dieser neuartige Plasma-Teilchenbeschleuniger sei explodiert?«, fragte John McIntyre.

»Ja«, antwortete Caneddu. »Das Ding ist unbrauchbar. Und wenn es stimmt, was Lakshmi behauptet hat, so sind mit ihrem Tod auch Ettore Majoranas Formeln verloren gegangen.«

»Also geht keine Gefahr mehr von den seltsamen Strangelets aus?«

Diesmal gab Josef Sternberg die Antwort: »Nahezu ausgeschlossen. Man muss die hochverdichtete Materie mit einem präzise getakteten Neutrinostrahl aus ihrem Zustand befreien. Nur mit der richtigen Resonanzfrequenz kommt es zu der zerstörerischen Quantenexpansion.«

»Mit Lakshmis Tod ist die Gefahr quasi aus der Welt …«, murmelte Aaron Swartz.

»Ich denke, ja«, sagte Caneddu. »Sie hat Majoranas Geheimnis ins Jenseits mitgenommen.«

»Und nach der Wiedergeburt?«

Alle blickten den CIA-Mann Smith ratlos an.

»Äh … ich meine ja nur, sie ist doch Hindu.«

»Das ist nicht der Moment für schlechte Witze«, herrschte

der Präsident den dicken Schnauzbartträger an. Smith senkte den Blick.

»Na gut, dann wollen wir mal mit einem Glas Champagner auf die Wiederherstellung der Weltordnung anstoßen«, sagte John McIntyre und machte der Assistentin ein Handzeichen. Sie war offenbar Mädchen für alles hier in Camp David.

»Na ja«, sagte Livia Chang, und alle Augen richteten sich nun auf sie. »Was Ettore Majoranas Geheimnis angeht, habe ich da vielleicht etwas von Bedeutung …«

Sie zog ein ledernes Notizbuch aus ihrem Rucksack. Es trug die römische Ziffer XI auf dem Buchrücken.

Josef Sternberg reagierte als Erster. »Oha«, sagte er erstaunt und streckte seine Hand nach der Kladde aus. »Darf ich mal sehen?«

Livia Chang reichte sie ihm. Caneddu stand auf, ging zu Sternberg und blickte ihm über die Schulter. Der alte Physiker blätterte das Notizbuch durch, und Caneddu erkannte auf den ersten Seiten die Formeln, mit denen der Brite Paul Dirac in den 1930er Jahren die Quantenmechanik mit der Relativitätstheorie vereinigt hatte. Es war eine der größten mathematischen Leistungen des 20. Jahrhunderts. Eine Konsequenz dieser Arbeit war die Erkenntnis gewesen, dass es Antimaterie geben müsse. Tatsächlich war diese erst viele Jahre später experimentell nachgewiesen worden. Auf den weiteren Seiten von Lakshmis Notizbuch folgte die Vereinigung der Elektrodynamik mit der Quantenmechanik. Das war erschütternd, denn Lakshmi und Majorana hatten offenbar bereits in den 1930er Jahren entdeckt, was dem Amerikaner Richard Feynman erst in den 1970er Jahren gelungen war. Im letzten Drittel des Notizbuchs vereinigte Majorana gemeinsam mit seiner Ziehtochter die Quantenmechanik mit der Gravitationsphysik. Sie hatten die Existenz steriler Neutrinos sowie die Möglichkeit, normale Materie zu kleinen Neutronensternen zu verdichten, errechnet. Caneddu verstand die Gleichungen nicht vollständig. Aber es war zweifellos die Theorie, die es ermöglichte, Materie zu Strangelets zu verdichten, die dann wiederum mit einem präzise getakteten Neutrinostrahl zur Detonation gebracht werden konnten. Caneddu war überzeugt, dass Ettore Majorana all diese Dinge bereits in den 1930er Jahren erkannt hatte. Und am Ende seines Lebens sah er in Lakshmi den einzigen Menschen, dem er die Geheimnisse anvertrauen konnte.

Caneddu merkte, dass Sternbergs Hand zitterte, als er die Seiten mit den zentralen Formeln zu Ettore Majoranas Geheimnis aufblätterte. Die beiden Physiker begannen zu ahnen, welche Gedankengänge das Genie genommen hatte. An mehreren Stellen im Notizbuch war die verspielte Schrift Lakshmis zu erkennen. Sie war Majoranas Intellekt im Alter von nur sechzehn Jahren ebenbürtig gewesen. Caneddu fühlte sich elend bei der Erinnerung an Lakshmis bizarren Tod im Geheimlabor unter der Raketenbasis.

Plötzlich klappte Sternberg das Buch zu, machte eine schwungvolle Bewegung mit dem Arm und warf die Kladde ins Kaminfeuer. Livia Chang stieß einen spitzen Schrei aus. Caneddu spürte den Reflex, das Buch mit der bloßen Hand wieder aus dem Feuer zu ziehen. Sogar der amerikanische Präsident sprang vom Sofa auf und machte drei Schritte auf den Kamin zu. Der elfte Band von Lakshmis und Majoranas Notizen lag einen Moment lang unversehrt zwischen zwei brennenden Holzscheiten, so als könne ihm das Feuer nichts anhaben. Doch dann glühten die Seiten des Notizbuches auf, und die Flammen im Kamin loderten heller als zuvor.

Sternbergs Bariton ertönte. »Wertloses Zeug, Mr. President. Das bringt uns keinen Zentimeter weiter.«

McIntyre starrte den alten Physiker zuerst fordernd, dann mit einem schmalen wissenden Lächeln an. Ihm schien eine Menge durch den Kopf zu gehen. Doch Sternberg hielt dem Blick des Präsidenten stand. Er hatte das Gesicht eines Pokerprofis aufgesetzt und ließ sich seinen ungeheuerlichen Bluff nicht anmerken. Caneddu war bestürzt und gleichzeitig beeindruckt von der Souveränität dieses alten Mannes. Sternberg hatte soeben die Ergebnisse jahrzehntelanger intellektueller Arbeit dem Feuer übereignet. Die Antwort auf Fragen, die seine Fachkollegen seit Jahrzehnten suchten. Und er hatte dem Präsidenten der Vereinigten Staaten damit eine mächtige Waffe vorenthalten.

»Aber weil wir gerade darüber reden, Mr. President«, sagte Sternberg mit fester Stimme. »Wir sollten dringend die Elementarteilchenforschung ausweiten. Es gibt auf diesem Gebiet, wie Sie in den vergangenen Tagen gesehen haben, noch viel zu entdecken. Um in diesem Feld führend zu bleiben, sollte dringend ein neuer Teilchenbeschleuniger gebaut werden. Größer als alles, was es bisher gab. Ein Umfang von mehr als einhundert Kilometern wäre gut. Und wir brauchen einen gigantischen Neutrinodetektor tief unter dem Eis der Antarktis. Dort wären die Messinstrumente am besten geschützt vor den Störstrahlen aus dem Weltraum.«

Caneddu überschlug im Kopf die Kosten für ein derartiges Vorhaben und kam auf Dutzende Milliarden Dollar. Doch als er in John McIntyres Gesicht blickte, entdeckte er Zustimmung.

EPILOG

INSEL MARETTIMO, ITALIEN

28. September

Das kleine Tragflächenboot legte mit einem sanften Rucken an der Mole an. Rund zwei Dutzend Passagiere gingen von Bord und spazierten über die Kaimauer in das Fischerdorf. Es war die einzige Siedlung auf dieser winzigen karstigen Mittelmeerinsel zwischen Sizilien und Tunesien. Unter den Ankommenden waren ein auffallend gut gekleideter Italiener und eine auffallend gut gelaunte Halbasiatin. Beide reisten mit nur leichtem Gepäck. Dass sie verliebt waren, sah man von weitem.

Livia Chang und Nicola Caneddu hatten vor, das Wochenende auf Marettimo zu verbringen. Ein gewisser Giovanni Majorana hatte sie auf die Insel eingeladen. Er war der Besitzer der Hafenbar des Vierhundert-Seelen-Dorfs auf Marettimo. Der Barbesitzer entstammte einer Fischerfamilie, die seit vielen Jahrzehnten ansässig war. Giovannis Tochter, die in den USA lebte, hatte ihm einige Wochen zuvor einen langen Artikel aus dem ›New York Times Magazine‹ zugesandt. Die Journalistin Livia Chang hatte darin auf sechzehn Seiten die wahre und mitreißende Geschichte über den Verbleib des legendären Physikers Ettore Majorana geschildert.

Sie hatte sein rätselhaftes Verschwinden im Jahr 1938 aufgeklärt, über dessen neues Leben in Indien geschrieben und berichtet, dass er im hohen Alter Ziehvater eines Waisenkinds geworden war.

Der Artikel und die Rechercheleistung begeisterten die Öffentlichkeit ebenso wie Changs Kollegen. Sie wurde für den Pulitzer-Preis nominiert und bekam einen Buchvertrag, um Majoranas Geschichte ausführlicher niederzuschreiben. Der Coup entlohnte sie für den Schmerz, den ihr Journalistenherz empfand, weil sie nie ein Wort über den geheimen Neutrinobeschleuniger, die Quantenexpansionen und das gefährliche Waffensystem würde schreiben dürfen, das die Welt an den Rand einer gefährlichen Krise gebracht hatte.

Unter den vielen Zuschriften, die Livia Chang nach der Veröffentlichung des Artikels erreichten, war eine von Giovanni Majorana aus Marettimo. Er hatte seinem Brief ein Bild beigelegt. Eine vergilbte Fotografie, auf der sein Urgroßvater Alfredo Majorana mit einem etwa gleichaltrigen Mann bei einem Glas Wein vor einem Fischerboot zu sehen war. Der Mann neben dem Urgroßvater war Ettore Majorana, der berühmte Physiker, Alfredo war sein Cousin. In den 1920er Jahren hatte Ettore seinen Cousin auf Marettimo besucht. Der Barbesitzer Giovanni Majorana war somit ein entfernter Nachfahre von Ettore Majorana.

Nachdem er Livia Changs Artikel gelesen hatte, schrieb Giovanni einen Brief an die Journalistin und lud sie auf die Insel ein. Bei ihm könne sie die beste Fischsuppe Südeuropas essen, dazu Couscous, frischen roten Thunfisch sowie erlesene Süßspeisen.

Während sie an der Hafenmauer entlanggingen, entdeckte Caneddu eine herumliegende Ausgabe der Zeitung

›La Stampa‹. Eine der Spitzenmeldungen lautete: »USA investieren 120 Milliarden Dollar in Neutrinoforschung«. Im Regionalteil derselben Ausgabe stand ein Bericht über ein Forschungszentrum in Erice, zwischen Palermo und Trapani. Das Institut werde mit vielen Millionen Euro zu einer Akademie für hochbegabte Physiker ausgebaut, hieß es dort. Ein gewisser Nicola Caneddu sei zum Generaldirektor berufen worden. Das Institut habe den Namen »Ettore Majorana Foundation and Center for Scientific Culture« bekommen, nach dem großen, 1938 in Palermo verschwundenen Physiker, dessen Verbleib eine amerikanische Journalistin aufgedeckt habe.

Als Livia Chang und Nicola Caneddu das Restaurant von Giovanni Majorana betraten, freute sich der Gastwirt wie ein kleiner Junge. Er rief seine Familie zusammen, seine Frau, seine beiden Söhne und seine Tochter. Er stellte sie seinen Gästen vor. Danach präsentierte er den Neuankömmlingen in der Küche den Fang des Tages: eine orangerot leuchtende Zahnbrasse. Livia und Nicola bekamen den schönsten Tisch direkt an der Kaimauer. Zum Aperitif servierte Giovanni Majorana eine eisgekühlte Flasche Malvasia.

LAWRENCE BERKELEY NATIONAL LABORATORY

KALIFORNIEN, USA

28. September

In den vergangenen Wochen hatte Josef Sternberg einige merkwürdige Marotten entwickelt. So zumindest empfanden es seine Kollegen am Berkeley Lab auf den Hügeln über der Bucht von San Francisco. Der berühmte 94-jährige Physiker kam zwar wie immer morgens pünktlich zur Arbeit und aß mittags in der Kantine. Mitunter setzte er sich wie eh und je mit Studenten an einen Tisch. Doch sobald er wieder sein Arbeitszimmer aufsuchte, zog er neuerdings die Tür hinter sich zu. Und nicht nur das. Er schloss ab. Und wenn er das Institut verließ, blieb seine Tür versperrt. Das hatte Sternberg jahrelang ganz anders gehandhabt. Aber gut, alte Menschen wurden manchmal wunderlich.

Auch an diesem Tag zog Sternberg die Tür hinter sich zu und drehte den Schlüssel mehrmals im Schloss um. Dann stellte er sich in die Mitte seines kleinen Büros und ließ den Blick über die drei Kreidetafeln schweifen, die er einige Wochen zuvor hatte anbringen lassen. Die Tafeln waren von links oben bis rechts unten dicht mit weißer Kreide beschrieben. Formeln reihten sich an Formeln, dazwischen Pfeile, ein paar Ziffern, Integralzeichen, Operatoren und Summensymbole. Mit einem Seufzen begann Sternberg zum hundertsten Mal, die Gleichungen durchzugehen.

Vor sechs Wochen, nachdem die Tafeln in seinem Büro angebracht worden waren, hatte er sich zum ersten Mal eingeschlossen. Er hatte ein neues Stück Kreide zur Hand genommen, die Augen geschlossen und dann zu schreiben begonnen. Seine Hand übertrug auf die Tafel, was er vor seinem inneren Auge sah. Sein fotografisches Gedächtnis funktionierte noch ganz ausgezeichnet. Das erfüllte ihn mit Stolz. Schließlich stand auf den drei großen Tafeln, was Ettore Majorana und Lakshmi Rajamottanoree im Jahr 1976 im elften Band eines Tagebuchs niedergeschrieben hatten.

Er verstand inzwischen viel besser, was die Formeln bedeuteten. Vor sechs Wochen war es noch reines Kauderwelsch gewesen. Irgendwann hatte es Klick gemacht. Der letzte Schritt bei der Vereinigung von Quantenmechanik und Gravitationsphysik erschloss sich ihm. Was für ein Geniestreich. Niemals wäre er von selbst auf diese Gedankengänge gekommen. Er spürte tiefen Respekt vor dem Geist, der diese Formeln entdeckt hatte. Es waren Formeln von ungeheuerlicher Eleganz, aber auch enormer intellektueller Komplexität. Josef Sternberg hatte Wochen gebraucht, um nachzuvollziehen, welche Wege Majoranas und Rajamottanorees Geist beschritten hatte. Stunden über Stunden hatte er hinter der verschlossenen Tür seines Büros verbracht, um die Gedankengänge dieser Genies zu durchdringen.

Langsam nickte Sternberg. Er hatte es nun begriffen. Und es erfüllte ihn mit tiefer Befriedigung. Bedächtig zog er die unterste Schublade seines Schreibtisches auf und nahm eine schmale Holzkiste heraus. Er brach das Siegel, öffnete den

Deckel und musterte den Inhalt. Zwei Goldbanderolen zierten eine handgemachte Zigarre, eine Cohiba Behike, die ihm vor Jahren der kubanische Machthaber Fidel Castro geschickt hatte, als Würdigung für einen vermeintlich Gleichgesinnten. Doch Sternberg hatte die Zigarre in seine Schublade gesteckt und Castro nie geantwortet. Er hatte den Mann dafür verachtet, wie dieser seine einst glorreichen revolutionären Ideale verraten hatte.

Sternberg entfernte die Banderolen, befeuchtete das Ende der Zigarre mit den Lippen, kappte die Spitze mit einer Schere und setzte sich auf seinen Bürostuhl. Mit dem alten Feuerzeug seines Doktorvaters Enrico Fermi steckte er die Cohiba an, ließ den Rauch im Mund zirkulieren und lehnte sich genussvoll zurück. Das hatte er seit vielen, vielen Jahren nicht getan.

Er sah erneut auf die Tafeln und ging alle Gedankengänge ein weiteres Mal durch. Schließlich blickte er an die Decke, blies einen Rauchring hinauf und murmelte: »Erstaunlich. Wirklich erstaunlich.«

NACHWORT UND DANK

Die Handlung dieses Buches ist, wie für einen Thriller zu erwarten, frei erfunden. Alle Orte, viele Begebenheiten und einige Personen sind allerdings real. Insbesondere der Physiker Ettore Majorana verschwand tatsächlich 1938 in Neapel unter mysteriösen Umständen. Es ist einer der bedeutendsten *Cold Cases* der Kriminalgeschichte. Erst vor wenigen Jahren rollte die Staatsanwaltschaft Rom seinen Fall neu auf, ohne Ergebnis.

Majorana wurde bereits zu Lebzeiten von den Größten seines Fachs, unter ihnen Werner Heisenberg, Emilio Segrè und Enrico Fermi, zutiefst bewundert und ist bis heute eine Legende. Der gebürtige Sizilianer hat vermutlich als Erster die grauenhaften Folgen von Atombomben vorhergesehen. Auch fand man nach seinem Tod weggeworfene Notizen mit Formeln, die vorwegnahmen, was Physiker zum Teil erst Jahrzehnte später entdeckten. Bis heute bedeutend ist Majoranas Theorie über Elementarteilchen, die ihre eigenen Antiteilchen sind. Er selbst hielt seine Gedanken und Erkenntnisse stets für banal. Seine innere Zerrissenheit führte in den Jahren vor seinem Verschwinden zu lebensbedrohlichen Essstörungen und spiritueller Hingabe.

In einer weiteren Figur dieses Buches lassen sich Ähnlichkeiten mit einem lebenden Menschen vermuten, auch wenn ich viel hinzugedichtet habe. Der weise, knorrige Nobelpreisträger Josef Sternberg ist inspiriert von dem großen Teilchenphysiker und Nobelpreisträger Jack Steinberger. Als vorliegender Thriller in Druck ging, war der echte Steinberger achtundneunzig Jahre alt und immer noch lebhaft an Physik interessiert.

Das in ›Quantum. Tödliche Materie‹ zentrale Elementarteilchen, das Neutrino, ist der unscheinbarste Baustein des Universums. Doch fliegen ständig Myriaden dieser Teilchen kreuz und quer durch den gesamten Kosmos. Massenweise rauschen Neutrinos in diesem Moment genau durch diese Buchseite. Und das macht sie so interessant: Welche ist ihre wahre Bedeutung? Was, wenn man sie beherrschbar macht? Teilweise ist das bereits möglich. Einige Jahre lang wurden Neutrinos vom CERN durch die Erde nach Italien geschossen und in einem Labor unter dem Granitfels des Gran-Sasso-Massivs erforscht. Die dabei verwendeten Detektoren wurden mittlerweile in die USA verschifft, wo derzeit eine riesige Anlage für Neutrinoforschung entsteht. Vor nicht langer Zeit gelang es erstmals, mit Neutrinos eine Botschaft quer durch den Erdball hindurch zu senden – eine völlig neuartige Form der Informationsübertragung. Wer weiß, was mit diesen vermeintlich so unauffälligen Partikeln noch alles möglich ist. Die Physik hat längst nicht alle Fragen geklärt.

Der Minakshi-Tempel im südindischen Madurai ist eines der beeindruckendsten Bauwerke der Welt. Die allabendliche Prozession, bei der Shiva in die Gemächer seiner Frau Parvati getragen wird, ist ein Jahrhunderte alter Ritus voller Mystik und Spiritualität. Einen Besuch wert ist auch der riesige Blumenmarkt von Madurai. Ebenfalls real ist der Weltraumbahnhof nördlich von Chennai, obgleich ich ihn, anders als den Tempel, nie besucht habe.

Ein Flugzeug kann man tatsächlich am Himmel »verstecken«, indem man das Transpondersignal abschaltet und möglichst nahe an einem anderen Flugzeug fliegt. Ebenso gehören HALO-Fallschirmsprünge aus großer Höhe in militärischen Spezialeinheiten zum Alltag.

Kommen wir also zu den Unwahrheiten: Soweit bekannt ist, existiert kein geheimer Tunnel am CERN. Allerdings ist das CERN eine ungeheuerlich große Organisation mit dreiundzwanzig Mitgliedstaaten und vielen weiteren assoziierten Partnern. Der Verwaltungsaufwand ist enorm. Unzweifelhaft ist, dass dort die linke Hand nicht immer weiß, was die rechte tut. Und eine prominente Shiva-Statue steht tatsächlich auf dem CERN-Gelände.

Den Begriff »Strangelet« gibt es zwar in der Physik, aber nur in der Theorie. Er bezeichnet ein Häuflein hochverdichteter »seltsamer« Materie. Für dieses Buch habe ich die formale Definition etwas abgewandelt, was hartgesottene Physiker übelnehmen könnten. Immerhin: Der große Denker und Königliche Astronom Großbritanniens (Astronomer Royal), Sir Martin Rees, nennt die Erzeugung von Strangelets in seinem Buch ›On the Future‹ eines der großen Risiken für die Menschheit.

Dass die Atomtests in Nordkorea in Wahrheit Versuche mit meiner Version eines Strangelets waren, ist natürlich Fantasterei. Allerdings wurde nie zweifelsfrei nachgewiesen, was genau auf dem nordkoreanischen Testgelände unter dem heiligen Berg Punggye-ri in den Jahren 2006 bis 2017 zur Detonation kam. Zu meinen kleineren Schwindeleien gehört auch der Neutrinodetektor auf der Internationalen Raumstation. Es gibt auf der Außenhülle der Station zwar tatsächlich einen Teilchendetektor, aber dieser kann keine Neutrinos aufspüren.

Für weiteres dramaturgisches Ausschmücken bitte ich aufrichtig um Verzeihung. Das Kriminaltechnische Institut des Landeskriminalamts in München beschäftigt zweihundert hochkompetente Wissenschaftler und wird in der Realität mitnichten von der unsympathischen Figur geleitet, die ich in den Anfangskapiteln gezeichnet habe. Eine Entschuldigung gebührt auch dem Biergarten am Wiener Platz, dessen Toiletten im Gartenbereich längst erneuert wurden. Nicola Caneddu würde sie jederzeit bedenkenlos aufsuchen, um danach eine weitere Maß kühles Hofbräu-Bier zu genießen.

Tief empfundener Dank gilt meiner Erstleserin Philine für ihre Begeisterung und meiner Frau Caroline für Raum, Zeit und Energie, die sie mir gab. Des Weiteren Sabine und Sanjay, die mit Enthusiasmus und Akribie eine frühe Version des Manuskripts verbessert haben. Cem *Bey* ein herzliches *Teşekkür ederim* für die Choreografie der Kampfszenen. Wertvoll waren die Ermunterungen von Gerhard, Anna und David, die mir endlich den Mut gaben, das Manuskript meinen Agenten Matthias und Alfio anzubieten. Deren Antwort (»Her mit der Axt«) war ein wunderbarer Glücksmoment. Aufrichtiger Dank gilt der dtv-Cheflektorin Bianca, dem Erstlektor Cornelius und vor allen meiner Lektorin Elisabeth, die mit sympathischer Beharrlichkeit für mehr Tiefgang sorgte und die gröbsten Albernheiten strich. Verbleibende Fehler gehen zu hundert Prozent auf mein Konto.

Abschließend sei den Bewohnern der Insel Marettimo gedankt – für Wein, Fisch, Pasta sowie die Abgeschiedenheit, in der ich meine wirren Gedankensplitter sortieren durfte. Die Bar an der Mole betreibt tatsächlich der Fischer Giovanni Maiorana. Mit dem berühmten Ettore Majorana verwandt zu sein, würde er vehement bestreiten. Andererseits bestreiten Sizilianer vieles, zum Beispiel, außerhalb der Saison Thunfisch zu fangen.